Der Purpurprinz. Im Byzantinischen Reich wurden wichtige Ämter der Staatsverwaltung oftmals tatkräftigen und hochgebildeten Eunuchen anvertraut. Auch der junge Basileios ist einer von ihnen – und als unehelicher Sohn des Kaisers Romano nimmt er am Hof eine besonders herausragende Stellung ein. Seine Mutter war eine rothaarige Schönheit, eine slawische Prinzessin, die als Sklavin an den byzantinischen Hof gelangt war. Basileios, der bei Mönchen aufwuchs, hat man immer erzählt, sie sei gestorben, als er drei Jahre alt war. Doch als russische Truppen seinen Heimatort Glaros belagern, verwüsten und auch vor der Schändung des Friedhofs nicht zurückschrecken, entsteht bei ihm der Verdacht, ihr vermeintliches Grab könnte von Anfang an leer gewesen sein.

Besessen von dem Gedanken, den Verbleib seiner Mutter ausfindig zu machen, läßt sich Basileios auf Abenteuer ein, die ihn schließlich in diplomatischer Mission nach Bagdad führen.

War Konstantinopel im zehnten Jahrhundert eine an Glanz und Pracht kaum zu überbietende Metropole der Christenheit, so eröffnet sich Basileios im Orient eine noch staunenswertere Welt des exotischen Luxus und einer hochstehenden Kultur, aber auch eine Welt voller Grausamkeit und zahlloser Gefahren. Im Lande des Kalifen läßt er sich auf ein von widersprüchlichen diplomatischen und persönlichen Motiven geprägtes Rankünespiel ein, bei dem es ihm letztlich nur um eines geht: seine abgöttisch geliebte Mutter. Aber Basileios' Geschichte ist die tragische Geschichte eines Mannes, der die wahre Liebe nicht kennt.

Alexandre Torquet. Der französische Autor wurde 1929 in der Hafenstadt Le Havre geboren. Seine Familie ist ursprünglich griechischer Herkunft, und viele ihrer Mitglieder waren in seefahrenden Berufen tätig. So verwundert es nicht, daß Alexandre Torquet sich nach der klassischen humanistischen Schulausbildung ebenfalls dem maritimen Leben zuwandte, und zwar als einschlägig spezialisierter Arzt. Gleichzeitig pflegte er jedoch immer eine große Begeisterung für die byzantinische Geschichte und byzantinische Kunst, deren großartige Hinterlassenschaft wir heute noch in den Kirchen und Mosaiken aus jener Zeit bewundern können, die sich in Süditalien, in Griechenland und in der heutigen Türkei erhalten hat. Außerdem hat sich Alexandre Torquet als Übersetzer für das französische Kulturinstitut in Athen mit Werken byzantinischer Literatur befaßt.

Alexandre Torquet

DER PURPURPRINZ

Roman

Aus dem Französischen
von Xénia Gharbi

Fischer Taschenbuch Verlag

Limitierte Sonderausgabe
Veröffentlicht im Fischer Taschenbuch Verlag GmbH,
Frankfurt am Main, Mai 1998

Die französische Originalausgabe erschien 1994 unter dem Titel
›Le prince eunuque‹ bei Éditions Albin Michel S.A., Paris

Umschlaggestaltung: Stefan Gelberg & V. v. Willendorf
Umschlagabbildung: David Roberts, ›Bazaar of the Silk Mercers; Cairo‹
Photo: AKG, Berlin
Gesamtherstellung: Clausen & Bosse, Leck
Printed in Germany
ISBN 3-596-50140-7

Es ist mir nicht vergönnt, Lebenssaft zu spenden. Ich bin nicht imstande, die Lust zu verspüren, die die Bärtigen und die Frauen allerorts preisen. Nie wird ein Kind mich zärtlich »Vater« nennen. Doch zum Ausgleich für all diese Nichtigkeiten verfüge ich, wie auch die anderen Eunuchen, über eine besonders ausgeprägte Intelligenz.

Die geistigen Fähigkeiten haben in mir einen ebensolchen Grad an Vollkommenheit erlangt wie der Tastsinn und das Gehör von Blinden. Meine Lehrer haben sie nach Kräften gefördert. Da wir von unseren Eltern schon von Geburt an dazu bestimmt sind, die Elite des Reiches zu bilden, müssen wir in allen Dingen überlegen sein. Ich habe mein Talent durch ständige Arbeit weiterentwickelt und mich dabei weder von den Sorgen und Nöten einer Kinderschar noch vom Geplapper der Frauen ablenken lassen. Ich gehöre einer anderen Rasse an, deren Vorteile ich genieße. Aus Bescheidenheit mache ich mir nichts.

Ich lache über die Leute, die uns Eunuchen nicht kennen und uns für gezierte oder schwächliche Wesen halten. Auf die Eunuchen Indiens oder diejenigen, welche den ungläubigen Sarazenen dienen, mag dies vielleicht zutreffen. Aber ich bin höher gewachsen als die meisten Bärtigen. Meine wenigen Freunde beklagen insgeheim meine Härte und Heftigkeit, meine Feinde kritisieren hinter vorgehaltener Hand meine Grausamkeit und meinen Stolz. Es ist wahr: Ich vernichte jeden, der sich mir entgegenstellt. Denn weder die Sanftmütigen noch die Mittelmäßigen sind dazu auserkoren, ein Reich zu regieren.

Ich, Basileios, unehelicher Sohn des Kaisers Romanos Lekapenos und einer slawischen Sklavin, habe dem Byzantinischen Reich mein Leben verschrieben.

Oft träume ich vom Reich wie von einem Adler, der mit ausgebreiteten Flügeln über dem Bosporus schwebt. Sein Schatten bedeckt Europa und Asien, er stößt auf meine Schultern nieder, seine Krallen graben sich in mein Fleisch, ich höre den unheimlichen Schlag seiner Schwingen, und seine Kraft treibt mich vorwärts, ohne Ruhe bis ans Ende meiner Tage.

Durch mein Studium habe ich gelernt, daß das Byzantinische Reich, Erbe der Allmacht Roms, durch die Barbaren eines großen Teils seines Einflußgebietes beraubt worden ist. Vor mehr als hundert Jahren scheiterten zwei Eroberer – Karl der Große, der sich mit dem Titel »Kaiser des Abendlandes« schmückte, und Harun ar-Raschid, der sich von den Ungläubigen »Kommandeur der Gläubigen« nennen ließ – bei dem Versuch, sich auch des byzantinischen Kernlandes zu bemächtigen. Sie waren alle beide nichts als elende Diebe.

Heute, neunhundert Jahre nach der Ankunft des Heilands, erstarkt Byzanz wieder im Bewußtsein seines Rechts: Es muß sich zurückholen, was man ihm gestohlen hat, auf daß es sich wieder von der Küste der Bretagne bis in die Wüsten Indiens hinein erstrecke und sich endlich alle Könige der Welt dem Kaiser zu Füßen werfen. Ich, Basileios, halte mich für geeignet, es durch meine Befähigung und meinen Einsatz in diesem großen Vorhaben zu lenken.

Jetzt bin ich alt und blicke auf ein arbeitsreiches Leben zurück. Ich habe sechs Kaisern gedient und davon zwei in den Tod getrieben. Gott hatte sich von ihnen abgewandt. Auf meine alten Tage hat man mich in das Dorf Glaros an der schmalsten Stelle des Bosporus verbannt, wo ich geboren wurde. Kaiser Basileios, mein undankbarer Großneffe, den ich geliebt und dem ich gedient habe, läßt mich in diesem kleinen Nest vor Kummer vergehen. Man hat mir alles genommen, man haßt mich, und, was noch schlimmer ist, man vergißt mich. Doch was bedeutet das schon! Ich dulde nicht, daß man mich bedauert, und verspüre keinerlei Bedürfnis, geliebt zu werden. Ich brauche niemanden. Doch in der Nacht sucht mich im Traum noch immer der Adler heim, und ich stöhne in meiner Einsamkeit unter dem Griff seiner Krallen.

Von ihm getrieben, will ich hier beschreiben, welche Entwicklung das Reich unter meinem Einfluß nahm. Ich möchte den Prinzen die Augen öffnen und ihnen dringend empfehlen, als Minister und Sekretäre ausschließlich Eunuchen einzusetzen. Denn wir sind für den Staatsdienst geschaffen und ausgebildet worden; wir leisten wertvollere Arbeit als die bärtigen Dummköpfe, die nur zu mittelmäßigen Politikern taugen, weil sie von ihrer Lüsternheit nicht lassen können und von ihrem Nachwuchs bei der Arbeit gestört werden.

Schließlich erzählt dieses Buch die Geschichte des einzigen Mißerfolgs, den ich in meinem Leben hinnehmen mußte, weil ich die Liebe zwischen den Bärtigen und den Frauen nicht begriff. Möge dieser Bericht anderen dienen, damit sie nicht dieselben Fehler machen wie ich.

1

Unerbittlich brennt die Julisonne auf uns nieder. Die brütende Hitze des Tages droht die Bewohner Konstantinopels zu ersticken, läßt Tiere verenden und Wiesen verdorren. Nachts trägt der Wind Asiens mit dem Rauch der Feuersbrünste nur den Gestank der Leichengruben nach Konstantinopel herüber. Und auf den Stadtmauern flehen Prozessionen mit schlaffen Fahnen den Himmel vergebens um Regen an, aber auch um Frieden.

Mit den Hundstagen hat sich die Angst eingestellt. Keuchend zieht sich jedermann in den Schutz seiner vier Wände und seiner Ikonen zurück. Die Straßen meiner Stadt, auf denen es sonst immer von Menschen wimmelt, sind dieser Tage wie ausgestorben. Zu unerträglich ist die sommerliche Hitze, zu groß auch die Angst vor dem schrecklichen Igor, dem Fürsten der Russen, der vor zehn Tagen mit vierzigtausend Mann am gegenüberliegenden Ufer des Bosporus in unmittelbarer Nähe der Stadt an Land gegangen ist.

Keine Menschenseele begegnet mir auf der Straße, die sich am asiatischen Ufer des Bosporus entlangschlängelt. Gegen Abend läßt die Hitze etwas nach. Eine ungewöhnliche Stille ruht über dem Land. Niemand grüßt mich auf meinem Weg durch die Dörfer; man hört weder das Schlagen des Dreschflegels auf der Tenne noch die Abzählreime spielender Kinder in den Gehöften. Nicht das leiseste Bellen, nicht das geringste Vogelgezwitscher aus dem Unterholz dringt an mein Ohr. Nur der dumpfe Hufschlag meines Pferdes begleitet mich auf meinem einsamen Ritt, und mit jedem Schritt wachsen meine Befürchtungen. Ein paar Schwalben flattern hoch oben am schon dunklen Himmel, der sich von Norden her mit Rauchschwaden überzieht.

Die Dorfbewohner haben sich eilends hinter die Mauern von Chrysopolis geflüchtet oder sind in überfüllten Barkassen zu den befestigten Häfen von Konstantinopel auf der anderen Seite der Meerenge hinübergesegelt. Die Matrosen der Schaluppe haben mich schon vorgewarnt: Das ganze östliche Ufer befindet sich bereits in der Hand der Barbaren. Im Westen geht gerade der Abendstern auf, als ein dumpfer Lärm an mein Ohr dringt. Ein Geräusch wie das Knurren eines Raubtieres umgibt mich, ohne daß ich genau bestimmen kann, woher es kommt. Es geht einher mit einem üblen Geruch nach Verbranntem, den der heiße Wind zu mir herüberträgt.

Ich habe Angst, warum soll ich es leugnen? Nur Dummköpfe ohne Vorstellungskraft zeigen blinden Mut. Mein Verstand warnt mich vor den Risiken, die ich eingehe. Aber ich muß meinen Vater, den Kaiser, über das Vorgehen der Russen auf dieser Seite des Bosporus unterrichten. Ich lenke mein Pferd in eines der kleinen Täler, die einen Zugang zur Hochebene bieten. Dort kann ich von einem bewaldeten Hügel aus das Land überblicken.

Im Umkreis von zwanzig Meilen, bis hin zum Meer, färbt der Feuerschein unzähliger Brände den Himmel blutrot. Das ganze Land ist von Feinden überschwemmt, und über allem schwebt eine schwärzliche Wolke, die im Schein der Flammen rötlich schimmert. Aus allernächster Nähe beobachte ich, wie russische Soldaten die Häuser eines Dorfes durchsuchen und sie dann mit ihren Fackeln in Brand stecken. Jetzt merke ich auch, wonach es riecht. Es ist eine Mischung aus rauchendem Holz und brennenden Leichen und erinnert an den Gestank, der die Scheiterhaufen der Ketzer umgibt. Ein anderes Dorf liegt bereits in Schutt und Asche; nur glühende Kohlestücke zeugen davon, daß hier einst Häuser standen. Und die Schreie der zurückgelassenen Opfer untermalen auf schauerliche Weise das Grollen von Igors Armee.

Es klingt wie das Knurren eines wilden Tieres, das sich über seine Beute hermacht. Die von unseren Kundschaftern genannte Zahl von vierzigtausend Mann scheint nicht übertrieben zu sein. Bei dem Gedränge, das dort unten herrscht, schätze ich, daß es mindestens ebenso viele sind wie die Teufel, die über die sieben Kreise der Hölle gebieten. Wir können ihnen keinen Widerstand entgegensetzen. Igor hat sich die Abwesenheit der Flotte und des Heeres zunutze gemacht, die in fernen Teilen des Reiches gegen die ungläubigen Sarazenen kämpfen, und die Stadt überraschend angegriffen. Nur fünfzehn alte Schlachtschiffe unter dem Kommando des Patrikios Theophanes, der wie ich Eunuch ist, haben es vermocht, die Invasion von Konstantinopel fernzuhalten und die feindliche Armee ans östliche Ufer des Bosporus zurückzuwerfen.

Ich muß noch mehr auskundschaften. Als Leiter der Barbarenbehörde verstehe ich mich am besten darauf, diese Wilden auszuspionieren, und weiß, daß ich mein Augenmerk besonders auf ihre Truppenstärke und Bewaffnung richten muß. Ich reite auf die ersten Feuer zu.

Am Fuße des Hügels hat noch vor kurzer Zeit ein Dorf gelegen, wie es bei uns auf dem Land so viele gibt. Ein paar weiße Häuser gruppieren sich um eine Kirche, einen Brunnen und einen Platz, der von einem dichtbelaubten Maulbeerbaum überschattet wird. Ich binde mein Pferd fest und bahne mir lautlos einen Weg zwischen den verkohlten Mauerresten und dem eingestürzten Gebälk hindurch. Hier und da stoße ich auf halbverbrannte, verstümmelte Leichen. Das Dorf wurde vor zwei Tagen mitten in der abendlichen Betriebsamkeit überfallen, um die Zeit, wo die Hirten mit dem Vieh von der Weide zurückkehren.

Unter dem Baum mit dem dunklen Laub haben dreißig Barbaren ein Feuer entzündet. Aus den Kellern haben sie Weinkrüge geholt, die nun umgestoßen oder zertrümmert am Boden liegen. Die Lumpen, die sie am Leib tragen, ihre langen, blonden Haare, ihre buschigen Bärte und ihr stumpfsinniger Gesichtsausdruck zeigen Spuren eines vorangegangenen Besäufnisses.

Viele liegen auf dem Rücken und schlafen laut schnarchend ihren Rausch aus. Andere dösen vor sich hin, lausen, kratzen oder reiben sich mit bärenartigem Gebrumm. Wieder andere liegen ausgestreckt auf dem Boden und beratschlagen flüsternd irgendeine Missetat. In der nächtlichen Schwüle haben sie ihre Kleider und Lederstiefel abgelegt und stellen eine schmutzstarrende, behaarte Nacktheit zur Schau. Ihre verbeulten Helme und ihre Romphaias, jene kurzen Äxte, mit denen sie bewaffnet sind, funkeln griffbereit an ihrer Seite.

Ein heißer, böiger Wind erhebt sich und drückt die Flammen nieder. Ein Gestank von Fäulnis und Ausscheidungen steigt mir in die Nase. Von der Vertiefung der Mauer, hinter der ich mich verberge, kann ich undeutlich den Leichnam eines Priesters erkennen, der an das Portal der Kirche genagelt ist. Seine blutverschmierte, schwarze Silhouette scheint sich im flackernden Feuerschein zu beleben.

Bei den Barbaren handelt es sich meiner Einschätzung nach um die wilden Völkerschaften, die in den Wäldern und an den Flüssen um Kiew herum leben. Doch die drei hohen, roten Schilde, die am Stamm des Maulbeerbaumes lehnen, lassen darauf schließen, daß sich unter ihnen Mitglieder der Garde des Fürsten befinden.

Schon hat mein Pferd die wilde Horde gewittert und beginnt erschreckt zu wiehern, worauf alle den Kopf in meine Richtung wenden. Sie ziehen die Lefzen zurück und entblößen ihre Reißzähne. Aus den schmalen Schlitzen ihrer Augen beäugen sie mich mit funkelnden Blicken. Ich packe das Heft meiner Waffe, bereit, den ersten, der sich nähert, niederzustrecken. Doch gleich darauf kehrt wieder Ruhe ein. Nur das Prasseln und Zischen des Feuers untermalt die Stille, und die bärtigen Gesellen dösen weiter, als ob nichts gewesen wäre. Rasch ziehe ich mich zurück.

Das Wichtigste bleibt noch zu tun. Ich kehre ans Ufer des Bosporus zurück und dringe weiter nach Norden vor. Es ist, als ob ich in den Schlund der Hölle reite. Im Widerschein der Brände nehmen der Rauch und das Laub der Bäume eine blutrote Färbung an. Die Barbaren sind vor zehn Tagen gelandet, und nur wenige kleine Dörfer und Häuser sind noch unversehrt.

Endlich erreiche ich das Dorf Glaros, wo ich das Licht der Welt erblickt habe. Es ist nicht mehr als eine Ansammlung baufälliger Hütten, die sich an einem Hafenbecken entlangziehen. Auf dem Wasser schaukeln ein paar Kähne. Es ließ sich dort gut leben. Wehmütig erinnere ich mich an das Lächeln meiner Mutter und an die freundlichen Dorfbewohner, die Fischer und Gemüsegärtner, die nun ermordet zwischen den rauchenden Ruinen liegen.

Das Häuschen am Ufer, in dem ich aufgewachsen bin, gleicht nur noch einem Haufen Schutt. Die Mauern der Kirche überragen noch immer den kleinen Platz, doch sie sind rußgeschwärzt. Das Innere des Gotteshauses ist verwüstet. Ich steige über die Trümmer und schlage den Weg zum Friedhof ein, der auf einer Anhöhe über dem Dorf liegt.

Der rötliche Lichtschein weist mir den Weg durch die Dunkelheit. Überall riecht es nach Kot und Verwesung. Wie ich befürchtete, sind die Gräber geschändet worden: Die Grabsteine sind umgestürzt oder zerbrochen, die Särge ausgegraben und beschädigt. Gebeine, Stoffetzen und entstellte Leichname liegen durcheinander im Gras. Wut packt mich bei dem Gedanken, daß diese wilden Tiere nicht einmal davor zurückschreckten, die Gräber nach den armseligen Schätzen der kleinen Leute zu durchwühlen.

Ich bahne mir einen Weg durch diese Fäulnis und versuche dabei nicht auf die verwesten Körper zu treten. Ich halte mir den Mantel vors Gesicht, um mich vor dem Gestank zu schützen. Zweimal gleite ich aus und drohe in eine gähnende Grube zu fallen.

Das Grab meiner Mutter liegt im hinteren Teil des Friedhofs, der den Sklaven vorbehalten ist. Ihr Grab ist das einzige hier. Im Dorf wohnen ausschließlich freie Männer, die jedoch zu arm sind, um sich Leibeigene halten zu können. Im Sommer wird der ganze Sklavenfriedhof von Dornenranken überwuchert. Einen Augenblick lang hoffe ich, daß sie das Grab vor den Augen der Räuber verborgen haben.

Die Steinplatte, die mein Vater aufstellen ließ, liegt umgestürzt und zerbrochen auf dem Boden. Die beim Graben ausgehobene Erde ist neben dem Loch aufgeschüttet. Aber weder Sarg noch Leichnam finden sich zwischen dem Unkraut dieses

Gevierts. Ich suche sie lange vergebens. Ich beuge mich über den Rand der Grube und sehe, daß sie leer ist. Nur ein Haufen großer, schlammbeschmierter Steine bedeckt ihren Boden.

Dunkel zeichneten sich die Zinnen der Stadt gegen den klaren Sternenhimmel ab. Mit hochgestellten Rudern glitt die Schaluppe übers Wasser. Wir liefen in den Kontoskalion ein, den einzigen Seehafen, der nicht gesperrt war. Als wir näher kamen, wurden am Kai Fackeln entzündet. Man erkannte mich, und mit höllischem Knarren hoben die Matrosen das Fallgatter, das im Wasser der Schleusenkammer versenkt war.

»Hast du dich den Barbaren genähert, edler Herr Basileios?« fragte mich Tzetzes, ein Hafenoffizier, der meinte, er könne mir gegenüber einen vertraulichen Ton anschlagen.

Ich gab ihm keine Antwort. Nur meinem Vater, dem Kaiser, war ich Rechenschaft schuldig; ich hatte keine Lust, mit irgendeinem Subalternen über meine Beobachtungen zu sprechen. Man hörte den Lärm des Gatters, das wieder herunterfiel. Ich schwang mich in den Sattel und tauchte in die dunklen Straßen der Stadt ein.

Meine Mutter. Wie seltsam, daß sie mir so oft im Traum erschien oder daß ich nur die Augen zu schließen brauchte, um ihr Gesicht zu sehen. Dabei war ich noch ein ganz kleines Kind gewesen, als sie starb. Und als die Russen ins Land einfielen, war ich dreiundzwanzig.

Ihr feines Gesicht mit dem hellen Teint und dem entzückenden Lächeln, der offene, klare Blick ihrer tiefblauen Augen und nicht zuletzt ihre üppige rote Haarpracht hatten es meinem Vater angetan, der damals als Großdrungarios die kaiserliche Flotte befehligte.

Wie man mir später erzählte, hatte er die Küste bei Cherson angelaufen, der wichtigsten Stadt auf der Halbinsel, die dem Land der Russen vorgelagert ist. Auf dem dortigen Sklavenmarkt war er hingerissen vom Anblick der Tochter eines jener slawischen Anführer, der mitsamt seiner Familie in Gefangenschaft geraten war, und kaufte sie.

Er nahm sie mit nach Byzanz, ließ sie auf den Namen Maria

taufen und quartierte sie in dem kleinen Dorf Glaros am Ostufer des Bosporus ein. Einige Monate später brachte sie mich zur Welt. Mein Vater besuchte uns oft, vermied es aber, seiner Gemahlin Theodora, der tugendhaften Mutter seiner sechs ehelichen Kindern, etwas von unserer Existenz zu verraten. Zwei Jahre später wurde mein Vater, der ehemalige Großdungarios, in der großen Kirche Hagia Sophia in Konstantinopel zum Kaiser der Römer gekrönt. Im Jahr, das auf die Krönung folgte, verunglückte meine Mutter tödlich. Sie ertrank im Bosporus. Ich war damals erst drei Jahre alt, und mein Vater betraute die Mönche des Pantokratorklosters mit meiner Erziehung.

Noch zu Lebzeiten meiner Mutter hatte mich mein Vater kastrieren lassen, weil er mich für die geistige Arbeit und nicht für die Fortpflanzung bestimmt hatte. Es mag sein, daß ich wegen meiner hohen Geburt und wegen meiner Zugehörigkeit zur geistigen Elite ein wenig zur Hoffart neige. Aber kann man es denn als hoffärtig bezeichnen, wenn man sich seines hohen Wertes bewußt ist?

Viele meiner Mitschüler beneideten mich wegen meines Talents und begriffen, daß mir eine glänzende Laufbahn bestimmt war. Andere machten sich über meine roten Haare oder den Stand meiner Mutter lustig. Doch ich ließ mir nichts gefallen und zahlte es ihnen heim. Zwar hatte man mich meiner Männlichkeit beraubt, aber meine Fäuste waren mir nicht genommen worden.

Es war stockdunkel in der Stadt, und doch wirkte die Stille noch undurchdringlicher als die Dunkelheit. Mein Pferd kannte die steil ansteigenden Gassen und erklomm mit sicherem Tritt die gepflasterten Treppen. Ich mußte es nicht lenken. Als ich vor der Chalke, dem monumentalen Tor zum heiligen Kaiserpalast, anlangte, wunderte ich mich, daß kein Wachposten zu sehen war. Alle Soldaten, die nicht im Heer dienten, befanden sich auf den Zinnen, um die Stadt gegen Angreifer zu verteidigen.

Der Park war menschenleer. Unheimliche Schatten tanzten im fahlgelben Schein der Fackeln, die den Eingang zum Palast erhellten, an den Mauern entlang. Ich ritt am Tribunal der

Neunzehn Liegen vorbei und durchquerte den Torbau der Vierzig Märtyrer, ohne einer Menschenseele zu begegnen. Ich rief: »Wache!«

Aber nur das Rascheln des warmen Windes in den Baumkronen antwortete mir.

Ich stieß das Tor zur Goldenen Halle auf, dem Thronsaal, der das Herz des Byzantinischen Reiches bildet. Ehrfürchtig blickte ich auf die Mosaiken mit Szenen aus unserer Geschichte, die im Schein unzähliger Lampen erstrahlten. Ich faßte mir ein Herz und klopfte an die hohe Eichentür des kaiserlichen Gemachs. Da ich keine Antwort erhielt, trat ich ein.

Im Halbdunkel sah ich die große, in Purpur gekleidete Gestalt des Kaisers mit gekreuzten Armen vor dem Bildnis der Muttergottes auf dem Boden liegen. Wie gebannt stand ich auf der Türschwelle und wagte nicht näherzutreten. Da sah ich, wie mein Vater den Kopf hob und langsam aufstand, wobei er sich an einer Wand abstützte. »Großer Gott, Allmächtiger, hab Erbarmen mit mir!« stieß er hervor.

Plötzlich drehte er sich um. Er wirkte erschöpft; sein Gesicht war leichenblaß und triefte von Schweiß.

»Was tust du hier? Hast du dich dem Kaiser zu Füßen geworfen?«

Ich merkte, daß ich meine Pflicht vernachlässigt hatte, und holte es schnell nach. Dann fragte ich ihn, ob er mir gestatte, einen seiner Ärzte zu rufen.

»Keinen Arzt! Das sind doch alles Dummköpfe! Ich habe sie auf die Zinnen geschickt. Jetzt, da jedermann kämpfen muß, sollen sie sich gefälligst auch nützlich machen! Außerdem darf niemand erfahren, daß es mir nicht gutgeht. Wenn Gefahr droht, ist ein Kaiser entweder gesund oder ein toter Mann. Ich werde schon aus eigener Kraft genesen. Im übrigen habe ich dich nicht herbestellt, um mich mit dir über meine Gesundheit zu unterhalten. Ich habe dich mit einer Mission beauftragt. Nun berichte mir darüber.«

Seine Stimme, mit der er zwanzig Jahre lang auf See das Kommando geführt hatte, klang rauh und fast heiser. Noch immer haftete ihr der gebieterische Ton von früher an, als mein

Vater in der Seeschlacht gegen die Ungläubigen den Befehl zum Entern gegeben hatte.

Ich war es nicht gewohnt, meinem Vater Bericht zu erstatten. Eigentlich kam diese Aufgabe seinen Generälen und Ministern zu. Doch diese durchkämmten gerade das Land, um neue Truppen auszuheben, und der Patrikios Theophanes, der ständige Vertraute meines Vaters, kreuzte noch immer auf seinen alten Schiffen vor Konstantinopel, um die Barbaren daran zu hindern, den Bosporus zu überqueren. So mußte ich als Leiter der Barbarenbehörde, die in Friedenszeiten mit der Pflege der Beziehungen zu anderen Völkern betraut war, für die Abwesenden einspringen.

Ich versuchte, dem Kaiser eine möglichst kurzgefaßte und genaue Einschätzung der Truppenstärke und der Bewaffnung der Russen, des angerichteten Schadens und der Mißhandlungen der Bevölkerung zu geben. Ich erzählte von meinem Zusammentreffen mit Kundschaftern in Chrysopolis, deren Berichte ich in Kürze erwartete. Doch als ich ihm schilderte, was auf dem Friedhof von Glaros geschehen war, mußte ich tief seufzen.

»Sprich lauter, ich höre nichts!«

Ich wiederholte, daß der Friedhof von Glaros geschändet, das Grab meiner Mutter geöffnet und Sarg und Leichnam entwendet worden seien. Er sah mich lange an, so, als wollte er nicht recht glauben, was ich ihm da mitteilte.

»Ich befinde mich mitten im Krieg«, stieß er schließlich hervor, »und das kostet mich all meine Kraft. Aber diese Nachricht erschüttert mich zutiefst. Die Heilige Jungfrau kann bezeugen, welche Zuneigung ich für deine unglückliche Mutter empfand. Ich werde sie rächen. Jetzt fahre fort.«

Ich berichtete ausführlich von meinem weiteren Tagesablauf, von meinen Besuchen bei Flüchtlingen, von meinen Gesprächen mit unserer Hoheit unterstehenden Fremdländischen und erwähnte auch, daß ich Geheimboten zu Heer und Flotte entsandt hatte.

Ich muß zugeben, daß ich meinen Vater nur wenig kannte. Seitdem er mich dem Kloster übergeben hatte, damit ich dort erzogen würde, war er aus meinem Leben verschwunden und schien alle väterliche Liebe seinen ehelichen Kindern vorzubehalten. Nur gelegentlich sah ich ihn von ferne in einer Wolke aus Weihrauch, wenn er bekrönten Hauptes die komplizierten Riten des kaiserlichen Zeremoniells vollzog. Ich bewunderte den Kaiser, doch als Vater kannte ich ihn nicht.

Jetzt entdeckte ich, daß er tatsächlich so unbeugsam und standhaft war, wie ich ihn mir vorgestellt hatte. Ich musterte sein scharfes Profil, das im Schatten der einzigen Lampe düster und furchteinflößend wirkte, den kurzen Bart, das kurzgeschorene weiße Haar und die tiefen Sorgenfalten, die sich um seine Mundwinkel herum gebildet hatten. Er hatte die für uns Lekapenen so typische Raubvogelnase. Doch sein funkelnder Blick kam mir seltsam starr vor. Es war jener Adlerblick, der im Bruchteil einer Sekunde Situationen einschätzte, Menschen beurteilte, ihnen seine Wertschätzung bezeugte oder sie mit Verachtung strafte. Ich war stolz auf die Größe meines kaiserlichen Vaters und spürte, daß ich mich meiner Verehrung für ihn nicht zu schämen brauchte. Ist es nicht menschlich, diejenigen zu lieben, die einem ihr Vertrauen schenken?

Ich hatte ausgeredet und stand mit gesenktem Kopf vor ihm wie ein Schüler vor seinem Lehrmeister. Lange verharrte er reglos und stumm und schien meine Gegenwart völlig vergessen zu haben. Dann erhob er sich mit einem Ruck und trat mir gegenüber. »Basileios, du mußt noch viel lernen. Merke dir zunächst einmal folgendes Prinzip: ›Wenn dein Heer weiß, was das Heer des Feindes tut, wird es die Schlacht gewinnen.‹ Versuche also, noch mehr über die feindlichen Stellungen herauszufinden. Jetzt erlaube ich dir, dich zurückzuziehen. Von nun an wirst du jeden Abend bei Einbruch der Dunkelheit kommen und mir über all deine Unternehmungen Bericht erstatten. Geh jetzt.«

Ich warf mich vor ihm nieder und entfernte mich dann rasch, da ich seinen durchdringenden Blick auf mir spürte. Aus dem Dunkel der Goldenen Halle trat ich gleich darauf wieder in den Park hinaus.

Zwischen Morgendämmerung und Sonnenaufgang färbte sich

der Himmel erst purpurrot, dann golden. Ich beschloß, meiner Schwester Helena einen Besuch abzustatten, der einzigen Frau, zu der ich Zuneigung empfand.

Die Villa meines Schwagers und meiner Schwester Helena lag in der Nähe des Hippodroms hinter der Peterskirche. Bei dem Haus handelte es sich um ein älteres Gebäude, das schon von außen Wärme und Gemütlichkeit auszustrahlen schien und den Namen »Karienpalast« trug. Kaum hatte ich den Türklopfer betätigt, da steckte meine Schwester auch schon den Kopf aus dem Fenster. »Bist du es, Basileios? Was ist los, sind die Russen im Anmarsch?«

Ich beruhigte sie rasch, und sie kam herunter. Als sie die Tür entriegelt hatte, versicherte ich ihr, daß meinen Informationen zufolge noch kein Barbar den Bosporus überquert habe. Ich käme nur vorbei, um mich nach ihrem Befinden zu erkundigen. Die brütende Hitze hatte vielen Leuten zugesetzt.

»Dem Himmel sei Dank, es geht uns allen gut. Aber komm doch herein!«

Halbbekleidete Sklaven erschienen mit verstörten Gesichtern in der Vorhalle und sahen mich fragend an. Meine Schwester schickte sie weg. Als wir die Treppe hinaufstiegen, stellte ich fest, daß sie allmählich dick wurde, und ich nahm mir vor, sie darauf anzusprechen. Das konnte ich mir erlauben. Wir waren uns sehr zugetan, und ich freute mich, daß auch sie die Raubvogelnase, die engstehenden Augen und den funkelnden Blick der Lekapenen geerbt hatte. Weniger Vergnügen bereitete mir dagegen der Anblick des schwere Kinns und der eigensinnigen Unterlippe ihrer Mutter, der verstorbenen Kaiserin Theodora, die ich zu meinem Glück kaum gekannt hatte.

Meine Schwester Helena war Mutter, und das mit Leib und Seele. Ihre fünf Töchter und ihr Sohn waren ihr ein und alles. Es gab für sie keine hübscheren und intelligenteren Kinder als die ihren. Sie unterschied sich darin nicht viel von anderen Müttern, nur daß Helena damit vielleicht recht hatte.

»Sieh sie dir nur an!« flüsterte sie und wies wie ein Goldschmied auf ihre Prachtstücke. »Sind sie nicht wunderschön?«

Fünf braune Lockenköpfe schliefen nebeneinander in zwei großen Betten und sahen so friedlich aus wie Engel. Manchmal lächelten sie im Schlaf und bewegten ihre Lippen.

Ich verachte fast alle Bärtigen und hasse die meisten Frauen, doch für Kinder empfinde ich eine natürliche Zuneigung. Sie allein lassen mich manchmal meinen doch so vorteilhaften Stand als Eunuch bereuen. Ich hätte gern ein Kind adoptiert, doch ich befürchtete, daß es, ganz egal, ob Mädchen oder Junge, ebenso verdorben und lasterhaft werden könnte wie die Alten.

Ich beugte mich über Anna, die Jüngste, die ich am liebsten hatte, und war gerührt, wie unschuldig sie schlief. Plötzlich schlug sie die Augen auf, lächelte mich an und drückte mir einen Kuß auf die Wange. Dann schlief sie wieder ein.

Helena war ins Nebenzimmer gegangen, wo ihr Mann Konstantin mit einem angegrauten Morgenrock und einer speckigen Otterfellmütze auf dem Kopf in einem Lehnstuhl saß. Auf einem Pult vor sich hatte er ein dickes Buch aufgeschlagen.

»Nun, Basileios, mein lieber Schwager, wie ist es um Igors Truppen bestellt?«

Konstantin mißfiel mir. Er trug den Beinamen Porphyrogennetos, »Purpurgeborener«, weil er der Sohn des Kaisers Leon des Weisen war. Mein Vater hielt ihn für charakterschwach und kränklich. Zwar duldete er ihn als Mitregenten neben sich auf dem Thron, räumte ihm aber keinerlei Machtbefugnisse ein.

Viele Anhänger Konstantins bezeichneten meinen Vater Romanos deshalb als Thronräuber und forderten das kaiserliche Amt aussschließlich für Konstantin Porphyrogennetos als den wahren Erben der Krone. Doch mein Vater wollte allein herrschen. Im übrigen schien der Thronerbe gar nicht den Wunsch zu hegen, aus seinem zurückgezogenen Dasein hervorzutreten. Statt dessen widmete er sich ganz dem Studium, was ihn in unseren Augen als Spinner erscheinen ließ, als Phantasten, der nur in seiner Traumwelt lebte.

Ich erzählte, was ich am anderen Ufer des Bosporus erlebt hatte. Konstantin hörte mir mit geschlossenen Augen zu und kraulte dabei gedankenverloren seinen Bart. Er hatte ein längliches Gesicht und wirkte mit seinem Kinnbärtchen wie eine nachdenkliche Ziege. Helena hatte einen leichten Imbiß auftragen lassen: Brot, Zwiebeln und Wein von der Insel Kos. Sie schälte einige Zwiebeln und legte sie auf meinen Teller.

»Weißt du, daß Zoe, unsere Älteste, eine große Begabung für die Redekunst zu haben scheint?« bemerkte sie plötzlich. »Der Lehrer ist sehr zufrieden mit ihr.«

Ich fand diese Äußerung ziemlich unpassend und bat sie freundlich, mich nicht zu unterbrechen und sich um ihre Kinder zu kümmern, wenn unser Thema sie nicht interessiere. Darauf schwieg sie sichtlich beleidigt.

Ich erzählte Konstantin vom Verschwinden des Sarges und der sterblichen Überreste meiner Mutter, und er hörte mir aufmerksam zu.

»Ich verstehe, daß du wütend und traurig bist, und wenn du gestattest, möchte ich dir meine Anteilnahme aussprechen. Das Verschwinden des Leichnams kommt mir merkwürdig vor. Aber es muß einen Grund dafür geben.«

Auch er hatte gehört, daß die Barbaren mit vierzigtausend Mann gelandet sein sollten. Aber er meinte, es befänden sich nur wenige Kriwitschen und Drewljanen unter ihnen, sondern hauptsächlich Poljanen, zu deren Volk auch meine Mutter gehörte.

»Ja, wie du weißt, fließt poljanisches Blut in deinen Adern. Und du brauchst dich dafür nicht zu schämen: Im Gegensatz zu den anderen, den Kriwitschen, Wjatitschen, Drewljanen oder Radimitschen, die wie ein Haufen wilder Tiere sind und nicht davor zurückschrecken, sich gegenseitig umzubringen, sind die Poljanen ein großes Volk. Sie besitzen eine hochstehende Zivilisation. Daß dir der Anblick dieser Rohlinge widerstrebte, ist verständlich. Doch du mußt bedenken, daß die Soldateska immer zum Abschaum eines Volkes gehört.«

Er dachte eine Weile nach.

»Dieses Volk verfügt über feste Traditionen und wohldurchdachte religiöse Überzeugungen, so zum Beispiel den Kult um die Göttin Lada …«

Und er fing an, mir ausführlich über diese Gottheit zu erzählen, in deren Namen bei den Steppenvölkern die rituelle Entführung der Braut durchgeführt wurde. Er erwähnte auch, daß man die Frauen, die Diener und die Pferde eines verstorbenen Familienoberhauptes opferte, bevor man sie mit dem Leichnam in seiner schönsten Barke verbrannte. Seine Gelehrtheit verblüffte mich, doch die geschilderten Einzelheiten erfüllten mich mit Abscheu.

»Es ist nicht ausgeschlossen, daß einer dieser Riten die Entwendung des Leichnams deiner Mutter erforderlich machte. Ich weiß, daß ihre Wahrsager und Hexenmeister zur Bereitung ihrer Zaubertränke gerne die Gebeine Verstorbener benutzen. Sie weissagen, indem sie nach den Riten der Moargana, ihrer Totengöttin, Blut auf verkohlte Knochen tropfen lassen ...«

Und er sprach lang und breit über die grausigen Praktiken, die diese Barbaren an Leichnamen vollzogen, und weckte in mir die schlimmsten Befürchtungen.

»Es gibt aber noch eine andere Möglichkeit. Die berühmte Familie Gradic, der sie entstammte, ist nicht erloschen. Warum sollte nicht eines der Mitglieder dieser Familie den Leichnam deiner Mutter, die ja eine Prinzessin dieses Stammes war, zurückgeholt haben, um sie in irgendeinem Familiengrab zu bestatten?« Er seufzte. »Ich will nicht behaupten, daß Igors ganzer Feldzug zu diesem Zweck unternommen wurde, aber bei diesen russischen Teufeln kann man nie wissen ...«

Ein Grund für meine Abneigung gegen meinen Schwager bestand darin, daß er mir an Bildung überlegen war. Er interessierte sich für alles und kannte die Sitten sämtlicher Völker der Erde.

Er beugte sich zu mir und legte mir die Hand aufs Knie.

»Basileios, mein lieber Schwager, wenn die Russen diesen Sarg tatsächlich gestohlen haben und du ihn wirklich wiederhaben willst, so kann ich dir verläßliche Männer zur Verfügung stellen, die dich überallhin begleiten werden. Mich selbst, wenn du willst ...«

Ich dankte ihm etwas von oben herab. Auch ich hatte genügend ergebene Freunde, die mich, wenn nötig, bis in die tiefste Steppe hinein begleiten würden.

Meine Schwester Helena erhob sich mit einem Ruck. Sie meinte, sie hätte den kleinen Romanos, ihren Sohn, der im Nebenzimmer schlief, weinen hören. Ich verabschiedete mich.

Ich hatte in dieser Zeit Mühe, unter meinen Sekretären und Kopisten für Ruhe und Disziplin zu sorgen. In den Amtssräumen meiner Behörde war angesichts der drohenden Gefahr nicht an vernünftige Arbeit zu denken. Außerdem machte die sommerliche Hitze sie träge. Unsere Kundschafter hatten gemeldet, daß Teile der feindlichen Armee den Bosporus überquert hätten. Doch von unserer eigenen Flotte fehlte uns immer noch jede Nachricht. Vier der fünfzehn alten Schiffe des Patrikios Theophanes waren von den Barbaren überfallen und ihre Mannschaften massakriert worden. Die wildesten Gerüchte begleiteten diese traurigen Neuigkeiten, und ich spürte, wie sich nackte Angst unter den Leuten breitmachte.

Hohe Beamte und Minister reisten durchs Land, um Truppen zu rekrutieren. Am Morgen rückte auf der Straße nach Adrianopel eine kleine Armee an, die der alte General Bardas Phokas in der Provinz Thrakien ausgehoben hatte. Doch die Hoffnungen, die wir in diese Verstärkung gesetzt hatten, wurden enttäuscht. Den jungen Burschen, die mehr an den Pflug als an das Schwert gewöhnt waren, mangelte es offensichtlich nicht nur an der notwendigen Übung, sondern auch an Mut. Von den Festungsmauern herab sahen die Bewohner der Stadt den Ankömmlingen entgegen, beklagten ihr wenig kriegerisches Aussehen und äußerten sich mitleidig über das ihnen vorbestimmte Schicksal. Und in den folgenden Tagen fand man auf den Stadtmauern immer wieder abgeschlagene Köpfe dieser Kinder, die die Barbaren während der Nacht hinaufgeschleudert hatten. Die mit Stöcken bewaffnete Bürgerwehr der kleinen Ladeninhaber entdeckte sie regelmäßig, wenn sie im Morgengrauen zum Exerzieren zusammentrat.

Die Überwachung der langen Festungsmauern Konstantinopels erwies sich als schwierig. Eine kleine Truppe entschlossener Russen hätte nachts in einem unbeobachteten Moment die Mauer erklimmen, in die Stadt vordringen und ihrer Armee die

Tore öffnen können. Wir hatten nicht viele Soldaten, und die wenigen Bärtigen, die sich als Freiwillige gemeldet hatten, waren größtenteils unfähig, eine Schlacht zu führen.

Ich sprach darüber mit meinem Bruder, dem Patriarchen, und wir beschlossen, unsere Freunde, die Eunuchen, zu Hilfe zu rufen. Hier in Konstantinopel sind wir Eunuchen sehr zahlreich. Mehr als zehntausend Entmannte stehen im Dienst des kaiserlichen Palastes, und noch größer ist die Zahl derer, die einen freien Beruf oder eine Kaufmannstätigkeit ausüben.

»Du hast recht«, antwortete mir Theophylaktos. »Mutig und stark, wie wir Eunuchen sind, werden wir den Ansturm dieser Barbaren zurückschlagen. Gleich heute abend werden wir uns versammeln und Wache halten.«

Dieser dreiundzwanzigjährige Patriarch war mein inniggeliebter Bruder. Wir hatten denselben Vater, doch was die Blutsbande zwischen uns noch verstärkte war die Tatsache, daß wir beide am selben Tag von demselben Arzt kastriert worden waren. Obgleich die Synode Bedenken geäußert hatte, war er nach dem Willen unseres Vaters bereits im Alter von fünfzehn Jahren in die Würde eines Patriarchen eingesetzt worden. Ich empfand große Zuneigung für ihn, und er brachte mir absolutes Vertrauen entgegen.

Noch am selben Abend versammelten sich mehrere hundert Eunuchen in den Gärten des Patriarchats. Andere hatten versprochen, sich abwechselnd an den nächsten Tagen einzufinden. Ein warmer Dunst vermischte sich mit dem Rauch, den der Wind Asiens zu uns herüberwehte. Meine engsten Freunde waren gekommen: die Brüder Theodoros und Grigorios Manasses, ein unzertrennliches Ärztegespann wie einst Kosmas und Damian, der Notar Michael Skuros, ein großartiger Redner, aber auch ein harter Kämpfer, Giorgos Kozanis, der einfallsreiche Bucklige vom Dolmetscheramt, der Goldschmied Avrilios Evros, der durch seine besonders hohe Stimme auffiel, und viele andere aus der Elite der Stadt. Mein Bruder hatte sich seine Stola mit den langen schwarzen Kreuzen über die Schultern geworfen und hielt zunächst eine kurze Ansprache, in der er uns die Worte des Evangelisten Matthäus im 19. Kapitel, 12. Vers, ins Gedächtnis rief: »Und es sind etliche verschnitten, die von Menschen verschnitten sind; und sind etliche verschnitten, die sich selbst verschnitten haben um des Himmelreichs willen.« Er erinnerte uns daran, wie sehr der Himmel uns Kastrierte mit seinen Gaben bevorzuge, und forderte uns auf, den Schatz, der uns anvertraut sei, nicht zu vergeuden.

Obwohl die Bedrohung durch die Russen schwer auf uns lastete, waren wir froh, uns zu treffen. Bei unseren Zusammenkünften fanden wir alles, was uns im Alltag versagt blieb. Hier spürten wir nichts von dem Haß der Bärtigen und der Verderbtheit ihrer Sitten; hier empfanden wir wahre Freude, ein Gefühl, das so selten in unsere leeren Häuser einkehrte. Doch diesmal konnten wir uns nicht lange verweilen und mußten uns bald wieder trennen. Ich teilte meine Freunde in Trupps auf und wies jeder Gruppe einen Mauersektor zur Bewachung zu.

Nachdem unsere Freunde sich entfernt hatten, blieb ich mit meinem Bruder allein zurück, und wir machten noch einen kleinen Spaziergang durch die dunklen Gärten. Da bemerkte ich, daß Theophylaktos vor Angst am ganzen Körper zitterte. Ich redete beruhigend auf ihn ein: Es mochte sein, daß eine Handvoll Soldaten und sechshundert Jahre alte Festungsmauern nur einen trügerischen Schutz boten, aber der Kampfgeist und der Einfallsreichtum unserer Eunuchen würden uns zweifellos die Rettung bringen.

»Vierzigtausend Dämonen, die der Hölle entwichen sind! Es wird keine drei Tage dauern, da werden sie die Stadt plündern und uns allen die Kehle durchschneiden«, seufzte er.

Ich erzählte ihm von meiner Erkundungsfahrt ans andere Ufer des Bosporus und vom Diebstahl der sterblichen Überreste meiner Mutter.

»Das ist schlimm, Basileios. Konstantin hat recht. Wer weiß, was diese Wilden dazu bewogen haben mag, sich des Leichnams zu bemächtigen? Doch dieser Körper war die Heimstatt der Seele. Und was soll aus der Seele werden, wenn die Stunde der seligen Auferstehung schlägt und der Körper gestohlen und geschändet worden ist? Du mußt dich unbedingt auf die Suche nach diesem Sarg und seinem beklagenswerten Inhalt machen ...«

Ich nannte ihm fünf unserer Freunde, die sich bereit erklärt hatten, mich ins Lager der Feinde zu begleiten, und er hieß meine Wahl gut. Er riet mir aber, sobald wie möglich mit der Planung der Expedition zu beginnen.

Der Nebel hatte sich verdichtet und wirkte zusammen mit dem beißenden Rauch wie eine undurchdringliche Mauer. Ich machte mich auf den Weg zum Charisiostor, um Grigorios Manasses zu treffen, der dort Stellung bezogen hatte. Die Stadt wirkte stiller als ein Friedhof. Sogar Diebe und Strolche verkrochen sich aus Angst vor Igors Haudegen. Der Arzt hielt mit seinem Bruder Theodoros, dem Augenarzt, auf einer Zinne Wache. Im Schein ihrer Fackel nahm der nebelverhangene Nachthimmel eine rötliche Färbung an. Man hörte, wie der Name Paulos gerufen wurde. Grigorios rief den seinen. Eine gedämpfte Stimme antwortete mit Alexandros. Die Wächter hatten sich im Abstand von zwanzig Ellbogenlängen zueinander aufgestellt.

»Man kann rein gar nichts sehen!« murmelte Grigorios. »Nur wenn Wind aufkommt und die Nebelschwaden auseinandertreibt, erkennt man in der Nähe von Pege und Pempton zwei Feuerstellen ... Die Russen haben den Bosporus überwunden und umzingeln die Stadt. Sie brandschatzen alles, auch die Dörfer weiter westlich bleiben jetzt nicht mehr verschont!«

»Bei diesem Nebel könnten sie ihre Leitern unmittelbar neben uns aufstellen, und wir würden es nicht einmal bemerken!« meinte Theodoros und lachte bitter.

Die Flamme der Fackel züngelte im heißen Nachtwind. Ich brachte die Sprache auf mein Problem. Würden die beiden Brüder es wagen, mich ins Lager der Russen zu begleiten, um den Sarg zurückzuholen?

»Basileios«, antwortete Grigorios, »du weißt, daß wir dir treu ergeben sind und daß du immer auf uns zählen kannst. Wir werden dich begleiten, wohin es auch sei. Aber was werden wir tun, wenn wir im Lager der Barbaren sind? Wer wird uns die Stelle zeigen, wo die Verfluchten den Sarg versteckt halten? Meiner Ansicht nach fehlen uns noch genauere Angaben, um uns auf dieses Abenteuer einzulassen.«

Er hatte recht. Ich hatte unsere armseligen Truppen übrigens inständig gebeten, Gefangene mitzubringen, um an Informationen zu kommen.

»Angesichts dieser Invasion wird mein Antrag auf Abschaffung des schändlichen Kastrationsverbots wohl kaum Gehör finden«, seufzte Manasses und lenkte das Gespräch damit auf ein anderes Thema. »Meine Bittschrift wird wie die vorangegangenen unbeachtet bleiben.«

Ich wußte, daß er zu Recht für die Aufhebung eines Gesetzes kämpfte, das aus der Zeit Justinians stammte und die Kastration im ganzen Reich untersagte. Unter Leon dem Weisen war dieses Verbot wieder eingeführt worden.

»Vor vierhundert Jahren gab es vielleicht wirklich eine erhöhte Sterblichkeit nach diesen Eingriffen, was die Beweggründe des damaligen Gesetzgebers erklärt. Die Chirurgen seinerzeit waren Schlächter! Aber die Fortschritte in der Medizin sind dergestalt, daß solche Fehler heutzutage nur noch äußerst selten vorkommen. Trotzdem sind diese Gesetze immer noch in Kraft.«

»Du mußt aber zugeben, daß nur wenige sich daran halten«, warf Theodoros ein, der sich auf die Brüstung stützte.

»Da kann man von Glück sagen!« brummte Grigorios. »Gewiß hat dein Vater Seine Seligkeit Theophylaktos und dich von einem byzantinischen Arzt kastrieren lassen. Würden die Gesetze befolgt, so gäbe es längst keine Eunuchen mehr. Und dabei verfügen wir Eunuchen über eine viel höher entwickelte Intelligenz, eine größere Sensibilität und eine Schaffenskraft, von der die Bärtigen nur träumen können. Warum soll man Eltern, die sich dieser Wahrheiten bewußt sind, dazu zwingen, ihre Kinder in die Königreiche Armeniens, nach Sizilien oder gar nach Verdun, ins Land der Germanen, zu schicken, um sie dort kastrieren zu lassen…?«

»Sieh nur!«

Der Nebel riß auf, und hinter den Wolken kam ein grauer Mond zum Vorschein. Eine undeutliche, unscharfe Bewegung zeichnete sich vor uns ab. Es sah aus wie eine Welle, die langsam übers Land auf uns zugerollt kam.

»Das sind sie! Gib Alarm, Theodoros!«

»Warte …«

Es war nur der Schatten einer Wolke, der träge über das verbrannte Gras der Wiesen zog.

Ich teilte den Standpunkt meines Freundes: Es war unerläßlich, dem Reich eine Art von Menschen zu erhalten, die mit vielen berühmten Generälen und bemerkenswerten Ministern entscheidend zu seiner Größe beigetragen hatten.

»Natürlich! Oder hat man jemals den Stier vor den Pflug gespannt? Ist es üblich, daß man einen Hengst ins Rennen schickt? Ich halte es für einleuchtend, daß jeder auf seinem Platz bleiben muß und daß diejenigen, die für die Fortpflanzung zuständig sind, bei den Staatsgeschäften nichts verloren haben. Sollen uns die Bärtigen und die Frauen schöne Kinder machen; wir machen ihnen gute Politik!«

»Aber zum Dank bringen sie uns nur Haß und Verachtung entgegen«, wandte sein Bruder ein. »Täglich müssen wir ihren Neid und ihren Spott ertragen! Dabei erhalten die meisten der zehntausend Eunuchen, die im Palast Dienst tun, nicht einmal einen angemessenen Lohn! Wie viele müssen sich mit einem Zimmer in einem Elendsviertel zufriedengeben! Und habt ihr gehört, was niederträchtige Eltern ihren Kindern beibringen? Man lehrt sie, armen, wehrlosen Eunuchen auf der Straße hinterherzulaufen und ihnen Spottgedichte nachzurufen.«

Er hatte recht. Und ich errötete wieder bei dem Gedanken an all die Demütigungen, denen unseresgleichen ausgesetzt sind, und an die Verachtung, die die Bärtigen und die Frauen uns entgegenbringen, weil wir anders sind als sie. Wo ist sie aber, diese vermeintliche Überlegenheit, mit der sie sich uns gegenüber großtun? Obsiegt der Geist etwa nicht über die Materie und unser Gehirn über die erbärmlichen Merkmale, deren man uns beraubt hat? Im Grunde wissen die Bärtigen ganz genau um unsere besondere Befähigung, und ihre Geringschätzung rührt allein von ihrer Wut darüber her, daß sie uns nicht das Wasser reichen können.

Dort, wo der Nebel am dichtesten war, zeigte sich eine milchige Färbung. Die Morgendämmerung würde etwas Abkühlung bringen.

2

Die Schändung des Leichnams meiner Mutter ließ mir keine Ruhe. Mir war, als sei sie dadurch einen zweiten Tod gestorben, und die Trauer darüber wühlte mich ebensosehr auf wie bei ihrem Verschwinden vor zwanzig Jahren. Wie meine griechischen Ahnen, die darunter litten, wenn sie die Ihren ohne Grabstätte wußten, so quälte auch mich die Vorstellung, daß meine Mutter im Jenseits rastlos umherirrte und keinen Frieden finden konnte. Tag und Nacht sah ich ihr trauriges Gesicht vor mir, das sich mir auf wunderbare Weise eingeprägt hatte. Ich glaubte, ihre Stimme zu hören, die mir leise vorwarf, sie verlassen zu haben. Ich mußte ihre sterbliche Hülle um jeden Preis wiederfinden, um sie der Erde zurückzugeben.

Doch wenn man sich auf die Aussagen meiner treuen Freunde verlassen konnte, wußten wir insgesamt nur sehr wenig über das Lager der Russen. Zwar hatte man einige Barbaren gefangennehmen können, aber bei diesen handelte es sich meistens um halbwilde Herumtreiber, die vom Krieg nichts kannten als den Reiz der Beute. Sie gingen unseren Männern in Chrysopolis oder den wenigen Spähtrupps, die auf dem Land unterwegs waren, ins Netz. Man brachte sie zum Magnaurapalast, dem Hauptsitz der Verwaltungsbehörden, und hatte alle Mühe zu verhindern, daß die aufgebrachte Menge sie unterwegs in Stücke riß. In den Kellern des Gebäudes brachten meine Männer sie dann zum Reden, oftmals in meinem Beisein. Gewöhnlich foltern wir unsere Gefangenen nicht, außer wenn es sich um Sklaven handelt. Aber diese hier waren noch geringer als Sklaven.

Ich erfuhr nur wenig von ihnen. Die Männer waren einfach zu unwissend und stumpfsinnig. Ich fand durch die Verhöre nur heraus, wo genau Igor und seine Verwandten, die zusammen seine *Droujina* bildeten, ihre Quartiere aufgeschlagen hatten. Doch von einem gestohlenen Sarg wollte keiner etwas wissen.

Eine Woche später beschloß ich dennoch, mich mit vieren meiner Freunde auf die Suche nach dem Sarg zu machen.

Ich wollte gerade meinen Amtssitz verlassen, als plötzlich und ohne Voranmeldung meine Brüder Stephanos und Konstantin eintraten. Ich hatte sie seit Beginn der russischen Invasion völlig vergessen, denn sie waren nutzlose Müßiggänger, die von Staatsangelegenheiten nicht das geringste verstanden. Trotzdem hatte mein Vater sie, wie auch den Mann meiner Schwester Helena, als Mitregenten eingesetzt, und Stephanos, den Ältesten, zu seinem Nachfolger bestimmt.

»Basileios, mein Bruder«, begrüßte er mich, »wir müssen eine ernste Sache mit dir bereden.«

Wie immer war er mit Ordensbändern und scharlachroten Federn geschmückt. Er fing an, mit großen Schritten im Zimmer auf und ab zu gehen, wobei die Steinplatten unter dem Absatz seiner Stiefel hallten. Er setzte eine ernste Miene auf, warf sich in die Brust und räusperte sich, bevor er zur Sache kam.

Ich wartete ungeduldig. Ich kannte ihn gut und wußte, daß er ein aufgeblasener Kerl war, der den Mund gerne zu voll nahm. Er träumte von gewaltigen Heldentaten, zu denen er jedoch nicht fähig war. Der Kaiser hatte ihm das Kommando entziehen müssen, nachdem er sich zuerst in Melitene und anschließend in Thrakien durch sein ungeschicktes Verhalten vor dem Feind zum Gespött gemacht hatte. Ein ziviles Amt hatte er unter dem Vorwand seiner hohen Geburt abgelehnt. In Wirklichkeit verstand er weder etwas vom Umgang mit Problemen noch vom Umgang mit Menschen. Er rächte sich für die väterliche Ungerechtigkeit, indem er übermäßig trank und als Thronerbe in den berüchtigtsten Tavernen mit den untersten Schichten des Volkes verkehrte.

»Mein lieber Bruder«, begann er endlich, »die Lage ist ernst, du weißt es wohl, und ich brauche deine Hilfe.«

Ich war verblüfft, daß er die Gefahr erkannt hatte, doch wußte ich, daß er stets nur im eigenen Interesse handelte. Gewöhnlich unterhielt er sich mit mir nur, wenn er etwas von mir wollte.

Jetzt versuchte er mir zu erklären, wie sehr der Kaiser zum Nachteil seiner legitimen Erben seinen Schwiegersohn Konstantin bevorzuge, diesen Schwachsinnigen, der sich ständig hinter seinen Büchern verkrieche. Alles deute darauf hin, daß er unablässig Anordnungen treffe, um seine Söhne zugunsten von Helenas Mann zu benachteiligen.

Das Problem war nicht neu. Zu gegebener Zeit würde sich eine Lösung dafür finden. Aber jetzt standen die Russen vor den Toren. Stephanos hüllte sich in verlegenes Schweigen.

»Es ist nur so«, ergriff mein Bruder Konstantin das Wort, »daß die Ereignisse sich überstürzen und wir jetzt endlich handeln müssen.«

Ich hatte für ihn auch nicht mehr übrig als für seinen älteren Bruder. Er war so lasterhaft, wie ein Bärtiger es irgend sein kann, dazu verdorbener als eine überreife Frucht. Er schenkte seine Gunst hemmungslos sowohl Männern als auch Frauen, mit Ausnahme seiner eigenen. Ich haßte ihn besonders, weil er eine Vorliebe für unschuldige junge Eunuchen hatte und seine Stellung dazu mißbrauchte, mit ihnen seine Launen zu befriedigen. Danach heuchelte er immer Reue und rannte zu den Geistlichen, ohne jedoch sein Verhalten zu ändern.

»Wir haben erfahren«, fuhr er fort, »daß der Kaiser sich mit der Absicht trägt, den kleinen Romanos, den Sohn von Konstantin und unserer Schwester Helena, mit irgendeiner gleichaltrigen Prinzessin zu verheiraten. Damit würde er den Wunsch zum Ausdruck bringen, seinen Schwiegersohn als seinen Nachfolger zu sehen...«

Die Nacht brach herein, meine Freunde erwarteten mich, und der Leichnam meiner Mutter befand sich nach wie vor in den Händen der Barbaren. Doch meine Brüder setzten ihr dummes Geschwätz ohne Rücksicht auf den Ernst der Stunde fort. Nur mit Mühe und Not gelang es mir, Ruhe zu bewahren. Schließlich erhob ich mich und bedeutete ihnen, daß dies alles keine Eile habe und daß es besser sei, zu einem anderen Zeitpunkt noch einmal darüber zu reden.

»Doch, es hat Eile!« schnauzte Stephanos. »Wir haben beschlossen, unseren Vater zu töten, bevor es zu spät ist. Wir sind nun gekommen, dich um deine Hilfe zu bitten. Die Männer von deiner Barbarenbehörde würden sich für diese Arbeit bestens eignen.«

Fast hätte ich es für einen schlechten Scherz gehalten: Meine Brüder sprachen über die Ermordung ihres eigenen Vaters, als träfen sie Vorbereitungen für ein Festmahl, und sie meinten, die zuverlässigsten Handlanger wären wohl in meiner Behörde zu finden! Da packte mich die Wut, und mit zornigem Gebrüll stürzte ich mich auf Stephanos, um ihn hinauszuwerfen. Doch noch bevor ich ihn erreichen konnte, waren die beiden schon zur Tür hinaus. Sie erinnerten sich wohl an die schlimmen Prügel, die sie schon als Kinder von mir bezogen hatten. Ich versuchte mich zu beruhigen, indem ich mir immer wieder vorsagte, daß dies ja nicht ihre erste Torheit sei. Im übrigen war ich sicher, daß sie ihren Plan allein nicht würden ausführen können. Während ich noch meinen Gedanken nachhing, erschien plötzlich Asan, ein Syrer, der für mich arbeitete.

»Edler Herr Basileios, wir haben da einen Gefangenen, der nichts lieber täte, als zu sprechen«, meldete er.

Im Keller war die Hitze wegen der Fackeln, die das Gewölbe erhellten, und wegen des Ofens, in dem das Eisen glühend gemacht wurde, noch unerträglicher. Ein stämmiger halbnackter Bursche war an eine Säule gekettet und stöhnte leise. Ich erinnere mich, daß ich mich beim Nähertreten über die Größe seines Kopfes und den einfältigen Blick seiner blauen Augen wunderte. Er stank nach Barbar. Brandmale überzogen seinen Oberkörper und seine Arme. Ich fragte, warum man ihn gefoltert hatte, wenn er doch so viel guten Willen zeigte.

»Es geschah, um uns seiner Ehrlichkeit zu versichern, edler Herr«, murmelte Asan, den ich schon immer im Verdacht hatte, daß ihm diese Arbeit Vergnügen bereitete.

Ich schickte den Dolmetscher weg. Mein Amt machte es erforderlich, daß ich sowohl Slawisch als auch die Sprachen unserer anderen Nachbarländer beherrschte. Außerdem hatte mir das Erlernen fremder Sprachen noch nie besondere Mühe bereitet. Ich begann mit dem Verhör. Er hieß Vsevolod und stammte aus Kiew. Er redete tatsächlich wie ein Buch und hatte sichtlich Vertrauen zu einem Gesprächspartner, der seiner Sprache mächtig war.

Er erzählte mir, er sei *Podiezdnoy*, Stallmeister des Fürsten. Man habe ihn gefangengenommen, als er mit einer kleinen Begleitmannschaft den Bosporus überquerte, um die Gegend auszukundschaften. Er machte kein Geheimnis daraus, daß Igor beabsichtigte, eines nicht allzu fernen Tages mit seiner Streitmacht die Meerenge zu überwinden und die Stadt zu belagern. Aber der Fürst fürchtete die Anwesenheit zahlreicher kampferprobter Truppen in der Stadt. So würde er vorab nur wenige Einheiten aussenden, um die Verteidigungsanlagen auszuspähen.

Als ich ihn über die Schändung der Gräber von Glaros befragte, senkte er den Kopf. Er behauptete, der Fürst sei von diesem Verbrechen unterrichtet worden und habe die Täter bestrafen lassen. Doch ich war überzeugt, daß er nicht die Wahrheit sagte. Er log abermals, als ich den Diebstahl des Sarges erwähnte und er vorgab, nichts davon zu wissen.

Ich ließ ihn von Asan mit einem glühenden Eisen bearbeiten. Er brüllte wie am Spieß, riß an seinen Ketten und schluchzte laut. Schließlich gab er unter Stöhnen und Seufzen zu, daß er von einem kostbaren Gegenstand gehört habe, der von den Poljanen gestohlen worden sei. Die drei Fürstenbrüder Gradic, welche diese Truppen befehligten, hätten in den Ruinen des Dorfes Moukoporis, ganz in der Nähe von Glaros, Quartier bezogen. Der Gegenstand sei in ihrem Besitz.

Ich beschloß, mit meinen Getreuen noch am selben Abend dorthin aufzubrechen.

Die Schaluppe legte in dem kleinen Hafen von Glaros an, den ich als Ausgangspunkt für die Expedition gewählt hatte. Die acht Matrosen sollten dort auf uns warten und uns nötigenfalls zu Hilfe kommen. Sobald wir an Land gegangen waren, machten wir uns im Schutz der Dunkelheit auf den Weg. Moukoporis lag nur drei Meilen weiter nördlich. Die Nacht war finsterer als bei meinem letzten Besuch. Die Wolken hatten zwar noch dieselbe kupferne Färbung, doch die Brände tobten nicht mehr mit derselben Heftigkeit. Noch vor einigen Tagen war es möglich gewesen, sich im Widerschein der Flammen zu orientieren wie am hellichten Tag. Jetzt konnte man fast nichts mehr erkennen. Vor allem aber hörte man nicht mehr das Gebrüll von Igors Armee, und einen Augenblick lang überkam mich die wahnsinnige Hoffnung, die Barbaren möchten das Land verlassen haben. Doch schon wenig später wurde meine Hoffnung enttäuscht.

Die beiden Brüder Manasses, Skouros, der Notar, und der kleine Kozanis vom Dolmetscheramt begleiteten mich. Sie gehörten zu meinen besten Freunden, mit denen ich Freud und Leid unseres Eunuchendaseins stets geteilt hatte. Und auch jetzt hatten wir uns vorgenommen, es gemeinsam zu schaffen.

»Laufen wir besser am Wegrand im Gras«, flüsterte Theodoros.

Dort verursachte der Absatz unserer Stiefel keinen Lärm.

Moukoporis war eine kleine Stadt, die sich an eine felsige Bucht schmiegte. Mehrere Paläste und Sommerresidenzen bedeutender byzantinischer Familien befanden sich hier. Am Ausgang der Stadt erhob sich das weitläufige Alexandroskloster, in dem akimitische Mönche Tag und Nacht sangen.

Wir schlichen vorsichtig näher, da wir sicher waren, daß die Wachen auf Posten standen. Aber die Stadt lag wie ausgestorben da. Durch die Stille ermutigt, wagten wir uns in die Gassen vor und schlichen dicht an den rußgeschwärzten Hauswänden entlang. Bekümmert stellten wir fest, daß hier alles gebrannt hatte. Kein Lebenszeichen, nicht einmal das Kläffen eines Hundes, war zu hören. Warme Windböen wirbelten zuweilen eine Wolke aus Staub und Asche auf, doch die Glut in den Ruinen war erloschen.

»Dein Russe hat dich zum Narren gehalten«, knurrte Skouros.

»Oder die Poljanen sind abgezogen«, entgegnete Kozanis. »Sehen wir einmal im Kloster nach.«

Das Kloster war offensichtlich vom Feuer verschont geblieben. Nur die Spuren der Plünderung waren unübersehbar. Alles, was die Barbaren nicht hatten wegschaffen können, war beschädigt oder beschmutzt. In einer Grube im Garten lagen die Leichen der Mönche, die nur ein wenig mit Sand bedeckt worden waren.

»Sie haben sie verscharrt, um nicht von dem Geruch belästigt zu werden«, meinte Grigorios. »Die Poljanen haben hier also tatsächlich Quartier bezogen!«

Wir verbrachten einen Teil der Nacht damit, das Kloster zu durchsuchen, ohne auch nur die geringste Spur eines Sarges zu entdecken. Wichtige Persönlichkeiten hatten offensichtlich das Haus des Hegumenos bewohnt: Bärenfelle bedeckten noch den Fußboden, und auf einem Tisch fanden wir Reste einer Mahlzeit und einen Zinnbecher.

»Als wollten sie in Kürze zurückkommen«, kommentierte Theodoros. »Basileios, mein Freund, wenn du darauf bestehst, werden wir die Suche fortsetzen. Mir persönlich erscheint es allerdings vernünftiger umzukehren. Vielleicht erwarten uns zu Hause bessere Nachrichten.«

Er hatte recht. Auf dem Heimweg versuchten sie alle, mich aufzumuntern. Die nächste Fahrt werde bestimmt erfolgreicher sein. Doch ich war untröstlich.

»Ich verstehe dich sehr gut«, sagte Skouros, der im Dunkeln neben mir lief. »Ich würde ebenso empfinden wie du, wenn das Grab meiner Mutter geschändet worden wäre. Aber ich frage mich, warum es uns eigentlich mit solcher Bitterkeit erfüllt, wenn die Gräber unserer Lieben entweiht werden. Wir wissen doch, daß sich die unsterbliche Seele neun Tage nach dem Ableben von dem vergänglichen Leib trennt. Warum also sorgen wir uns um das, was nur noch eine leere Hülle ist, die ohnehin in absehbarer Zeit verwest und zu Staub zerfällt?«

»Andere Völker sind nicht so darauf bedacht wie wir«, pflichtete Grigorios ihm bei. »Sie interessieren sich nicht für den Körper der Toten.«

»Gewiß. Ich persönlich denke, daß wir unsere Einstellung von den alten Griechen übernommen haben, bei denen es als Frevel galt, einem Toten keine letzte Ruhestätte zu geben. Damals glaubte man, die Toten fänden keinen Frieden, solange sie nicht begraben oder verbrannt wären. Erinnert euch an

Antigone, die sogar dem Tod die Stirn bot, um den Leichnam ihres Bruders zu beerdigen. Spricht sie nicht von ›den ungeschriebenen und unumstößlichen Gesetzen der Götter, die nicht seit heute und nicht seit gestern, sondern seit ewigen Zeiten bestehen‹? Und der alte Priamos in Homers Ilias, der sich erniedrigte, um den Leichnam seines Sohnes Hektor wiederzubekommen! Ist das Christentum und seine Unsterblichkeit der Seele etwa nur ein Mantel, den wir über unsere heidnischen Kleider gezogen haben?«

»Hübsche Theorien. Du solltest dir das Nachdenken darüber aber besser für später aufheben«, spottete Theodoros. »Laß Basileios mit seinem Kummer ein wenig in Ruhe. Wir sollten aber trotzdem am Friedhof vorbeigehen. Ich finde, daß wir die Körper dieser armen Leute nicht ohne Grab zurücklassen können.«

Der Friedhof von Glaros bot noch immer denselben trostlosen Anblick. Der widerliche Gestank, der über allem lag, war indessen noch unerträglicher geworden. Ich führte meine Freunde zu dem leerem Grab meiner Mutter, und wir blieben lange in stiller Trauer davor stehen. Schließlich fragte mich Skouros, ob es mir etwas ausmache, wenn er in die Grube hinabsteige. Er wolle sich die Dinge aus der Nähe betrachten. Ich hatte nichts dagegen und half ihm hinunter. Er nahm den Boden des Grabes genau in Augenschein.

»Basileios«, begann Grigorios, während wir auf Skouros warteten, »ich möchte dir noch einmal beteuern, wie sehr ich deinen Kummer teile. Trotzdem muß ich dich darauf aufmerksam machen, daß diese Grube recht klein ist; ihre Wände sind unregelmäßig; sie muß wohl von einem ziemlich unerfahrenen Totengräber ausgehoben worden sein. Man könnte sich sogar fragen, ob sie jemals einen Sarg enthalten hat!«

»Das ist richtig«, seufzte Skouros, der aus dem Loch emporgestiegen war. »Und ich habe dort unten diese Trümmer des Grabsteins gefunden. Wenn das Grab einen Sarg enthalten hätte, wären sie auf ihn gefallen und nicht auf den Grund der Grube!«

»Was schließt du daraus?«

»Daß sich der Leichnam deiner Mutter nicht in dem Grab befand, als die Russen es öffneten.«

Ich wollte es nicht glauben, doch jetzt blieb keine Zeit, darüber nachzudenken. Wir beeilten uns, die ausgegrabenen Leichen wieder zu beerdigen, eine fromme, aber widerwärtige Pflicht. Da sahen wir im Süden plötzlich einen starken Lichtschein, der den ganzen Himmel erhellte. Zugleich hörten wir von ferne ein lautes Geschrei.

»Der Barritus, der Schlachtruf der Russen!« murmelte Kozanis schaudernd. »Sie stürmen Chrysopolis! Sie haben alle Streitkräfte dort zusammengezogen; deshalb haben wir in Moukoporis niemanden angetroffen.«

Wir eilten zurück zum Schiff.

Am nächsten Morgen trafen ununterbrochen Meldungen ein. Die Russen hätten die östlichen Vororte Pera und Galata eingenommen, hieß es. Im übrigen konnte man den Feuerschein der Kämpfe durch die dunkle Wolke hindurch sehen, die sich über die Dächer dahinwälzte. Auf der anderen Seite des Bosporus war Chrysopolis gefallen. Die Barbaren befanden sich bereits im Anmarsch auf Nikäa und Nikomedia. Sie umzingelten die Stadt von Norden her und gelangten auf diese Weise in immer größerer Zahl in die westlichen Vororte.

Der August rückte näher, und wir hatten immer noch keine Nachricht von Flotte und Heer. Bald trat zu der Angst vor dem drohenden Angriff noch eine weitere Sorge: Da Igor den Bosporus mit seinen Truppen abgeriegelt hatte und alle Zugänge zur Stadt scharf bewachen ließ, machte er die Versorgung ihrer Bewohner unmöglich. Denn die Nahrungsmittel für die Millionenstadt Konstantinopel wurden täglich von den Gemüsegärtnern, den Viehzüchtern und den Bauern der Umgebung herangeschafft.

Die Getreidevorräte gingen allmählich zur Neige, und die Schlachthöfe waren leer. Für drei oder vier Nomismata fand man nur noch selten einen Scheffel Mehl, für den man zu normalen Zeiten nicht einmal ein Zehntel dieses Preises bezahlte. In der Not schlachtete man Pferde und aß Hundefleisch. Glücklicherweise, so erzählte man sich, seien die städtischen Kornspeicher, die der Kaiser in weiser Voraussicht hatte bauen lassen, noch immer mit nahezu unerschöpflichen Getreidevorräten gefüllt. Viele Menschen fragten sich daher, warum man erst darauf warten sollte, daß ein harter Winter dem Herrscher Gelegenheit gäbe, seine Großzügigkeit unter Beweis zu stellen. War es nicht jetzt schon an der Zeit, die Bürger zu sättigen? Und da der Befehl zum Öffnen der Kornkammern auf sich warten ließ, brachen einige der Mutigsten oder der Hungrigsten das Tor zu einem der Speicher auf: Er war leer.

Viele meiner Landsleute nahmen diese Nachricht mit wahrer Schicksalsergebenheit auf. Da sie sich ohnehin verloren glaubten, erklärten sie, es sei ihnen egal, ob sie nun hungrig oder satt sterben müßten, und angesichts des drohenden Blutbades sei es nicht an der Zeit, sich über den Zustand der Speicher Gedanken zu machen. Andere zeigten sich tief betroffen. Mit leerem Bauch war für sie jeder Widerstand unmöglich. Der Russenfürst, der vor Ort geheime Informanten hatte, wollte die Stadt aushungern, um sie zu gegebener Zeit mühelos einnehmen zu können.

Ich hatte an diesem Abend bei Sonnenuntergang eine Verabredung mit Isidoros Balsamon, einem Eunuchen aus dem Frauengemach. Er hatte mich um ein Gespräch unter vier Augen gebeten. Wir Kastrierten halten im allgemeinen nicht viel von denjenigen unserer Brüder, die im Dienst der Frauen stehen. Der tägliche Umgang mit diesen Geschöpfen verleiht ihnen eine gezierte Haltung und ein affektiertes Benehmen, das uns mißfällt. Trotzdem können auch sie zuweilen von Nutzen sein. Isidoros Balsamon war von mir beauftragt worden, Anna, die geliebte Frau meines Bruders Stephanos, zu überwachen.

Der Abendgottesdienst ging zu Ende. Die letzten Strahlen der untergehenden Sonne fluteten über den Mosaikfußboden der Diakonissenkirche. Von der Kuppel herab leuchteten Hunderte von Lampen, und die tausend Heiligenbilder der Ikonostase funkelten geheimnisvoll aus dem Dunkel. Die Gläubigen hatten Gott lange um Hilfe angefleht und verließen nun müde und mit gesenkten Häuptern die Kirche. Noch immer hallte das Gewölbe von den schwermütigen Chorgesängen wider.

»Edler Herr Basileios...«

Isidoros stand hinter mir.

»Es ist etwas Schlimmes geschehen, ein Vorfall, der gewisse Tatsachen erklären wird...«

Ich flüsterte ihm zu, sich kurz zu fassen.

»Ich habe mich nach deinen Anweisungen im Mousikos verborgen, dem Saal des Frauengemachs, wo sich die Prinzessinnen versammeln. Da ließ sich plötzlich der Kaiser bei Anna melden, was mich gleich doppelt wunderte. Anna mag den Kaiser bekanntlich nicht, und er kann sie genausowenig leiden. Sie blieben allein, und er warf ihr vor, zusammen mit ihrem Mann Stephanos den Weizen der Armen aus den städtischen Speichern gestohlen und verkauft zu haben. Sie beteuerte ihre Unschuld, doch er schien sich seiner Sache völlig sicher zu sein. Zum Ausgleich forderte er sie auf, innerhalb von acht Tagen eine Summe von tausend Goldpfund, entsprechend der Menge des gestohlenen Weizens, an die Staatskasse zu entrichten...«

Am gleichen Abend erfuhr ich, daß zwei Ladenbesitzer aus dem elften Distrikt beim Kaiser ein Gesuch eingereicht hatten, worin sie ihn gebeten hatten, die Korndiebe ausfindig zu machen und zu bestrafen. Mein Vater hatte die Bittschrift verbrennen und ihre beiden Verfasser aufhängen lassen.

Wie es meine Pflicht war, begab ich mich auch in dieser Nacht zum Kaiser, um ihm Bericht zu erstatten. Der Wind hatte gedreht, und die Rauchschwaden des Gemetzels waren in die andere Richtung abgezogen. Um diese Zeit vermischte sich das feine Aroma der Zitronenbäume mit dem schweren Duft nach Wachs und Weihrauch, der den Säulenhallen entströmte. In den Blättern säuselte ein frischerer Wind. Ich nahm mir vor, meinem Vater von der Expedition zu erzählen, die ich tags zuvor durchgeführt hatte. In meinem Kummer war ich froh, mit jemandem reden zu können, obwohl mein Vater mir bei meinen Besuchen stets vorkam wie eine Statue aus Stein. Er schien nichts zu sehen und nichts zu hören. Niemals richtete er das Wort an mich, aber seine Nähe war mir schon Belohnung genug.

An diesem Tag war er gesprächiger als sonst. Als ich mich

eben verabschieden wollte, spürte ich, wie er mich am Kragen meiner Tunika packte und vom Boden hochzog.

»Basileios«, begann er, »ich freue mich, zu sehen, daß du fast ebenso groß bist wie ich und viel kräftiger als die anderen Eunuchen. Du weißt, daß deine Kastration keine Beeinträchtigung darstellt und daß ich dich nicht in der Absicht entmannen ließ, dich daran zu hindern, dieselben Würden zu erlangen wie die Söhne meiner freien Frau.«

Er musterte mich wohlwollend.

»Denn wenn es dir dieser Eingriff auch nicht erlaubt, Kaiser zu werden, so erleichtert er dir doch den Zugang zu allen anderen Ämtern und Ehrentiteln. Die Ehe- und Kinderlosigkeit läßt dir mehr Zeit für die Arbeit, und deinesgleichen haben seit Jahrhunderten bewiesen, daß sich bei euch die Sinne und der Verstand besser entwickeln als bei Unkastrierten. Ihr seid größer als die meisten Bärtigen und ohne Zweifel scharfsinniger. Beschneidet man nicht auch Bäume, um sie ertragreicher zu machen?«

Zum ersten Mal erblickte ich auf seinem Gesicht das verhaltene Lächeln ernster Männer, die mit Bekundungen ihrer Zuneigung sparsam umgehen müssen.

»Ich habe dich zu hohen Ämtern ausersehen. Doch nun berichte mir, was meine Untertanen denken.«

Ich versuchte, in wenigen Worten die Angst und Verzweiflung zu beschreiben, die im Volk herrschten, und ich wagte, von der Bestürzung zu sprechen, die durch die beiden Hinrichtungen hervorgerufen worden war. Er sah mich durchdringend an.

»Und du«, fragte er, »hältst du mich für grausam?«

Ich antwortete ihm, daß ich alle seine Entscheidungen bewundere.

»Du mußt wissen, daß ich Mitleid mit diesen beiden Männern hatte, aber in erster Linie muß ich an das Wohl meines Volkes denken. Es kümmert mich nicht, ob man mich grausam nennt, denn hier standen die Einheit und die Treue meiner Untertanen auf dem Spiel. Ich habe zwei exemplarische Strafen verhängt und mich dadurch mitleidiger gezeigt, als wenn ich das Fortdauern von Unruhen geduldet hätte, aus denen Rache und Mord erwachsen wären. Diese Verbrechen hätten allen geschadet, während die Hinrichtungen, die ich anordnete, nur zwei einzelne Personen getroffen haben. Verstehst du das?«

Ein flüchtiges Lächeln ging über sein Gesicht.

»Es könnte sein, daß du es schon begriffen hast, denn es gibt drei Kategorien von Köpfen: diejenigen, die etwas verstehen, ohne daß man es ihnen erklärt; diejenigen, die etwas verstehen, wenn man es ihnen erklärt; und diejenigen, die nichts verstehen, selbst wenn man es ihnen erklärt. Vielleicht gehörst du ja zu den ersteren. Sag mir jetzt: Ist es besser, geliebt oder gefürchtet zu werden?«

Beides schien mir notwendig zu sein.

»Aber oft läßt sich beides nicht miteinander vereinbaren. Merke dir, daß es viel sicherer ist, die Leute das Fürchten zu lehren, als sich bei ihnen beliebt zu machen, wenn man auf eines von beiden verzichten muß.«

Er sah mich lange an, und in seinem Blick lag eine Würde, die mich erbeben ließ.

»Gehe immer davon aus, daß die Menschen undankbar, unbeständig, falsch und heuchlerisch sind. Sie hassen Schläge, lieben aber das Geld. Solange du ihrem Interesse dienst, gehören sie dir mit Leib und Seele. Sie geben dir ihr Blut, ihr Vermögen, ja sogar ihr Leben. Doch wenn sie fühlen, daß schlechte Zeiten bevorstehen, lassen sie dich im Stich. Ein Kaiser, der sich auf ihr Wort verlassen hat, steht in dieser Situation allein und hilflos da. Verstehst du das?«

Ich hatte es leider schon am eigenen Leib erfahren.

»Die Menschen beleidigen eher einen Fürsten, der sich beliebt machen will, als einen, der seine Umgebung erzittern läßt. Denn das Band der Liebe ist aus Dankbarkeit gesponnen, einer Faser, die die Menschen in ihrer Bosheit bedenkenlos zerreißen, sobald ihr eigenes Interesse auf dem Spiel steht. Das Band der Furcht besteht dagegen aus der immerwährenden Angst der Menschen vor Strafe.«

Mit seinem starren Blick schien er mich auf die Stelle zu bannen, und ich wagte nicht, mich zu rühren. Nach einer kurzen Pause fuhr er mit bedächtiger Stimme fort: »Wichtig ist, daß der Kaiser bei seinen Untertanen keinen Haß erweckt, denn

Haß hat mit Furcht nichts gemeinsam. Um dies zu verhindern, genügt es, wenn er sich weder an ihrem Besitz noch an ihren Frauen vergreift. Denn die Menschen vergessen den Verlust ihres Vaters schneller als den ihres Vermögens.« Und er wiederholte langsam und nachdenklich: »... den Verlust ihres Vaters schneller als den ihres Vermögens ...« Dann fragte er mich, was man im Volk über einen Angriff Igors denke. Doch als ich ihm erwiderte, daß die Gefahr, in der Stadt und Kaiser schwebten, wohl mehr von seinen Prinzen als von der russischen Invasion ausgehe, verdüsterte sich seine Miene, und er wies mir barsch die Tür. Ich schlug die Augen nieder und trat zerknirscht den Rückzug an. Ich hatte mich nicht getraut, ihm die ganze Wahrheit über seine Söhne zu enthüllen, und war mir der Tatsache bewußt, daß ich noch viel über die Verblendung der Väter lernen mußte, wenn es um ihre ehelichen Kinder ging.

»Einen Augenblick noch, Basileios. Die Stadt braucht zur Zeit jeden einzelnen von uns. Zum Wohle aller wäre es besser, wenn du gefährliche Unternehmungen wie die von heute nacht vermeiden würdest. Jetzt kannst du gehen.«

Wenige Meter vom Palast entfernt wartete eine geschlossene Kutsche. Ihre Laterne erhellte das Blattwerk, das sanft im Wind schaukelte. Koukoulis, ein mir bekannter Gardeoffizier, kam aus dem Dunkel auf mich zu. Er deutete auf die Kutsche und erklärte mir, eine Frau habe ihre Hand zwischen den Wagenvorhängen herausgestreckt und ihm als Passierschein eines der Privatsiegel gezeigt, die der Kaiser gewöhnlich nur seinen nächsten Angehörigen anvertraute. Ich entfernte mich schweren Herzens.

Tagsüber nahm die Sorge um das weitere Schicksal von Konstantinopel meine ganze Zeit in Anspruch. Doch nachts, wenn ich alleine war, konnte ich keinen Schlaf finden. Ich mußte meinen Freunden recht geben: Der Sarg konnte sich zum Zeitpunkt der Schändung nicht im Grab befunden haben. Mußte man also annehmen, daß das Grab schon vor dem feindlichen Einfall entweiht worden war? Und was hatte man mit dem Leichnam gemacht?

Im Dunkeln glaubte ich das Flüstern meiner Mutter zu hören,

die mir meine Unachtsamkeit vorwarf. Als ich endlich einschlummerte, erschien sie mir im Traum. Ich sah sie traurig in einem Garten umherirren, in dem Rosen blühten. Sie beugte sich über die Blumen, um ihren Duft einzuatmen, hob aber gleich darauf enttäuscht den Kopf, denn die Rosen waren geruchlos. Sie warf mir einen leiderfüllten Blick zu, als flehe sie mich an, ihr zu helfen. Da erwachte ich und mußte abermals feststellen, daß ich völlig machtlos war. Doch auf Schritt und Tritt quälte mich der Gedanke an die Pflicht, die zu verrichten ich mich gezwungen fühlte.

Ich kam auf die Idee, nach Zeugen zu suchen, die die Verwüstung des Friedhofs miterlebt hatten. Die Bewohner von Glaros waren nicht alle dem Massaker zum Opfer gefallen. Einige hatten in der Stadt Zuflucht gesucht, insbesondere in den Krankenhäusern, wo man sich der vielen Verwundeten annahm.

Hier herrschten unsägliches Elend und Leid. In den Zimmern, auf den Gängen, im Hof, überall wimmelte es von Flüchtlingen. Man hatte die Betten aus den Räumen entfernt und legte Sterbende dicht an dicht mit Leichtverwundeten auf Strohlager. Es stank nach Blut und Ausscheidungen, und Schwärme dicker, blauschillernder Schmeißfliegen labten sich am Eiter der schwärenden Wunden.

Im Fremdenhospital Theophilos führten vier Chirurgen Tag und Nacht Operationen durch. Aus Platzmangel hatte man viele Patienten auf dem Hof untergebracht. Ich bahnte mir einen Weg durch die Menge der Verwundeten, die mir unter Stöhnen und Wehklagen ihre verbundenen Stümpfe entgegenstreckten. Doch aus Glaros stammte keiner von ihnen, und auch im Spital des heiligen Giorgios von Manganes, das ich als nächstes besuchte, hatte ich kein Glück.

Im Pantokratorkloster hatte ich mehr Erfolg. Dieses Kloster bildet sozusagen eine Stadt in der Stadt; neben dem eigentlichen Klostergebäude gehören noch etliche Schulen, zwei Kirchen und ein geräumiges Krankenhaus dazu. Auch dort operierte man viel. Ich betrat den Saal, in dem der Klosterchirurg Pachomius arbeitete, der mir seinerzeit einige Grundbegriffe der Medizin beigebracht hatte.

Er hatte die Beinverletzung eines jungen Burschen durch einen Einschnitt stark erweitert und versuchte nun, die Splitter des gebrochenen Knochens an der richtigen Stelle zusammenzufügen. Ein Gehilfe hielt den Patienten am Oberschenkel fest, ein anderer am Fuß. Der Junge brüllte vor Schmerz.

»Kommst du, um uns zu helfen, Basileios?«

Ich wäre gerne dazu bereit gewesen, hätte mein Dienst mich nicht voll in Anspruch genommen.

»Jetzt, wo du quasi an der Quelle sitzt, könntest du uns wohl Opium, Bilsenkraut und Alraun besorgen? Wir wollen damit die Schwämme tränken, die wir unseren Patienten vor der Operation zum Saugen geben. Es fehlt uns hier an allem, nur nicht an Arbeit. Bereitet den Wein für den Verband vor!«

Obwohl er kein Eunuch war, hegte ich große Bewunderung für Pachomius, der ein großer Wissenschaftler, ein geschickter Chirurg und ein mitfühlenden Arzt war. Ich versprach ihm, mein Möglichstes zu tun, um ihm das Benötigte zu beschaffen. Im Augenblick suchte ich aber die Flüchtlinge aus Glaros.

»Glaros, ist das nicht der Ort, wo du geboren bist? Du findest einige der Bewohner im Hof neben dem Waisenhaus.«

Da waren sie, eine kleine verängstigte Horde, die sich dicht zusammendrängte, und auf ihren Gesichtern spiegelte sich die Furcht vor den Greueltaten der Russen wider, vor dem Messer des Chirurgen, vor den Schreien der anderen Verwundeten, vor diesem Haus des Leidens und vor dieser großen Stadt, die von Menschen überquoll. Bei meinen häufigen Besuchen hatte ich mich mit Leuten aus dem Ort angefreundet. Ich erkannte Helena und Philomena, die Töchter des Bauern Kyprianos, die Melpomeni, eine zahnlose Alte, die früher den ganzen Tag auf ihrer Türschwelle gesponnen hatte. Auch Basileios befand sich unter ihnen, ein kleiner Pächter, der immer freundlich zu mir gewesen war und den Namen desselben Heiligen trug wie ich. Ihm war es gelungen, seine ganze Familie zu retten. Sie empfingen mich wie die Erscheinung des großen Heiligen Panteleimon, des Schutzpatrons ihrer Gemeinde.

Ich saß in der prallen Sonne auf dem Steinboden und versuchte, sie zu trösten. Gleich würde man Hippolytos holen, einen Fischer, der mit zerschmetterter Schulter auf einem Strohsack lag. Vom plötzlichen Einfall der Barbaren überrascht, hatten diese Überlebenden sich auf eine Barke flüchten können. Doch was aus den anderen Dorfbewohnern geworden war, wußten sie nicht, und auch von der Schändung des Friedhofes hatten sie nichts gehört.

Ich schätzte die Zurückhaltung und die Scham, die sie im allgemeinen davon abhielt, mich an meine Mutter zu erinnern. Doch an diesem Tag wollte ich über sie sprechen. Ich bestand darauf, daß man mir noch einmal ihr Leben im Dorf schilderte.

»Es ist töricht von dir, die Vergangenheit heraufzubeschwören, mein Kleiner«, sagte die Melpomeni kopfschüttelnd. »Nur die Alten wie ich leben in der Erinnerung. Die Jungen leben in der Gegenwart, und damit haben sie recht. Die Hauptsache ist doch, daß unsere Maria jetzt an der Seite der Heiligen Jungfrau ihr Heil gefunden hat!«

Aber dann ließ sie sich doch erweichen, und mit ihrer zittrigen Stimme ließ sie für mich zarte Erinnerungen an meine frühe Kindheit wiederaufleben. Auch meine Mutter hatte zuweilen vor ihrem Haus am Ufer des Bosporus Wolle gesponnen, und eng an sie geschmiegt, hatte ich beobachtet, wie die großen, bauchigen Schiffe mit geblähten Segeln übers Wasser glitten und die Ruder der Schaluppen die Flut der Meerenge aufrührten.

»Du hast mit den Armen gefuchtelt, um den Matrosen zuzuwinken. Wie stolz du warst, wenn sie deinen Gruß erwiderten! Erinnerst du dich?«

Jetzt konnte auch ich mich entsinnen.

Die Alte verstand sich auf die Kunst, den Schleier der Vergangenheit zu lüften, und beschwor in meiner Erinnerung oder in meiner Einbildungskraft eine längst vergessene Welt herauf.

»Erinnerst du dich an den großen Marmeladenkessel und an den Holzlöffel, mit dem sie dich immer probieren ließ? Sie hat ihn dir im Mund steckenlassen. Sahst du vielleicht komisch aus!«

Ich erwiderte, daß ich den Löffel noch genau vor mir sehen könne.

»Und wie gut und mitfühlend deine Mutter zu den Kranken war! Jeden Tag hat sie sie besucht. Wie sehr hat es uns leidgetan, daß wir nicht einmal an ihrer Beerdigung teilnehmen konnten ...«

Und warum hatten sie nicht teilgenommen?

»Aber es war doch keiner von uns im Dorf! Der Unfall passierte in der Erntezeit, und alle arbeiteten auf den Feldern! Wenn wir dagewesen wären, hätten wir sie aus dem Wasser ziehen können! Sie ist ertrunken, als sie allein Wäsche wusch. Und der Priester, Vater Philaretos, der so schmächtig war, hat sie allein mit ein oder zwei Greisen beigesetzt. Keine einzige mitleidige Seele fand sich für den Totengesang ein! Welch ein Jammer!«

Endlich holte man den Fischer zur Operation.

Am Abend unternahm die russische Vorhut den Versuch, Konstantinopel zu stürmen.

Unsere Kundschafter meldeten uns, der größte Teil von Igors Truppen sei am östlichen Ufer des Bosporus geblieben. Die starke Strömung, die Breite der Meerenge und auch die Tapferkeit der Unseren, die mit wilder Entschlossenheit kämpften, um die Landung zu vereiteln, all das hielt die feindliche Armee auf. Nur die Kühnsten hatten den Vorstoß gewagt. Es handelte sich um Einheiten der fürstlichen Garde, der Roten Schilde, die sich aus den kampferprobtesten und am besten bewaffneten Poljanen und Drewljanen zusammensetzten.

Auf Befehl des Kaisers wurden die Stadttore Tag und Nacht geschlossen gehalten, um einem Überraschungsangriff vorzubeugen. Um die achte Stunde, als die Sonne zu sinken begann und viele sich noch von der Mittagshitze erholten, rollte ein brennender Karren auf das Goldene Tor zu. Genau an dieses Tor hatte der russische Fürst Oleg hundert Jahre zuvor zum Zeichen des Bündnisses seinen Schild genagelt.

Zwei weitere brennende Karren folgten dem ersten in kurzem Abstand nach, um das Flammenmeer zu vergrößern. Man hatte sie mit Heu beladen und dieses mit dem leichtentzündlichen Naphtha getränkt, so daß der Rauch dichter wurde und die Flammen höher schlugen. Von den Zinnen herab warfen die Unseren Pfeile und Steine auf die Truppe der Barbaren, welche die brennenden Gefährte heranrollten, aber die Russen machten sich schnell aus dem Staub, und Rauch und Hitze wurden bald so stark, daß unsere Leute sich alle zurückziehen mußten.

Die Menge drängte sich um das Tor herum. Viele hatten sich hingekniet und flehten die Heiligen an, sie nicht den Legionen der Hölle preiszugeben. Andere schwangen Stöcke oder rostige Schwerter, mit denen sie sich gegen die Übermacht der Angreifer verteidigen wollten. Unterdessen verschwanden die brennenden Karren immer weiter in der Feuersbrunst.

Bald waren alle Straßen, die zum Goldenen Tor führten, mit einer großen Menge verängstigter Bürger verstopft. In heillosem Schrecken starrten sie auf das rauchende Tor, das ihnen vorkam wie ein Höllenschlund, der sich anschickte, seine Dämonen auszuspeien. Und wirklich: Wenn das Tor erst halb verbrannt war, würden die Russen einen Sturmbock zu Hilfe nehmen, um es vollends einzurennen. Wir hatten keine Möglichkeit, sie daran zu hindern, und brauchten ihnen dann nur noch unsere Kehlen vor die Klingen zu halten.

Mein Bruder, der Patriarch, kam herbeigeritten. Er hatte sich seine Stola um die Schultern gelegt und hielt die Heilige Schrift in der Hand. Es sah fast so aus, als wäre er gekommen, ein Wunder zu vollbringen, doch mit zitternder Stimme beschränkte er sich darauf, dem Volk das Gebet ans Herz zu legen. Ich war enttäuscht, daß er als Eunuch nicht mehr Stärke zeigte. Das Tor hörte nicht auf zu brennen, und der dicke Rauch stieg weiter zum Himmel auf, begleitet von Schreckensschreien und Gebeten.

Unterdessen versuchte ich, das Volk zur Gegenwehr zu bewegen. Ich rief die Leute auf, sich mit Steinen, Stöcken und wenn nötig sogar mit Zähnen und Fingernägeln zur Wehr zu setzen. Doch ich verzweifelte fast an der Willenlosigkeit dieser Herde, die mich gar nicht erst anhören wollte. Die Menschen weinten, schlugen sich auf die Brust und bereiteten sich offensichtlich lieber auf den Tod vor, als um ihr Leben zu kämpfen.

Ich fragte Theophylaktos, ob er wisse, wo sich unsere Brüder Stephanos und Konstantin aufhielten. Er erzählte mir, der Ältere sei, kurz nachdem er von dem bevorstehenden Angriff gehört habe, plötzlich verschwunden. Der andere kniee vor der Ikonostase der Großen Kirche, bezeichne sich selbst als Sünder, und flehe alle Heiligen an, ihn vor Strafe zu bewahren.

»Man kann sich seine Familienangehörigen leider nicht aussuchen«, seufzte der Patriarch, indem er Sophokles zitierte.

Die Lage spitzte sich immer mehr zu. Die Russen wagten es nun schon, ihre Deckung zu verlassen, und schafften eine riesige Bohle heran, deren Ende mit Häuten umwickelt war. Zwanzig Mann hatten alle Mühe, diesen Sturmbock zu bedienen. Sie hatten Rücken und Kopf mit Schutzschilden bedeckt. Gleichzeitig schossen Hunderte Bogenschützen brennende Pfeile gegen die Zinnen ab, um unsere Verteidigung in Schach zu halten. Jetzt würde gleich alles zu Ende sein; das Volk weinte und jammerte in Todesangst.

Doch plötzlich verstummte die Menge. Gleich einer himmlischen Erscheinung kam der Kaiser aufrecht und stolz auf seinem weißen Pferd die Studiosallee hinabgeritten. Mir fiel auf, daß er sich nur schwer im Sattel halten konnte und daß er ungewöhnlich blaß war. Um ihn scharten sich zwanzig weiß gekleidete kaiserliche Wachen, die seinen ganzen Begleitschutz bildeten. Ohne Hast bewegte sich der kleine Trupp auf das brennende Tor und den Feind zu. Trotz seiner schlechten Verfassung wirkte der Kaiser außerordentlich selbstbewußt und schien nicht daran zu zweifeln, daß ein einziger Blick von ihm ausreichte, um Igors ganze Armee hinwegzufegen. Ich fürchtete, daß sein Plan mißlingen könnte. Von neuer Hoffnung ergriffen, wartete das Volk auf das Wunder. Schon glaubte es zu sehen, wie die schlanke Gestalt in der gold- und purpurbestickten Chlamys dem Feuer Einhalt gebot, durch das Flammenmeer ritt und die Russen in die Flucht schlug. Mein Vater trieb sein Roß in den Rauch, wendete es dort, und mit einer Majestät, deren nur er fähig war, hob er bedächtig den Saum seiner Chlamys und segnete die vor ihm kauernde Menge. Lange betrachtete er das kniende Volk, als wollte er die Zeit bis zum Eintritt des Wunders genießen.

Endlich sah ich, wie er sich in seinen Steigbügeln aufrichtete und mit einer Stimme, in die er seine letzten Kräfte legte, rief:

»Auf die Zinnen!«

Alles hastete und drängte die schmalen Steintreppen hinauf und versammelte sich auf der Mauer, die das Goldene Tor mit dem Elfenbeintor, dem ersten Tor zum Meer hin, verband. Und da erblickten wir das Wunder: Sie kamen zurück! Im Glanz der untergehenden Sonne glitt die kaiserliche Flotte die Propontis hinauf. Unter dem rhythmischen Geräusch eintauchender Riemen und den Freudenschreien des Volks fuhr das erste Schiff mit Kurs auf den Bosporus an der Stadt vorbei. Mehr als hundert weitere Dromonen, diese mit Griechischem Feuer ausgestatteten Hochseekriegsschiffe, folgten ihm in Schlachtlinie. Lachend und weinend zugleich rief das Volk jedes von ihnen inbrünstig beim Namen: *»Die Thrakien, die Kappadokien, die Anatolikon …«*

Die Russen waren von dem Goldenen Tor weggeflüchtet. Unbeugsam und mit gespannter Willenskraft, schwankend und doch aufrecht, kehrte der Kaiser in seinen Palast zurück.

3

Welle um Welle, gewaltig wie das Meer, brandete die Flut unserer Armee gegen die Mauern der Stadt. Mehrere Regimenter, die auf der anderen Seite des Bosporus stationiert waren, hatten den Auftrag, die Russen zurückzuhalten. Doch Tag für Tag trafen weitere Soldaten in Konstantinopel ein, nachdem sie die Propontis umrundet hatten. Die begeisterten Stadtbewohner sahen ständig neue Kohorten und Schwadronen aufmarschieren, unter denen sie den schwarzen Mantel der Hikanaten, den grünen Federbusch der Exkubiten und die weißen Pferde der Scholen ausmachten. Der Strom der Bewaffneten zog unter lautem Beifall in Konstantinopel ein, und ihr schwerer, sicherer Schritt ließ das Pflaster der zurückeroberten Stadt erzittern.

Byzanz lebte wieder auf, und ich kehrte in meine Einsamkeit zurück. Seit der Landung von Igors Truppen war ich fast nie bei mir zu Hause gewesen, hatte kaum geschlafen, und wenn, dann im Amt in irgendeiner Ecke. Endlich kam ich wieder heim in mein kleines Stadthaus nahe der Zisterne, das den Namen »Asparospalast« trägt. Seine Mauern sind schon dreihundert Jahre alt, Efeu verdeckt die Risse, und eine Säulenhalle umfriedet ein bescheidenes Gärtchen, in dem ein Springbrunnen plätschert. Meine vier Sklaven, bärtige Nubier, verstanden es, eine stumme Zurückhaltung zu wahren.

Die Einsamkeit, die auf manch anderem so schwer lastet, hatte ich früher stets genossen. Wenn mir der Kopf noch von Gezeter, Streit und Beleidigungen dröhnte, empfand ich sie als erfrischend und erholsam. Dies war mein Los, und ich beklagte mich nicht darüber, denn ich wurde des leicht bitteren Geschmacks dieser so verachteten Frucht niemals überdrüssig. Wenn ich allein war, konnte ich ungestört meinen Träumen nachhängen, konnte die antiken Autoren studieren, deren Pergamente mein Arbeitszimmer füllten, und nicht zuletzt schätzte ich die Einsamkeit als wohlwollenden, stets verfügbaren Ratgeber. Ich zog sie dem Schlaf vor und verbrachte ganze Nächte damit, zu lesen und über das Schicksal der Stadt nachzudenken.

Doch nach den Ereignissen der letzten Wochen fiel es mir schwer, zu meinen alten Gewohnheiten zurückzufinden. Ich fand einfach nicht mehr die nötige innere Ruhe. Die Angst wollte nicht von mir weichen, sie verfolgte mich auf Schritt und Tritt, besonders wenn es auf den Abend zuging. Und ohne Unterlaß flüsterte sie mir ins Ohr: »Wer hat die sterblichen Überreste deiner Mutter gestohlen? Warum diese Schändung?«

Konstantin Porphyrogennetos, der Ehemann meiner Schwester Helena, veranstaltete in dieser Zeit ein großes Festbankett, zu dem ich als Mitglied der Familie eingeladen war. Dreißig Gäste hatten sich im großen Saal des Karienpalastes versammelt, um die Befreiung der Stadt zu feiern.

Ich war so voller Sorge, daß ich nicht einmal ein freundliches Wort für meine Gastgeber übrig hatte. Und auch von dem Festessen, das meine Schwester hatte bereiten lassen, brachte ich kaum einen Bissen hinunter. Dabei hatte sie weder die Honigwürste noch die Milchschnecken vergessen, und der Stör war mit einer der besten Garossoßen der Stadt pikant zubereitet. Meine Tischgenossen, Theophanes Radinos, der das vierte Regiment der Hikanaten befehligte, und der Eunuch Isaak, ein hoher Finanzbeamter, führten meine Schweigsamkeit auf meine Abneigung gegen meinen Schwager zurück. Das Essen zog sich sehr lange hin, und erst spät in der Nacht traten die gesättigten Gäste unter Dankesbezeugungen an die Hausfrau den Heimweg an. Auch ich wandte mich zum Gehen, aber Konstantin fragte mich, ob ich den Morgen nicht bei einer Partie Schach und einem Krug Wein erwarten wolle. Teils aus Freude am Schachspiel und Geschmack am Wein, teils aus Angst vor den Schrecknissen meiner Nächte willigte ich ein. Helena zeigte sich über die Einladung nicht sehr erfreut: Sie war der Ansicht, ihr Mann trinke zuviel und schlafe nicht genügend, und sie wollte nicht, daß ihr Bruder die gleichen Gewohnheiten annahm.

Konstantin war ein guter Spieler, dem lediglich das letzte Quentchen Genialität fehlte. Ich hatte ihn früher schon oft besiegt. In dieser Nacht aber war ich nicht recht bei der Sache, so daß mir einige Fehler unterliefen, die mich bald in Gefahr brachten, das Spiel zu verlieren. Plötzlich hörten wir ein Knacken. Mit leisen Schritten kam jemand die Treppe herunter. Die kleine, zarte Gestalt der siebenjährigen Anna, der jüngsten der fünf Töchter, erschien in ihrem langen, weißen Nachthemd.

»Ich kann nicht schlafen…«

»Geh wieder ins Bett, mein Kind«, murmelte ihr Vater, der sich ganz auf das Rücken seiner Türme und Pferde konzentrierte. »Dieses Kind ist überhaupt nie müde…«

Ich wußte, was sie wollte. Ich streckte den Arm nach ihr aus, und sie kuschelte sich auf meine Knie und schlummerte rasch ein.

»Wenn das deine Schwester erfährt…«

Meine Einsamkeit gab mir ein gewisses Anrecht auf die Zuneigung meiner Nichten. Und die Berührung mit dem kleinen, warmen Körper spendete mir Trost in meiner Verzweiflung. Doch meine Lage im Spiel wurde immer auswegloser, und schließlich strafte das Schachmatt mich für meine Zerstreutheit.

Wir blieben einige Zeit schweigend sitzen und beobachteten, wie sich die Fensterscheiben in der Morgendämmerung langsam grau färbten. Ich scheute mich, aufzustehen, weil ich das Kind nicht wecken wollte. Da hörte ich Konstantin murmeln: »Wenn der Leichnam deiner Mutter zum Zeitpunkt der russischen Invasion nicht in dem Grab war, dann ist er vielleicht niemals darin gewesen…«

Sein Scharfsinn verblüffte mich. Gerade an diesem Morgen war mir der Gedanke gekommen, daß Konstantin Porphyrogennetos vielleicht doch gar nicht so einfältig war, wie ich vermutet hatte, und zweifellos einige Achtung verdiente.

Im Morgennebel kehrte ich nachdenklich in meinen Asparospalast zurück. Plötzlich hörte ich hinter mir Schritte, und als ich mich umdrehte, erblickte ich einen meiner Männer, der hastig auf mich zukam. Er teilte mir mit, man habe meinen Bruder, den Prinzen Stephanos, völlig betrunken im Keller einer Taverne angetroffen. Es handelte sich um die Weinstube

»Zur süßen Rebe«, ein Lokal unweit des Kontoskalionhafens, das hauptsächlich von Matrosen und Lastenträgern besucht wurde. Ich war versucht, ihn dort einfach seinem Schicksal zu überlassen, aber schließlich gehörte es zu meinen brüderlichen Pflichten, ihm zu helfen und ihn wegen seines Verhaltens zu maßregeln.

In dem niedrigen, dunklen Raum drängten sich Fischer, die gerade vom Fang zurückgekehrt waren. Sie aßen Hammelspieße und tranken Wein dazu. Ich betrat die Küche. Der Wirt, ein Mann aus Korfu, erkannte mich und empfing mich sichtlich verlegen:

»Edler Herr Basileios, dein Bruder, der Prinz, ist nicht mehr hier. Eunuchen aus dem Frauengemach haben ihn in einer Sänfte weggebracht. Es waren Diener von Prinzessin Anna; ich habe sie wiedererkannt.«

Ich fragte ihn, wie lange sich mein Bruder in der Taverne aufgehalten habe.

Der Korfiote wiegte zögernd den Kopf und wandt sich vor Unbehagen. »Er war hier seit... seit fast vier Tagen. Seitdem die Russen zum Sturm auf die Stadt ansetzen wollten. Er hat sich nicht von der Stelle gerührt.«

Ärgerlich fragte ich ihn, warum man mich nicht früher davon benachrichtigt habe.

»... Edler Herr Basileios, er ist erst heute nacht zu mir in den Keller heruntergekommen. Die letzten vier Tage hat er oben bei Avdotia verbracht. Du weißt doch, daß sie die Vertraute deines anderen Bruders ist, des edlen Herrn Konstantin, der so fromm ist. Sie hatte nichts dagegen, auch Stephanos bei sich aufzunehmen.«

Avdotia. Eine Chorsängerin, eine kleine Frau mit Muskeln wie ein Lastenträger, deren erstaunliche Stimme die Fensterscheiben der Großen Kirche klirren ließ und bei gewissen Leuten Bewunderung hervorrief. Ich dagegen fand, daß sie nicht richtig sang. Die reinen, hellen Stimmen von Kastrierten waren mir viel angenehmer. Ich verachtete diese Frau. Aber mein Bruder, der Patriarch, schätzte sie und bat sie sogar, als Solistin aufzutreten, was ein selten gewährtes Privileg war.

Der Rauch des gegrillten Fleisches verursachte mir Übelkeit. Ich erkundigte mich, ob Avdotia zu Hause sei.

»Edler Herr Basileios, weißt du nicht, daß sie jeden Morgen in der Großen Kirche singt?« Ihre Abwesenheit kam mir sehr gelegen. Die Tür zu ihrer Wohnung im oberen Stockwerk war nicht verschlossen, und ich trat, ohne zu zögern, ein. Der beißende Geruch nach Gegrilltem drang zwar nicht von unten herauf, dafür roch es in den beiden kleinen Räumen nach käuflicher Liebe, wovon mir ganz schlecht wurde. Es war der Geruch nach Irisöl, das die Bärtigen und die Frauen benutzen, um sich nach dem Geschlechtsakt zu reinigen.

In der Wohnung herrschte die größte Unordnung. Es sah aus, als hätte ein Kampf darin stattgefunden. Die Ikone der Heiligen Jungfrau blickte mitleidig auf das trostlose Schlachtfeld herab und schien mich, den Sohn des Kaisers, wegen meiner Anwesenheit in dieser widerlichen Absteige zu tadeln.

Über den Stühlen hingen haufenweise Kleider, Schleier und Frauenwäsche. Auf einem niedrigen Tisch entdeckte ich Feigen, verschimmelte Trauben und einige befleckte Pergamente, die ich entrollte. Eines davon war ein Brief meines Bruders Konstantin, des reuigen Sünders, in dem er Avdotia vorwarf, flatterhaft zu sein und sich ihm zu verweigern. Auch ein paar versteckte Drohungen an einen nicht näher bezeichneten Rivalen waren darin enthalten.

Da fiel mein Blick auf ein kleines Schmuckkästchen. Ich öffnete es, ohne recht zu wissen, wonach ich suchte. Doch was ich darin fand, erschütterte mich zutiefst. Unter Avdotias billigem Flitterkram, dessen geringer Wert von der Leidenschaftslosigkeit ihrer Verehrer zeugte, befand sich eines der kleinen Privatsiegel des Kaisers.

Sofort erinnerte ich mich an den geschlossenen Wagen, der in der Nähe der Goldenen Halle gewartet hatte. Die Lebenskraft meines Vaters erschien mir für sein Alter und im Hinblick auf seinen schlechten Gesundheitszustand bewundernswert, doch es überraschte mich, daß er seine Gunst offensichtlich an eine solche Frau verschwendete. Aber hatte sich das, was er tat, nicht stets als gut und richtig erwiesen? Trotzdem war ich tief betroffen, auf einen solchen Sündenpfuhl gestoßen zu sein. Diese Hure machte meine Brüder und meinen Vater zu Rivalen, und dies war mit ein Grund für ihre Mordabsichten.

Ich mußte nur noch einige Erkundigungen einziehen. Ein Kutscher, der zu den Bediensteten der Herberge gehörte, gab mir bereitwillig Auskunft darüber, daß er Avdotia zwei- oder dreimal pro Woche in einer Mietkutsche zum Palast bringe. Dabei führe sie einen Gegenstand mit sich, der ihr alle Türen öffne. Der Wirt erzählte mir, daß mein Bruder Konstantin in dem Lokal zu den Stammgästen zähle, daß man ihn aber seit einigen Wochen nicht mehr gesehen habe.

Diese Welt ekelte mich an; ich mußte jemanden um Rat bitten.

Unsere Truppen hatten Pera und Galata vom Feind gesäubert, und die Flüchtlinge kehrten in die von Feuer und Plünderung halb zerstörten Vororte zurück. In den überfüllten Straßen hörte man nur Wehklagen und Verwünschungen gegen die verfluchten Barbaren. Überall stieß man auf Trümmerhaufen und verkohltes Gebälk. Mein Pferd bahnte sich an diesem Morgen mühsam einen Weg durch die Menge. Zum Glück war die kleine weiße Kirche auf dem Hügel nicht entweiht worden.

Ich kannte das Heiligtum, das der Panagia Kataphygi, der Heiligen Jungfrau der Zuflucht, gewidmet ist, sehr gut. Brombeergestrüpp und Disteln wucherten in dem davor gelegenen Gärtchen und zeugten von der Gleichgültigkeit der Anwohner. Eine selige Abgeschiedenheit empfing mich hier.

Ich besuchte die kleine Kirche häufig. Sie war hell und kühl und bot mir Ruhe und Erholung vom Alltag. Daneben beherbergte sie eine ganz außergewöhnliche Ikone: Es war die Darstellung einer gütigen, lächelnden Muttergottes, deren rote Haarpracht unter einem blauen Schleier hervorquoll und sich wie ein Heiligenschein um ihr Gesicht legte. Ich trat vor die Ikonostase, und während ich andächtig davorstand, entdeckte ich eine auffällige Ähnlichkeit zwischen diesem Bild und dem meiner Mutter.

Als Kind hatten mich die Mönche oft mit hierhergenommen. Man erzählte mir damals viel von meiner Mutter, doch immer wenn ich die heiligen Männer über ihr Ende befragte, hüllten sie sich in Schweigen, als hänge das Wohl des Reiches von ihrer Diskretion ab. Man sagte mir immer wieder, sie sei eine Heilige gewesen, und wie zu einer Heiligen, so sollte ich auch zu ihr beten. Und man ließ keine Gelegenheit aus, mir ihre Tugendhaftigkeit vor Augen zu führen und sie bei jeder meiner kindlichen Torheiten als Vorbild oder Richterin zu benennen.

»Sei brav, Basileios! Deine Mutter sieht dich!«

So hatte ich es mir zur Gewohnheit gemacht, mich hier in Augenblicken der Furcht oder des Zweifels innerlich zu sammeln. Sie war meine Ratgeberin, mein moralischer Maßstab, meine einzige Vertraute.

Wie so oft fühlte ich mich auch an diesem Tag innerlich zerrissen. Mir fehlte das Verständnis für dieses seltsame Verlangen, das den Herzen der Menschen innewohnt, um ihr Fortbestehen und ihre Vermehrung zu sichern. Ich empfand Empörung und Widerwillen, wenn ich an dieses vielgepriesene Gefühl dachte, welches – so hatte man mir erklärt – darin gipfelt, daß der Mann ein paar Tropfen ins Innerste der Frau abgibt. Es war mir ein Rätsel, daß viele Bärtige völlig davon beherrscht wurden und nur dafür zu leben schienen. Ich verstand auch nicht, wie angesehene Dichter die Liebe immer wieder zum Thema ihrer Gedichte machen konnten. Was war das nur für eine Leidenschaft, die es vermochte, eine Rivalität zwischen einem Kaiser und seinen beiden Söhnen hervorzurufen? Wer konnte mir diese erstaunliche Empfindung erklären, die so oft fehlgeleitet wurde, daß sie mit der Zeugung, ihrer eigentlichen Existenzberechtigung, nicht mehr viel zu tun hatte?

Die Welt war nichts weiter als eine Kloake, auf deren Grund sich schleimige, triebhafte Wesen tummelten, die sich gegenseitig zerfleischten oder, noch schlimmer, sich in einem widerlichen Begattungsakt vereinigten. Ich muß zugeben, daß ich mich selbst einmal dazu gezwungen hatte, den Liebesspielen meiner nubischen Sklaven mit ihren Frauen beizuwohnen. Ich war entsetzt über den sonderbaren, keuchenden Kampf, den sie vollführten, doch ich war es noch mehr über das Vergnügen, das ich beim Zuschauen empfand. Hinter einem Vorhang verborgen, konnte ich mich nicht von dem Anblick dieser dunkelhäutigen, von Schweiß glänzenden und von endlosen Krämpfen geschüttelten Körper lösen. Ich ergötzte mich an ihrem Stöhnen und ihren unterdrückten Schreien.

Ich versuchte mich davon zu überzeugen, daß ich ja lediglich ergründen wolle, was die Bärtigen und die Frauen zu solchem Handeln antrieb. Aber ich mußte mir selbst eingestehen, daß ich ein zweifelhaftes, unerklärliches, ja vielleicht sogar sündhaftes Gefühl dabei empfand, das mich, den Sohn des Kaisers, dazu drängte, mich hinter diesem Wandbehang zu verstecken, um dem Beischlaf zweier nubischer Sklaven zuzusehen.

Meine Entdeckung verstärkte meine Abneigung gegen diese schwachsinnige Leidenschaft. Bis dahin war mir das Ganze nur ein abstoßendes, aber zuweilen durchaus wirkungsvolles Mittel zum Zweck gewesen. Nicht wenige Geheimnisse wurden mir direkt aus der vertraulichen Atmosphäre des Bettes zugetragen; mehr als einen Vorschlag, der von mir stammte, hatte ich dem jeweiligen Verantwortlichen von geschminkten Lippen einflüstern lassen. Jetzt war mir der bloße Gedanke, daß Liebe dahinterstecken könnte, unerträglich.

Aus einem nahe gelegenen Wäldchen ertönte lautes Geschrei. Eine Schar Knaben rannte den Abhang vor dem Gitterzaun hinunter. Sie spielten Krieg gegen Igor. Dann senkte sich wieder Schweigen auf die kleine Kirche herab, das nur vom Gesang eines Pirols und dem Gezwitscher der Bachstelzen unterbrochen wurde. Es würde wieder ein heißer Tag werden. Vom Eingang aus konnte ich die Stadt überblicken, ein riesiges Gewirr aus Steinen, Smaragden und Gold, das sich jetzt mit morgendlichem Lärm erfüllte. Die Umrisse ihrer Kuppeln und Festungsmauern hoben sich dunkel gegen den milchigweißen Himmel ab. Die Dächer der Häuser wirkten wie rote Wellen...

Ich kehrte zu der Ikone mit dem feinen Gesicht und dem feuerroten Haar zurück. Vielleicht konnte sie mir eine Antwort auf das Verschwinden des Sarges meiner Mutter geben. Vielleicht konnte sie mir auch diese seltsame Leidenschaft begreiflich machen, zu der ich niemals Zugang finden würde. Ich küßte den

Stein, wie ich das Kleid meiner Mutter geküßt hätte, und sprach ein inständiges Gebet.

Am selben Tag brachte man zwei russische Gefangene, die in unseren Kerkern festgehalten wurden, zum Sprechen. Wir hatten die Barbaren nicht geschont, diese ungetauften Wilden, die sich eher wie reißende Tiere als wie Menschen benehmen. Ich war bei ihrer Folter anwesend. Asan mußte nicht einmal sein ganzes Können entfalten, denn die beiden waren überhaupt nicht zäh. Kaum hatte man begonnen, sie zu brennen, da verrieten sie schon unter Tränen ihren hohen Rang in der Armee Igors, ihre Vertrauensstellung beim Fürsten und vor allem den Umstand, daß ihre Truppen sich darauf vorbereiteten, noch in dieser Nacht den Bosporus zu überqueren.

Dieses Manöver war für Igors Armee die einzige Rettung. Er und seine vierzigtausend Mann waren von unseren Regimentern auf dem Kap der Provinz Optimaton eingeschlossen. Sie mußten die Meerenge überwinden, um in ihr Land zurückkehren zu können. Und da sie spürten, daß unsere Streitmacht jeden Tag an Schlagkraft zunahm, und sie beim Näherrücken des Herbstes immer größere Schwierigkeiten haben würden, sich mit Nachschub zu versorgen, hielten sie die Stunde für gekommen.

Noch am Vormittag wurde der Patrikios Theophanes, der als Parakoimomenos nach dem Kaiser der erste Mann im Staat war, von dem bevorstehenden Angriff in Kenntnis gesetzt. Theophanes war ein zuverlässiger Mann, der dem Kaiser ergeben diente, ein intelligenter und tapferer Eunuch. Im Handumdrehen hatte er einen Schlachtplan aufgestellt und seine Befehle erteilt. Dann schwang er sich in den Sattel, um zur Flotte zurückzureiten, die er persönlich befehligte. Meine Aufgabe bestand darin, mich mit meinen Männern in Stenos bereitzuhalten. Dieses Dorf lag meinem Geburtsort Glaros unmittelbar gegenüber an der engsten Stelle des Bosporus. Ohne Zweifel würden die Russen versuchen, an diesem Punkt überzusetzen, und deshalb planten wir, unsere Truppen dort zusammenzuziehen. Bevor ich meine Stellung bezog, beschloß ich, nachzusehen, ob mein Bruder Stephanos seinen Rausch ausgeschlafen hatte, und ihn wegen seines

Verhaltens zurechtzuweisen. Prinzessin Anna, seine Frau, hatte ihn ins Frauengemach bringen lassen. Dort konnte sie ihn besser schützen und das Geschwätz, das er im Rausch von sich gab, überwachen. Ich ließ meine Truppe vor dem Eingang zum Palast und betrat mit Panzer und Helm das Frauenhaus. Meine Eigenschaft als Eunuch und mein Rang als Sohn des Kaisers berechtigten mich dazu, und zwar zu jeder beliebigen Stunde. Zweifellos hatte sich hier soeben ein Drama abgespielt, denn wo man hinsah, erblickte man in Tränen aufgelöste Dienerinnen und schluchzende Eunuchen. Ich unterbrach das Gejammer von Nikolaos, einem Freund, der mir gelegentlich als Informant diente, und erkundigte mich nach Stephanos. Um Prinz Stephanos, den ältesten Sohn des Kaisers, stehe es sehr schlecht, so sagte er mir. Seine Frau wache bei ihm; man erwarte das Ende.

Außer mir vor Wut drang ich in das Gemach meiner Schwägerin ein und scheuchte zunächst einmal die Sklaven hinaus, die im Vorzimmer heulten. Ich kannte diese Krankheit und die mit ihr verbundene ausgezeichnete Prognose zur Genüge, um einen solchen Zirkus zu unterbinden.

Mein Bruder und seine Frau lagen zusammen im Bett, und ich platzte gerade in die schönste Wiedersehensfeier. Der Anblick dieses zärtlichen Zwiegesprächs genügte, um meine Wut erneut zu entflammen. Ich fragte sie, ob sie meinten, es sei der richtige Zeitpunkt für Gefühlsausbrüche, und erinnerte sie daran, daß man in Kürze einen Steinwurf von hier entfernt kämpfen würde.

Da stand Anna seelenruhig auf und trat mir splitternackt gegenüber. Sie war eine korpulente Frau mit üppigem Busen, hochmütiger Kopfhaltung und wallender Mähne, die, wenngleich nicht dumm, ihr ganzes Hirn dazu benutzte, ihren Dünkel zu befriedigen.

»Edelster Basileios«, sagte sie und glaubte, mich mit ihrer Verachtung zu verunsichern, »an dieser Art, hier einzudringen, zeigen sich mal wieder deine rüpelhaften Manieren. Aber von dem Sohn eines Matrosen und einer Sklavin kann man wohl nichts anderes erwarten. Laß dir gesagt sein, daß dein Bruder, der Prinz, sehr krank ist. Sein Feldzug hat ihn schon sehr mitgenommen, und nun stirbt er vor Sehnsucht nach seiner Gemahlin, von der er eine Zeitlang getrennt war. Doch ich weiß ja, mein lieber Eunuch, daß diese Gefühle dir völlig fremd sind ...«

Stephanos, der arme Narr, setzte sich auf die Bettkante und nickte zögernd mit dem Kopf. »Du mußt wissen, mein lieber Bruder, daß Igors Truppen sich wacker verteidigt haben. Ich mußte eine blutige Schneise durch ihre Reihen schlagen, um den Unseren entgegenzugehen und sie nach Konstantinopel zu führen.«

Er phantasierte. Seine Zunge war noch schwerfällig, und sein Atem ging keuchend, doch er konnte den Bart nach vorn recken, die Stirn runzeln und jenen Ausdruck majestätischen Ernstes annehmen, mit dem er anderen stets etwas vorgaukelte. Und ich bedauerte wieder einmal, daß einem so schönen Kopf, der sich durchaus mit der Büste des alten Fabeldichters Äsop messen konnte, kein Fünkchen Verstand innewohnte.

Ich kochte vor Wut, doch ich konnte der Versuchung nicht widerstehen, ihn zu fragen, ob seine Frau den Wunsch nach der Ermordung seines kaiserlichen Vaters mit ihm teile. Da erhob er sich, aschfahl, nackt und lächerlich, fiel jedoch gleich wieder zurück und starrte mich mit offenem Mund an.

»Ja, ich stimme ihm in allem zu!« rief die Prinzessin mit ihrer durchdringenden Stimme. »Bis jetzt fehlte es uns nur an der Gelegenheit, das Reich von diesem geizigen, schwachsinnigen Greis zu befreien, doch es wird schon noch der richtige Zeitpunkt kommen! Ich denke ununterbrochen an den gesegneten Augenblick, da Romanos' kalter Leib auf dem purpurnen Rad ruht und sein getreuer Theophanes ihm mit den Worten: ›Verlasse diese Welt, Kaiser, der Herr aller Herren ruft dich!‹ die Krone vom Haupt nimmt.«

Ich war sprachlos.

»Es vergeht kein Tag, an dem ich meinem Mann nicht sage: ›Töte ihn! Worauf wartest du noch? Töte ihn doch endlich!‹ Romanos' Ende steht bevor, und ein kastriertes Schwein wie du, Basileios, wird uns nicht daran hindern, ihn in die Hölle der Matrosen und Dirnen zu schicken!«

Ich konnte auf solche Beleidigungen, auf solch erschreckende

Gotteslästerungen nichts erwidern. Ich machte auf dem Absatz kehrt und ging hinaus.

Die Straße war überfüllt mit Truppen, die auf den Bosporus zumarschierten. Eine Stunde vor Einbruch der Dunkelheit fand ich mich bei dem alten Bardas Phokas ein, dem General, der den Befehl über den Hauptteil des Heeres führte. Er hatte mit seinem Generalstab in einer bewaldeten Talmulde Stellung bezogen, wo er vor den Blicken der russischen Spähtrupps sicher war. Wir mochten uns nicht, aber er empfing mich mit ausgesuchter Höflichkeit: »Wie es heißt, haben wir dir, Basileios, die Information zu verdanken, mit deren Hilfe wir Igor vernichten werden. Hab Dank. Du mußt wissen, daß ich die paphlagonischen Regimenter zu meiner Rechten und das achte, elfte und zwölfte anatolische Regiment links von mir aufgestellt habe. Die Hikanaten unterstützen die Mitte. Alle haben die Anweisung erhalten, in Deckung zu bleiben und keinen Lärm zu machen. Die Russen müssen wohl hier, an der engsten Stelle, übersetzen.«

Der kleine, kahlköpfige Mann sah mich an, ohne mit der Wimper zu zucken.

»Wir werden keine Gefangenen machen. Nur einige wenige sollen lebend festgenommen werden, damit wir sie später verhören können. Diese Aufgabe kommt dir zu. Du hältst dich mit deinen Männern vor der übrigen Aufstellung im Dorf bereit. Paß auf, daß man dich nicht bemerkt.«

Das an einer kleinen Bucht gelegene Dörfchen Stenos war im Verlauf mehrerer Stoßtruppunternehmen der Russen verwüstet und niedergebrannt worden. Der hübsche Palast, den mein Vater vor zwanzig Jahren nach seiner Zerstörung durch die Bulgaren wiederaufgebaut hatte, war nur noch eine Ruine. Ich ließ meine dreißig Mann in den Überresten der Fischerhütten Posten beziehen und behielt mir selbst die zerstörte Kirche vor.

Am noch hellen Himmel blinkte der erste Stern. Alles war ruhig. Man hörte nichts als das Plätschern des Wassers und das Anbranden der Wellen. Auf den Hügeln und an den Stränden des gegenüberliegenden Ufers waren die ersten Feuer entzündet worden. Wenig später schien die ganze Küste in Flammen zu stehen. Ohne ihre Absicht zu verbergen, bereiteten die Barbaren sich zum Übersetzen vor.

»Edler Herr Basileios!« flüsterte eine Stimme.

Auf leisen Sohlen hatte sich Asan zu mir geschlichen.

»Edler Herr Basileios, wie es scheint, kann dich dieser General nicht recht leiden. Er schickt dich nur mit dreißig armseligen Soldaten an die vorderste Front, um Igors Stoßtruppen gefangenzunehmen...«

Als Sohn des Kaisers hasse ich Vertraulichkeiten seitens Untergebener, und von einem gemeinen Lumpen wie Asan konnte ich sie erst recht nicht dulden. Ich ehre die Disziplin und verabscheue die Unordnung. Er sagte die Wahrheit, aber ich erteilte ihm den Befehl, an seinen Platz zurückzugehen. Am anderen Ufer wurden die ersten Boote ins Meer geschoben, jeder mit etwa vierzig Mann besetzt. Ihre stählernen Helme und Schwerter funkelten im Mondlicht. Vier, zehn, fünfzehn Boote ruderten mit voller Kraft auf uns zu. Und ich stand ihnen mit meinen dreißig Mann völlig allein gegenüber.

»Edler Herr«, murmelte die dumpfe Stimme weiter, »in wenigen Augenblicken werde ich sicher mit durchgeschnittener Kehle daliegen, doch das hindert mich nicht daran, mit dir zu sprechen, wie ich es seit einigen Tagen schon versuche.«

Asan war ganz außer Atem, und ich verstand ihn kaum.

»Die Sache ist folgende: Mehrere von uns halten unseren Sold für ziemlich mager in Anbetracht der Dienste, die wir leisten müssen. Und wir sind über so viele Staatsgeheimnisse auf dem laufenden...«

Er versuchte tatsächlich, mich zu erpressen, und dies war etwas, was ich auf keinen Fall dulden durfte, besonders nicht von meinen Untergebenen. Ich herrschte ihn an, er solle sofort auf seinen Posten zurückgehen, sonst werde ich ihn die Rute spüren lassen.

Darauf machte er sich schleunigst aus dem Staub. In diesem Moment hörte man den Bug des ersten Bootes knirschend auf den Kies des Ufers auftreffen. Vierzig Mann sprangen an Land. Sechs weitere Barken folgten in kurzem Abstand. Wir befanden uns im Zentrum der Operation. Doch es war nicht unsere Aufgabe, uns der Landung entgegenzustellen. Ich gab den Befehl zum Rückzug und bezeichnete die umliegenden Wäldchen als Ort der Umgruppierung.

Wir fanden uns zu dritt, noch keuchend, hinter einem Busch wieder. Asan hatte ein anderes Versteck gewählt. Zweifellos wollte er sich vor meiner Wut in Sicherheit bringen. Die feindliche Landung ging an allen benachbarten Buchten und Stränden ohne Zwischenfall weiter.

Die Russen hatten Laternen angezündet, und ich erkannte die struppigen Drewljanen, Poljanen und Tschuwaschen, die nur mit einem Sack bekleidet und mit Haken und Harpunen bewaffnet waren. Ich erkannte auch einige der hünenhaften Gardisten des Fürsten mit ihren roten Schilden und den mit Nasenschutz versehenen Helmen. Sie schienen sich ihrer Sache völlig sicher zu sein und sprachen und riefen laut durcheinander, während sie die Ankunft des Hauptheeres erwarteten. Hunderte mit Fackeln beleuchtete Schiffe drängten sich alsbald in der Meerenge und brachten immer neue Schübe dieser blutrünstigen Wilden heran.

Da setzte plötzlich das Feuer ein. In einem Donnergrollen schoß eine Lache brennender Flüssigkeit aus dem Dunkel hervor, breitete sich über die Wasserfläche aus und trieb, von der starken Strömung erfaßt, auf uns zu. Weitere Griechische Feuer loderten auf und verbanden sich zu einem fürchterlichen Flammenmeer, das rasch abgetrieben wurde. In seinem Schein konnte ich den Ursprung der Feuerlachen ausmachen. Sie stammten aus den Flammenwerfern von vier großen Kriegsschiffen, die aus der Nacht auftauchten. Es waren die Dromonen der bukellarischen Division, die jetzt ihre Schiffslaternen entzündeten. Die ganze Meerenge brannte. Eines nach dem anderen wurden die russischen Schiffe getroffen und gingen in Flammen auf. Wie besessen legten sich die Ruderer in die Riemen, um nicht vom Feuer erfaßt zu werden, doch vergeblich: Das todbringende Zischen dieses glutroten Teppichs und seiner Rauchfahne holte sie allemal ein. Man sah von Entsetzen gepackte Gestalten aufspringen, während ihre Kleider und Haare Feuer fingen. Im Todeskampf rissen sie die Arme zum

Himmel empor, bevor das Meer sie sich, zur Unkenntlichkeit verbrannt, einverleibte. Und die Todesschreie vereinten sich zu einem Höllenlärm, dessen Echo von den steilen Uferhängen zurückgeworfen und vom Tosen und Knistern der Feuersbrunst untermalt wurde.

Unsere vier Kriegsschiffe folgten dem Teppich und zertrümmerten die brennenden Wracks mit ihrem Bug. Dann wendeten sie und fuhren, begleitet vom rhythmischen Gurgeln eintauchender Ruder, gegen die Strömung. Paarweise ruderten sie nun dicht am Ufer entlang, das sie aus ihren seitlichen Feuerspritzen mit Flammen begossen. Unsere Russen, die dem Schauspiel anscheinend fassungslos zugesehen hatten, nahmen die Beine in die Hand und rannten unter lautem Geschrei auf die Gehölze und Felder zu, wo wir sie schon erwarteten.

Endlich breitete sich wieder Stille und Dunkelheit über der Meerenge aus. Nur hie und da flackerte noch ein brennender Gegenstand auf, hörte man das Wehklagen der geschlagenen Armee. Ein widerlicher Geruch nach verbranntem Fleisch hing über dem Meer. Dann tauchten plötzlich vier weitere Schiffe aus dem Dunkel auf und spien neue Lachen brennender Flüssigkeit aus, in denen die Verwundeten und alles, was noch nicht ganz den Flammen anheimgefallen war, vollends verbrannten. Der Beschuß mit dem Griechischen Feuer wurde die ganze Nacht hindurch fortgesetzt, um die Armee des Fürsten der Wölfe restlos zu vernichten und den Sieg des Kaisers der Römer über die Barbarei zu festigen.

Im Morgengrauen, als die letzten Schlachtschiffe ihren Einsatz fuhren, blieb kaum noch etwas zu verbrennen übrig. Zu beiden Seiten des Bosporus waren die Uferstreifen in Schutt und Asche gelegt. Auf Schritt und Tritt stieß man auf verkohlte Leichen und ausgebrannte Wracks. Der Patrikios Theophanes ließ Kampfmannschaften anlanden, und die Jagd auf den flüchtigen Feind begann.

Wir waren die einzigen, die den Befehl hatten, Gefangene zu machen. Die anderen töteten alles, was ihnen an Russen vor die Klinge kam. Erschlägt man einen tollwütigen Hund etwa nicht?

Macht man den Wolf, der die Herde reißt, nicht auch unschädlich? Einige der Unseren meinten, es wäre richtiger gewesen, diese Mörder zu taufen, bevor man sie vom Leben in den Tod beförderte. Dem konnte ich überhaupt nicht zustimmen. Oder bringt man einen frischgetauften Christen etwa um? Der Beweis liegt in den Gesetzen des Reiches, die das Leben so hoch achten und die Todesstrafe nur in Ausnahmefällen vorsehen. Später befragte ich zu diesem Thema sicherheitshalber meinen Bruder Theophylaktos, den Patriarchen, und dieser gab mir recht.

Den ganzen Tag über durchkämmten Marinetruppen und Heer das Dickicht und die Schilfbänke, durchsuchten die Behausungen der Bauern und ließen Verdächtige das Trishagion aufsagen, das Gebet, das man jeden Bürger des Reiches schon in frühester Kindheit lehrt, oder sie ließen sie einfach unser politisches Glaubensbekenntnis wiederholen: »Ich spreche griechisch, ich praktiziere die orthodoxe Religion, und ich verehre den Kaiser.« Wer dabei zögerte, wurde auf der Stelle enthauptet. Im Osten hatten die Truppen unter dem Befehl von Pantherios in derselben Nacht zur Offensive gegen Igors Banden angesetzt und dabei einen totalen Sieg errungen. Dieser General eroberte im Laufe des Tages das ganze von den Russen besetzte Gebiet zurück und beschlagnahmte die unermeßliche Kriegsbeute, die der Fürst angehäuft hatte. Der Fürst der Wölfe selbst konnte mit knapper Not entkommen, als Pantherios in sein Lager vorpreschte. Er, der mit Tausenden von Kriegsschiffen gekommen war, um das byzantinische Reich auszuplündern, besaß nur noch ganze zehn, als seine Segel am nördlichen Horizont verschwanden.

Nachdem ich sechs Barbaren gefangengenommen hatte, traf ich mit meinen Männern auf eine Gruppe von Feinden, die sich auf einem großen Gehöft verschanzt hatten. Ich gab das Zeichen zum Angriff, und wir stürzten uns mutig in den Kampf. Sie wehrten sich tapfer, doch wir erwiesen uns als die Stärkeren. Wir vernichteten sie bis zum letzten Mann. Ich verlor zwei meiner Leute und wurde selbst leicht verwundet. Ein Lanzenstoß schlitzte mir den Schenkel auf. Es war zwar nicht der Rede wert, aber ich schätzte mich trotzdem glücklich, daß mir diese kleine Verletzung im Kampf für den Kaiser zugefügt worden war.

Als ich an diesem Abend gerade meine Russen verhören wollte, ließ mich der Kaiser zu sich bitten. Auf meinem Weg zum Palast durchquerte ich eine Stadt im Freudentaumel. Ist es typisch für die Byzantiner, daß sie sich Gott und seinen Priestern nur zuwenden, wenn sie in Bedrängnis sind, daß sie sich aber sehr schnell wieder auf ihre alten Götter, nämlich den Wein und die Wollust, besinnen, wenn ihnen ihre Angst genommen ist? Die Große Kirche, wo die Pannychis, der die ganze Nacht hindurch währende Dankgottesdienst, abgehalten wurde, war jedenfalls fast menschenleer, wohingegen sie während des ganzen Krieges stets überfüllt gewesen war. Die Stadt aber sprühte vor Leben!

An jeder Straßenkreuzung brannten Freudenfeuer, um welche Männer und Frauen Reigen tanzten und sich in endlosen Girlanden voneinander lösten und wieder zusammenfanden.

Auf dem großen Pantepoptesplatz, gegenüber dem Kloster mit der strengen Fassade, hatte man in das Becken des kleinen Springbrunnens mehrere Krüge reinen Weins gegossen, und die Leute tranken der Reihe nach daraus und wuschen sich darin.

Im Schein der Fackeln, welche die Säulenhallen des Forum Tauri erhellten, sah man nur vergnügte Gesichter. In den Tavernen drängten sich die Leute. Transvestiten, Männer, die sich im Zweifel über ihr Geschlecht als Frauen verkleideten, was ich fast verstehen konnte, liefen auf dem Konstantinsforum herum und belästigten mich mit ihrem Geschrei. Überall wurde gegessen, schlug man sich den Bauch mit den Vorräten voll, die man auf wundersame Weise aus den Kellern hervorgezaubert hatte. Aufgepeitschte Musikanten, die auf ihrer Doppelflöte oder ihrer Zither tausendmal dieselben Schlager anstimmten, durchzogen die Gassen. Und die Mädchen gaben sich in versteckten Winkeln der gewundenen Gäßchen jedem hin, der sie haben wollte.

Ich war allein, doch voller Nachsicht für diese Ausschweifungen. Jeder findet sein Glück dort, wo seine Veranlagung ihn hinführt. Überrascht stellte ich jedoch fest, daß die Zügellosigkeit über die Stadt hinausschwappte und auch vor dem Palast nicht haltmachte. Auch hier herrschte überschäumende Lebenslust, waren die Rasenflächen mit Blumengirlanden und Siegesfeuern geschmückt und sorgten die Musikanten für Krach und Radau. Die Hofdamen mit ihren Hochfrisuren und die vornehmen Herren lachten laut, tranken, lachten noch mehr und verschwanden im Gehölz … Sollte das etwa Liebe sein?

Mein Vater empfing mich mit der gewohnten Würde. Es ging ihm besser. Er saß wie immer in seinem hohen Lehnstuhl und ließ mich nicht aus den Augen. Fasziniert stand ich vor ihm und wartete gespannt darauf, was er mir sagen würde.

»Basileios«, begann er mit seiner ernsten, immer gleichbleibenden Stimme, »ich weiß, was du für das Reich getan hast, und ich muß dir nicht dafür danken, denn du hast es für uns alle getan.«

Sein Lächeln wirkte warmherziger, sein Blick zärtlicher, und ich verging vor Dankbarkeit und Liebe.

»Ich habe beschlossen, dich in den Rang eines Spatharios, eines Schwertträgers, zu erheben. Diese Würde verleihe ich dir morgen bei der Siegesfeier. Außerdem entbinde ich dich von der Leitung der Barbarenbehörde. Du wirst in den diplomatischen Dienst befördert und unterstehst dort direkt dem Patrikios Theophanes.«

Voller Dankbarkeit warf ich mich vor ihm nieder.

»Sag mir nun, was mein Volk denkt.«

Ich versuchte, die wilde Begeisterung in der Stadt zu beschreiben, ich erzählte von den Festlichkeiten, von den erleuchteten Straßen, vom Wein.

»Das alles schenke ich meinem Volk, Basileios, und noch vieles mehr, denn der Kaiser ist es sich schuldig, großzügig zu sein. Allerdings muß man auf diesem Gebiet auch Vorsicht walten lassen, denn es gibt nichts auf der Welt, das sich schneller aufzehrt als die Großzügigkeit. Noch während du großzügig bist, verlierst du die Fähigkeit, großzügig zu sein. Du wirst arm und verachtenswert oder, um der Armut zu entgehen, habgierig und verabscheuungswürdig.

Nun muß ein Kaiser aber vor allem darauf achten, daß er nicht gehaßt und nicht verachtet wird, zwei unglückliche Umstände, zu denen die Freigebigkeit unausweichlich führt. Es ist daher besser, für einen Geizhals gehalten zu werden, als nach der Eigenschaft des edlen Spenders zu streben, der immer in den Ruf eines hassenswerten Raffers zu kommen droht ...«

Ich hörte ihm aufmerksam zu und prägte mir jedes Wort ein.

Danach sprach er über die Notwendigkeit, nicht vom Volk gehaßt zu werden. »Verschwörer«, so sagte er, »hoffen bei einem Anschlag auf den Kaiser stets auf die Unterstützung der Massen. Müßten sie jedoch befürchten, den Massen damit vor den Kopf zu stoßen, hätten sie nicht die Kühnheit, sich in ein solches Unternehmen zu stürzen.«

Während er auf mich einredete, sah ich plötzlich zwischen seinen Fingern eines seiner Privatsiegel glänzen, das dem ähnelte, das ich in Avdotias Schlafzimmer gefunden hatte.

»Ich muß dich auch besonders darauf hinweisen, wie lebensnotwendig es für den Kaiser ist, immer mitleidig, keusch, menschlich, rechtschaffen und fromm zu erscheinen. Ich sage bewußt ›zu erscheinen‹, aber es wirklich zu sein...? Dies ist wohl nur ganz selten möglich, denn die menschliche Natur fordert ihr Recht. Meist ist es auch nicht einmal wünschenswert. Er muß sich, wenn nötig, auch für das Schlechte entscheiden können, muß sein Herz darin geschult haben, im Widerspruch zu diesen Eigenschaften zu handeln, wenn die Umstände es erfordern. Es kommt stets nur darauf an, den Schein zu wahren. Kurz gesagt, man muß sich verstellen können. Wenn die Menschen alle anständig wären, dann wäre dieses Prinzip verdammenswert, aber da sie allesamt Lügner und Taugenichtse sind, muß man ihnen mit ihren eigenen Waffen entgegentreten, um an der Macht zu bleiben.«

Er wurde wieder ernst.

»Merke dir eines, mein Sohn: Die Menschen urteilen öfter mit dem Auge als mit der Hand. Jeder ist imstande zu sehen, doch nur wenige sind in der Lage zu berühren. Jeder Beliebige kann sehen, was du zu sein scheinst, aber nur einige wenige können ertasten, was du wirklich bist.« Er senkte die Stimme und schien auf den Grund meiner Seele zu blicken. »Du sollst dich immer daran erinnern, daß es nicht auf die Mittel, sondern allein auf den Zweck ankommt. Nur wenn du nach diesem Grundsatz handelst, kannst du deine Macht erhalten.«

Der Kaiser behielt mich zum Abendessen da. In dem kleinen Speisezimmer neben seinem Schlafgemach fuhr er fort, mich zu unterweisen. Er enthüllte mir solch verblüffende Wahrheiten, daß ich oft nur sprachlos dasaß und mich mehr an seinen Worten sättigte als an den Speisen, die man in einem purpurroten Tafelgeschirr auftrug. Dann trat ein Moment ein, in dem ich ihn nahe genug glaubte, um ihm meine Befürchtungen im Hinblick auf meine Mutter mitzuteilen. Er sah mich lange an und meinte schließlich: »Eines mußt du dir noch merken, mein Sohn: Ihr Eunuchen, die ihr euch durch euren Verstand auszeichnet, seid während eures ganzen Lebens vergleichbar mit Jünglingen und wie diese begeisterungsfähig, kameradschaftlich und insbesondere mit einer regen Phantasie begabt. Vergiß also diese albernen Hirngespinste, und widme dich ganz deiner Arbeit.«

4

Der Sieg über die Russen hatte mir meine Unruhe nicht genommen. Nach wie vor wurde ich von Alpträumen geplagt und verzweifelte fast bei der Vorstellung, daß der Leichnam meiner Mutter einsam und verlassen in irgendeinem Loch liegen könnte. Ich war zu allem bereit, um sie zu erlösen.

Mir wurde klar, daß allein Philaretos, der Gemeindeseelsorger von Glaros, mich über die Umstände ihres Ablebens würde aufklären können. Aber wie sollte ich nach zwanzig Jahren unter all den Priestern, die es im Byzantinischen Reich gab, diesen einen ausfindig machen? Ich vertraute mich meinem Bruder, dem Patriarchen an, der darin überhaupt kein Problem sah: Die Archive des Patriarchats wurden sehr gut geführt; man würde diesen Philaretos leicht wiederfinden. Er übergab mich der Obhut seines Stellvertreters, eines ziemlich dünkelhaften Bärtigen, der meinte, es nicht nötig zu haben, sich selbst um die Sache zu kümmern. Er verwies mich an den Sekretär, der mir erklärte, wie ich bei den Dienststellen des Patriarchats vorgehen müsse.

Als Sohn des Kaisers, der ich selbst hoher Beamter bin, ließ man mich in den düsteren Schreibstuben warten, wo dreißig auf engstem Raum zusammengepferchte Kopisten eifrig mit ihren Federn kritzelten. Zweifellos legte man Wert darauf, mir zu zeigen, wie unabhängig dieser Zweig der Verwaltung arbeitete; man wollte mir beweisen, daß ich mich hier zu meinem Vorteil weder auf meine Geburt noch auf mein Amt berufen konnte. Und als ich die Stimme erhob und mit meinem Bruder, dem Patriarchen, drohte, da sagte man mir, die zuständigen Beamten seien entweder krank oder auf Dienstreise, und forderte mich auf, in einigen Tagen wiederzukommen.

Schließlich betraute man einen kränklichen alten Schreiber mit meiner Angelegenheit. Er suchte für mich die Archive der Gemeinde Glaros im Bistum Chrysopolis heraus, in denen der Priester Philaretos tatsächlich aufgeführt war. Den Angaben zufolge war er jedoch ein Jahr nach dem Tod meiner Mutter verschwunden, und die Behörde hatte seither keinen Hinweis auf seinen Verbleib.

Wieder einmal half mir die Freundschaft der Eunuchen aus der Klemme. Da sie in allen Berufen und Gesellschaftsschichten anzutreffen waren und im allgemeinen recht gut über alles, was Byzanz betraf, Bescheid wußten, bestanden gute Aussichten, daß einer von ihnen von diesem Philaretos gehört hatte. Klysippos, der Masseur, der in den Zeuxipposbädern die halbe Stadt im Ringkampf unterwies, riet mir, mich in der Sache eher an den Notar zu wenden. Skouros wußte nichts; er hatte keine Ahnung, was aus diesem Philaretos geworden war. Vielleicht könnte Loukianos mir weiterhelfen, der als Wundarzt eine vielbesuchte Praxis führte.

Ich suchte den Wundarzt auf. Seine Praxis lag im Viertel der Kesselmacher, das den ganzen Tag von dröhnenden Hammerschlägen widerhallte. Ich fragte mich, wie er inmitten dieses höllischen Lärms operieren konnte. Um sich in seiner Praxis zu unterhalten, mußte man schreien, und böse Zungen behaupteten, daß er bewußt diesen Ort für sein Gewerbe gewählt habe, um zu vermeiden, daß man das Gebrüll seiner Patienten auf der Straße hörte.

Ich stand in einem freundschaftlichen Verhältnis zu Loukianos, der äußerlich durch seine große Körperfülle und seine funkelnden Augen auffiel. Obwohl er in seinem Beruf viel Schlimmes sehen mußte und häufig auch mit hoffnungslosen Fällen konfrontiert war, machte er kein Hehl daraus, daß ihn seine Kunst begeisterte. Er besaß einen ausgeprägten Sinn für Humor und wußte immer die komische Seite einer Situation oder Person hervorzuheben.

Als ich kam, war er gerade dabei, eine Kastration durchzuführen. Es erfüllte ihn mit Stolz, daß er dem Reich zu einem großen Teil seiner zukünftigen Würdenträger verhalf.

»Warum macht man soviel Wirbel um einen so banalen Eingriff?« pflegte er zu sagen. »Ich gehe dabei vor wie unsere Bauern mit Kälbern oder Schweinen: Ich lege dem satten Säugling eine Schlinge um den Hodenansatz, ziehe sie zu und schneide! Er schreit ein wenig, und schon ist es vorbei. Die meisten bluten nicht einmal. Es ist sehr leicht, ein kleines Kind der überlegenen Rasse zuzuführen, der wir angehören. Und die Eltern wünschen sich nichts mehr, als unter ihren Sprößlingen einen hohen Beamten zu haben ...«

Aber heute wollte ich über ein anderes Problem mit ihm sprechen, und in dem Radau, für den der benachbarte Kesselmacher sorgte, erzählte ich ihm von dem Diebstahl der Überreste meiner Mutter und von meiner Suche nach dem Gemeindeseelsorger.

»Nein, dieser Philaretos ist mir nicht bekannt«, erwiderte er, nachdem er überlegt hatte. »Aber ich kann ihn finden. Du weißt doch, daß es hierzulande unsinnige Gesetze gibt, die Kastrationen verbieten, außer wenn Mißbildungen am Hoden es unbedingt erfordern. Nun kommt es aber recht selten vor, daß die Geschlechtsteile eines Säuglings allen Kriterien der Vollkommenheit entsprechen.

Ich habe mich daher der Dienste eines Mönchs, des Paters Aristippos, versichert, der im benachbarten Kloster lebt. Er sieht nicht gut und vertraut mir, wenn ich ihm die Anomalien eines Säuglings beschreibe, den die Eltern entmannen lassen wollen.«

Ich sah zwar nicht ganz den Zusammenhang mit meinem Problem, erkundigte mich aber trotzdem höflich, ob der Mönch ihm dann die gewünschte Bescheinigung ausstelle.

»Ganz recht. Er besitzt die Zulassung vom Patriarchat, die Notwendigkeit einer Kastration zu bestätigen. Ich erweise mich dem Kloster erkenntlich, und niemand verliert dabei.«

Ich drängte ihn, zur Sache zu kommen.

»Ach ja, ja, entschuldige. Was ich eigentlich sagen wollte: Dieser Mönch hat eine wahre Bibliothek im Kopf. Er kennt den Verbleib sämtlicher Geistlicher der Hauptstadt und der Umgebung. Du wirst sehen.«

Obwohl die Patienten sich in seinem Wartezimmer drängten, ließ Loukianos nach dem Mönch schicken. Es handelte sich um einen kleinen, beredten Mann, einen Blinden, der von einem Klosterknaben geführt wurde. Als ich ihn nach Pater Philaretos fragte, erinnerte er sich sofort. »Dieser Mann ist *apabas*, er hat den geistlichen Stand aufgegeben, obwohl die gesamte Synode sich dagegenstellte. Er betätigt sich nun als Astrologe und lebt mit seiner Familie unweit der Akataleptoskirche.«

Die Gassen schäumten über vor Lebensfreude. Schillernde Festtagsgewänder und bunte Marktstände ließen die Stadt in ihren Jubelfarben erstrahlen. Der mit Schreien und Rufen durchsetzte Lärm ließ nur in der Nähe der Gaukler nach, die zu den Klängen einer Zither das Klagelied Igors, des Fürsten der Narren, sangen, der, bis aufs Hemd entkleidet, die Heimreise antrat. Nur ich war allein mit meiner Angst.

Das Akataleptosviertel ist eine schlechte Gegend. Es ist unmöglich, nachts den Fuß dorthin zu setzen, und zumindest riskant, wenn man es bei Tageslicht wagt. Die Fischer, die dort verkehren, trennen sich niemals von ihren langen Messern, mit denen sie die Thunfische ausnehmen, und die Lastenträger führen stets ihren Haken mit sich.

»Der Astrologe Philaretos hält seine Sprechstunde im vierten Stock dieses Hauses ab, eine Etage über dem Flickschuster«, erklärte mir ein Bettler, der am Eingang der Kirche hockte.

Kein Fenster und keine Lampe erhellte das Treppenhaus mit den schmalen, rutschigen Stufen. Ein schmieriges Seil führte an der Wand entlang nach oben. Es roch stark nach Urin. Ein trübes Dämmerlicht fiel auf den Wohnungsvorplatz der vierten Etage. Durch die offene Tür sah ich fünf schmutzige, rotznäsige Kinder, die sich halbnackt auf den beschädigten Steinplatten tummelten und entweder miteinander rauften oder weinten. Eine dicke, übelriechende Frau teilte Ohrfeigen aus und übertönte das Geplärr mit kreischender Stimme.

Meine Ankunft ließ die kleine Gesellschaft sofort verstummen. Die Bälger starrten mit offenen Mündern auf den Mann mit dem bartlosen Gesicht, der sich wegen seiner Größe beim

Eintreten bücken mußte. Doch die Frau setzte ihr schrilles Klagelied unbeirrt fort: »Heilige Muttergottes, was willst du uns noch alles schicken? Was soll denn der hier bei uns? Gestern war es der Mann aus der Markthalle, der kam, um sein Geld zu fordern, heute ist es ein Eunuch, der das ihm Gebührende verlangen wird! Oh, verfluchter Philaretos, der mir immerzu nur Kinder machen kann! Ich darf ihnen den Hintern abwischen, und er gibt mir nicht einmal das Nötigste, um ihnen die hungrigen Mäuler zu stopfen!«

Eine Goldmünze, die ich der guten Frau unter die Nase hielt, brachte sie augenblicklich zum Schweigen. Als sie endlich begriffen hatte, daß ich ein Kunde war, erhellte sich ihre Miene. Rasch schickte sie ihren Ältesten in die benachbarte Taverne, damit er seinen Vater hole, und führte mich diensteifrig in das Arbeitszimmer des Astrologen.

Ich habe die größte Hochachtung vor der Astrologie, einer Wissenschaft, die schon Großes geleistet hat. Doch dieser mit schwarzem Stoff bespannte Raum erinnerte eher an die Höhle eines Hexenmeisters. Die Schale mit der Asche und den Weizenkörnern ebenso wie die auf einer Art Leichentuch angeordneten Hundeknochen ließen mich an das unheimliche Hokuspokus der Geisterbeschwörer denken, und der Astrologe, der kurz nach mir würdevoll den Raum betrat, wirkte nicht viel vertrauenerweckender. Er war mit leuchtendroten Lumpen bekleidet, und sein langer, dunkelblau gefärbter Bart reichte ihm bis an die Taille hinunter. Er ließ sich in einem Ebenholzsessel nieder und schaute mich starr aus seinen mit Schminke vergrößerten Augen an.

Ich legte zwei Goldstücke auf den Tisch, woraus er wohl schloß, daß ich über die Preise nicht auf dem laufenden war. Er begann daher, mir mit todernster Stimme die Gewichtigkeit der Enthüllungen zu erläutern, die er mir sogleich machen wolle: Sie seien eigentlich unbezahlbar. Als ich ihm sagte, daß es darum gehe, den Leichnam meiner Mutter wiederzufinden, entzündete er ein Gefäß mit Weihrauch, hielt sein Gesicht in den Rauch und wartete auf die Erleuchtung.

Mit dem Handrücken fegte ich das Räuchergefäß vom Tisch

und erklärte ihm mit ruhiger Stimme, daß ich bereits genug wisse, um ihn bei den zuständigen Dienststellen des Patriarchats anzuzeigen und ihn auf den Scheiterhaufen zu bringen. Dagegen seien ihm fünf Goldstücke sicher, wenn er mir erzähle, was er über den Tod meiner Mutter Maria wisse, einer Sklavin, die man damals, als er noch Seelsorger der Gemeinde Glaros gewesen sei, sehr schnell unter die Erde gebracht habe.

Der Astrologe war kein Dummkopf. Er stellte sofort sein Getue ein und starrte mich lange an.

»Du bist also Basileios, der Sohn des Kaisers?«

Ich bejahte und versprach ihm Straffreiheit, falls er sich mir mit völliger Freimütigkeit offenbare.

»Ich werde nicht versuchen, dich zu täuschen, edler Herr Basileios, denn ich kenne deinen Scharfsinn. Ich will dir gern erzählen, was sich damals zugetragen hat: Wie du weißt, liegen die Felder, von denen unsere Bauern leben, ziemlich weit von Glaros entfernt auf der Hochebene. Zur Erntezeit ziehen alle Bauern mit ihren Familien für längere Zeit dorthin, um das Getreide einzubringen. So war ich auch in jenem Jahr während des Monats August fast ganz allein im Dorf. Eines Nachts klopfte es an meine Tür. Meine damalige Frau Eugenia, die schon daran gewöhnt war, daß man mich zu jeder beliebigen Stunde für die Sterbesakramente holte, drehte sich auf die andere Seite und schlief weiter. Ich öffnete. Im Schein meiner Lampe sah ich vor mir einen hochgewachsenen Offizier, einen Tribun, glaube ich, der von einer Schar Reiter begleitet wurde.

›Pater Philaretos‹, sagte er, ›in deiner Gemeinde hat sich ein Unglück ereignet. Maria, die slawische Sklavin, die am Ende des Dorfes in Ufernähe wohnte, ist ertrunken. Obwohl wir alles versucht haben, konnten wir sie nicht wiederbeleben.‹

Ich erkundigte mich, wann dies geschehen sei.

›Stell keine Fragen. Du weißt doch, daß diese Frau von einer Person sehr hohen Ranges geliebt wurde. Diese Person wird kommen, um ihr Grab zu besuchen. Wir haben auf dem Sklavenacker deines Friedhofs eine Grube ausgehoben und sie hineingelegt. Dein Bischof hat uns versichert, daß eine erst kürzlich bekehrte Heidin kein Anrecht auf ein christliches Begräbnis hat. Wir nehmen ihren Jungen mit und sorgen für seine Erziehung. Versuche nicht, mehr darüber herauszufinden. Das hier ist für dich.‹

Der Tribun überreichte mir einen Beutel, der ein Goldpfund enthielt, zweiundsiebzig Nomismata, die im hellen Schein der Sterne funkelten. Ich bin dann zum Friedhof gegangen und habe das frisch ausgehobene Grab gesehen, auf dem ein Kreuz mit ihrem Namen, Maria, stand.

Es kam mir recht unwahrscheinlich vor, daß sich in so kurzer Zeit so viel ereignet haben sollte, ohne daß ich davon Kenntnis erlangt hatte. Gewiß hatte sich in jener Nacht etwas Schlimmes zugetragen, doch es ist stets besser, sich blind und taub zu stellen und sich aus den Skandalen der Mächtigen herauszuhalten. Im übrigen hatte man mich gut bezahlt.

Die wenigen schon sehr tatterigen Greise, die im Dorf zurückgeblieben waren, stellten keine Fragen, und später wunderte sich niemand über den Unfall, dem die arme Sklavin zum Opfer gefallen war.

Ein paar Tage nach dem tragischen Ereignis kam ein Steinmetz aus der Stadt und stellte einen schönen Grabstein auf das Grab. Er war schon graviert, und du hast die Inschrift ja gelesen:

ZUM SELIGEN ANDENKEN AN MARIA
SIE IST DIE DIENERIN GOTTES

Dieses Grab hat mich oft beschäftigt. Ich habe über die Inschrift nachgedacht. Findest du es nicht verwunderlich, daß man nicht geschrieben hat: ›Sie war‹, sondern ›Sie ist‹? Und warum heißt es darauf nicht wie üblich: ›Hier ruht‹?

Ich pflegte das Grab und wartete auf den Kaiser, der aber nie kam. Einige Monate später nahm ich dann das Geld, das ich in meinem Garten vergraben hatte, und verließ Gemeinde, Frau und Kinder, um hierher in die Stadt zu ziehen und mir mit dem Gold ein schönes Leben zu machen.«

Der Astrologe sah mich mit einem schiefen Lächeln an.

»Ich bedaure nicht, was ich getan habe. Wenn ich jetzt dafür büßen muß, bin ich dann bereit.«

Dieser Astrologe war ein Feigling, aber er war nur ein kleiner Schurke. Leute wie er widerten mich an, und ich hätte ihn am liebsten auf den Scheiterhaufen gebracht. Doch möglicherweise brauchte ich ihn noch. Ich zählte fünf Goldstücke auf den Tisch neben die Hundeknochen und verließ wortlos den Raum.

Der Kaiser hatte beschlossen, dem Patrikios Theophanes die Ehrungen für den Sieg der Reiterei zu gewähren. Die Zeremonie sollte am sechsundzwanzigsten September stattfinden, dem Gedächtnistag des heiligen Johannes. Am selben Tag wollte man auch das Weinlesefest abhalten, eine wichtige Feier, die in diesem Jahr wegen der Kampfhandlungen verschoben worden war.

Der schon frische Wind fegte in roten Wirbeln um die vier Platanen in meinem Garten. Seine Böen ließen die abgestorbenen Blätter in den Alleen des Parks tanzen. Und die Trostlosigkeit des Herbstes rief in mir, mehr noch als das Ende des Sommers, den Gedanken an das ungewisse Schicksal meiner geliebten Mutter wach.

Ein orkanartiger Sturm hatte sich am Morgen des sechsundzwanzigsten Septembers erhoben. Er schüttelte die Wipfel der Bäume und riß ganze Äste mit sich fort. Er deckte Ziegeldächer ab und trieb in den Straßen Holzplanken und Scherben vor sich her. Mehrere Schiffe zerschellten an den Riffen der Küste, und eine Woge spülte drei Menschen vom Sankt-Nikolaos-Kai ins Meer.

Der Kaiser hatte mir die Gunst erwiesen, im *Kathisma*, der kaiserlichen Loge des Hippodroms, Platz nehmen zu dürfen. Bleierne Wolken jagten sich am grauen Himmel. Der Wirbelwind riß den Frauen die Schleier von den Köpfen und ließ die Umhänge flattern. Das Heulen des Sturms verband sich mit dem Tosen der Brandung zu einem ohrenbetäubenden Lärm. Die vierzigtausend Zuschauer, die sich im Zirkus drängten, erschraken über diesen Ausbruch göttlichen Zorns. Er richtete sich gegen diejenigen, die es gewagt hatten, die gottgeweihte Stadt anzugreifen. Allgemeine Verblüffung herrschte über die Sitzordnung, in der sich die kaiserliche Familie niederließ. Nachdem das Volk dem Kaiser in Form von Beifallsstürmen die übliche Huldigung dargebracht hatte, wies Romanos seinem Schwiegersohn Konstantin den Platz an seiner Rechten zu; dann erst folgten meine beiden Brüder.

Der Beifall des Volkes schwoll an. Konstantin Porphyrogennetos wurde vom Volk geliebt, meine Brüder dagegen waren verhaßt. Von meinem Platz aus beobachtete ich die beiden, den Hund und die Ratte, die mit langen Gesichtern dasaßen und sichtlich erzürnt darüber waren, daß ihr Vater sie aus seiner Nähe verbannt hatte. Jedermann wußte, daß die Rangordnung auf der Tribüne der vom Kaiser vorgesehenen Erbfolge entsprach.

Heftige Windstöße beeinträchtigten die Siegesfeier des Patrikios Theophanes. Bei aller Tapferkeit und Klugheit fiel es ihm nicht leicht, inmitten von herumwirbelndem Sand und herrenlosen Gegenständen seinen Triumph zu feiern. Theophanes verstand es indessen, eine gewisse Würde zu wahren, wozu ich ihn im Anschluß an den Festakt beglückwünschte. Doch der große Augenblick, auf den alle warteten, war die Hinrichtung der russischen Gefangenen.

Ich muß dazu sagen, daß die in kaiserliche Gefangenschaft geratenen Soldaten in der Regel gut behandelt werden. Sind sie verwundet, so pflegen wir sie wie unsere eigenen. Ihre Befehlshaber werden regelrecht gehätschelt, erhalten eine Rente und lassen sich im allgemeinen in Byzanz nieder, dessen Sitten und Religion sie annehmen. Bei den Gefangenen dieses Krieges handelte es sich aber nicht um Soldaten, sondern um gewissenlose Mörder und Schlächter, deren grausige Schandtaten jeder Beschreibung spotteten. Sie hatten die Gesetze der Kriegsführung nicht geachtet, was selbst die ungläubigen Sarazenen nicht tun. Allesamt hatten sie sich schwerer Verbrechen gegen die Christenheit schuldig gemacht, und der Kaiser hatte entschieden, daß sie dafür sühnen sollten.

Im Hinblick auf diese Zeremonie hatten unsere Truppen siebzig Barbaren verschont, so viele, wie der große Drache in der Apokalypse des Johannes Hörner hat. Man hatte sie ihres Augenlichts beraubt, wobei man einem von zehn Gefangenen nur ein Auge ausgestochen hatte, damit er die anderen führen konnte. Sie waren völlig nackt und trugen einen Strick um den Hals, mit dem sie an die Taille des jeweiligen Vordermannes gefesselt waren.

Der Einmarsch der ersten Gruppe in die Arena des Hippodroms rief beim Volk Verblüffung hervor: Waren es wirklich diese taumelnden, plumpen und schmutzigen Wesen, die Byzanz an den Rand des Zusammenbruchs geführt hatten? Waren diese verzerrten Münder, diese geschwollenen Lippen, die stammelnd um Gnade flehten, tatsächlich dieselben, aus denen der gefürchtete Kriegsschrei ertönt war? Und waren es diese von Schlägen aufgedunsenen Gesichter, die den Stadtbewohnern schlaflose Nächte bereitet hatten?

Jetzt verhöhnte man sie und brach beim Anblick dieser Elendsfiguren in johlendes Gelächter aus. Man spürte, wie die Angst, die dem Volk noch in den Gliedern steckte, zusehends schwand. Die Zuschauer atmeten auf und stellten mit Erleichterung fest, daß sie von diesen Jammergestalten nichts mehr zu befürchten hatten. Aber würden sie wenigstens tapfer sterben?

In diesem Augenblick drehte sich ein Bulgare, der dem Fest als Mitglied einer ausländischen Gesandtschaft beiwohnte, zu mir um und meinte: »Wie man sieht, versteht es euer Kaiser, sich an seinen Feinden zu rächen! Ihr seid ein großes Volk, das andere das Fürchten lehrt!«

Man hatte jedem der Todgeweihten Worte wie Mörder, Verbrecher oder Plünderer auf den Rücken gemalt. Derjenige, der die Gruppe durch die Sehkraft seines einen Auges anführte, wurde auf die Seite gestellt. Er sollte als letzter hingerichtet werden, damit er das Schauspiel mitansehen konnte.

Man mußte den ersten Verurteilten ziehen und schieben, bis er vor dem Richtblock stand. Nicht, daß er Angst gehabt hätte, aber er verstand einfach nicht, was man von ihm wollte. Zwei Soldaten packten ihn schließlich an den Armen, zwei andere an den Beinen, während ein fünfter ihn an den Haaren riß und seinen Hals nach hinten bog. Ehe er begriffen hatte, wie ihm geschah, sauste die Klinge nieder. Und als der Soldat die Hand ausstreckte und dem Kaiser den Kopf mit dem verzerrten Gesicht darbot, da spritzte ein feuerroter Blutstrahl aus dem

Körper hervor und reinigte die byzantinische Erde von ihrer Schande und ihrer Angst.

Da die Henker wußten, was dem Volk gefiel, ließen sie sich bei der Arbeit Zeit. Und auf den Rängen weidete man sich an der Todesangst der Verdammten, an ihren heiseren Schreien, die an das Gequieke gemetzelter Schweine erinnerten. Die Gefangenen, die man als nächstes in die Arena führte, witterten jetzt den Blutgeruch. Sie erstickten fast vor Entsetzen, schlugen wild um sich und versuchten, unter dem Hohngelächter der Menge zu fliehen. Manche mußte man sogar fesseln. Auf diese Weise wurden die siebzig Köpfe der Reihe nach abgeschlagen. Die Nacht brach schon herein, als die letzte Leiche unter Zuckungen vom Richtblock glitt.

Der Sturm des Zorns hatte sich gelegt. Später würde man beim Fackelschein Pferderennen veranstalten. Während die Piste dafür vorbereitet wurde, zogen sich der Kaiser und seine Gäste in den großen Saal hinter der Tribüne zurück, wo Erfrischungen gereicht wurden. Mein Vater erkannte mich in der Menge und machte mir ein Kompliment über mein gesundes Aussehen. Ich war gerührt von seiner Güte. In dem Saal begegnete ich auch meinen beiden Brüdern, die mir haßerfüllte Blicke zuwarfen. Etwas weiter entfernt stand Helenas Mann Konstantin und trank eine Schale Wein nach der anderen. Er war mit einer silberdurchwirkten Tunika bekleidet und trug seinem Titel entsprechend eine purpurfarbene Kopfbedeckung. Ich fand, daß er gut aussah, und beglückwünschte ihn dazu.

»Wie es heißt, hat der Kaiser beschlossen, dich im diplomatischen Dienst einzusetzen«, erwiderte er mir und strich sich mit einer für ihn typischen Handbewegung über den Bart. »Das freut mich... Ich habe große Achtung vor dir und mag dich gern. Es ist mir ein Vergnügen zu hören, daß du deine trostlose Behörde jetzt endlich verlassen wirst... wo du nichtsdestoweniger gute Arbeit geleistet hast.« Er ließ stets eine Art Grunzen hören, wenn er besorgt war oder nach Worten suchte. »Du weißt, daß ich unter der weiten Himmelskuppel viele Bekannte habe, und zwar nicht nur Untertanen des Kaisers... und außerdem habe ich viel Wissenswertes über unsere Nachbarländer gelernt... Ich könnte dir von einigem Nutzen sein.«

Ich dankte ihm dafür, daß er mir helfen wollte, und machte mir insgeheim zum Vorwurf, so lange einen derart bemerkenswerten Mann geringgeschätzt zu haben, einen wahren Ehrenmann, wenn es einen solchen unter Bärtigen überhaupt gab.

»Wir schulden dir wohl alle eine Art... Wiedergutmachung, und das, was ich tun kann, ist sehr wenig, verglichen mit dem Schaden, den du erlitten hast.«

Er war ein Mensch von zu feiner Bildung, um in dieser Weise auf meine Kastration anzuspielen. Das leuchtende Bild meiner Mutter kam mir in den Sinn. Zweifellos wollte er an die Umstände ihres Todes erinnern, und ich fragte ihn, was er meine.

Er schaute mir fest in die Augen und strich nachdenklich seinen Bart glatt. »Ich meine, wenn ihr Leichnam sich niemals in dem Grab befunden hat, dann beweist doch nichts, daß sie wirklich gestorben ist. Wer weiß, ob wir sie nicht eines Tages lebend wiederfinden?«

Ich war einen Augenblick sprachlos, drängte ihn dann aber, mir mehr darüber zu sagen.

Doch er gähnte und fuhr mit einem anderen Thema fort: »Ich habe mich gewundert, daß einige aus dem Volk sich über die geringe Zahl der Hinrichtungen beklagten. Offen gestanden fand ich das Ganze ziemlich grauenerregend... Die Hinrichtung eines einzigen dieser Barbaren hätte mir vollauf genügt.«

Ich fand es ziemlich verwegen, eine derartige Kritik an einer kaiserlichen Entscheidung zu üben, auch wenn ich nahe daran war, seinen Standpunkt zu teilen. In diesem Augenblick ertönten die Trompeten, die die Rückkehr des Kaisers auf die Tribüne verkündeten. Da faßte Konstantin mich plötzlich am Arm und drückte ihn so fest, daß ich beinahe erschrak.

»Basileios, wenn sie lebt, dann schwöre ich dir, daß ich sie wiederfinden werde.«

Bereits am nächsten Tag sollte ich ins Königreich Provence aufbrechen. Unsere Diplomaten konnten bei König Hugo dem

Schlächter nichts ausrichten, und mein Vater erwartete von mir, daß ich ihnen etwas den Rücken stärkte. Doch selbst die Aussicht auf diese lange Abwesenheit erlaubte mir nicht, mich dem Bankett im Saal der Neunzehn Liegen zu entziehen.

Diese Zeremonie war mir immer höchst unerquicklich: Die Generäle, Botschafter und Minister schlugen sich den Bauch voll, tranken, rülpsten und grölten, und es herrschte eine Atmosphäre wie in einem Stall zur Brunftzeit. Ich fand die Anwesenden allesamt ordinär und sehnte mich nach der diskreten Feinheit meiner Brüder, der Eunuchen. Dabei hätten die funkelnden Mosaiken, auf denen die früheren Kaiser und ihre Siege dargestellt waren, und die sanfte Musik der Zithern, Doppelflöten und Chöre sie zu mehr Sittsamkeit anhalten müssen. Aber sie benahmen sich weiterhin wie Bauernlümmel.

Die Tradition verlangte, daß die zweihundertdreißig Gäste dieses Festmahls sich auf Liegen ausstreckten wie ehedem die Römer. Ein armenischer Fürst hielt mir den ganzen Abend seine Stiefel ins Gesicht, während der Provinzbefehlshaber von Optimaton genügend Zeit hatte, um nähere Bekanntschaft mit meinem Schuhwerk zu machen. Der Unterhaltung mit Stefania Skleros, der Patrikia, die mir gegenüber lag, mangelte es an Schwung. Sie hatte mich meiner Unehelichkeit wegen nie akzeptiert, und ich hielt sie von jeher für eine dumme Gans.

Gegen Mitternacht war das Mahl endlich vorbei. Die Gäste standen auf, schwer vom Wein und betäubt vom Geschrei und der Musik. Unter allgemeinem Beifall zog der Kaiser vorbei, gefolgt von seinen drei Erben. Mit ernster Miene hob er die Hand und segnete die Menge. Mein Bruder Konstantin, die Ratte, der zuletzt kam, warf mir einen verständnisinnigen Blick zu, dessen Bedeutung ich nicht begriff.

Das Heulen des Nachtwindes in den Säulenhallen überraschte die Gäste. Jeder hüllte sich in seinen Umhang, bevor er sich in den Park hinauswagte, um die herbeigerufene Sänfte zu besteigen. Da trat mein Bruder, der Patriarch, zu mir. Er hatte weder ein gerötetes Gesicht, noch war er um Worte verlegen, was bei ihm nach einem solchen Fest nicht oft vorkam.

»Mein lieber Bruder, mein teurer Basileios«, schrie er mir

unter dem Lärm ins Ohr, »du kannst nicht zu dieser langen Dienstreise aufbrechen, wenn du mit deinen Brüdern noch immer im Streit liegst.«

Ich hegte nicht den geringsten Groll gegen sie, sondern empfand für sie nur tiefste Verachtung. Es fiel mir schwer, Männer zu lieben, die imstande waren, einen Mordanschlag auf ihren Vater zu planen.

»Wie falsch du doch über sie urteilst! Ich habe als Patriarch beschlossen, uns alle vier gleich jetzt vor den Heiligenbildern der Großen Kirche zu versammeln, um uns zu versöhnen. Nimm in meiner Sänfte Platz.«

Ich gehorchte widerwillig und fühlte mich wie das Schaf, das man zur Schlachtbank führt. Aber ich tat es ja für meinen geliebten Bruder, der wie ich Eunuch war. Auf dem langen Weg redete er unermüdlich auf mich ein, um mich versöhnlich zu stimmen, doch ich schwieg hartnäckig.

Als wir die Hagia Sophia betraten, hörten wir lautes Geschrei. Unheimlich hallte es, begleitet vom Heulen des Sturms, unter dem dunklen Gewölbe der Kuppel wider. Der Wind war nach dem Bruch einer Fensterscheibe in die Kirche eingedrungen, wo er uns pfeifend und brausend erwartete. Es schien, als wäre das Wort Gottes uns voran in das Haus des Herrn eingekehrt, um uns dort zu richten.

Natürlich war es Stephanos, der brüllte. Um sicherzugehen, daß er sich auch wirklich in der Kirche einfand, hatte Theophylaktos ihn von vier Gardisten des Patriarchats begleiten lassen, diesen hirnlosen Kraftprotzen, die zu allem befugt sind, außer die Hand gegen den Kaiser zu erheben. Stephanos stand vor der Ikonostase und beschimpfte die Soldaten, den Patriarchen, unseren Bruder Konstantin und mich. Er schäumte vor Wut, und sein Gesicht wirkte im zitternden Lampenschein düster und tragisch. Ihm gegenüber stand Konstantin mit halbgeschlossenen Augen und schwieg. »Ich werde die Wachen außer Hörweite schicken«, sagte Theophylaktos mit einer für ihn ungewöhnlichen Autorität in der Stimme. »Aber wenn du im Haus des Herrn weiterhin gotteslästerliche Reden führst, werde ich dich knebeln lassen.«

Stephanos verstummte, und nachdem die Söldner sich mit schweren Schritten entfernt hatten, standen wir uns zu viert gegenüber. Nur das Heulen des Himmels erfüllte mit seinem Echo das Gotteshaus.

Theophylaktos setzte seine Moralpredigt in einem milden, aber gänzlich unangebrachten Ton fort, denn Konstantin unterbrach ihn sogleich: »Mein geliebter Bruder, ist unsere Anwesenheit hier überhaupt vonnöten? Du forderst uns auf, uns gegenseitig zu lieben, doch haben wir je aufgehört, es zu tun? Gewiß sind uns zuweilen etwas unziemende Worte über die Lippen gekommen, aber unsere Herzen sind noch immer voller Liebe füreinander.«

Der Patriarch lächelte, glücklich über den erfreulichen Verlauf seines Schlichtungsversuchs.

»Ganz recht«, ereiferte sich Stephanos, »es gibt zwischen uns keine wirkliche Unstimmigkeit. Wir sind uns alle vier im wesentlichen einig: Wir können unmöglich weiter mitansehen, wie unser Vater seinen Schwiegersohn begünstigt und uns von der Macht ausschließen will.«

»Dieses Problem wird mit der Zeit schon eine Lösung finden«, erwiderte Theophylaktos vorsichtig.

»Mit der Zeit? Sollen wir vielleicht erst abwarten, bis dieser Dummkopf Romanos' Nachfolge angetreten hat? Wenn wir diesen Greis gewähren lassen, wird unser lieber Schwager uns morgen in ein Kloster verbannen. Ich wiederhole es, man muß Romanos so schnell wie möglich aus dem Weg schaffen.« Theophylaktos war entsetzt.

»Stephanos hat leider nicht unrecht«, seufzte Konstantin. »Die Stunde hat geschlagen, die Frucht ist reif. Basileios sieht es im übrigen selbst ein. Er ist bereit, die Arbeit von seinen Leuten ausführen zu lassen. Das zwielichtige Gesindel, das er befehligt, wird sich gerne der Sache annehmen.«

Die Zornesröte stieg mir ins Gesicht. Das war eine Lüge; ich hatte mich nie auch nur in Gedanken mit diesem Verbrechen einverstanden erklärt.

»Du wechselst deine Meinung wie dein Hemd, mein lieber Bruder«, versetzte Konstantin spöttisch.

Ich hielt mich mit aller Macht zurück und erklärte ihnen, daß es mir notwendig erscheine, die Dinge klarzustellen: Die Vorstellung, den Kaiser zu ermorden, hatte bei mir von Anfang an Entsetzen hervorgerufen. Doch meine Brüder hatten zweifellos noch andere wichtige Gründe, ihren Vater zu beseitigen. Die Erkundigungen, die ich bei der Sängerin Avdotia eingezogen hatte, und der Brief, der ihr von Konstantin zugegangen war, bewiesen ganz eindeutig, daß Eifersucht bei den Mordabsichten meiner Brüder eine Rolle spielte. Konstantin hatte mehrmals gedroht, sich eines Rivalen zu entledigen, und bei seinem letzten Treffen mit Avdotia hatte er Romanos mit Namen genannt.

»Verleumdung!« rief Konstanin wütend.

»Alles Lüge!« schrie auch Stephanos.

Es stimmte, wie es auch stimmte, daß die Geldstrafe von tausend Goldpfund, die der Kaiser Stephanos als Sühne für den Korndiebstahl auferlegt hatte, noch immer nicht bezahlt war. Wäre Romanos' Tod nicht dazu angetan gewesen, diese Schuld bequem zu tilgen?

Meine Brüder waren außer sich und drauf und dran, mich niederzustrecken. Stephanos hatte sein Schwert schon halb aus der Scheide gezogen. Aber auch ich war bewaffnet und wußte mich zu wehren. Theophylaktos jammerte. Der Wind war plötzlich verstummt, und aus dem Dunkel heraus blinkten die Lichter der tausend Lampen.

Nachdem er das Risiko kurz abgeschätzt hatte, zuckte Stephanos mit den Schultern und meinte: »Ich finde, wir verlieren viel Zeit damit, das törichte Geschwätz des kastrierten Sohnes einer barbarischen Sklavin mitanzuhören!«

Seine Beleidigungen ließen mich kalt. Doch ich warnte sie beide davor, Hand an den Kaiser zu legen. Sollte ihm in meiner Abwesenheit auch nur ein Haar gekrümmt werden, so würde es sie bei meiner Rückkehr teuer zu stehen kommen.

Wir hüllten uns in unsere Umhänge und verließen die Große Kirche. Theophylaktos blieb niedergeschlagen zurück. Ich hatte nichts als Verachtung für Konstantin und Stephanos übrig. Da ich aber wußte, wie wankelmütig sie waren, befürchtete ich nicht, daß sie dem Kaiser gefährlich werden könnten. Ihr unentschlossenes Wesen lähmte ihre Feindseligkeit.

Als die Stunde des Abschieds gekommen war, suchte ich in der Nacht die kleine Kirche von Galata auf. Von einer einzigen Lampe erhellt, erwartete mich dort die lächelnde Ikone. Ich erzählte ihr von meinem Kummer und meiner Sorge und sah sie lange an. Dann schlief ich erschöpft zu ihren Füßen ein.

5

Ich brauchte über drei Monate, um ins Reich zurückzugelangen. Nach zwei Jahren zäher Verhandlungen war ich nach Konstantinopel zurückgerufen worden und hatte Arles einen Tag vor der Ankunft des Heilands, die man dort Weihnachten nennt, verlassen. Ich mußte darauf achten, das Herrschaftsgebiet des mit uns verfeindeten Beranger von Ivrea zu meiden. Auch der König von Germanien, der sich selbst Kaiser nannte, wünschte nicht, daß ich sein Land durchquerte. Alberich, der Tyrann von Rom, war wütend über das Abkommen, das wir mit König Hugo von Provence, seinem Schwiegervater, geschlossen hatten. Es war daher ratsamer, um sein Territorium ebenfalls einen weiten Bogen zu machen. Die Küsten ringsumher wimmelten von ungläubigen Sarazenen, die wie bösartige Tiere auf Beute lauerten, weswegen auch der Seeweg nicht in Frage kam. Und überall, sowohl im Gebirge als auch an den Ufern der Flüsse, galt es, nicht in die Hände von Wegelagerern zu fallen.

Simon Athanasios befehligte meine kleine Begleitmannschaft. Eines Abends bezogen wir in einem Dorf bei Spoleto Quartier, einer Stadt, die wir ebenfalls umgehen mußten. Den ganzen Tag hatte unsere Truppe sich unter eisigem Regen auf Bergpfaden vorangekämpft. Der Schutz der Heiligen Jungfrau hatte uns glücklicherweise vor einem bewaffneten Überfall verschont, denn meine zwanzig tapferen Getreuen waren krank. Sie litten an einem ruhrartigen Fieber, das im Land umging, und starker Durchfall zehrte an ihren Kräften. Zum Glück fehlte es mir nicht an Gold. Die Bewohner von San Marco, einem elenden kleinen Marktflecken, beherbergten uns, so gut sie konnten. Nachdem sie schon von plündernden Soldaten alles Überflüssigen beraubt worden waren, verkauften sie uns auch noch das wenige, was ihnen geblieben war. Simon lag auf dem ärmlichen Lager eines Bauern und wurde von Fieberkrämpfen geschüttelt.

»Edler Herr Basileios, glaubst du, daß wir unsere Niederlassungen in Brindes rechtzeitig erreichen werden, um mit den ersten Schiffen nach der Winterpause auszulaufen?«

Das wollte ich um jeden Preis, und wenn ich ihn im Dreck dieses Weilers zurücklassen mußte. Doch ich hütete mich davor, ihm dies zu sagen. Ich redete ihm gut zu und bestärkte ihn in der Hoffnung, daß es sich bei dem Fieber nur um eine vorübergehende Unpäßlichkeit handle. Er werde seine Familie bald wiedersehen.

»Mögest du die Wahrheit sagen! Denn ich will nicht fern von den Meinen und der Orthodoxie sterben.«

Ich setzte mich ans Kopfende seines Lagers. Ich konnte auf das Ergebnis meiner Dienstreise stolz sein. Während der ständige Botschafter Grigorios Skleros, Patrikios und Mandator, sich bei aufwendigen Festbanketten in Szene setzte, hatte ich endlich die verbindliche Zusage König Hugos erlangt, seine Tochter Berthe dem jungen Romanos, dem Enkel des Kaisers, zur Frau zu geben.

Die beiden waren noch Kinder, aber die Verbindung dieser Prinzessin mit einem kaiserlichen Prinzen machte die von meinem Vater so sehr herbeigesehnte Öffnung des Reiches nach Westen hin möglich.

Um dieses Eheversprechen zu erwirken, hatte ich fast zwei Jahre lang in Arles vor diesem Halbnarren, diesem sogenannten König, der im Grunde nur ein von Wollust besessener Schlächter war, katzbuckeln müssen. Ich war gezwungen gewesen, unsere Flotte an der Belagerung von Fréjus teilnehmen zu lassen, hatte die Schmach einer der üblichen Meinungsumschwünge Hugos hinnehmen und mitansehen müssen, wie er den ungläubigen Sarazenen ein Bündnis anbot; all dies nur, um zu erreichen, daß über die Möglichkeit einer Verbindung überhaupt gesprochen wurde. Und dann hatte er sich erdreistet, mir zu erklären, da er keine Gattin mehr habe, habe er auch kein legitimes Kind. Ich könne eventuell eine seiner unehelichen Töchter für den Enkel meines Kaisers bekommen…

Ich verabscheute die plumpe Ironie dieses Rohlings und seine offenkundigen Anspielungen auf meine Entmannung. Doch ich hatte es verstanden, die Sache ohne Skandal zum Abschluß zu bringen. Ich würde schon Gelegenheit finden, ihm seine Beleidigungen heimzuzahlen. Ein Land, dessen diplomatisches Geschick nicht in den Händen von Eunuchen liegt, wird Fehler kaum vermeiden können.

Das Feuer war erloschen, und durch das Loch im Dach strömte der Regen. Aus den Abruzzen ertönte von ferne das Geheul der Wölfe. Ich hüllte mich in meinen Umhang und legte mich bei dem Kranken nieder.

»Edler Herr Basileios, wirst du so barmherzig sein, meinen Leichnam zu den Meinen zurückzubringen?«

Ich gebot ihm zu schweigen. Es geziemte sich nicht für Angehörige kaiserlicher Gesandtschaften, so albernes, sentimentales Zeug von sich zu geben. Im übrigen war er schon am nächsten Morgen genesen.

Der Kaiser erlaubte mir, beim Samstagszeremoniell einen Tag vor Palmsonntag zu erscheinen. Erschöpft, aber triumphierend war ich tags zuvor durch das Goldene Tor in die Stadt eingezogen. Der laue Frühlingswind, das sanfte Rauschen der Pappeln, das Plätschern der Springbrunnen, die Pracht der Butterblumen und Osterglocken begleiteten uns auf Schritt und Tritt. Überall in der Stadt reinigte man mit viel Wasser die Mosaikfußböden, erneuerte den Anstrich der Fassaden mit grüner, gelber oder roter Farbe, und über allem breitete sich das große, blaue Himmelszelt, von dem die Wolken endlich wieder verschwunden waren. Wo man auch hinsah, wurden Vorbereitungen für das Osterfest getroffen, das nach der Kälte und Dunkelheit des Winters die Rückkehr des Lebens einläutete.

Ich konnte es kaum erwarten, vor meinen Vater zu treten. In der Menge sah ich ihn für einen Augenblick lächeln. Es war dieses für ihn so typische feinsinnige Lächeln, in dem so viel Zärtlichkeit und Verständnis lag. War ich nicht sein geliebter Sohn? Hatte ich nicht durch die Anwendung seiner Prinzipien gesiegt, wo andere gescheitert waren? Gewiß sagte ihm sein feines

Gespür, daß die Verleumdungen, die meine Brüder in meiner Abwesenheit gegen mich vorgebracht hatten, nicht zutrafen. Er würde erkennen, daß mich meine Mission viel Arbeit und Mühe gekostet hatte. Und ich träumte von dem Titel eines Patrikios und von den hohen Ämtern, mit denen er mich belohnen würde. Diese diplomatische Mission war der Prüfstein für mein Talent gewesen. Ich hatte es geschafft. Er würde mich jetzt an seiner Seite behalten, damit ich für den Ruhm des Reiches arbeiten konnte.

Die glänzenden Mosaikfußböden der Goldenen Halle erstrahlten in der Morgensonne. Jedesmal, wenn die Eichentür geöffnet wurde, erhaschten wir einen Blick in das prächtige Innere. Dreißig hohe Beamte und Generäle wurden vor mir hereingerufen. Ich war zuversichtlich. Als der Präpositus mich aufrief, schritt ich, geführt von zwei Silentiariern, langsam auf die schweigende, strahlende Majestät meines Vaters zu.

Dreimal machte ich auf den purpurnen Markierungen, die zu diesem Zweck angebracht worden waren, einen Kniefall. Als ich zu Füßen des Kaisers angelangt war, küßte ich den Saum der purpurnen Chlamys, wie man es mich gelehrt hatte. Dann erst wagte ich, den Blick zu heben.

Unter der Krone mit den Perlengehängen wirkte sein Gesicht bleich und ausdruckslos. Er blickte in die Ferne und schien niemanden um sich herum wahrzunehmen. Unzugänglich und eisig schwebte er allein in unsichtbaren Höhen, und der Gedanke kam mir, daß er seinem Sohn nicht mehr und nicht weniger Aufmerksamkeit schenkte, als er einem Hund entgegengebracht hätte. Ich war verwirrt, und die beiden Silentiarier mußten mir auf die Schulter klopfen, um mich aus dieser nicht enden wollenden Andacht herauszureißen.

Ich stand auf, kreuzte die Hände über der Brust und gesellte mich zu der Menge derer, die dem Kaiser vor mir gehuldigt hatten. Bisher war kein Titel verliehen, keine Beförderung verkundet worden. Das Wesen, das da, angetan mit seiner Chlamys, wie versteinert auf dem goldenen Thron saß, erschien mir mehr wie die ausgetrocknete Mumie meines Vaters als der Mensch, dem meine ganze Zuneigung galt. Verblüfft über diese Verwandlung, wunderte ich mich noch mehr, als er schließlich zwei zittrige Finger der rechten Hand hob, was bedeutete, daß er seine Untertanen entließ.

»Die Zeremonie ist beendet!« rief der Präpositus.

Der Kaiser verließ den Saal und ging mit steifen Schritten auf die Lausakionkapelle zu. Wie draußen die Wälder und Felder, so erfüllte sich jetzt auch das gewaltige Gewölbe wieder mit Leben. Im Getöse der goldenen Orgeln wagte man aufzuatmen, man hustete und kommentierte die Zeremonie, während man sich auf die hohen Ausgangsportale zubewegte. »Welche Würde! Welche Erhabenheit!« wiederholte man pausenlos, doch ich hätte beinahe herausgeschrieen, daß ich in diesem verhärteten Wesen nicht meinen Vater erkennen konnte.

Unter dem Torbau der Vierzig Märtyrer begegnete ich mitten in der ergriffenen Menge meinem Bruder Theophylaktos. Umgeben von einem Schwarm Geistlicher, befand er sich auf dem Weg zur Messe. Er war während dieser zwei Jahre abgemagert, und der Ornat des Patriarchen hing schlaff an ihm herab. Wir schlossen uns zärtlich in die Arme. Er bedeutete seinem Gefolge, sich zu entfernen, und nahm mich am Arm.

»Mit welcher Freude habe ich die Nachricht von deinem glänzenden Erfolg vernommen! Hoffentlich hat dich dieser König Hugo, dieser Bluthund, nicht allzu schlecht behandelt?«

Hugo hatte mir zeitweilig das Leben zur Hölle gemacht, soviel war sicher, und ich lud Theophylaktos ein, dem Bericht über die diplomatische Mission beizuwohnen, den ich noch am selben Nachmittag dem Patrikios Theophanes erstatten würde. Ich hoffte auch auf eine Audienz bei meinem Vater, um ihm meine Ergebenheit zu bekunden.

»Rechne nicht damit. Der Kaiser zieht sich ab heute ins Studioskloster zurück. Er wird die Karwoche dort verbringen und anschließend zweifellos eine lange Zeit in Abgeschiedenheit leben.«

Erwägte er eine Abdankung?

»O nein! Er hat die Staatsangelegenheiten noch immer fest im Griff; viele werfen ihm gar sein herrschsüchtiges Wesen vor. Er klammert sich an die Macht. Doch er ist auch der Meinung, daß jeder sich seiner Fehler bewußt sein und dafür Buße tun sollte.« Ich gestand ihm offen meinen Kummer darüber, daß er mich nicht eines Blickes gewürdigt hatte. Schenkte er den Verleumdungen unserer Brüder etwa Beachtung?

»Er liebt dich innig«, beteuerte mir Theophylaktos verlegen, »aber es stimmt, daß sie ihn beeinflussen. Konstantin weicht ihm nicht von der Seite. Es ist ihnen gelungen, sich im Hippodrom wieder einen Platz neben ihm zu sichern, was sie als seine Nachfolger ausweist. Helenas Mann Konstantin haben sie von seinem Platz neben dem Kaiser verdrängt. Es sind Schlangen ...«

Könnte ich in seinem Refugium im Studioskloster von ihm empfangen werden?

»Er will dort niemanden sehen, mit Ausnahme des Patrikios Theophanes. Und dich weniger noch als einen anderen!« seufzte der Patriarch. »Doch jetzt muß ich mich verabschieden.«

Brennende Weihrauchgefäße wiesen ihm den Weg zur Großen Kirche, und die Höflinge warfen sich unter seinen Segnungen nieder. Ich spürte wieder die alte Wut gegen meine beiden Brüder in mir hochsteigen: Eines Tages würden Stephanos und Konstantin für ihre Verleumdungen büßen.

Der Patrikios Theophanes arbeitete viel. Als Eunuch hatte er dafür sowohl die Zeit als auch die Befähigung. Nachdem er erstmals vom Kaiser ausgezeichnet worden war, als er ein Geschwader befehligt hatte, war er rasch zum Protovestiarios aufgestiegen, dem die kaiserliche Kleiderkammer unterstand. Doch in Wirklichkeit entsprachen seine Aufgaben eher denen eines ersten Ministers. Er war genauso alt wie mein Vater, der ihm uneingeschränktes Vertrauen entgegenbrachte. Ich habe ihn als kleinen, lebhaften, aber wortkargen Mann mit glattrasiertem Schädel und einem regen Blick voller Listigkeit in Erinnerung.

Da er mein direkter Vorgesetzter war, würde ich ihm später einen offiziellen Bericht in fünffacher Ausfertigung übergeben. Doch zunächst hatte ich ihn aufgesucht, um ihm den Verlauf meiner Gesandtschaft in wesentlichen Punkten zu schildern, und verbrachte einen Teil des Nachmittags damit, Theophanes' beiden Sekretären meine ersten Ergebnisse zu diktieren. Er hörte zu. Als ich endlich fertig war, entließ er die beiden Schreiber.

»Basileios, was du getan hast, war gut. Im Namen des Kaisers, deines Vaters, der zur Zeit abwesend ist, beglückwünsche ich dich zu deinem Erfolg. Auf einige Punkte müssen wir jedoch noch einmal genauer eingehen.«

Er wies mich auf bestimmte Schwächen in meiner Vorgehensweise hin, auf umständliches Arbeiten und auf eine mangelnde Koordination mit den zuständigen Stellen der Hauptstadt, die nur unzureichend informiert worden waren.

»Der Botschafter Skleros wird die junge Prinzessin also schon im Juni nach Byzanz bringen, so daß die Vermählung im Herbst stattfinden kann. Natürlich hast du die Mühe gehabt, dieses Ergebnis zu erzielen, und er erntet dafür die Lorbeeren, doch das ist nun einmal die Regel.«

Er las meinen Bericht noch einmal.

»Das Endergebnis ist sehr erfreulich. Wie alle hohen kaiserlichen Beamten wirst du morgen im Manganapalast deine Belohnung erhalten. Und laß dir gesagt sein, daß wir Eunuchen stolz auf dich sind.«

Erfreut über ein derartiges Lob, wie es nur selten über seine Lippen kam, konnte ich nicht umhin, ihn zu fragen, warum der Kaiser mich nach zwei Jahren der Trennung mit solcher Kälte empfangen hatte.

»Ach was! Meinst du etwa, dein Vater habe nichts mehr für dich übrig? Dabei hat er während deiner Abwesenheit jeden Tag voller Liebe von dir gesprochen! Nun ja, du bist eben noch zu jung, um dich selbst zu kennen. Wenn du einmal so alt bist wie ich, wirst du entdeckt haben, wie sensibel und verletzlich wir Eunuchen sind. Du wirst erkannt haben, daß wir Äußerungen, insbesondere aber Schweigen, viel zu leicht zu unserem Nachteil auslegen.«

Er lief im Zimmer auf und ab und suchte nach Worten, die mich trösten sollten.

»Die Wunde, die wir seit frühester Kindheit tragen, bleibt außerordentlich empfindlich, und wir könnten beim geringsten

Luftzug vor Schmerz aufheulen, während die Bärtigen mit ihrem dicken Fell sich überhaupt nichts daraus machen. Begreife doch, daß der Kaiser beim Hofzeremoniell niemanden eines Blickes würdigt. So verhält es sich nun einmal, und es ist sehr bedauerlich, daß deine Gesandtschaft erst einen Tag vor seinem Rückzug ins Kloster zurückgekehrt ist. So muß er auf ein Wiedersehen verzichten, auf das er sich freute.«

Ich war nicht überzeugt. Der Patrikios Theophanes klatschte in die Hände, worauf man Zwiebeln und Gebäck hereinbrachte.

»Du bist zu einem der brillantesten Mitarbeiter dieser Behörde geworden. Und zum Beweis seiner Zuneigung hat dein Vater die Absicht, sich deiner Fähigkeiten in einer äußerst wichtigen Mission zu bedienen, mit der er dich allein betrauen will. Du wirst keine Zeit haben, dich auszuruhen. Aber Untätigkeit liegt ohnehin nicht im Wesen der Eunuchen.«

Er fragte mich, ob ich vom Mandilion, dem heiligen Tuch, gehört habe. Wie hätte ich diese außergewöhnliche Reliquie – den Schleier, den Veronika Jesu auf seinem Kreuzzug entgegengehalten hatte – nicht kennen sollen? Wie durch ein Wunder hatte es sich über neunhundert Jahre hinweg erhalten und war erst kürzlich in einer Kirche der Stadt Edessa, jenseits der östlichen Grenzen des Reiches, im Land der Ungläubigen, wiedergefunden worden. Seit seiner Entdeckung geschah ein Wunder nach dem anderen: Tote wurden wieder lebendig, Blinde sahen und Taube hörten, wenn sie in die Nähe des Tuches gebracht wurden.

»Das ist richtig. Diese Reliquie trägt den Abdruck des Gesichtes Christi. Sie ist die verehrungswürdigste der nicht von Menschenhand geschaffenen Ikonen. Die Wunder, die sie vollbringt, sind zahllos, und in Byzanz denken viele, es sei sündhaft, sie in den Händen der ungläubigen Sarazenen zu belassen. Dein Vater, der Kaiser, meint, wenn wir sie hier in Konstantinopel hätten, würden wir mit ihrer Hilfe über unsere Feinde triumphieren. Sein Schwiegersohn Konstantin teilt diese Ansicht und drängt unablässig darauf, daß wir uns ihrer bemächtigen sollen.«

Ich wußte, daß die Eroberung des heiligen Mandilions eines

der Ziele des Feldzugs war, den das Heer seit über einem Jahr gegen die Ungläubigen führte.

»Unsere Truppen sind zahlreich und tapfer. Johannes Kurkuas, der sie befehligt, ist ein ausgezeichneter General. Die Soldaten des Kalifen, dem diese Stadt untersteht, sind damit beschäftigt, sich in Bagdad gegenseitig umzubringen. Aber Edessa ist mit uneinnehmbaren Festungsmauern bewehrt; der Emir und seine Männer wissen sich zu verteidigen. Es dürfte daher eher unwahrscheinlich sein, daß ein militärischer Einsatz ausreicht, um uns das Mandilion, den Schleier Veronikas, zu erkämpfen. Und dennoch ist es unsere Pflicht, es nach Konstantinopel zu bringen.«

Er erhob sich und bedeutete mir, ihm auf den Balkon zu folgen. Die untergehende Sonne tauchte Dächer und Baumkronen in ein kupferfarbenes Licht. Der klare Himmel, auf dem sich nur ein paar Vögel als schwarze Tupfen abzeichneten, war völlig wolkenlos. Die Zypressen warfen immer längere Schatten auf die Rasenflächen des Parks, und die riesigen Schatten der Stadtmauern hüllten bereits ein ganzes Viertel in Dunkel. Die gigantischen Zinnen hoben sich imposant gegen das lichte Himmelszelt ab.

»Die Festungsmauern von Edessa sind beinahe ebenso stark«, murmelte der kleine Eunuch. »Sie werden von einer Schar Ungläubiger verteidigt, die bereit sind, im Kampf um ihr Eigentum zu sterben, und es lieber vernichten, als es zu verlieren. Es kann keine Rede davon sein, das Mandilion zu stehlen. Es darf von einem Laien nicht einmal berührt werden. Nur ein untadeliger Geistlicher ist dazu befugt. An materieller Unterstützung kannst du alles fordern, was du brauchst, doch zähle auf niemanden als auf Gott, um dir zu helfen. Unsere Soldaten, die die Stadt belagern, sind wackere Kämpfer, aber die Sache ist zu heikel, als daß sie sich mit Schwert oder Dolch entscheiden ließe.«

Er wandte sich zu mir um: »Mach dich auf den Weg, sobald du kannst. Zweifelst du jetzt immer noch an der Liebe des Kaisers, nachdem er dich mit einer solchen Mission betraut hat?«

Eine Wunde, die bei der kleinsten Berührung mit Kälte zu schmerzen beginnt, hatte Theophanes gesagt. Ein Hang dazu, das Gesagte und besonders das Nichtgesagte stets zu unserem Nachteil auszulegen, die Empfindlichkeit eines Kranken... Aber bestärkt uns nicht die Bosheit der Bärtigen in diesem Empfinden? Warum dieser ständige Spott über unsere Eigenheit? Ist der Neid ihr einziger Beweggrund? Gleicht die Überlegenheit des Geistes diese lächerliche Unterlegenheit nicht ganz offensichtlich aus?

In den Gärten des Manganapalastes, allein mitten in der Menge der hohen Beamten, dachte ich über unsere Einsamkeit nach. Keiner der Anwesenden nahm Notiz von mir, und ich verachtete sie. Mein Vater hatte mich verstanden; er hatte meinen Wert und die Größe, die sich aus unserer Isolation ergab, erkannt. Er liebte mich. Er würde mir seinen Dank bezeigen. Und wenn Theophanes die Wahrheit sagte, wenn mir die Liebe des Kaisers tatsächlich ganz erhalten geblieben war, dann würde ich das Zeichen seiner Gunst jetzt empfangen.

Als die Glocke der Hagia Sophia die zweite Stunde verkündete, wurden die beiden Türflügel des großen Empfangssaales weit aufgestoßen. Ein Aufschrei größter Verwunderung erhob sich aus der Menge der Höflinge, obgleich sie die Zeremonie längst kannten: Auf einem langen Tisch waren unermeßliche Reichtümer angehäuft. Und auf dem goldenen Thron, der im hinteren Teil des Saales errichtet worden war, stand das Bildnis des Kaisers. Es war der Zahltag der Beamten.

»Der Patrikios Theophanes, Protovestiarios und Parakoimomenos!« rief ein Herold. »Zweihundert Goldpfund und neun Hofgewänder!«

Der kleine Eunuch mit den neugierig blickenden Augen trat rasch vor und machte vor dem Bild des Kaisers einen Kniefall. Gleich darauf kamen sechs kräftige Sklaven herbei, welche die Beutel mit den vierzehntausendvierhundert Nomismata und die funkelnden Gewänder in Säcke packten. Er warf sich erneut nieder und entfernte sich dann rasch.

»Der Kuropalat Johannes Kurkuas, Domestikos der Scholen! Hundert Goldpfund und sechs Hofgewänder!«

Johannes befand sich beim Heer. Sein Sohn, noch ein Junge, der von fünf Sklaven unterstützt wurde, vertrat ihn mit Würde.

»Der Magistros Petros Prokopios! Hundert Goldpfund und sechs Hofgewänder!«

Die Verteilung nahm einen Großteil des Tages in Anspruch. Nach zehn Aufrufen wurde die Tür wieder geschlossen und der Tisch mit neuen Reichtümern bestückt. Gegen sechs Uhr setzte ein leichter Regen ein, der die Kleider der Höflinge durchnäßte, doch niemand machte sich etwas daraus. Die Nasenflügel bebten in Erwartung des Goldes; neidische Blicke folgten denen, die, unter der Last ächzend, weggingen. Diese Leute beachteten mich nicht; sie lebten unter sich, ohne mir mehr Bedeutung beizumessen als einem spielenden Kind. Doch hin und wieder vergaßen sie einen Augenblick lang ihre Gier und musterten mich mit einem herablassenden Lächeln. Sie schienen sich gar nicht darum zu bekümmern, daß ich der Sohn ihres Herrn, des Kaisers, war, dem allein sie ihren Lohn zu verdanken hatten.

Ich wartete darauf, daß die Reihe an mich kam. Ich würde kein Gold bekommen, so stellte ich mir vor, sondern ein Zeichen väterlicher Liebe.

Die Gärten lichteten sich. Einer nach dem anderen traten die Demarchen, die Protosekretoi und die Pförtner, mit Schätzen überhäuft, den Heimweg an. Ich blieb allein zurück und hörte endlich den Herold rufen: »Basileios, Spatharios! Ein Goldpfund und ein Hofgewand!«

Zuerst glaubte ich, nicht recht zu hören. Mir schien, als verhöhne er mich. Enttäuscht und zähneknirschend holte ich das mir Zugedachte ab und machte vor dem leeren Thron den unerläßlichen Kniefall. Der Kaiser hatte mir seine Gunst entzogen. Wie benommen schlich ich davon.

Eine Sänfte wartete am anderen Ende der Gärten. Ihre Träger waren mit der Livree des Patriarchats angetan. Mein Bruder Theophylaktos winkte mich herbei und forderte mich auf, zu ihm in die Sänfte zu steigen. Bei ihm machte ich meiner Trauer und meinem Zorn Luft.

»Beruhige dich doch, armer Basileios, ich verstehe dich ja.

Die wiederholten Verleumdungen, die Konstantin gegen dich vorgebracht hat, mußten dir zwangsläufig schaden. Dabei habe ich versucht, dich zu verteidigen. Ich habe den Kaiser immer an deine Ergebenheit und Zuneigung erinnert. Doch er blieb stets eisig, wenn ich von dir sprach, und schien mir nicht einmal zuzuhören.«

Ich bat ihn, mit dem Gejammer aufzuhören und mir zu verraten, was ihn herführe. Er seufzte »Ich bin nur gekommen, weil ich dich gern habe und weil ich mir deine Verzweiflung vorstellen konnte. Und dann habe ich von deiner bevorstehenden Reise nach Edessa erfahren. Die Idee stammt von Helenas Mann. Er weiß, daß kein anderer als du in der Lage ist, das Unternehmen erfolgreich durchzuführen.«

Diese Suche nach einer staubigen Ikone stellte in meinen Augen eine gefährliche Grille dar. Warum sollte ihr Besitz das Schicksal der Stadt positiv beeinflussen? Unsere Kirchen und unsere Häuser quollen über von Heiligenbildern, doch ihre Gegenwart hatte Katastrophen noch nie abgewendet.

»Wie kannst du nur solche Gotteslästerungen von dir geben?« rief Theophylaktos entsetzt. Er schien tief betroffen zu sein und begann mir ausführlich und mit voller Überzeugung die Wunder aufzuzählen, die dem Mandilion zu verdanken waren, von der Heilung des leprakranken Königs Abgar bis zur Auferweckung von sieben Kindern, die in einer Feuersbrunst bei lebendigem Leib verbrannt waren. Mein Verstand ließ mich daran zweifeln, doch mein Gefühl zwang mich, daran zu glauben. Als Byzantiner und Sohn des Kaisers ist der Wunderglaube tief in meinem Herzen verwurzelt.

Das langsame Schaukeln der Sänfte beruhigte mich. Mit der Dunkelheit hatte der Regen eingesetzt und trommelte leise gegen die Fenstervorhänge aus Filz. Der vertraute Geruch nach feuchtem Leder und Schimmel rief in mir tausend Erinnerungen wach. Ich zog den Vorhang zurück. Der Regenguß ließ die Fackeln auf den Mauern des Forum Tauri rauchen und verscheuchte die Passanten, die in gebückter Haltung ins Trockene flohen. Mit gesenktem Kopf wateten die Träger durch den Schlamm, der von den Wagen hochgeschleudert wurde. Dunkel gekleidete Frauengestalten warfen sich in der Kloake nieder, als sie die Livree des Patriarchen erkannten.

»Doch welchen Ruhm würde es für uns Eunuchen und für uns Lekapenen bedeuten, wenn du dort erfolgreich bist, wo die ganze Armee seit einem Jahr nur Niederlagen einsteckt! Und welcher Triumph wäre es danach für Byzanz, wenn es dank des Mandilions, dieses geheimnisvollen, außerordentlichen Schleiers, endlich die Vorherrschaft über alle Völker erlangte! Alle Könige der Erde würden kommen und sich dem Kaiser zu Füßen werfen!«

Was er sagte, war richtig, und er hatte mich überzeugt. Die Träger setzten die Sänfte im Hof meines kleinen Palastes ab. Ganz erfüllt von dem Gedanken an den künftigen Ruhm des Reiches, nahmen wir schweigend voneinander Abschied.

Mein Schwager Konstantin befand sich auf dem Höhepunkt freudiger Erregung. Der Wein, den er so liebte, trug diesmal allerdings nichts zu diesem Zustand bei. Wir befanden uns auf dem Höhepunkt der Fastenzeit, und nur Brunnenwasser wurde zu dem kargen Mahl gereicht, zu dem er mich eingeladen hatte. Doch vor seinen Artischocken und Muscheln frohlockte er bei dem Gedanken, daß schon bald das Mandilion nach Konstantinopel gebracht würde.

»Dieser Tag, Basileios, wird der schönste im Leben der Stadt sein, der ruhmreichste während ihres ganzen sechshundertjährigen Bestehens. Weißt du, an diesem Tag werde ich vor der Reliquie singen und tanzen, wie König David es vor der Bundeslade tat! An diesem Tag…«

Da kamen die fünf Mädchen herein, die ihrem Vater und ihrem Onkel eine gute Nacht wünschen wollten, und unterbrachen ihn bei seinen erstaunlichen Ausführungen. Eine nach der anderen boten Zoe, Theodora, Theophano, Agatha und Anna uns ihre vom abendlichen Herumtollen noch feuchte Stirn dar. Nachdem ihr Vater sie geküßt hatte, segnete er sie.

Obwohl ihre Mutter, Prinzessin Helena, sie ständig ermahnte, zögerten sie das Zubettgehen solange wie möglich hinaus. Die Lebendigkeit und Schalkhaftigkeit der kleinen Bande weckten in mir eine allzu selten empfundene Zärtlichkeit. Theodora war die wildeste, Agatha die spitzbübischste. Mit bemerkenswerter Komik und Frechheit ahmte Zoe meine hohe Stimme und meine Kopfhaltung nach. Sie machten mir freiheraus Vorhaltungen, daß ich ihnen nicht die Süßigkeiten mitgebracht hatte, die ihnen während der Fastenzeit verboten waren. Anna, mein Liebling, hatte sich auf meinen Knien zusammengerollt und erklärt, daß sie sich nicht mehr von der Stelle bewegen werde. Mehrmals mußte ich einschreiten, um ihre Mutter davon abzuhalten, sie zu bestrafen. Doch ich wußte, daß Helena ihre Streiche mit insgeheimem Entzücken verfolgte. Schließlich setzte sie sich doch durch, und der Aufstand endete unter der Bettdecke.

Konstantin spann seinen Gedanken leidenschaftlich weiter: »Wenn die ungläubigen Sarazenen uns die wundertätige Reliquie erst überlassen haben, wird Abraham, der geheiligte Bischof von Samosata, sie holen ...«

Ich fand, daß er sich in seinen frommen Hirngespinsten bereits ziemlich verrannt hatte. Denn noch hatte ich mich zu der Mission nicht bereit erklärt. Wenn der Zweck mir auch rühmlich erschien, so waren die Mittel, die mir zur Verfügung standen, doch lächerlich, und ich hatte es mir zum Prinzip gemacht, stets nur das Mögliche zu versuchen. Sollte ich etwa die Festungsmauern zum Einsturz bringen, die seit fast einem Jahr von der besten Armee der Welt belagert wurden?

»Basileios hat recht«, pflichtete Helena mir bei. »Du wirst ihn doch wohl nicht ausschicken, um sich an diesen Stadtmauern den Schädel einzurennen, wenn er keinerlei Aussicht auf Erfolg hat?«

Sie bedachte mich stets mit ihrem unerschöpflichen mütterlichen Schutz.

»Basileios wird sich nirgends den Schädel einrennen. Er ist von uns der Reinste, und als solcher der Geeignetste, um das Mandilion heimzuholen. Aber er ist auch der Klügste, und von daher mache ich mir keine Sorgen über das Risiko, das er eingeht. Er wird wissen, an welche Tür er anklopfen muß, um freundlich empfangen zu werden ...«

Der gesunde Menschenverstand verlangte es, dem Emir von Edessa zunächst einen Handel vorzuschlagen: Als Ungläubiger hatte er eigentlich kein Interesse daran, einen Gegenstand zurückzuhalten, der allein für die Rechtgläubigen wertvoll war. Wäre er nicht mit großer Wahrscheinlichkeit bereit, das Mandilion gegen die sarazenischen Gefangenen einzutauschen, die wir bei uns festhielten, zumal wenn er als Dreingabe ein wenig von den Schätzen erhielte, mit denen der Kaiser, wie ich am Morgen gesehen hatte, nicht geizte?

»Du hast recht. Übrigens haben bereits Verhandlungen zwischen dem Emir und dem General Johannes Kurkuas stattgefunden. Doch die Ungläubigen sind sich uneins. Viele glauben, daß die Reliquie sie beschützt und daß die Stadt ins Verderben gestürzt wird, wenn sie das Mandilion verlieren. Abgesehen davon gibt es in Edessa auch Christen, die eher bereit wären, sich aufzulehnen, als diese Reliquie wegzugeben. Ganz zu schweigen von den zahlreichen Wallfahrten, die für die Stadt eine wichtige Einnahmequelle darstellen...«

Gab es eine Autorität, die den Emir von Edessa zwingen konnte, das Bild herauszugeben?

»Der Emir ist von Bagdad abhängig. Doch zur Zeit sind die Machtverhältnisse dort ungeklärt. Der Kalif Al-Muttaki ist der Befehlsgewalt seiner Generäle unterworfen, Emiren, die sich gegenseitig bekämpfen. Sie entreißen ihm nacheinander alle seine Machtbefugnisse. Gestützt auf das Kollegium der Ulemas, bewahrt er jedoch eine gewisse Bedeutung als geistlicher Führer.«

War das nicht die Tür, an die es anzuklopfen galt? Wenn man gute Argumente vorbrachte, wäre es dann nicht möglich, die Ulemas und den Kalifen davon zu überzeugen, auf den Emir von Edessa einzuwirken?

Konstantin dachte nach, während er sich über den Bart strich und das in solchen Momenten für ihn typische Brummen von sich gab. Helena gähnte.

»Wieder einmal übertrifft deine Überlegung die meine«, sagte er schließlich. »Du hast recht. Eines Tages werden die Machthaber von Edessa diejenigen von Bagdad auffordern, ihnen anzuzeigen, wie sie sich in dieser Sache verhalten sollen.

Wenn wir dann an der Seite des Kalifen einen scharfsinnigen Mann haben, der mit den nötigen Mitteln ausgestattet ist – dabei denke ich an dich –, haben wir die Partie gewonnen. Ich habe dort übrigens einige Freunde, auf deren Unterstützung du zählen kannst. Dank des Patrikios Theophanes wird es dir an Gold nicht fehlen. Es ist dort ebenso unentbehrlich wie hier, um Unentschlossene zu überzeugen.«

Helena war eingeschlafen und nickte in stummer Zustimmung.

»Und überdies«, fuhr Konstantin nach längerem Stillschweigen fort, »kann dir dieser Aufenthalt in Bagdad vielleicht noch in einer anderen Angelegenheit sehr nützlich sein. Ich habe in diesem Winter Antwort auf einen meiner zahllosen Briefe bekommen, in denen ich mich nach dem Aufenthaltsort deiner Mutter erkundigte. Das Schreiben stammt von einem gewissen Ali Ben Isa, der lange Jahre in Bagdad Großwesir war. Er behauptet, daß dort eine rothaarige Frau lebt, eine Sklavin, die früher im Reich wohnte. Die Mitteilung ist kurz. Man versteht, daß ihn Dinge, die Frauen betreffen, nicht sonderlich interessieren. Auf meinen Brief mit der Bitte um nähere Angaben habe ich jedoch keine Antwort erhalten. Ich kann dir also nicht mehr darüber sagen.« Ich war sprachlos. Kein Tag, kein Augenblick war während dieser langwierigen diplomatischen Mission vergangen, ohne daß ich an meine Mutter gedacht und die Schändung ihres Grabes beweint hatte. Und nachdem ich zwei Jahre lang ohne Nachricht geblieben war, hatte ich angenommen, Konstantin habe seine Nachforschungen eingestellt oder sei sogar an einem Komplott des Stillschweigens beteiligt.

»Du mußt verstehen, daß es mich einige Mühe gekostet hat, dich aus Arles zurückrufen zu lassen und diese Gesandtschaft in Bagdad für dich zu erlangen. Aber bedanke dich nicht bei mir. Ich habe nicht die Gewißheit, daß es sich tatsächlich um deine Mutter handelt. Wenn du mir erlaubst, dir einen Rat zu geben: Rechne nicht damit, sie wiederzufinden; du läufst große Gefahr, enttäuscht zu werden.«

Ich umarmte ihn überschwenglich, zu gerührt, um sprechen zu können. Dieser stille, zurückgezogen lebende Mann, den ich lange Zeit geringgeschätzt hatte, verhielt sich mir gegenüber wie ein wahrer Bruder.

»Noch ein Letztes: Schließe dich am besten der Gesandtschaft von Theodoros Manasses an, diesem Augenarzt, der zu deinen Freunden zählt. Er muß einen Tag nach Ostern ins Land der Ungläubigen aufbrechen, um mit seinen arabischen Kollegen an einer Übersetzung von Schriften des antiken Arztes Galen zu arbeiten. Deine Ankunft in der Hauptstadt des Kalifen wird auf diese Weise nicht so sehr auffallen, und du kannst unter dem Deckmantel deiner Zugehörigkeit zu dieser Delegation operieren.«

6

Es war keine große Gesandtschaft: Nur zehn bewaffnete Wachsoldaten in Zivil begleiteten uns. Der Aktuarios Thomas, der damals für das Gesundheitswesen des Reiches verantwortlich war, hatte uns die Vorteile dieses Vorgehens erklärt: Eine Eskorte uniformierter Soldaten mit Lanzen und Schwertern hätte zu viel Aufmerksamkeit erregt und in einem Land, das sich mitten im Bürgerkrieg befand, eine Gefahr dargestellt. Unser kleiner, friedlich anmutender Trupp würde leichter vorankommen, auch wenn unsere Sicherheit nicht vollkommen gewährleistet war.

Theodoros Manasses erwies sich als ein angenehmer Reisegefährte. Sein Körpergewicht zwang seine leidgeprüfte Stute fast in die Knie, doch wie es bei beleibten Menschen oft der Fall ist, war er mit einer bemerkenswerten manuellen Geschicklichkeit begabt. Seine Genauigkeit bei der Ausübung seiner Kunst grenzte ans Wunderbare. Überdies war er ein Gelehrter, der Hippokrates, Celsus und Galen auswendig kannte und Lateinisch und Arabisch beinahe ebenso gut beherrschte wie ich selbst. Und schließlich war auch er ein Eunuch.

Er hatte nur den Fehler, daß er nachts beharrlich schnarchte, wogegen die dünnen Trennwände in den Schlafsälen der schmutzigen Herbergen auch keinen wirksamen Schutz boten. Diese Hymne auf das Zusammenleben, die von dem Chor der anderen Schläfer begleitet und verstärkt wurde, verstimmte mich, doch da ich nicht selbst daran teilnahm, mußte ich mich wohl oder übel damit abfinden. Und meine Nächte vergingen in Gedanken an die geheimnisvolle Frau mit den roten Haaren, zu der mich meine besorgte Liebe hintrieb.

In den ersten Apriltagen erreichten wir Amida im Land der Ungläubigen. Wir hatten einen Bogen um Edessa gemacht, das noch immer von der Armee belagert wurde. Wir hätten dort nichts ausrichten können. Der gewundene Weg zog sich zwischen abgetragenen Hügeln und niedrigen Gebirgen hin. Ich erinnere mich an die fremdartigen Menschen, die wir in dieser Landschaft antrafen. Ihre Häuser waren aus Lehm gebaut, und auf den mit Zweigen gedeckten Dächern trockneten Kuhfladen, die als Brennmaterial dienten. Die in bunte Trachten gekleideten Frauen gingen ihrer Arbeit nach, ohne uns eines Blickes zu würdigen, und kein Kind bettelte uns je um Almosen an. Man sagte mir, es seien Kurden, ein stolzes Volk, das in ständigem Widerstand gegen die jeweiligen Machthaber lebe.

Amida, das sie Diyarbakir nennen, ist die wichtigste ihrer Städte. Ihre Festungsmauern aus Basalt sind wohl von den Riesen aufgetürmt worden, die vor der Sintflut lebten. Sie bieten einen ebenso gewaltigen Anblick wie die von Edessa. Auf einem Hochplateau gelegen, mutet die Stadt von ferne wie ein ebener, schwarzer Berg an, auf dem sich ein paar schlanke Bäume emporrecken. Beim Näherkommen entpuppen sich die Bäume als die Minarette der Moscheen, der Stätten, wo die Ungläubigen ihren Gott verehren. Von diesen Türmen herab rufen Priester die Muselmanen bei Tag und bei Nacht mit einer markerschütternden, eintönigen Klage zum Gebet. Dieser untröstliche Gesang, der mich während der gesamten Dauer der Gesandtschaft verfolgte, klingt mir heute noch im Ohr.

Wir blieben fünf Tage in dieser Stadt. Wir mußten uns auf dem Tigris nach Bagdad einschiffen. Doch der Bürgerkrieg hatte die Staaten des Kalifen entzweit, so daß nur wenige Schiffe es wagten, flußabwärts zu fahren. Ich verhandelte stundenlang mit unverschämten, eigensinnigen Schiffseignern, die sich selbst angesichts der Reichtümer, die ich ihnen bot, weigerten, das Wagnis auf sich zu nehmen. Sie beendeten die Debatte auf höchst unanständige Weise, indem sie vor mir ausspien und mir den Rücken zuwandten.

»Ungläubiger Hund!« beschimpften sie mich.

Manasses nutzte die Zeit dazu, sich mit Ärzten seiner Fachrichtung zu treffen.

»Die Stadt Amida hat den berühmten Aetios hervorgebracht,

jenen Augenarzt, der uns ein Lehrbuch in zwanzig Bänden hinterlassen hat, in denen er den heutigen Stand der Kenntnisse umfassend darlegt. Ich muß mich unbedingt mit seinen Schülern unterhalten.«

Ich begab mich unterdessen zum Haus des Postmeisters. Trotz der für die Schiffahrt schwierigen Lage traf die Post aus Bagdad regelmäßig ein, und ich fand zwei an Manasses adressierte Mitteilungen von Maymun Ben Ibrahim, dem bekannten arabischen Arzt, vor. In bildreichen Worten erklärte er sich darin bereit, seinen Kollegen zu empfangen und ihm bei der Übersetzung der Abschnitte von Galen zu helfen, die noch unklar geblieben waren. Über die politischen Unruhen verlor er indessen kein Wort.

Mehrmals täglich ging ich hinunter zum Hafen. Es machte mich rasend, daß ich zum Warten verurteilt war, derweil in Bagdad wichtige Entscheidungen getroffen wurden. Vor mir flossen die grauen Fluten des Tigris Richtung Süden und luden mich ein, ihnen zu folgen. Dieser Strom durchfloß einst das Paradies auf Erden. Heute bringt er dem Land der verfluchten Ungläubigen den Wohlstand. Eine große Zahl von Schiffen hatte am Kai festgemacht und schaukelte träge auf dem Wasser. Ihre Eigner schliefen am Ufer im Schatten der Weiden. Mit zäher Beharrlichkeit weckte ich sie einen nach dem anderen, doch ich erreichte nur, daß ich wieder beleidigt wurde.

Erst am fünften Tag entdeckte ich einen Barkasseneigner, der habsüchtig genug war, uns trotz der Gefahr zu befördern. Sein Schiff war zu klein, um unsere Eskorte aufzunehmen. Wir mußten daher die Wachen, die Pferde und die größten Gepäckstücke zurücklassen. Der Mann wirkte nicht gerade vertrauenerweckend auf mich, aber ich mußte mich mit dem zufriedengeben, was ich bekommen konnte. Wir waren gerade handelseinig geworden, als ein junger Sklave auf mich zukam. Er redete mich mit meinem Namen an und teilte mir mit, daß mein Herr nach mir verlange. Ich brummte, daß ich noch nie einen Herrn gehabt hätte, doch ich folgte ihm.

Manasses erwartete mich, sichtlich vergnügt, im Krankenhaus der Stadt.

»Mir ist kein anderes Mittel eingefallen, um dich hierher zu bewegen. Es geht um Folgendes: Die Leute hier haben ihren Aetios völlig vergessen und wissen nicht viel. Ich habe beschlossen, ihnen zu zeigen, was die Augenheilkunde zu leisten vermag. Zu diesem Zweck will ich in ihrem Beisein einen Kranken operieren, der an grauem Star leidet. Du sollst dabei mein Assistent sein und den Kopf des Patienten halten. Das ist eine wichtige Aufgabe.«

Die fünf anwesenden Ärzte, die des Griechischen nicht mächtig waren, nickten ernst. Ich war nahe daran, ihm die Sache übelzunehmen, unsere knapp bemessene Zeit und die Unsicherheit unserer Abmachung mit dem Schiffer ins Feld zu führen, aber es fiel mir schwer, meinem Freund die Bitte abzuschlagen. Der Patient hatte schon seinen Platz eingenommen und saß mit dem Rücken zur Wand. Es handelte sich um einen Greis, der nach oben blickte, wie Blinde es tun, und dabei versuchte, seine Angst durch eine vorgetäuschte eisige Würde zu überspielen. Ich rückte ihn vor, stellte mich hinter ihn, nahm ihm den Turban ab und schlang meinen Arm fest um seinen Kopf.

»Vortrefflich! Du scheinst der geborene Operationshelfer zu sein. Wenn du daheim in Konstantinopel einmal Arbeit suchst...«

Manasses hatte sich vor den Alten hingesetzt, dessen Gesicht von der starken Sonne ausreichend angestrahlt wurde. Während des Eingriffs kommentierte er seine Vorgehensweise, indem er auf lateinisch den berühmten Celsus zitierte:

»Die Nadel muß spitz sein, nicht zu dünn, denn sonst kann sie die Arbeit, die man von ihr erwartet, nicht ausführen, aber auch nicht zu dick, denn sie muß ja ins Auge eindringen können. Man muß die Nadel in der Mitte zwischen Pupille und Schläfenwinkel der Lider einführen. Man sticht ohne Zaghaftigkeit zu, denn im Innern trifft die Nadel auf einen Hohlraum...«

Er ließ den Worten die Tat folgen. Starr vor Staunen und mit gespannter Aufmerksamkeit drängten sich die arabischen Ärzte um den Operateur. Der Patient blieb trotz des Schmerzes und der Angst unerschütterlich und ließ sich das Auge durchbohren, ohne daß ich ihn festhalten mußte. Manasses stieß zweifellos auf irgendeine Schwierigkeit bei der Ausführung seiner Arbeit, denn ich bemerkte, wie er plötzlich die Stirn runzelte, schwitzte und schnaufte, während er das Loch mit der Nadel weitete. Endlich zog er das Instrument mit triumphierender Miene zurück und wischte es lange am Ärmel seiner Tunika ab.

Jetzt hielt ich den Augenblick für gekommen, ihm zu verkünden, daß ich ein Schiff gefunden hätte und alles für unsere Einschiffung bereit sei.

»Wolle und Eiweiß auf die Wunde, und in sechs Tagen wird er ebensogut sehen wie wir!« sagte Manasses zu seinen Kollegen, während er rasch die Instrumente zusammenpackte und in seiner Arzttasche verstaute. Dann verabschiedete er sich und folgte mir mit großen Schritten durch die Gassen in Richtung auf die Armenische Pforte und den Hafen.

»So sind wir nun mal, wir Ärzte des Byzantinischen Reichs«, brummte er. »Man appelliert niemals vergebens an unsere Hilfsbereitschaft!«

Die Strömung war schnell, und unsere sechs Ruderer benutzten ihre Riemen nur, um das Schiff in der Mitte des Flusses zu halten. Doch nachdem der Tigris die Gebirgsschluchten verlassen hatte und durch die Wassermassen mehrerer Nebenflüsse angeschwollen war, entwickelte er sich nach einer Tagesreise zu einem breiten Fluß, der die umliegende Ebene fruchtbar machte.

Wie schon gesagt, das Paradies auf Erden blühte ehedem in dieser Gegend; in diesem Land wurden unsere Urväter erschaffen. Die Bosheit des Weibes und die Feigheit des Mannes, vereint in der Sünde des Fleisches, hatten diesen Ort alsbald in eine Hölle der Verzweiflung verwandelt. Und mich dünkte, daß die verfluchte Barkasse dabei war, uns geradewegs in den Abgrund der Hölle zu stürzen.

Der Kapitän schien selbst einen der Dämonen zu verkörpern, welche die Gehenna bevölkern, und er hatte es wohl eilig, in sein Fegefeuer zurückzukehren. Ich sehe ihn noch vor mir, diesen einarmigen Teufel, schmächtig und mißgestaltet, wie er mit seinem schmutzstarrenden Turban im Achterschiff hockte und die Pinne unter seinem Arm hielt, mit der er uns zu lenken vorgab. Ich meine auch noch das Gebrüll zu hören, mit dem er seine abgezehrte, stinkende Sklavenmannschaft befehligte, seine Schreie und Flüche, die an den dunstverhangenen Uferböschungen des Flusses widerhallten. Die unglücklichen Sklaven ächzten und stöhnten und ruderten sich fast die Seele aus dem Leib. Dabei bestand ihre ganze Nahrung wie auch die unsere aus einer Handvoll Datteln und ein wenig schimmeligem Grieß, von dem einem übel wurde.

Die einzigen Pausen, die ihr Herr ihnen fünfmal am Tag zugestand, nutzten sie dazu, sich mehrmals unter leisem Gemurmel niederzuwerfen und sich wieder zu erheben. Die Gebetszeiten wurden auch an Bord streng eingehalten. Nach Mekka ausgerichtet, wie es sich geziemte, begann das Boot regelmäßig unter den rhythmischen Bewegungen seiner Mannschaft zu schwanken und zu schaukeln, daß es beinahe kenterte. Manasses war das Lachen vergangen. Gemeinsam waren wir damit beschäftigt, Wasser aus dem Kahn zu schöpfen, um unser Leben zu retten. Zum Dank dafür wurden wir mit derben Flüchen und Speichelauswürfen bedacht, wodurch man uns die allgemeine Mißbilligung gegenüber Andersgläubigen kundtat, die zur inneren Sammlung unfähig waren. Dann ging die wilde Fahrt weiter.

Die Flußufer, die man durch lichte Stellen in dem warmen Dunstvorhang erahnen konnte, waren mit Pflanzungen bedeckt. Man sah einige Palmen, doch vor allem Weizen- und Haferfelder, deren zartes Grün allmählich in Gelb überging, daneben Roggen und Gerste und Gärten, wo sich Olivenhaine mit Obstbäumen abwechselten. Unzählige Kanäle bewässerten diese fruchtbare Landschaft. Die Riesen, die vor der Sintflut auf der Erde lebten, mußten sie wohl gegraben haben. Soweit das Auge reichte, durchzogen sie den grünen Teppich, um der Erde dieses Landstrichs das lebensnotwendige Naß zu bringen.

»Bist du sicher, daß wir es in dieser dreckigen Barkasse tatsächlich bis nach Bagdad schaffen?« murmelte Manasses mit unsicherer Stimme.

Sollte man es nicht darauf ankommen lassen, es wenigstens

zu versuchen? Aber ich war selbst ziemlich besorgt um die Stabilität unseres Kahns. Sein Rumpf, dessen weit auseinanderklaffende Planken mit geteerten Seilen notdürftig zusammengefügt waren, zitterte und bebte bei jedem Ruderschlag. Und trotz unserer Anstrengungen sprudelte ständig Wasser in die Barke und reichte uns schon bis zu den Kniekehlen.

Die Strömung des Flusses ließ nach, je weiter wir in diese verfluchte Gegend vordrangen. Nachts konnten wir Funkenbüschel vom Boden emporschießen sehen, die das Land ringsumher für kurze Augenblicke erhellten. Schwefelige Gerüche, die dem brodelnden Fluß entstiegen, verursachten uns Übelkeit. Hier war wirklich die Hölle.

Am Abend des vierten Tages erreichten wir Mossul, eine bedeutende Stadt, die von einem Schloß auf einem Felsen überragt wird. Große Feuer erleuchteten die Stadt; ihre dicken Rauchschwaden vereinten sich mit dem Dunst des Flusses. Der Kapitän schien immer nervöser zu werden. Als er die berittenen Truppen sah, die auf den Kais entlanggaloppierten, stieß er furchtbare Flüche aus. Eine mit Fackeln erhellte Schiffsbrücke hinderte uns an der Weiterfahrt. Sobald wir angelegt hatten, sprangen zwei Soldaten an Bord.

Da half es nichts, daß unser Einarmiger jammerte und flehte. Wir mußten die Barkasse verlassen und uns bei einem Offizier melden, der, umgeben von mordlüstern dreinblickenden Soldaten, in einer stinkenden Kammer thronte. Ich begriff, daß es sich um irgendeinen Beamten handelte, der sich durch die Erpressung Reisender sein Gehalt aufbesserte. Der Schiffseigner und seine Mannschaft, die praktisch mittellos waren, wurden auf der Stelle ins Gefängnis gesteckt. Ich hatte sofort die Habgier in den Augen des dicken Mannes erkannt, die unter seinem Helm hervorblitzten.

»Ihr behauptet also, daß ihr nach Bagdad unterwegs seid, um dort einen gelehrten Arzt namens Maymun Ben Ibrahim zu treffen? Ich kenne diesen Greis; ich weiß, daß seine Lehre von den religiösen Autoritäten angefochten wird. Seine boshafte Zunge stößt nur Gotteslästerungen aus; er wagt es, der Heiligen Schrift zu widersprechen. Was euch betrifft, ihr ungläubiges

Pack, so ist es für mich erwiesen, daß ihr gekommen seid, um die Armeen des Islam auszuspionieren. Es ist daher meine Pflicht, euch vor Gericht zu stellen und verurteilen zu lassen.«

Ich hütete mich, ihm zu sagen, wie gleichgültig uns der Koran und seine Truppen Ungläubiger waren. Ich beschränkte mich darauf, ihm die positive Wahrheit darzulegen: Das Wohl unser beider Nationen erfordere es, daß wir uns so schnell wie möglich nach Bagdad begäben; die Zukunft unser beider Völker stehe auf dem Spiel. Ich drückte ihm mein Verständnis für die Schwierigkeiten aus, die der Krieg dem edlen Herrn Offizier verursache, und bat ihn, ein bescheidenes Geschenk zum augenblicklichen Unterhalt seiner Armeen anzunehmen.

Er zeigte sich abweisend, um den Preis nach oben zu treiben. Doch dieses Spiel war mir wohlbekannt. Ich hatte schon Raffiniertere als ihn gekauft. Trotzdem verbrachten wir einen Teil der Nacht mit zähen Verhandlungen, bevor er endlich einwilligte, uns als Gegenleistung für den Beutel mit den hundert Golddinar, den ich ihm überreichte, gehen zu lassen.

Der Offizier streckte seufzend die Hand aus, aber er schien doch beeindruckt, als ich ihm versicherte, daß ihm sofort nach unserer Ankunft in der Hauptstadt noch einmal dieselbe Summe übersandt werden sollte. Trotzdem ließ er uns noch unter dem Vorwand, eventuell vorhandene Waffen sicherstellen zu wollen, durchsuchen. Seine Soldaten fanden nur wenig: Das Gold erwartete uns bei den jüdischen Bankiers in Bagdad.

»Da ihr auf unserer Seite seid, steht eurer Weiterreise nichts im Wege«, meinte er, als ein trübes Dämmerlicht die Nebelschwaden des Flusses zu vertreiben begann.

Leider war es uns aber unmöglich, unseren Weg fortzusetzen. Die Barkasse hatte ausgedient, und ihre Mannschaft saß im Gefängnis. Kannte der Offizier eine Möglichkeit, wie wir auf dem Fluß bis in die Hauptstadt gelangen konnten?

Es bedurfte abermals endloser Verhandlungen, bevor er sich damit einverstanden erklärte, uns den Namen des nächsten Hafens zu nennen, wo ein Kelek sich unserer annehmen könnte. In einer Flußschleife lagen diese seltsamen Wassergefährte vertäut. Es handelte sich um Flöße, die von aufgeblasenen Tierbälgen getragen wurden und mit der Strömung bis zur Mündungsstadt Basra trieben. Ein Schiffer erklärte sich bereit, uns für die letzten uns verbliebenen Goldstücke mitzunehmen, und die gefährliche Reise begann.

So geht es im Orient nun einmal zu. Korruption und Betrügereien sind dort Bestandteil des täglichen Lebens. Ich war tief gekränkt, als Manasses, der seine gute Laune wiedergefunden hatte, mich fragte, ob ich glaube, daß die Dinge im Reich viel anders seien. Ich meinte, wenn gewisse Untertanen des Kaisers sich zu solchen Praktiken hinreißen ließen, dann hätten sie gewiß irgendeine Entschuldigung dafür. Wir wären uns beinahe darüber in die Haare geraten, aber der Arzt lenkte das Gespräch schnell auf ein anderes Thema, und ich war ihm dankbar dafür.

Mehrere Tage lang glitt das Floß über den grauen, wolkenverhangenen Fluß, aus dem hin und wieder schleimige Grasbüschel auftauchten. Nichts war zu hören als das bedrohliche Gurgeln des Stroms und das Rascheln der Wasserhühner im Schilf. Unser Schiffer, ein bleicher, schmächtiger Mann, stand auf dem Vorschiff und lenkte das Floß ziemlich geschickt mittels einer Stange, die er ins Wasser eintauchte. Ich hätte gerne geschlafen, doch die Angst vor möglichen Gefahren, die am Ufer lauerten, hielt mich davon ab.

Eines Morgens machten wir eine grausige Entdeckung: In dem hohen Ufergras hatte sich die völlig entkleidete Leiche eines Mannes verfangen, dessen Hals von einem Pfeil durchbohrt war. Sein Mund war verzerrt und schien eine letzte Gotteslästerung auszustoßen. Er hatte offenbar schon einige Zeit im Wasser gelegen, denn sein Gesicht mit dem dichten Schnurrbart war stark aufgedunsen, und seine starren Augen traten in beängstigender Weise aus den Höhlen hervor.

»Türkischer Hund!« knurrte der Schiffer und deutete auf den langen Haarzopf, der dem Toten über die Schulter fiel.

Er stieß seine Stange in den schlaffen Körper.

Die Hölle, die ich tags zuvor erahnt hatte, war bald um uns herum. Zunächst hörte man nur ein leises Murmeln, das aber rasch zu einem wilden Durcheinander aus wütendem Gebrüll und Todesschreien anschwoll. Es war unmöglich, durch den Dunst hindurch auszumachen, woher die dämonischen Laute kamen, und so drangen wir immer weiter in das lärmende Getümmel ein. Und der Schiffer, ein zweiter Charon, der uns über den Fluß der Toten geleitete, beugte sich weiter über seine Stange, um uns noch schneller in unser Verderben zu bringen.

Endlich richtete ich mich auf und schüttelte ihn kräftig. Als er sich umdrehte, sah ich, daß er kreidebleich war und vor Angst schlotterte.

»Das muß die große Schlacht zwischen den Truppen des Emirs Nasir und den Türken des verfluchten Tuzun sein«, keuchte er. »Möge Allah uns schützen und den Nebel über dem Fluß halten.«

Doch an manchen Stellen brachen sich Sonnenstrahlen ihren Weg durch die Dunstwolke, so daß der Nebel aufriß und wir sehen konnten, was am Ufer geschah. Im Vorbeitreiben erkannten wir säbelschwingende Reiter, die fliehenden Infanteristen durch die Nebellandschaft nachsetzten. Erschrecktes Wiehern mischte sich mit dem Gebrüll gemetzelter Kamele, und die langen Trompeten der Sarazenen begleiteten das Blutbad mit herzzerreißenden Klagen. Wir lagen auf dem Bauch und warteten zitternd darauf, daß das schreckliche Schauspiel aufhörte. Der Fluß trug uns langsam weiter nach Süden, doch hinter jeder seiner Windungen erblickten wir neue Auswüchse menschlichen Wahns.

Später erfuhr ich, daß diese Schlacht von Harba mehr als dreitausend Tote gefordert hatte. Tuzun, der Anführer der türkischen Garde, hatte Nasir, den Emir der Emire, abermals geschlagen und ihn gezwungen, sich aus Mossul zurückzuziehen. Doch der Besiegte bereitete sich schon auf den Vergeltungsschlag vor.

Als die Nacht hereingebrochen war, konnte ich endlich Ruhe finden. Doch kaum war ich fest eingeschlummert, da rüttelte mich Manasses unsanft aus dem Schlaf. »Schau mal da drüben! Da ist die Stadt des Fürsten der Finsternis…«

Der Mond warf sein fahles Licht über die Landschaft. Soweit das Auge reichte, erstreckte sich vor uns in einer Flußschleife eine Metropole aus eingestürzten Häusern und zerstörten Palästen. Sand bedeckte Straßen und Plätze; er hatte sich zuweilen bis zur Höhe der Mauern aufgetürmt und bildete Wälle und Hügel, auf denen hohe Gräser wucherten. Doch über der ganzen trostlosen Stadt erhob sich ein gewaltiger Turm, dessen Stockwerke in immer enger werdenden Spiralen bis zum Firmament aufzusteigen schienen.

Es handelte sich wohl um den Turm von Babel. Die Bibel lehrt uns, daß er einst von den Bewohnern der Stadt errichtet worden war, damit er ihnen den Aufstieg zum Himmel ermöglichen sollte. Als aber Gott ihre Sprache verwirrte, ließen sie Turm und Stadt im Stich und zerstreuten sich in alle Länder. Ich befahl dem Schiffer, im Schutz des Schilfs anzulegen.

Wir gingen an einem kleinen, morastigen Uferstreifen an Land. Eine verfallene Kaimauer deutete darauf hin, daß hier einst der Hafen der Geisterstadt gewesen sein mußte. Begleitet vom Schrei der Eulen, die in Baumhöhlen und Mauervertiefungen nisteten, pilgerten wir durch die ehemaligen Straßen und Alleen. Ab und an löste sich eine Steinlawine unter unseren Tritten und schreckte einen der großen Vögel auf, dessen weißliche Gestalt schwerfällig vor uns davonflog. Das häßliche Geheul der Schakale erhob sich aus der Finsternis und ließ darauf schließen, daß sich in den Ruinen irgendwelche Kadaver befanden, die sie anlockten.

In der Nähe des Turms, der aus seiner Höhe verächtlich auf uns herabzublicken schien, stand eine halb verfallene Pyramide, in die Buchstaben einer unbekannten Schrift eingraviert waren. Ich versuchte, sie zu entziffern, und stellte mir dabei die Könige, die Magier und die Hexenmeister vor, die hier einst ihre heidnischen Kulthandlungen vollzogen und mit lauter Stimme den unerschütterlichen Mond angerufen hatten. Etwas weiter fielen mir einige wackelige Stelen ins Auge. Zu meiner Überraschung entdeckte ich auf einer von ihnen schon halb verwitterte altgriechische Buchstaben. Zwei Worte konnte ich jedoch noch lesen: … GUNEKEIA MOIRA…

Das Schicksal der Frau. Der verrückte Gedanke drängte sich mir auf, daß diese Worte als Warnung oder Ratschlag an mich gerichtet waren. Doch wer hatte irgendwann im Verlauf längst vergessener Jahrhunderte meinen Besuch in dieser Totenstadt vorausgesehen? Und was wollte man von mir?

Plötzlich vernahmen wir hinter uns Schritte. Unser Schiffer hatte uns eingeholt. Er zitterte vor Angst.

»Geht nicht weiter, edle Herren, hier ist die verfluchte Stadt der Dschinns! Sie vernichten jeden, der es wagt, zu ihnen vorzudringen!«

Er schien nahe daran zu sein, vor Schrecken zu sterben. Trotz des spöttischen Augenzwinkerns von Manasses, der ein Freigeist war, begab ich mich wieder hinunter zum Floß. Im Reich Satans, in einer Gegend, die durch den Fluch Gottes zerstört wurde, sind alle Hexereien möglich. Mit Sicherheit bevölkerten Dschinns, Geister, Vampire oder Dämonen diese Totenstadt; ich hatte merkwürdige Schatten wahrgenommen, die im Mondschein zwischen den Mauerresten hin und her huschten. Ich fühlte mich nicht stark genug, um gegen sie zu kämpfen.

Der Schiffer stieß das Floß ab und steuerte die nächste Bucht des Flusses an. Von einem Hügel verdeckt, war der Turm nun nicht mehr zu sehen. Wir zündeten im Schutz der Büsche ein kleines Feuer an. Der Floßführer brauchte dringend Ruhe. Er hatte drei Tage und drei Nächte lang ununterbrochen das Floß gelenkt und war völlig erschöpft. Ich begann ihn auszuschimpfen, er solle gefälligst seine Stange nehmen und weitermachen, ich hätte keine Zeit zu verlieren. Doch Manasses ging dazwischen, untersuchte den Mann und eröffnete mir, daß der Mann von Fieber zittere und man von diesem Unglücklichen nicht mehr verlangen könne. Auch mit ein wenig Menschlichkeit würden wir unser Reiseziel noch rechtzeitig erreichen. Wenn ich indessen allein weiterfahren wolle, so stehe dem nichts entgegen.

Ich erwiderte heftig, daß man Ungläubigen keine Menschlichkeit entgegenbringen müsse, sah mich aber dennoch gezwungen, beizugeben.

Es war eine seltsame Nacht. Während Manasses bei dem Kranken wachte, streifte ich ruhelos am Ufer entlang. Die verfluchten Geister strichen um mich her, aber ich kümmerte mich nicht um sie. Ich war tief gekränkt bei dem Gedanken, daß ich als Gesandter des Kaisers diese Verzögerung durch einen Ungläubigen hinnehmen mußte. Als sich der Himmel von Osten her aschgrau färbte und dann allmählich von Purpur in Blutrot überging, kehrte ich zum Feuer zurück. Der Schiffer redete.

»Hör zu!« forderte mich der Arzt schroff auf.

Der Mann erzählte stammelnd von seinem armseliges Leben, einer langen Folge von Mühsal und Enttäuschungen. Wenn man ihm Waren zu befördern gab, blies er die Tierbälge auf, belud das Floß und fuhr bis nach Basra hinunter. Nachdem er die Ware dann abgeliefert hatte, packte er das zerlegte Floß und die leeren Bälge auf Esel und kehrte zu Fuß nach Mossul zurück.

»Hast du Kinder?«

Er hatte zwei Söhne. Da er nicht wollte, daß sie das gleiche Schicksal träfe, hatte er große Opfer gebracht, um ihnen den Schulbesuch zu ermöglichen. Der eine war Offizier, ein Fahnenträger bei den Truppen Nasir ad-Daulas, des Emirs der Emire, und der Schiffer mußte ständig um sein Leben bangen. Der andere, welcher Recht studiert hatte, war ein Jahr zuvor bei den Unruhen im Anschluß an die Revolte Tuzuns, des Anführers der türkischen Garde, getötet worden.

»Es war ein schreckliches Jahr. Die Staatskassen waren leer, und so beschloß der Emir, die Jahressteuer ein zweites Mal zu erheben, um sie zu füllen. Hunger und Pest rafften die Bewohner von Bagdad dahin. Aus Angst vor Ansteckung wollte niemand die Toten bestatten, und die Hunde machten sich auf den Straßen über die Leichen her. Mein Sohn Ali nahm an einer Revolte gegen Tuzuns Türken teil. Sie haben ihn gefaßt, zwischen zwei Bretter gebunden und bei lebendigem Leib zersägt…«

Der Schrecken schien den Einheimischen dieses Landes ein ständiger Begleiter zu sein. Und der Name Tuzun kam dem alten Mann jedesmal wie eine Litanei über die Lippen, wenn er von einem weiteren Unglück berichtete.

»Besitzt der Kalif nicht genug Macht, um diesen Bürgerkrieg zu beenden?«

»Der Kalif Al-Muttaki, Friede sei mit ihm, ist gut, aber

schwach. Er wird von seinen Generälen, seinen Sekretären und vor allem von seinen Frauen beherrscht...«

Wir hatten beschlossen, Achmed, den Flößer, bis nach Bagdad mitzunehmen. Er litt noch immer an Fieberkrämpfen und war nicht imstande, das Floß zu führen. Manasses, der sich auf nahezu alles verstand, hatte sich der Flößerstange bemächtigt und es geschafft, uns in die Mitte des Stroms zu bringen. Er lenkte das Floß, schob Treibholz beiseite und wich Untiefen aus, als hätte er nie etwas anderes getan.

Der Nebel hatte sich endlich aufgelöst, und die Sonne brannte den ganzen Tag auf uns nieder. Als der Abend kam, zeichneten sich die Minarette einer großen Stadt gegen den goldfarbenen Himmel ab. Palmenbäume säumten den Fluß; die Schatten ihrer schmalen Blätter zitterten im milden Abendwind.

»Takrit«, murmelte der Schiffer angestrengt. »Hier leben viele Christen.«

Überrascht stellte ich fest, daß Manasses Anstalten machte, sich dem Hafen zu nähern.

»Begreifst du denn nicht, wie schlimm es um ihn steht?« sagte der Arzt leise. »Wir werden hier die notwendigen Medikamente finden, um ihn zu behandeln. Wenn du aber unbedingt bis nach Bagdad schwimmen willst, dann spring ins Wasser...«

Von ferne schien diese in smaragdgrüne Wälder eingebettete, von weißen und ockergelben Farbtönen beherrschte Stadt ein gesegneter Aufenthaltsort zu sein. Doch beim Näherkommen zerriß das Geschrei von Frauen die abendliche Stille. Wir sahen, daß die Häuser am Ufer verwüstet waren. Abgesägte Bäume und Tierkadaver mit steifen, nach oben gestreckten Beinen versperrten die Straßen.

Ein Mann saß wie betäubt am Kai.

»Gibt es hier jemanden, der sich um einen Kranken kümmern kann?« rief Manasses, der die Hände zum Sprachrohr geformt hatte.

»Die Stadt ist zerstört!« rief der andere zurück. »Tuzun hat uns bestraft! Verschwindet von hier!«

Er stand auf und begann uns mit Steinen zu bewerfen. Kleine

Jungen, die sich zu ihm gesellt hatten, taten es ihm gleich. Wir mußten uns wohl oder übel entfernen und weiter dem Strom in Richtung Bagdad folgen.

Achmeds Zustand verschlechterte sich zusehends. Er atmete schwer und hielt die Augen starr auf die ersten Sterne gerichtet, die am Himmel aufblinkten. Ein einziges Mal hörte ich ihn stöhnen: »Es sind die Dschinns, die mich verbrennen ...«

»Es ist eher das Sumpffieber«, brummte Manasses, der sich über seine Stange beugte. »Das kommt davon, wenn man im Schilf dieses verfluchten Flusses lebt! Aber es macht mich rasend, daß ich kein Mittel habe, um ihn zu behandeln!«

Die Nacht war schon fast herabgesunken, als hinter uns ein langes, mit hundert Fackeln beleuchtetes Schiff auftauchte, das von zwanzig Ruderern angetrieben wurde. Das war die Rettung! Es kam mit großer Geschwindigkeit auf uns zu. Angesteckt von Manasses' Optimismus, begann ich, den Matrosen zuzurufen und mit den Armen zu fuchteln, um sie zum Anhalten zu bewegen. Da sah ich plötzlich den großen Kerl mit Helm und Schnurrbart, der neben dem Wächterhäuschen am Heck stand, mit dem Finger auf uns deuten. Ein Hagel von Pfeilen schwirrte auf uns zu, von denen mehrere sich vibrierend in die Planken des Floßes bohrten. Um ein Haar hätten sie uns versenkt. Das erleuchtete Schiff setzte seine Fahrt fort und verschwand hinter einer Biegung.

Gewiß handelte es sich um eine Bande von Flußpiraten, von denen es in dieser unruhigen Zeit an den Ufern nur so wimmelte.

»Flußpiraten? Sieh dir doch mal die Pfeile an«, entgegnete der Arzt. »Es sind die Pfeile, die man bei der Armee benutzt. Und sie sind schwarz-weiß angemalt; das sind die Farben der türkischen Garde!«

Das Wasser hatte eine rote Färbung angenommen, als ob auf seinem Grund ein Feuer loderte. Magisch angezogen, glitten wir dem Abgrund entgegen, gleich Fischen, die sich in die Reuse stürzen. Diese Gesandtschaft war eine Torheit, und dieses Floß führte uns auf direktem Weg in unser Verderben.

Manasses mühte sich mit seiner Stange ab, während ich neben

Achmed saß. Plötzlich spürte ich, wie seine Hand nach meiner tastete. Seine feuchten, schwieligen Finger schlossen sich um die meinen. Ich war nicht an Sterbende gewöhnt; ich bekam es mit der Angst und verspürte ein wahnsinniges Verlangen, ihm meine Hand zu entreißen. Eine Art Scham, zweifellos gemischt mit ein wenig Stolz, hielt mich davon ab. Ich streckte mich an seiner Seite aus und blieb dort regungslos in der Dunkelheit liegen.

Der Mond war aufgegangen, und sein Licht bedeckte den Fluß mit einem eisigen, silbernen Glanz. Ich dachte an die Tage und Nächte, die der alte Mann über seiner Flößerstange zugebracht hatte. Ich bemaß seinen Edelmut, den er dadurch bewiesen hatte, daß er uns der verfluchten Stadt der Dschinns hatte entziehen wollen. Dabei war er nur ein Ungläubiger. Tief bewegt erkannte ich, daß es einen Zusammenhalt unter den Menschen gab, der über das gemeinsame Bekenntnis und die Sprache hinausging. Ich gedachte all derer, die, wie dieser Schiffer, nicht mehr vom Leben gesehen hatten als ihr bescheidenes Floß und die trotzdem nicht mit dem Schicksal haderten. Dabei hätte das Leben Dichter, Generäle oder Propheten aus ihnen machen können. Ich sann über all jene einfachen Menschen nach, die gestorben waren, ohne je gelebt zu haben, und diese mir bis dahin völlig fremde Vorstellung erschütterte mich zutiefst.

Der Atem des Schiffers ging ruhiger. Ich hörte ihn murmeln:

»La illaha ill' Allah ...«

Das war, wie ich wußte, das Glaubensbekenntnis der Muselmanen, das sie unter anderem aufsagen, wenn die Stunde ihres Todes naht. Doch der Frieden und die Ruhe, mit denen der Alte seinem Ende entgegensah, waren so groß, daß ich einschlief.

Die helle Morgensonne weckte mich. Manasses stand unverändert über seine Stange gebeugt. Und Achmeds nunmehr kalte Hand ruhte immer noch in der meinen.

Als wir im Morgengrauen den Hafen von Bagdad anliefen, sorgten wir uns um den Empfang, den man uns zwei Christen in Anbetracht des toten Schiffers bereiten würde. Doch die Stadt befand sich in hellem Aufruhr; Massaker säten Zwietracht unter der Bevölkerung, und so achtete niemand auf zwei Fremde in Begleitung eines Toten. Das Gebäude der peniblen Zollbehörde war leer. Man nannte uns den Sitz einer Bruderschaft frommer Männer, die sich Achmeds Leichnam annehmen und für eine angemessene Bestattung sorgen würden, ohne nach seinem Namen zu fragen.

Den ganzen restlichen Tag irrten wir durch Bagdad. Die Stadt ist weitläufig und schön, wenngleich sie nicht mit Konstantinopel konkurrieren kann. Doch in ihren verstopften, lärmenden Straßen herrschte eine explosive Stimmung. Immer wieder kam es zu blutigen Zusammenstößen verfeindeter Gruppen. An jeder Straßenecke stand ein Erleuchteter und predigte einer leidenschaftlichen Menge Rache für die Ermordung des Kalifen Ali oder forderte die Todesstrafe für diejenigen, die den Koran nicht in allen Einzelheiten befolgten. Prozessionen halluzinierender Glaubenseiferer, die sich mit Ketten und Haken geißelten, erinnerten an das Martyrium Husseins. Moscheen wurden von zornigen Sektierern verwüstet, und man prophezeite uns das Schlimmste für den nächsten Tag, an dem das Freitagsgebet stattfinden sollte.

Mit unserem Ledersack auf dem Rücken wurden wir Augenzeugen dieser religiösen Exzesse, ohne daß man uns allzusehr bemerkte, so groß war die Erregung der Menge. Glücklicherweise wirkten die südlichen Stadtviertel ruhiger. In Muharrim schien das Leben seinen normalen Gang zu gehen. Die Parks, welche die prächtigen Herrenhäuser der Wesire umgaben, boten uns im Schatten ihrer Bäume Ruhe und Erholung. Hier wuchsen um stille Teiche herum Myrten und Eiben, großblättrige Feigenbäume, Steineichen und gelbblühende Pistaziensträucher. Etwas weiter psalmodierten Kinder in einer Koranschule unter der strengen Aufsicht eines Lehrers Verse aus ihrer heiligen Schrift. Der Suk at Talata, der mit dicken Strohmatten überdachte Basar, quoll über von Waren, die unter dem schläfrigen Auge der Händler feilgeboten wurden. Unweit von hier, in der Nähe des Südtors, stand das Haus von Maymun Ben Ibrahim.

Ich ließ den bronzenen Türklopfer mehrmals gegen das Portal

fallen, ohne eine Antwort zu erhalten. Endlich wurde ein Seitentürchen geöffnet, und ein verängstigter Sklave teilte uns mit, daß der Herr zwar zu Hause sei, aber niemanden empfange. Ich mußte erst die Stimme heben, bevor er sich bereit erklärte, uns einzulassen. Mein Äußeres, insbesondere wohl mein rotes Haar, schien ihn aus der Fassung zu bringen, wenn nicht gar zu erschrecken. Er führte uns in den Garten, in dem ein Springbrunnen plätscherte, und ging weg, um uns zu melden.

Maymun war ein hochgewachsener Greis, der zum Zeichen seiner großen Gelehrsamkeit einen mit blauer Gaze drapierten Turban trug. Seine funkelnden Augen lagen halb unter buschigen Brauen verborgen. Er sprach mit einer etwas näselnden Stimme und war niemals um ein Wort verlegen. Er empfing uns in einem kleinen Zimmer, wo er auf einem Diwan saß und seinem Sekretär gerade etwas diktierte.

»Euer Besuch ehrt mich«, begrüßte er uns, während er den Schreiber mit einer Handbewegung entließ und uns Sitzkissen anbot. »Ich habe euch schon erwartet und bin bereit, mit euch zusammenzuarbeiten. Mit dir, Manasses, werde ich mich gleich morgen nach dem Frühgebet an die Übersetzung der unklaren Passagen von Galen machen. Was dich betrifft, Basileios, so mußt du wissen, daß vor zwei Tagen drei Gesandte des Emirs von Edessa in Bagdad eingetroffen sind, um wegen dieses Bildes, auf das ihr so großen Wert legt, um Rat zu fragen. Doch allein der Kalif Al-Muttaki kann ihnen diesen Rat geben. Heute früh sind sie daher nach Rakka aufgebrochen, der Stadt, wo der Erhabene jetzt residiert...«

Ich war sprachlos. So hatten wir die gefährliche Reise ganz umsonst gemacht. Rakka, die Sommerresidenz der Kalifen, lag im Norden des Landes am Euphrat, unweit der Stadt Amida und der Grenze zum Byzantinischen Reich.

»Der Kalif hat Bagdad vor über einem Monat mit seinen Beratern und Ministern verlassen. Ich dachte, das wäre euch bekannt. Er mußte bei Nasir und seiner Armee Zuflucht suchen und vor Tuzun und den türkischen Garden fliehen, die Bagdad eingenommen haben. Möglicherweise wird er seinen Hauptsitz nach Rakka verlegen, weil dort seine Sicherheit nicht bedroht ist.«

Wie weit war es bis Rakka?

»Ein guter Reiter muß mit zehn Reisetagen rechnen. Am besten machst du dich gleich morgen auf den Weg. Ich werde dir sagen, wo du ein vortreffliches Pferd finden kannst. Und ich werde die hunderttausend Golddinar, mit deren Verwaltung der Patrikios Theophanes mich bis zu deiner Ankunft betraut hat, an die Kontore der jüdischen Bankiers von Rakka überweisen.«

Ich wunderte mich über den neugierigen, eindringlichen Blick, mit dem er mich musterte. Er schwieg einen Moment, ließ mich aber nicht aus den Augen. Dann fuhr er fort: »Ich hoffe, daß euer Aufenthalt hier nicht durch irgendeinen Zwischenfall überschattet wird. Ihr habt gesehen, in welcher Aufruhrstimmung sich Bagdad befindet.«

Seine Stimme war noch ernster geworden. Ich glaubte darin eine Spur von Aufregung zu erkennen.

»Dieses Haus ist kein richtiger Zufluchtsort für euch. Eure Reise war nicht leicht, und ihr habt euch sicherlich vielen Gefahren ausgesetzt. Ihr müßt aber begreifen, daß die Gefahren, mit denen ihr unterwegs zu kämpfen hattet, nichts sind im Vergleich zu denen, die euch hier drohen. Der Emir Tuzun übt hier in der Stadt eine Schreckensherrschaft aus; seine türkischen Soldaten sind überall und führen mit Peitsche und Säbel das Kommando. Tuzun stützt sich auf die Volksbewegung der Anbaliten, einfachen Menschen, die den Koran für die einzige Quelle der Wissenschaft und Weisheit halten. Jeder Gedanke, der nicht auf der starren Interpretation des Korans fußt, muß ihrer Meinung nach unterdrückt werden.«

Er seufzte.

»Mein Problem ist, daß ich einen entgegengesetzten Standpunkt vertrete, nämlich den des Philosophen Al-Farabi, der an der Universität aristotelische Logik lehrt und zu meinen Freunden zählt. Aber auch wegen meiner eigenen Arbeiten werde ich kritisiert, besonders wegen meiner wissenschaftlichen Abhandlungen über Hippokrates, Galen und die christlichen Ärzte. Schließlich bin ich zu einigem Wohlstand gelangt, und nicht wenige sind darauf neidisch.«

Er beugte sich zu uns herüber.

»Seit einiger Zeit organisieren diese Fundamentalisten Kundgebungen gegen meine Person und mein Vermögen. Es vergeht kein Tag, ohne daß eine Prozession vor diesem Haus aufmarschiert oder ein Haufen Fanatiker vor meiner Tür demonstriert. Tuzuns Soldaten lassen sie gewähren. Erst gestern haben sie zwei meiner Sklaven zu Tode geprügelt. Sie haben meine Frauen und Kinder derart in Angst und Schrecken versetzt, daß ich mich gezwungen sah, sie heimlich aufs Land bringen zu lassen. Ich frage mich, wozu diese Geisteskranken fähig wären, wenn sie von eurer Anwesenheit hier erführen. Für sie seid ihr die Verkörperung des Übels, und das Übel muß ausgerottet werden.«

Er schloß die Lider, und seine Gesichtszüge schienen einzufallen.

»Nichtsdestoweniger seid ihr meine Gäste. Möge Allahs Wille geschehen, ihr bleibt unter meinem Dach.«

Wir verbrachten die Nacht bei Maymun. Er hatte uns gebeten, nicht hinauszugehen und unsere Anwesenheit in keiner Weise kundzutun. Wir waren allein in dem großen Haus. In der Hoffnung, seine Verfolger durch den Anblick eines verlassenen Palasts zu entmutigen, hatte er die Sklaven zu seiner Familie aufs Land geschickt. »Man muß abwarten können und die Entscheidung Allah überlassen«, meinte er.

Ich konnte nicht abwarten, und ich hatte nicht die geringste Lust, die Entscheidung Allah zu überlassen.

Ich habe eine schlimme Erinnerung an diese schwüle Nacht im hintersten Winkel eines verwaisten Palastes in Bagdad zurückbehalten. In den frühen Morgenstunden ertönte vom benachbarten Minarett der düstere Ruf des Muezzins. Als hätte es sich um ein Signal gehandelt, brach kurze Zeit später der Sturm los.

Mit einem Mal waren Hunderte fackeltragende Fanatiker aus dem Dunkel aufgetaucht und hatten sich vor dem Anwesen versammelt. Durch den Spalt eines Fensterladens sah ich die haßverzerrten Münder, die geballten Fäuste und die irren Blicke. Ich hörte das unheimliche Gebrüll und die dumpfen Stöße des Balkens, mit dem sie die Tür einrennen wollten.

Ein dichter Steinhagel ging auf die Fassade nieder, ließ

Fensterscheiben und Sichtblenden aus Alabaster zu Bruch gehen, während kleine Jungen versuchten, die Hauswände zu erklimmen.

Ich hatte Angst, warum sollte ich es leugnen? Der Wahnsinn eines einzelnen Menschen oder die Entfesselung einer Menschenmasse, die beide auf ähnliche Ursachen zurückzuführen sind, haben mich stets das Fürchten gelehrt. Sie bewegen sich jenseits des Verstandes und der einfachen Logik, die unsere Stärke ausmachen. Ich war sicher, wenn die Tür nachgäbe, hätte unser letztes Stündchen geschlagen. Diese Besessenen hätten uns in wenigen Augenblicken in Stücke gerissen.

Manasses und Maymun hatten sich unterdessen in ihre Wissenschaft geflüchtet und sich unter leidenschaftlichem Geflüster wieder ihrer Galen-Übersetzung zugewandt. Ich erinnere mich daran, wie sie beim diskreten Schein einer einzigen Lampe über sprachliche Probleme diskutierten, während draußen die Menge tobte.

Obgleich der arabische Arzt den Wunsch hegte, den Orient für abendländisches Gedankengut zu öffnen, verteidigte er hartnäckig die von seinen Vorgängern erstellten Übersetzungen. Doch Manasses ließ sich nichts vormachen. Im sicheren Vertrauen auf seine Kenntnisse brachte er sein Gegenüber aus der Fassung, indem er jede Sinnwidrigkeit des Übersetzers aufdeckte. Ich bewunderte diese beiden Männer, die durch ihre Arbeit versuchten, zwei so unterschiedliche Zivilisationen wie die ihren miteinander zu verbinden.

Als der Morgen dämmerte, kehrte auf der Straße Ruhe ein, so wie sich beim ersten Hahnenschrei der Hexensabbat auflöst.

»Es ist etwas Merkwürdiges im Gange«, erklärte mir Manasses, während er mich auf mein Zimmer begleitete. »Maymun hat mir einen langen Vortrag gehalten, in dem er mir unsere Doppelzüngigkeit vorwarf. Er ist nämlich sicher, dich hier schon einmal gesehen zu haben, erinnert sich aber nicht, unter welchen Umständen. Er will sich einfach nicht davon abbringen lassen und hat mich halbwegs überzeugt. Er ist ziemlich starrsinnig, aber ich halte ihn nicht für so altersschwach, daß er sich beim Wiedererkennen von Leuten täuscht. Wenn du ihm also schon einmal begegnet bist, dann sage es ihm. Das wird unsere Beziehungen vereinfachen.«

Ich schwor ihm, daß ich das Land der Ungläubigen nie zuvor betreten und diesen Araber noch nie gesehen hatte. Er, Manasses, müsse doch wissen, wie verwirrt Menschen sein können, wenn man sie bedroht und von ihren Angehörigen trennt.

»Nun gut, du bist ja nicht verpflichtet, mir die Wahrheit zu sagen. Im diplomatischen Dienst muß man lügen können«, seufzte er im Weggehen.

Der nächste Tag verlief ruhig. Maymun beobachtete mich. Er legte mir nahe, mich bei Einbruch der Nacht auf den Weg zu begeben, bevor die fundamentalistischen Bruderschaften anfingen, die Stadt unsicher zu machen. Am Nachmittag erklärte er mir alles, was ich über die bevorstehende Reise wissen mußte, und übergab mir drei Beutel voll Gold. Aber noch immer spürte ich seinen Blick im Rücken.

Als der Abend gekommen war und die Dunkelheit sich herabsenkte, verließ ich, in einen Umhang gehüllt, auf dem Rücken eines Esels den Stall. Die Ruhe auf den Straßen verlieh mir eine gewisse Sicherheit.

Die Nacht war mild, und das schwache Licht der Sterne tauchte die Gebäude der Stadt in ein dunkles Blau. Der Duft von Jasmin- und Rosensträuchern überlagerte ein wenig den beißenden Rauch, der die Luft erfüllte. Ich wandte mich von Bab Suk at-Talata, dem Südtor, ab, das von einer starken Truppe Fanatiker bewacht wurde, und mußte die ganze Stadt durchqueren, um zum Nordtor, Bab as-Sammasiyya zu gelangen, wo ich Freunde treffen sollte. Ich hatte das Gefühl, daß man mir folgte, und hielt den Griff des Schwertes, das in meinem Gürtel steckte, fest umklammert.

Als ich mich dem Stadtzentrum näherte, vernahm ich in den Straßen einen dumpfen Lärm, der beständig anschwoll. Schreie und Rufe hallten durch die Nacht. An den Mauern spiegelte sich der Schein von Flammen wider. Ich begriff, daß man den Suk al-Atas, den großen Markt im Zentrum der Stadt, plünderte, und beschloß, den Weg am Fluß entlang zu nehmen.

Die Hafenviertel lagen in nächtlichem Frieden da. Der Mondschein bedeckte die stille Wasseroberfläche des Tigris mit Tausenden Silbermünzen. Doch in der Nähe der Brücke sah ich aus den angrenzenden Straßen wütende Menschenmassen hervorbrechen, die mit Stöcken und Messern aufeinander losgingen. Das ganze Stadtzentrum, das Sammasiyya-Viertel und die vormaligen Paläste der Barmekiden, befand sich in hellem Aufruhr. Rivalisierende Banden durchzogen die Straßen und lieferten sich blutige Kämpfe. Ich wußte nicht mehr, wie ich ihnen entrinnen sollte.

Ich mußte wieder in die Stadt eindringen und irgendwo Zuflucht finden. Hinter der Biegung einer Gasse stand ich plötzlich einer Soldatenpatrouille gegenüber. Ihre schwarz-weißen Uniformen, die dichten Schnurrbärte und langen Zöpfe deuteten darauf hin, daß sie zu Tuzuns Garde gehörten. Es waren über zwanzig. Sie ergriffen mich und sperrten mich in ein Kellerloch, wo bereits an die hundert Unglückliche schmachteten.

7

Als der Morgen graute, ertönte über den Dächern der ganzen Stadt der Ruf des Muezzins. Sein klagender Gesang drang bis in die hintersten Winkel der Häuser und Paläste und bis hinunter in das Verlies, in dem ich gefangen war. Beeindruckt sah ich, wie die anderen Gefangenen sich erhoben, sich verneigten und sich alle zusammen niederwarfen und dabei das Gebet der Ungläubigen murmelten.

Ich hielt mich für berechtigt, es ihnen gleichzutun, obwohl ich wußte, daß ich später bei meinem Bruder, dem Patriarchen, dafür Buße tun müßte. Diese Bekundung von Frömmigkeit trug mir die Achtung der anderen Häftlinge ein. Da ich ihre Religion praktizierte, konnte ich trotz meines unbedeckten Kopfes und trotz meiner roten Haare nur ihr Bruder sein. Man ließ mich meine Geschichte erzählen: Als Lederhändler, der ich gerade aus Amida komme, wisse ich nicht, warum man mich eingesperrt habe.

»Uns geht es nicht anders«, seufzte ein Fischer, der neben mir saß. »Die Gulams, die türkischen Gardisten, haben mich verhaftet, als ich einige Zeit vor Sonnenaufgang aus dem Haus trat. Seht her, hier habe ich noch meine Netze!«

»Ich«, brummte ein dicker, nur halb bekleideter Mann, der noch weiß von Mehl war, »ich war gerade beim Backen. Da stellte ich fest, daß ich keine Hefe mehr hatte. Ich rannte also schnell zu einem Kollegen, um mir welche von ihm zu borgen… Da haben sie mich angehalten und in diesen Kerker geworfen!«

Gewiß gab es hier keine schlimmen Verbrecher, doch setzten sich die Banden, die sich des Nachts gegenseitig die Kehle durchschnitten, nicht aus durchaus anständigen Bürgern zusammen?

Ich hütete mich aber, diese Bemerkung in ihrer Gegenwart zu machen. Indessen erbaute ich mich an der gelassenen Schicksalsergebenheit, die sie an den Tag legten.

»Allahs Wille geschehe«, wiederholte ein jeder von ihnen, und die übrigen nickten zustimmend mit dem Kopf.

Alle Ungläubigen, die ich in meinem Leben kennengelernt habe, sind überzeugt von der Unmöglichkeit, den Lauf der Dinge zu ändern, und von der Notwendigkeit, sich in den Willen ihres Gottes zu fügen. Dieser Fatalismus erinnert mich an die Geisteshaltung der alten Griechen. Schon die Tragödiendichter von einst erzählen uns, wie hart das Schicksal Ödipus oder Orest zusetzte, ohne daß die Unglücklichen etwas dagegen hätten tun können. Das Wort Gottes hat uns Christen glücklicherweise über die Freiheit jedes einzelnen aufgeklärt, sein Geschick selbst zu lenken.

Am Morgen ging die Tür auf, und zwei Soldaten trieben uns mit der Peitsche in der Hand hinaus, wobei sie auf Nachzügler erbarmungslos einschlugen. Wir fanden uns in einem weitläufigen Hof wieder, der zweifellos zu einer Kaserne gehörte. Farblose Mauern ohne Fenster schlossen uns ein. Einige Offiziere der türkischen Garde bezogen vor einer niederen Tür Stellung. Zwei Verurteilte standen in der Nähe eines Richtblocks.

Man ließ uns lange warten. Die Stille der Verzweiflung und die Erwartung des Todes bedrückten uns. Endlich erschienen zwei andere Offiziere zu Pferd. Sie stellten sich hinter die Verurteilten. Der Kadi, ein zittriger Greis mit spitzem Kinnbärtchen, hielt eine Pergamentrolle in der Hand und begann das Urteil zu verlesen. Die beiden Verbrecher waren dabei überrascht worden, als sie den Beutel eines Händlers im Suk al-Atas stehlen wollten. Nach der Scharia, dem islamischen Gesetz, wurden sie dazu verurteilt, daß ihnen die rechte Hand abgehackt werden sollte.

Einer der beiden Diebe, ein junger Mann, schön wie der Erzengel Gabriel, warf sich einem der Reiter zu Füßen.

»Hab Erbarmen mit mir, Tuzun, großer Emir! Ich habe zwei Kinder zu ernähren! Wie soll ich ohne rechte Hand meinen Beruf als Tischler ausüben?«

Tuzun, der Beherrscher Bagdads, war ein kleiner, untersetzter Mann mit breiten Schultern, die ihm eine kastenförmige Figur verliehen. Er hatte ein glattrasiertes Kinn und einen dichten Schnurrbart, wie ihn die Türken zu tragen pflegen. Mit undurchdringlichem Gesicht schaute er geradeaus, ohne mit der Wimper zu zucken. Sein eisiger Blick ließ mich erschauern. Gleichgültig gegenüber dem Kummer anderer und unfähig zum Mitleid, ist dieser Menschentyp gefährlicher als alle politischen Emporkömmlinge, von denen es im Land des Kalifen und leider auch in Byzanz nur allzu viele gibt.

Er zeigte keinerlei Regung. Fünf Soldaten packten den jungen Mann, banden ihm den Unterarm mit einem starken Strick ab und hielten sein Handgelenk auf dem Richtblock fest. Das Geräusch beim Auftreffen der Klinge wurde von dem Gebrüll des Verurteilten übertönt. Der zweite Dieb erfuhr kurz darauf dieselbe Strafe.

Dann führte man die beiden Unglücklichen, die ihre blutigen Stümpfe hochhielten, in Richtung Kaserne davon, das heißt, man zerrte sie eher dorthin. Der Reiter, der Tuzun begleitete, kam auf uns zu.

»Das ist Ibn Chirzad, der Sekretär des Großemirs«, murmelte der Bäcker, »ein übler Geselle.«

»Männer von Bagdad«, begann der Offizier mit Nachdruck in der Stimme, »der Großemir Tuzun wollte, daß ihr Zeugen seiner Rechtsprechung seid. Er ist unerbittlich gegen die Schuldigen, aber voller Gnade gegen die Unschuldigen oder diejenigen, deren Vergehen nicht schwer wiegt. Er will, daß ihr aufhört, euch diesen marodierenden Banden anzuschließen, die nachts die Stadt durchstreifen, doch zum Beweis seines Edelmuts läßt er euch alle frei. Er bedenkt sogar jeden von euch mit einem Silberdirham, um euch seine Großzügigkeit zu bekunden. Geht jetzt, und dankt Allah und dem Großemir!«

Viele meiner Gefährten spendeten Allah und dem Großemir Beifall, bevor sie rasch das Weite suchten. Ich schickte mich gerade an, dasselbe zu tun, als ein Soldat mich am Arm faßte und mich zum Umkehren zwang. Ibn Chirzad, der Sekretär, bedeutete mir, vor ihn hinzutreten.

»Du, Mann mit den roten Haaren, komm her! Wer bist du und woher kommst du?«

Mein Aussehen, meine Kleidung und mein rotes Haar hatten mich verraten. Es schien mir am geschicktesten zu sein, nichts von meiner Mission zu verbergen. Meine knappen Erklärungen beeindruckten den Sekretär, der meinen Fall sofort dem Emir vortrug. Tuzun stieg vom Pferd, musterte mich lange und winkte mich dann zu sich.

Er empfing mich in einer kleinen Zelle, in der es furchtbar nach Schimmel roch, einem wahren Kerker, der nur durch ein vergittertes Fenster notdürftig erhellt wurde. Bevor ich den Raum betrat, wurde ich entkleidet und peinlich genau durchsucht. Man nahm mir den Degen weg, der in meinem Gürtel steckte. Der Emir forderte mich durch eine Handbewegung auf, mich auf einen Teppich zu setzen, und nahm auf einem niederen Diwan mir gegenüber Platz.

Dieser eiskalt wirkende Mann hatte einen merkwürdig starren Blick; seine Lider blinzelten nicht, und der Gedanke kam mir, daß er unter der Wirkung irgendeines Rauschmittels stand. Im weiteren Verlauf begriff ich jedoch, daß seine einzige Droge der Ehrgeiz war. Dieser hatte ihn zu vielen Verbrechen angetrieben und sollte ihn eines Tages in sein Verderben führen.

Er schwieg lange und fixierte mich mit seinen unbewegten Augen. Ich hielt seinem Blick stand.

»Wenn du ein Gesandter des Kaisers bist, wo ist dein Beglaubigungsschreiben, und warum hast du dich nicht an mich gewandt?« stieß er schließlich hervor. »Weißt du nicht, daß ich der Großemir bin?«

Sein Auftritt brachte mich nicht aus der Fassung. Ich führte ihm vor Augen, daß ich lediglich damit beauftragt sei, beim Kalifen zu erwirken, daß das Mandilion den Streitkräften meines Vaters übergeben werde. Nur der oberste Führer der Gläubigen könne den Bewohnern von Edessa befehlen, die Ikone herauszugeben.

»Bist du etwa Romanos' Sohn? Der Eunuch mit den roten Haaren, der den diplomatischen Dienst des Byzantinischen Reichs leitet?«

In dieses Amt war ich noch nicht aufgestiegen, doch die Einzelheiten, die ich ihm nannte, überzeugten ihn von meiner Zugehörigkeit zur kaiserlichen Familie. Ohne es sich anmerken zu lassen, war er beeindruckt. Er erinnerte mich an einen der Basaltblöcke, die man in den Flüssen findet: Das Wasser scheint einfach über ihre Oberfläche hinwegzufließen, aber es hinterläßt doch seine Spuren darauf.

Plötzlich war Tuzun wie ausgewechselt und zeigte sich von seiner besten Seite. Er vertraute sich mir an und wagte es, mich als Ebenbürtigen zu behandeln, er, ein ungläubiger Lump! Ich verstand, daß ihn ein tödlicher Haß auf den Kalifen beherrschte. Al-Muttaki hatte in ihm den besten General des Islams gedemütigt, und das sollte er bereuen. Und er begann, sich selbst zu verherrlichen, indem er mir seine Feldzüge und Siege an der Spitze der türkischen Garde schilderte.

Ist es der Geschlechtstrieb, der die Bärtigen dazu anspornt, sich ständig zu rühmen und sich in hochtrabenden Berichten über ihre Glanzleistungen zu gefallen? Liegt es an ihrer Gewohnheit, vor den Frauen Eindruck zu schinden, um das von ihnen zu bekommen, was sie begehren? Wenn man die Summe ihrer Heldentaten durch drei teilt, ist man noch immer weit von der richtigen Zahl entfernt. Dies ist die Regel, wie mich die Erfahrung im Laufe meines Werdegangs im kaiserlichen Dienst gelehrt hat. Wir Eunuchen sind aus einem anderen Holz geschnitzt. Wir üben mehr Zurückhaltung, und da wir nicht zu gefallen suchen, huldigen wir in viel stärkerem Maße der Wahrheit.

Die erhabene Undurchdringlichkeit des Emirs war geschwunden, und er plusterte sich auf wie ein Hahn vor seinen Hennen. Ich hörte mit gespielter Bewunderung zu, wie er mir gegenüber seine Andersartigkeit herausstrich. Ich fand sogar, daß all dem eine gewisse Komik anhaftete, bis er anfing, mir seine Weltanschauung zu erläutern.

Mir, dem Sohn des Kaisers, könne er ja seinen großen Plan anvertrauen, nämlich die Eroberung der Welt dort wiederaufzunehmen, wo die Streiter des Islams sie vor zweihundert Jahren aufgegeben hätten. Er gedenke, den sogenannten Omaijaden-

Kalifen von Cordoba zu stürzen, die Pyrenäen zu überqueren, die germanischen und slawischen Völkerschaften zu unterwerfen und schließlich von der anderen Seite des Bosporus dem Kaiser brüderlich die Hand zu reichen.

»Zwei Bedingungen müssen dafür erfüllt sein, und deine Gegenwart hier ist für mich ein Zeichen Allahs. Ist er nicht stets der Weiseste? Zunächst werden dein kaiserlicher Vater und ich einen Beistandspakt abschließen. Wenn du nach Byzanz zurückkehrst, wirst du von einer Gesandtschaft begleitet, die Romanos einen Vertragsentwurf und zahlreiche Geschenke überbringt. Ich weiß, daß er diesem für ihn sehr vorteilhaften Abkommen in allen Punkten zustimmen wird.«

Ich pflichtete ihm bei und dachte mir mein Teil: Dieser Emporkömmling war ein größenwahnsinniger Narr, und mein Vater pflegte sich nicht mit Abenteurern einzulassen, schon gar nicht, wenn es sich bei ihnen um Ungläubige handelte. Aber noch war es nicht an der Zeit, mein Gegenüber von diesem Umstand in Kenntnis zu setzen.

»Die zweite Bedingung wäre der Tod des Kalifen. Al-Muttaki ist nicht mehr als ein altes Weib, eine ständige Gefahr für die Anhänger des Islam. Er wird sterben und durch ein Mitglied seiner Familie, das auch mit mir nahe verwandt ist, ersetzt. Sobald ich ihn in seinem Schlupfwinkel in Rakka, wo er bei den Truppen Nasirs Zuflucht gesucht hat, aufspüren kann, wird sein Lebensfaden abgeschnitten. Ich habe es mehrmals vor Allah dem Allmächtigen geschworen, und diesen Schwur werde ich halten.«

Er erhob sich und durchmaß mit großen Schritten die Zelle, wobei er sich in furchtbaren Verwünschungen und Flüchen erging. Er wurde so wütend, daß es mich beinahe beunruhigte. Daß die Ungläubigen sich gegenseitig umbrachten, berührte mich wenig; ich wünschte nur, nicht mit dem Blut ihrer Rache besudelt zu werden.

Als er mit seinem Gebrüll fertig war, setzte er sich und versank wieder in seine eigenartige Erstarrung, wie ein eiskalter Leichnam mit stierem Blick.

»Kein Wort von alledem zu denen, die du in Rakka treffen

wirst«, murmelte er schließlich. »Erledige dort, was du erledigen mußt. Aber kehre nach Bagdad zurück, bevor du die Heimreise antrittst.«

Drei Tage lang war ich gezwungenermaßen bei Tuzun zu Gast. Er freute sich, in mir einen Gehilfen gefunden zu haben, der seine Bündnisabsichten in bezug auf das Reich fördern und ihn dadurch bei der Eroberung der Welt unterstützen konnte. Ich nahm mich davor in acht, ihm meine wahre Meinung zu enthüllen, die sehr gut in dem kappadokischen Sprichwort zum Ausdruck gekommen wäre: »Wenn du eine Schlange erwärmen willst, dann schneide ihr zuerst den Kopf ab.«

Drei Tage lang inspizierte ich mit ihm seine Truppen. Ich schätzte die furchterregende Armee, die von der türkischen Garde gebildet wurde, auf fast fünfzigtausend Mann und studierte eingehend ihre Bewaffnung. Während ich mein Verhalten seiner Unbewegtheit anpaßte, wohnte ich den zahlreichen Verstümmelungen oder Hinrichtungen bei, die von dem ihm hörigen Kadi angeordnet worden waren. Ich wurde Zeuge der ausgeklügelten Folterstrafen, die er seinen Männern für das geringste Versehen auferlegte: Für unerlaubtes Schwätzen schnitt man ihnen ein Stück ihrer Zunge ab; für eine Nachlässigkeit wurde ihnen ein Ohr abgetrennt. Vor allem aber mußte ich Auge in Auge seine endlosen Reden, Ansprachen und Ermahnungen ertragen. Und während ich ihm mit scheinbarem Interesse zuhörte, dachte ich, daß dieser ehrgeizige Fanatiker imstande wäre, die ganze Welt in Flammen aufgehen zu lassen, um seine Laune zu befriedigen.

Als Tuzun mich endlich aus seiner Gegenwart entließ, beschloß ich, Bagdad so schnell wie möglich den Rücken zu kehren. Einmal hatte mir der heilige Andreas, der Schutzpatron von Konstantinopel, schon beigestanden, und ich wollte es kein zweites Mal darauf ankommen lassen. Auf einer guten Straße gelangte ich noch am selben Abend nach Kazimein, westlich der Hauptstadt. Es handelt sich hierbei um eine große, an den Ufern des Euphrat erbaute Stadt, von der aus die Reisenden Richtung

Norden aufbrechen. Ich mußte mich beeilen. In Rakka warteten die Gesandten des Emirs von Edessa auf die Stellungnahme des Kalifen. Ich irrte durch den Suk, wo die verschiedensten Eindrücke auf mich einstürmten. Es roch nach Zimt und Leder, und die Luft war angefüllt mit dem bläulichen Rauch der Holzkohlenfeuer, über denen Spieße garten. Der helle Hammerschlag des Schmieds übertönte das Gemurmel der Menge, und an den Ständen wetteiferte die rote und grüne Wolle aus Buchara in der Farbenpracht mit den blauen und malvenfarbenen Umschlagtüchern aus Schiras. Im Hintergrund glänzten die Goldkuppeln der schiitischen Moscheen im Abendlicht. In diesem berühmten Zentrum wurden die Gräber von Musa al-Kazim und seinen Kindern verehrt. Doch ich war weder gekommen, um einen Mantel zu kaufen, noch um den Propheten der Ungläubigen zu huldigen. Der Pferdemarkt wurde hinter der Moschee abgehalten; der mir von Maymun empfohlene Pferdehändler, den ich an einem roten Gürtel erkennen sollte, stand in der letzten Reihe. Ohne Umschweife erklärte ich ihm, daß ich ein Pferd wolle, das weder von der Rasse der Kehilan el-Ajouz noch der Hamdani-Simri sei…

»Also willst du eine Stute, die bei den Beni-Khaled aufgezogen wurde und von den Weiden der Nefoud stammt«, antwortete der Mann gemäß der vereinbarten Formel. »Ich hätte da etwas Passendes.«

Die schwarze Stute, die er mir vorführte, schien nicht mehr sehr jung zu sein; ihren Fesseln mangelte es an Feinheit. Doch der Pferdehändler lobte sie derart überschwenglich, daß ich ihm den sagenhaften Preis von hundert Dinar zahlte und das Tier am Zügel wegführte.

Sobald der Mond aufgegangen war, machte ich mich noch in derselben Nacht auf den Weg nach Rakka, der Residenz des Kalifen Al-Muttaki. Wenn man keine Zeit verlor, mußte man mit zehn Tagesritten rechnen.

Der Weg, der nach Norden führt, folgt den endlosen Windungen und Schleifen des Euphrat. Manchmal schlängelt er sich oberhalb des Ufers über die Bergrücken dahin. Das Wasser des

Flusses weist keine rötliche Färbung auf, wie es der Tigris an vielen Stellen tut. Es ist vielmehr eisengrau und wirkt wie eine metallene Grenze zwischen den fruchtbaren Ebenen des Zweistromlandes und der einsamen Wüstenlandschaft Syriens. Andernorts zieht sich der Weg am Ufer entlang, und das vorbeitrabende Pferd scheucht die im Schilf nistenden Wasserhühner auf.

Linker Hand erstreckt sich die Wüste. Von ihren grauen Felsen scheint sie auf den Reisenden herabzublicken, trocken und unbarmherzig wie die Nomaden, die sie durchstreifen. Sie lauert ihm auf und ruft ihn herbei, um ihn womöglich mit ihren Luftspiegelungen irrezuleiten und unter Geröll oder glühendem Sand zu begraben. In der Nacht nähert sie sich zuweilen dem Fluß, berührt ihn, als wolle sie daraus trinken; der Mond belebt die Einsamkeit dann mit seltsamen Schatten, mit Riesen, die sich zwischen den Felsen oder in den schlafenden Städten niederducken. Die vorbeiziehenden Wolken muten an wie Heerscharen von Reitern, die sich rasch verflüchtigen. Von ferne ertönt das Geheul der Schakale, das sich so anhört, als würden sie den Reisenden seiner Leichtgläubigkeit wegen verhöhnen.

Hamdaniya, meine schwarze Stute, ließ sich durch diese Sinnestäuschungen nicht beirren. Sie war ja in dieser Gegend geboren, auf dieser Piste aufgewachsen und kannte daher jede Wegkrümmung und jeden Tamariskenbusch. Mit ihrem langen, vorgestreckten Hals, ihren weit geöffneten Nüstern und gespitzten Ohren paßte sie genau auf, daß nichts unser Vorwärtskommen behinderte. Sie war bis dahin das einzige weibliche Wesen, das je so etwas wie Bewunderung in mir geweckt hatte. Der Händler hatte mich schon darauf hingewiesen: Es sei nicht nötig, sie mit Gebiß oder Schenkeldruck lenken zu wollen; damit sie meine Befehle ausführe, genüge es, leise mit ihr zu sprechen. Doch meist erriet sie meine Absicht und kam meinem Befehl zuvor.

»Hamdaniya, finde mir ein schattiges Plätzchen, wo ich mich ausruhen kann.«

Sie drang in ein etwas abseits vom Weg gelegenes Wäldchen ein, wo ich schlafen und sie grasen konnte.

Sie war tatsächlich ein Abkömmling jener sagenhaften Pferde, auf deren Rücken sich vor dreihundert Jahren die Woge der Ungläubigen von Arabien bis nach Andalusien ergossen hatte. Denn weniger das Wort ihres Führers als die Unerschrockenheit ihrer Kavallerie und die Ausdauer und Schnelligkeit ihrer Reittiere hatten es ermöglicht, daß die Araber die Überreste des Römischen Reiches an sich rissen. Meine Stute trug übrigens den Namen eines der fünf Pferde des Propheten, mit deren Hilfe er die Welt zu erobern gedachte.

Mein Verlangen, die Frau mit dem roten Haar wiederzufinden, wurde immer größer. Ich ritt Tag und Nacht, ohne meine Kräfte oder die meiner Stute zu schonen. Ich hatte nicht die geringste Vorstellung, welche Hindernisse sich mir entgegenstellen würden. Ich konnte nicht erahnen, daß das Schicksal, nachdem es uns getrennt hatte, alles Erdenkliche daransetzen würde, unser Wiedersehen zu verzögern. Aber muß man sich nicht verdienen, was man begehrt?

Seit vier Tagen war ich unterwegs und hatte mir kaum Zeit zum Essen oder Schlafen gegönnt. Endlich tauchte inmitten eines Palmenhains das Dorf Haditha vor mir auf, das teilweise auf einer Insel im Fluß errichtet war. Die Straße führte um die Oase herum. An einer Kreuzung hob Hamdaniya den Kopf; ihre Nüstern bebten. Nach kurzem Zögern nahm sie den Weg, der zwischen den Bäumen hindurch zu dem Marktflecken führte.

Ich zwang sie, anzuhalten und umzukehren, wogegen sie sich heftig sträubte. Sie schnaubte, scharrte mit dem Huf auf dem Boden, stellte sich bockig und schien entschlossen, keinen Schritt mehr weiter zu gehen.

Zuletzt schlug sie dann doch den richtigen Weg ein, aber sichtlich wider Willen. Ich vermutete, daß sie in den Ställen von Haditha gerne eine Ruhepause eingelegt und sich mit Hafer gestärkt hätte.

Die Mittagshitze lastete schwer auf meinen Schultern und verursachte mir Atemnot. Die Stille wirkte durch das aufdringliche Summen dicker Schmeißfliegen, die, angelockt von der Stute, aus den Ufertümpeln zu uns emporschwirrten, noch undurchdringlicher. Kein Mensch begegnete uns auf der Straße.

Durch die glühend heiße Luft sah es so aus, als ob die Reihe der Palmen am Horizont zitterte. Auf einmal begriff ich den Grund für Hamdaniyas Zögern und für ihren unsicheren Gang: Sie hatte Angst.

Ich redete ihr gut zu, um ihr die Furcht zu nehmen. Aus der Ferne hörte man das Knarren einer Brunnenkette und das störrische Iahen eines Esels – beruhigende Alltagsgeräusche. Doch unvermittelt standen sie vor mir.

Zwanzig bewaffnete Reiter waren urplötzlich, wie aus dem Nichts, aufgetaucht. Ich zückte mein Schwert und verteidigte mein Leben. Schon hatte ich zwei von ihnen verwundet, da packten zwei andere mich an den Stiefeln und zogen mich aus dem Sattel. Sofort war die ganze Meute über mir.

Nachdem sie mich gefesselt und geknebelt hatten, warfen sie mich über den Rücken eines Pferdes und stoben mit mir in Richtung Wüste davon. Man hatte mich durchsucht und all meiner Habe beraubt. Was konnte man sonst noch von mir wollen?

Die Reiter um mich herum hatten ihre Gesichter hinter blauen Tüchern verborgen. Sie waren barfuß und mit Lumpen bekleidet und ritten ohne Sattel auf räudigen Pferden, aber sie trugen lange Messer und gebogene Säbel bei sich. Ihre Reittiere drohten unter der Last von Ballen und Säcken zusammenzubrechen. Offenbar hatten sie gerade irgendeine Karawane überfallen und ausgeplündert, und ich war ihnen in die Quere gekommen.

Den ganzen Nachmittag drangen wir weiter in die graue, steinige Unendlichkeit der Wüste vor, die von eigenartig geformten Felsblöcken durchsetzt war. Gegen Abend erhob sich ein leichter Wind, der dichte Staubwolken aufwirbelte. Ich war wie gerädert. Kehlige Schreie von Frauen empfingen uns. Die Männer saßen ab, banden mir die Beine los und stießen mich durch eine Felsspalte auf eine in den Stein gehauene Treppe, die ins Erdreich hinunterführte. Wir gingen einen schrägen, mit Fackeln beleuchteten Gang entlang und kamen an Grotten vorbei, in denen Ballen, Kisten, Truhen und Tonkrüge lagerten. Vor einer dieser Höhlen wachte ein Mann, der ebenfalls mit allerlei Stichwaffen ausgestattet war. Man stieß mich in das schwarze Loch hinein.

»Wer bist du, Unglücklicher, der du mein Schicksal teilst?« flüsterte eine dunkle Gestalt, die am Boden kauerte.

Ich gab mich wieder als Lederhändler von Amida aus.

»Werden die Deinen das geforderte Lösegeld zahlen, um dich freizubekommen?«

Daran zweifelte ich. Da sah ich den Mann aufstehen und zu mir herüberkommen. Er war schmächtig mit einem kurzen Kinnbart und setzte vorsichtig einen Fuß vor den anderen, als ginge er über Glasscherben.

»Ich heiße Abu Mohammed und bin Kamelhändler aus Rakka. Ich bin schon seit vier Monaten hier, und die Räuber haben von meiner Familie tausend Golddinar für meine Befreiung gefordert. Das ist eine hohe Summe, aber meine Frau könnte sie aufbringen. Doch – möge Allah die untreue Gattin überführen! – sie hat keine Eile, das Geld zu übergeben, denn sie wird von meinem Teilhaber Akil beraten, einer Kreatur des Teufels, der meinen Platz in meinem Bett eingenommen hat. So kann ich nur noch auf die Güte Allahs des Barmherzigen hoffen.«

Ich bat ihn, mir die Stricke abzunehmen, mit denen meine Hände gebunden waren. Er tat es.

»Die Räuber legen keinen Wert darauf, daß ihre Gefangenen gefesselt bleiben. Unsere Wächter sind grausam und unerbittlich. Außerdem sind die Räuber überzeugt, daß niemand das Risiko auf sich nehmen wird, von diesem entlegenen Ort mitten in der Wüste zu fliehen. Ich habe allerdings schon einmal den Versuch unternommen.«

Hatten sie ihn wieder eingefangen?

»Ich verirrte mich; ich lief die ganze Zeit im Kreis, und drei Tage nach meiner Flucht ging ich den Räubern wieder ins Netz. Sie haben mich geschlagen und mir die Fußsohlen eingeschnitten. Dann stopften sie Roßhaar in die Wunden und nähten sie wieder zu. Jetzt habe ich die größten Schwierigkeiten zu laufen und wage nicht, mich zu entfernen …«

Durch eine Felsspalte konnte ich sehen, daß die Nacht sich auf die Wüste herabgesenkt hatte. Auf Hamdaniya konnte ich bei einer Flucht nicht zählen. Ich hatte beobachtet, wie die Räuber sie in eine andere Richtung davonführten. Doch der Wahnsinn, von dem ich besessen war, trieb mich zum Äußersten. Ich war ein guter Beobachter und kräftig genug, um die Flucht zu Fuß anzutreten. Ich würde den Fluß wiederfinden, der sich nördlich von hier befand, und ihm stromaufwärts bis nach Rakka folgen. Ich brauchte mir nur noch einen Wasservorrat zuzulegen. Ich müßte nachts reisen und zuvor erst einmal den Wächter ausschalten.

»Schlag dir das lieber aus dem Kopf«, erwiderte mein Mitgefangener.

»Unternimm bloß nicht den Versuch, von hier zu fliehen«, drohte mir wenig später auch der Wächter, ein junger, grobschlächtiger Bursche mit starrem Blick, der von oben bis unten mit Klingen behangen war. »Ich habe den Befehl erhalten, den Gefangenen beim kleinsten Fluchtversuch die Kehle durchzuschneiden. Und selbst wenn du mir entkämst, die Wüste würdest du nicht überlisten. Diejenigen, die fliehen wollten, sind alle umgekommen. Sie sind von wilden Tieren zerrissen worden oder an der Hitze zugrunde gegangen. Verhalte dich also lieber ruhig ...«

Ein anderer Mann erschien und forderte mich durch eine Handbewegung auf, ihm zu folgen. Mit großen Schritten ging er mir voraus durch die endlosen Stollen, welche die Höhlen dieser unterirdischen Stadt miteinander verbanden. Bald erreichten wir eine andere Grotte, die mit Teppichen ausgelegt und mit Fackeln beleuchtet war. Hier erwartete mich der Anführer der Räuberbande, ein junger, kräftiger, fast schöner Mann, dessen zweigeteilter schwarzer Bart an die Flügel eines Raben erinnerte. Er saß auf einem Löwenfell, umgeben von vier einäugigen Männern, die mit ihren ausgeschlagenen Zähnen und grindigen Köpfen ein offensichtliches Bild des Lasters und der Grausamkeit abgaben. Als er meiner ansichtig wurde, brach er in ein Gelächter aus.

»Mach mir nicht weis, daß du nur ein bescheidener Lederhändler aus Amida bist! Deine Art, dich zu kleiden, dein rotes Haar und dein Akzent beweisen, daß du von viel weiter her kommst. Wenn du uns nichts verheimlichst, wirst du deinem Rang entsprechend behandelt werden.«

Ich hatte keinen Grund, meine wahre Identität noch länger zu verschleiern. Ich nannte meinen Namen und wies auf meine Abstammung und meine Funktion hin. Der Räuberhauptmann schien davon sehr beeindruckt zu sein. Einer seiner Kumpane verfiel in ein dümmliches Gelächter und äußerte irgendeine Torheit über uns Eunuchen.

»Halt's Maul, Al-Hadjadj, du einäugiger Esel!« wies ihn der Anführer zurecht.

Er erhob sich und kam mit ausgebreiteten Armen auf mich zu.

»Umarme mich, Bruder, denn wie alle hier hänge auch ich dem wahren Glauben an. Wir sind Jünger des heiligen Maron, der vor zweihundert Jahren in dieser Gegend das Evangelium verkündete. Und wie du bekämpfen auch wir die ungläubigen Sarazenen, die Irregeleiteten, die sich auf Mohammed berufen.«

Er hielt mich lange an seine Brust gedrückt und vergoß wahre Freudentränen.

»Wie ist es schön, in brüderlicher Eintracht zusammenzuleben!« seufzte er.

Endlich setzte er sich und wies mir einen Platz ihm gegenüber zu. Er ließ Wein bringen und begann dann, mir das Leben, die Opferbereitschaft und Selbstlosigkeit seines Heiligen Maron zu schildern. Er wollte schon einen Mönch seines Glaubens kommen lassen, der mich darin unterweisen sollte, da unterbrach ich ihn: Dringende Angelegenheiten riefen mich zum Kalifen nach Rakka; ich müsse mich so schnell wie möglich wieder in den Sattel schwingen. Er lächelte wohlwollend:

»Ich kann dir nichts abschlagen, mein Bruder. Du bekommst dein Pferd zurück. Natürlich erst dann, wenn der Gesandte, den ich zu den Deinen schicke, zurückgekehrt ist. Da wir derselben Religion angehören, freue ich mich, dir mitzuteilen, daß ich mich mit dem kümmerlichen Betrag von hundert Goldpfund, siebentausendzweihundert byzantinischen Nomismata – aber bitte ohne abgeschlagene Ränder! –, zufriedengeben werde, um dir dieses herrliche Roß zurückzugeben. Doch bis zur Rückkehr meines Boten werde ich dir einen Teppich in deine Grotte bringen lassen, um dich deinem Rang entsprechend zu behandeln.«

Die Zornesröte stieg mir ins Gesicht. Ich sprang auf, stieß mit dem Fuß die Schale Wein fort, die man vor mich hingestellt hatte, und beschimpfte diesen gemeinen Dieb, der nur dem Namen nach ein Christ war. Er lachte höhnisch.

»Brüder! Wir sind doch Brüder!« spottete er, während ich ihn beleidigte.

Er rief einen Befehl, worauf vier starke Männer herbeikamen und mich packten. Sie knallten mit der Peitsche, schlugen mich damit auf die Beine und schleppten mich in meine Höhle zurück.

Ich war völlig außer mir über das scheinheilige Gehabe des Anführers. Und dann mußte ich noch den Spott des Kamelhändlers ertragen, der sich über die Art und Weise lustig machte, wie Christen miteinander umsprangen. Man hatte einen Wasserschlauch, Brot und ein paar Datteln gebracht. Ich streckte mich auf dem Teppich aus. Der Gedanke an meine Ohnmacht machte mich rasend. Durch den Felsspalt konnte ich sehen, daß der Tag anbrach.

»Wir sind in der Hand Allahs des Allwissenden«, wiederholte Abu Mohammed, der sich eben noch zusammen mit dem Wächter im Gebet niedergeworfen hatte. »Nur er kann uns helfen, er oder seine Dienerin Myriam.«

Überzeugt, daß es sich um irgendeinen Aberglauben der Fehlgeleiteten handelte, fragte ich ihn beiläufig, wer diese Myriam denn sei.

»Kennst du sie nicht? Sie ist eine Jarya, eine Sklavin des Kalifen. Eine Frau mit Haaren so rot wie deine, die Gutes tut, Gefangene freikauft, Arme speist und Verfolgten Schutz gewährt. In Rakka wird sie von jedermann verehrt, und sogar die Übeltäter achten sie. Wenn sie von unserer Notlage wüßte, würde sie sich für uns einsetzen.«

Da er plötzlich mein Interesse geweckt hatte, fragte ich ihn, wie eine einfache Sklavin eine so bedeutende Rolle spielen könne.

»Es ist so, daß die vier legitimen Frauen des Kalifen – gesegnet sei sein Name – zwar unserer Rasse angehören und großen Familien entstammen, aber im Harem aufgezogen wurden und gewöhnlich wenig Bildung besitzen. Seine im Konkubinat lebenden Sklavinnen, die Jaryas, deren Zahl nicht festgelegt ist, sind dagegen Griechinnen, Armenierinnen oder Inderinnen. Es handelt sich um Kriegsgefangene, die oftmals über Bildung verfügen und ihm bei seinen guten Werken und sogar bei der Politik helfen können. So verhält es sich auch mit Myriam.«

Ich wartete auf den Abend, um mich davonzumachen.

Ich hatte bemerkt, daß unser Wächter nicht von sich behauptete, Christ zu sein, sondern die Gebete der Ungläubigen verrichtete. Ich wartete, bis der erste Stern aufging und es für ihn Zeit war, sich niederzuwerfen. Dann stürzte ich mich auf ihn, um ihn mit dem blauen Tuch zu erdrosseln, das er um den Hals trug. Er war sehr kräftig, aber ich stand ihm darin in nichts nach, und mir kamen die Lektionen im Ringkampf zugute, die mir der Eunuch Klysippos in den Zeuxipposbädern erteilt hatte. Ich warf mich mit meinem ganzen Gewicht auf ihn und zog das Tuch zusammen, das ihn erstickte. Er wand sich krampfhaft und röchelte, doch meine Leidenschaft trieb mich zum Äußersten. Lange nachdem er aufgehört hatte zu zappeln, richtete ich mich auf.

»Was werden sie jetzt nur mit mir machen?« jammerte der Kamelhändler.

Ich fügte ihm eine Schnittwunde an der Stirn zu, damit es so aussah, als hätte er den Wächter verteidigt, und fesselte ihn, damit er keinen Alarm schlagen konnte. Nachdem ich dann den Wasserschlauch, das Brot und eine starke Klinge an mich genommen hatte, floh ich in den Gang und fand mich kurze Zeit später im Dunkel der Wüste wieder.

Vier Nächte lang lief ich in nördlicher Richtung. Ich ließ den Abendstern auf meiner Linken und richtete mich nach »dem Bären, den man auch Wagen nennt, dem einzigen Stern, der niemals im Ozean versinkt, aber gleichzeitig Orion bewacht«, wie Homer es ausdrückt.

Ich mußte mich in der brütenden Hitze des Nachmittags, lange bevor die Sonne unterging, auf den Weg machen und marschierte die Nacht durch bis weit in den Morgen hinein. Nichts deutete auf die Nähe des Flusses hin. Nach zwei Tagesmärschen waren meine Vorräte erschöpft. Ich war todmüde, doch mein wildes Verlangen, diese Frau mit den roten Haaren zu finden, trieb mich weiter vorwärts, meine Liebe zu ihr linderte meinen Durst, meinen Hunger und meine Müdigkeit.

Und wenn diese Myriam mit den roten Haaren nun meine Mutter war? Mehr noch als die Angaben meines Mitgefangenen bestärkte mich mein Gefühl in dieser Vermutung. Ich war mir ganz sicher, daß mein Herz mich nicht täuschen konnte. Mit Freuden nahm ich jede Mühsal auf mich, um zu ihr zu gelangen.

Gewiß muß man sich erst verdienen, was man begehrt. Doch ich habe gelernt, daß das Verlangen um so heftiger wird, je mehr man für das Begehrte leiden muß. Und je mehr man vor Erschöpfung heult, um es zu erobern, desto enger wird die Beziehung dazu. Wird uns die Perle, für die wir alles gegeben haben, nicht kostbarer als unser Leben?

Der Kamelhändler hatte mich davon abbringen wollen, mich auf dieses Unternehmen einzulassen. Die Raubtiere, sagte er, seien hierzulande gefährlicher als irgendwo sonst auf der Erde.

»Ausgehungerte Löwen und Schakale trifft man überall; aus Mangel an Beutetieren zerreißen sie sich sogar gegenseitig. Doch am gefährlichsten sind die feuerspeienden Drachen, die besonders in der Nähe des Flusses lauern. Sie verbrennen die Tollkühnen, die es wagen, ihnen die Stirn zu bieten, mit Haut und Haaren. Es sind die Tiere, von denen im Koran die Rede ist, die Ungeheuer, die ausgesandt wurden, um zu verkünden, daß die Menschen nicht fest an die Zeichen des Propheten glauben.«

Ich hatte ihm erwidert, daß ich mich weder vor den einen noch vor den anderen fürchte und daß unsere heilige Schrift uns verheiße: »Du wirst den Löwen und den Drachen niederstampfen.«

Ich mußte allerdings zugeben, daß es in dieser Wüste von wilden Tieren wimmelte. Ich bekam mehrere zu Gesicht, aber keines griff mich an. So stieß ich gleich nach meiner ersten Marschnacht, als ich nach einem schattigen Rastplatz Ausschau hielt, auf eine Löwin mit drei Jungen.

Später erfuhr ich, daß diese Raubkatzen besonders gefährlich sind, wenn sie sich bei ihren Jungen befinden. Die Löwin knurrte; ich ging vorbei, ohne Angst zu zeigen. Ich war wie besessen von meinem Verlangen und hatte nur das Ziel meiner Reise vor Augen. Nahmen die Tiere den Zustand der Erregung, in dem ich mich befand, wahr und reichte er aus, um mich zu schützen?

Ich sah, wie andere Löwen Gazellen hetzten und die Eingeweide einer Antilope zerrissen. Sie schauten mich aus ihren gelben Augen starr an, als staunten sie über meine Kühnheit. Keiner von ihnen schien mich angreifen zu wollen.

Da kam mir der Gedanke, daß ich vielleicht irgend etwas an mir haben könnte, das besänftigend auf sie wirkte, wie Orpheus, der die wilden Tiere durch seine Lieder verzauberte und sie dazu brachte, sich ihm zu Füßen zu legen. Ohne Zweifel war diese Annahme naiv, aber ich sah für das Verhalten der Tiere einfach keine andere Erklärung.

Am Morgen des fünften Tages erblickte ich erschöpft und halb verdurstet eine kleine Oase. Ich taumelte darauf zu. Etwa zwanzig Palmenbäume neigten sich über einen Tümpel.

Ich stürzte mich in das schlammige, brackige Wasser, ließ das kostbare Naß meinen ganzen Körper umspülen und labte mich an der dicken, schwarzen, widerlich schmeckenden Brühe. Dann schlief ich am Fuß eines Baumes ein.

Als ich erwachte, ging bereits die Sonne unter. Da entdeckte ich, daß ich von einem Haufen Schlangen umgeben war, kleinen, graugefärbten Reptilien, die sich zwischen den Felsen tummelten. Keine von ihnen hatte mich angegriffen.

Ich wollte nicht unnötig die Raubtiere herausfordern, die abends zum Trinken hierher kamen. So verließ ich die Oase und wanderte mit der untergehenden Sonne zu meiner Linken in die Einsamkeit hinaus. Bereits beim Aufbruch fühlte ich mich sehr matt. Ich schlotterte fiebrig und litt unter einem starken Brechreiz …

Plötzlich tauchte Rakka vor mir auf. Es konnte sich bei dieser gewaltigen Stadt mit den hohen, blauen Mauern und den tausend wolkenverhangenen Minaretten nur um die Stadt meiner Träume handeln. Sie schien in der Abendluft zu schweben, und es kam mir seltsam vor, wie sie sich so gegen das Himmelszelt erhob.

Doch mit jedem Schritt, den ich mich ihr näherte, wich die

Stadt vor mir zurück. Ich fiel auf die Knie, und sie verschwand. Vor mir sah ich nichts weiter als die Wüste im Abendrot, ihre Geröllhügel und ihre einsamen Weiten.

In der Dämmerung, die sich allmählich herabsenkte, nahm ich von ferne vier leuchtende Punkte wahr. Ich schleppte mich darauf zu. Diesmal handelte es sich nicht um eine Sinnestäuschung. An vier verschiedenen Stellen schlugen Flammen hoch, die in einer kreisenden Bewegung anschwollen. Die Drachen, vor denen mich der Kamelhändler gewarnt hatte, spien Feuer mit einer höchst erstaunlichen Regelmäßigkeit.

Als ich wenige Schritte vor dem Flammenherd anlangte, der mir am nächsten war, entdeckte ich, daß das Feuer in gleichmäßigen Abständen mit einem finsteren Grollen aus dem Boden emporschoß. Die Flammen stiegen zu einer Höhe von hundert Ellen auf. Ich erinnerte mich an den brennenden Busch, auf den Moses in der Wüste gestoßen war, und fragte mich, ob sich in diesen Feuersäulen wohl auch das Werk Gottes zeigte. War die hiesige Erde etwa auch heilig? Ich nahm mir vor, mit meinem Bruder, dem Patriarchen, darüber zu sprechen.

Ich lief, oder vielmehr ich schleppte mich noch einige Stunden weiter durch die Nacht. Schließlich erkannte ich im Schein der schmalen Mondsichel, daß ich mich in einer Schleife des Flusses befand. Die Windungen seines silbernen Bandes verschwanden in der Ferne zwischen den Hügeln.

Da wurde ich Zeuge eines außergewöhnlichen Vorfalls; die Erinnerung daran läßt mich noch heute erschauern. Er bestärkte mich in meiner Überzeugung, daß dieses Land vom Satan beherrscht wurde, und hatte bedeutende Auswirkungen auf den weiteren Verlauf meiner Reise.

Die Straße mußte ganz in der Nähe sein, und ich hielt nach einem Gehöft oder einer Hütte Ausschau, wo ich Hilfe finden konnte. Doch ich entdeckte nirgends ein Lebenszeichen. Es herrschte eine undurchdringliche Stille. Selbst das Heulen der Schakale war verstummt. Der heiße Atem der Wüste strich in Böen über den Schotter, der sich bis zum Ufer erstreckte. Später erfuhr ich, daß die Bewohner der benachbarten Dörfer diesen Ort den »Totenacker« nannten.

Bald darauf gewahrte ich am Ufer ein kümmerliches Feuer, neben dem etwa zwanzig Männer mit weißen Gewändern und weißen Turbanen auf dem Boden kauerten. Sie hatten das Gesicht zum Fluß gewandt und wiegten ihren Oberkörper wie die Kinder in den Koranschulen, wobei sie ein rhythmisches Murmeln von sich gaben. Es war der Name Allahs, den sie ohne Unterlaß wiederholten. Viele hielten die Augen geschlossen, doch manche, die mit zurückgeworfenem Kopf und starrem Blick dasaßen, schienen von Trunkenheit oder Verzückung übermannt zu sein.

Es handelte sich um Sufis, Mitglieder einer verfolgten religiösen Bruderschaft, die in Bagdad einige Jahre zuvor verboten worden war. Obgleich ich vor Entkräftung halb benommen war, erkannte ich, daß ich von diesen Halluzinanten nicht viel erwarten konnte. Ich wollte schon weitergehen, als plötzlich alle die Augen aufrissen und auf den Fluß starrten. Ihr Murmeln wurde immer schneller und lauter. Ich blickte auf und war vor Schrecken wie gelähmt.

Ich sah einen Mann auf dem Wasser des Euphrat gehen und auf uns zukommen. Ich sage ganz recht, daß er auf dem Wasser ging und nicht etwa im Wasser. Ebenfalls mit einem weißen Gewand angetan, trat seine Gestalt aus dem Dunkel heraus, und ich konnte seinen langen, grauen Bart, seinen funkelnden Blick und seinen ernsten Gesichtsausdruck erkennen. Er bewegte sich mit großen Schritten vorwärts und hielt einen Stock in der Hand wie ein Pilger. Das Murmeln der Sufis wurde immer lauter, als wollten sie damit den Schritt des Wanderers beschleunigen. Endlich setzte er den Fuß aufs Ufer, warf seinen Stock von sich und streckte die Hände nach den Betenden aus.

»Hier bin ich, hier bin ich, o Allah, mein Ziel und mein Vertrauter. Ich rufe dich … nein, du rufst mich zu dir … Wie hätte ich dich angerufen: ›Du bist es‹, wenn du mir nicht versichert hättest: ›Ich bin es.‹«

Ich erinnere mich noch an jedes Wort der außergewöhnlichen Predigt. Starr vor Staunen und zitternd stand ich da und vermochte mich nicht vom Fleck zu rühren. Die tiefe, klangvolle Stimme erfüllte die Einöde. Doch mein Entsetzen erreichte seinen Höhepunkt, als ich ihn in vertraulicherem Ton sagen hörte: Allah der Barmherzige hat mich erhört, wie er es stets tut, wenn wir richtig zu ihm beten. Hier kommt unser Marabu Al-Halladj, der vor zwanzig Jahren in Bagdad verstümmelt, gekreuzigt, enthauptet und verbrannt wurde. Allah hat ihn uns wiedergegeben...«

Alle drehten sich um und blickten in das Dunkel des Flusses. Bestürzt fragte ich mich bereits, wie dieser aus dem Grab entstiegene Kadaver, der gleich aus der Dunkelheit auftauchen sollte, wohl aussehen mochte. Da spürte ich eine Berührung an meiner Schulter. Ich fuhr herum und sah Hamdaniya, die mich sanft mit dem Kopf anstieß. Sie hatte sich befreit und war gekommen, um mich abzuholen. Es gelang mir, auf ihren Rücken zu klettern, und im Galopp entfloh ich der höllischen Versammlung.

An der Fähre des nahe gelegenen Raoua fand ich brüderliche Aufnahme durch den Schiffer. Er gab mir Kleidung, Proviant, ein wenig Geld und pflegte Hamdaniyas Wunden. Sie hatte zwei Pferdebisse an der Kruppe. Praktizierten die Untertanen meines Vaters die Nächstenliebe ebenso, wie die einfachen Menschen in diesem Land es taten?

Wir kamen an El-Kadim und seinem Derwischkloster vorbei, passierten das zwischen Palmen gelegene Salihije und ließen Deir ez-Zor und seine Brunnen hinter uns. Überall auf dem Land wurde hart gearbeitet: In endlosen Runden trotteten geblendete Esel um die Schöpfräder; der Schäfer rannte hinter seiner staubigen Herde her, die dem Stall zustrebte; bis ins Unendliche schienen sich die goldgelben Weizen- und Haferfelder zu erstrecken. Ich frohlockte. Ich empfand eine Vorfreude, wie wir sie nur am Tag vor Weihnachten oder am Ostermorgen verspüren. Die Welt kam mir vor wie im Traum und leuchtete in den bezauberndsten Farben.

Die letzte Nacht meiner Reise verbrachte ich in einem merkwürdigen Zustand der Erregung. Ich lag auf einem Laubbett in einem Wäldchen und lauschte auf den Wind, der durch das Blätterkleid der Bäume strich, und auf den Fluß, der von längst vergangenen Tagen zu erzählen schien. Und der leichte Nachtwind trug einen feinen Duft zu mir herüber, wie die Erinnerung an ein vergessenes Lied.

Noch vor dem Morgengrauen machte ich mich auf den Weg. Die Piste zog sich zwischen rauhen Palmenstämmen hindurch am Fluß entlang. Der seltsame Duft wurde stärker, und ich konnte nun erkennen, daß er von Myrrhen herrührte, deren Sträucher hier in Hülle und Fülle wuchsen. Ich trieb mein Pferd zur Eile an. Die ersten Sonnenstrahlen bedeckten das Laub der Bäume mit goldenen Flecken. Endlich blickte ich von einer Anhöhe auf Rakka herab.

Es war eine große Stadt, die von einer ockerfarbenen Festungsmauer umschlossen wurde. Dieser Schutzwall teilte die Stadt in zwei etwa gleich große Hälften. Auf der einen Seite lag der Palast mit seinen goldenen Kuppeln und seinen ausgedehnten Gärten, auf der anderen erstreckten sich die Wohnviertel, aus denen hundert zierliche Minarette aufragten. Noch hing der bläuliche Morgendunst über der Stadt, doch auf dem Markt herrschte schon reges Leben und Treiben. Rings um die Festungsmauern war eine Zeltsiedlung aufgebaut, die die Armee des Emirs Nasir beherbergte.

Mein Herz hüpfte vor Freude. Am Ziel meiner Reise angelangt, fühlte ich mich wie ein Pilger, der weinend die Mauern Jerusalems berührt. Ich ritt hinunter bis vor die Stadt. Am Nordtor kam ein Offizier durch das Gedränge der Gemüsebauern und Reisenden auf mich zu und versperrte mir den Weg.

»Bist du der Prinz Basileios?«

Ich konnte es nicht leugnen, doch woher kannte er mich?

»Bitte komm mit mir.«

Sein Pferd bahnte sich im Schritt einen Weg durch die Menge. Hamdaniya folgte ihm vertrauensvoll nach. Ich wunderte mich, daß zahlreiche Ungläubige mir, dem Christen, dem Fremden mit den roten Haaren, durchaus freundliche Blicke zuwarfen. Das riesige Portal der Kalifenstadt tat sich ohne die üblichen Verhandlungen vor uns auf. Wir traten in einen herrlichen Garten. Rosensträucher säumten die feinsandigen Wege, und auf den Wasserbecken neigten sich Seerosen der warmen

Morgensonne entgegen. Der Offizier hielt sein Pferd vor einem Pavillon an.

»Bitte sitz ab.«

Er verneigte sich tief und entfernte sich. Gleich darauf öffnete sich die Tür des Pavillons, und eine Frau mit rotem Haar und hellen, klaren Augen trat auf mich zu.

»Sei willkommen, o du mein Sohn. Ich habe dich erwartet.«

Ich war wie vom Donner gerührt. Einen Augenblick lang meinte ich, das Bewußtsein zu verlieren. Überwältigt von dieser Erscheinung, blieb ich wie angewurzelt stehen. Sie kam auf mich zu und streckte die Arme nach mir aus. Ich sehe sie noch vor mir, wie sie mir mit ihrem wallenden, roten Haar entgegentrat. Sie trug eine Pluderhose aus schwarzer Seide, deren Wirkung durch einen breiten Brokatgürtel erhöht wurde, und dazu eine zartgrüne Bluse, die sich gegen eine schwarze, goldbestickte Weste abhob. Große Perlen schmückten ihre Babuschen, und ihre Ohrgehänge bildeten einen gelungenen Kontrast zu den Smaragden ihrer Halskette.

Ich begann die Wirklichkeit ihrer Gegenwart erst zu begreifen, als ich ihre zitternden Lippen und tränengefüllten Augen sah. Dann spürte ich, wie sie mich umarmte und sich an mich schmiegte. Der Wohlgeruch ihres Haars und ihres Myrrhenparfüms übermannte mich; die Wärme ihres geschmeidigen Körpers ließ längst vergessene Erinnerungen in mir aufsteigen. Sie war die einzige Frau, von der ich solche Zärtlichkeiten dulden und erhalten konnte.

Wir verharrten lange in dieser Stellung, zu bewegt, um sprechen zu können. Schließlich seufzte sie: »Mein Basileios, wie bist du groß und schön geworden!«

Sie ergriff meine Hand, führte mich in den Pavillon und nahm auf einem niedrigen Diwan Platz. Durch ihre Berührung bis ins Innerste aufgewühlt, ließ ich mich auf den Kissen zu ihren Füßen nieder und betrachtete sie, stumm vor Ergriffenheit.

»Ich hielt mich für stärker«, murmelte sie, »aber jetzt muß ich doch weinen.«

Dann erzählte sie mir, daß sie die Sklavin, die Jarya, des Kalifen Al-Muttaki geworden sei und daß dieser große Zuneigung zu ihr gefaßt habe. Sie unterhalte ein freundschaftliches Verhältnis zu dem alten Ali Ben Isa, dem ehemaligen Wesir. Als er ihr den Brief meines Schwagers Konstantin zeigte, habe sie ihm zu einer vorsichtigen Antwort geraten. Da sie meine Gefühle nicht kannte, habe sie befürchtet, eine direkte Aufforderung, zu ihr zu kommen, hätte mich abschrecken können.

Ich war erstaunt, daß sie so viel Ähnlichkeit mit der Frau in meiner Erinnerung hatte. Wie damals wirkte sie auch jetzt noch jung und zart, und auf ihrem glatten Gesicht zeigte sich kein einziges Fältchen. Sie lachte leise auf.

»Wenn ich mich nicht verändert habe, mein Sohn«, vertraute sie mir auf meine stumme Frage hin an, »so deshalb, weil ich es stets abgelehnt habe, Schminksachen wie Khol und Henna zu benutzen, von denen die Frauen hier übertriebenen Gebrauch machen. Ich habe niemals geduldet, daß man mir das Haar färbte. Im übrigen hat mein Herr es mir verboten. Doch ein weiterer Grund dafür ist, daß ich geliebt werde, und Liebe hält bekanntlich jung.«

Diesen Grund wollte ich nicht gelten lassen. Ich bat sie, mir lieber zu erklären, durch welches Wunder sie hierher nach Rakka zum Kalifen gelangt sei, während jedermann in Byzanz sie für tot halte.

»Einige Leute dort wissen, daß ich am Leben bin«, erwiderte sie ernst. »Ich meine damit deinen Vater Romanos, den Kaiser. Er hat vor zwanzig Jahren alles in die Wege geleitet. Aber ich hege keinen Haß gegen ihn.«

Was waren das für Machenschaften?

»Du mußt wissen, daß Romanos' Frau, die Kaiserin Theodora, seinerzeit schwer krank war. Einige Tage vor ihrem Tod ließ sie ihren Mann auf die Reliquien der Heiligen schwören, daß er nie wieder heiraten werde. Wenn sie spüren, daß sie nicht mehr lange zu leben haben, nehmen manche Frauen ihren Männern solche Eide ab. Romanos hat den Schwur geleistet. Aber Theodora, die schon früher, als sie sich noch bester Gesundheit erfreut hatte, so mißtrauisch gewesen war, hatte durch die Krankheit eine wahnsinnige Eifersucht entwickelt.«

Hatte die alte Kaiserin Haß gegen meine Mutter empfunden?

»Gewiß mehr als nur Haß! Sie verzieh dem Kaiser zwar, daß er sie betrogen hatte, wollte aber, daß wir, du und ich, in diesem kleinen Haus in Glaros wohnen sollten, und verlangte, daß du kastriert würdest, um die Zukunft ihrer eigenen Söhne nicht zu gefährden. Da sie nun aber befürchtete, Romanos könne eidbrüchig werden und eine Kaiserin aus mir machen, forderte sie einen Tag vor ihrem Tod, ich solle einem Sklavenhändler übergeben werden, der mich an die – wie die Christen sie bezeichnen – Ungläubigen weiterverkaufen sollte. Das hat dein Vater getan.«

Ich war zutiefst bestürzt, daß mein Vater sich eines so ungeheuerlichen Verbrechens schuldig gemacht haben sollte, das mir noch furchtbarer erschien als ein Mord.

»Der Kaiser konnte sich nicht weigern, den Wunsch, den seine Frau auf dem Totenbett geäußert hatte, zu erfüllen. Im übrigen, und das wußte Theodora, liebte er mich noch und hätte mich zweifellos geheiratet, wenn ich in Byzanz geblieben wäre. Doch wenn es auch normal ist, einen seiner Sklaven zu verkaufen, so ist es ein schlimmes Vergehen für euch Christen, ihn den Ungläubigen auszuliefern. Ohne mich wiederzusehen, ließ Romanos mich von dir wegreißen und verbreitete das Gerücht von meinem Tod. Sicherlich hat er mir sogar ein Grab schaufeln lassen ...«

Ich sah im Geiste den kleinen Friedhof vor dem Hintergrund der Stadt mit den goldenen Kuppeln, die von ferne im sanften Abendlicht glänzten.

»Dich gab man in die Obhut von Mönchen. Auf dem Weg vergoß ich bittere Tränen über die gewaltsame Trennung von meinem dreijährigen Sohn. Der Händler, der sich meiner angenommen hatte, ein gewisser Ayyub, war kein schlechter Mensch. Er war eben ein Kaufmann, der ein gutes Geschäft machen wollte.

Eine rothaarige Frau und obendrein eine ehemalige Konkubine des Kaisers der Christen! Er war überzeugt, einen guten

Preis für mich zu erzielen, doch dazu bedurfte es einiger Vorbereitung. Ein Jahr lang hielt er mich in Antiochia eingesperrt, ließ mich in Gesang und im Aufsagen und Verfassen von Gedichten schulen. Er vermittelte mir Kenntnisse in Musik, Philosophie und Astrologie und ließ mich auch im Islam unterweisen. Man sagte mir, ich sei begabt. Ich brauchte diese Zeit dringend, um meinen Kummer ein wenig zu vergessen.«

Sie schwieg lange bei der Erinnerung an dieses Lehr- und Trauerjahr. Dann klatschte sie in die Hände. Drei feiste Eunuchen mit stumpfsinnigem Gesichtsausdruck und albernem Grinsen betraten mit silbernen Tabletts den Raum. Auf einem niedrigen Tisch richteten sie auf einem mit Blumendekor geschmückten Porzellangeschirr allerlei Naschwerk, Berge orientalischer Süßigkeiten, Konfitüren und Gelees an und füllten Sirup und Eiswasser in goldene Becher. Auf dem Tisch und um uns herum hatten sie eine Wolke von Rosenblättern verstreut.

»Du kannst dir vorstellen, welch gutes Geschäft der Händler machte, als es ihm gelang, mich an Chaghab, die Mutter des großen Kalifen Al-Muktadir, die Großmutter meines Herrn, zu verkaufen...«

Ich konnte nicht umhin, ihr mein Erstaunen zu bekunden. Hatte ich richtig verstanden, daß sie der Religion des Lichts abgeschworen hatte, um in die Finsternis hinabzutauchen, in der die Ungläubigen dahinvegetieren?

Wieder lachte sie auf ihre bezaubernde Art und zeigte dabei ihre perlweißen Zähne.

»Es ist nur natürlich, daß du so sprichst, und die Antwort, die ich dir gebe, wird dich verblüffen: Ich bin überzeugt, daß ich die Religion gar nicht richtig gewechselt habe. Ich glaube auch weiterhin an denselben Gott und seine Propheten. Der Islam ist für mich nur eine etwas andere Betrachtungsweise, vergleichbar mit dem, was ihr als eure Irrlehren bezeichnet, wie etwa der Monophysitismus oder der Nestorianismus.«

Aber dieser Islam, von dem sie sprach, ließ er sie nicht in Sklaverei und Sünde verharren?

Sie lachte wieder, und es war ein zärtliches, versöhnliches

Lachen, das jede Diskussion schnell auf die Stufe familiärer Unterhaltung zurückbrachte.

»Was die Sklaverei angeht, so hast du recht. Obwohl meine Stellung nichts mit der christlicher Sklaven gemein hat. Ich bin eine Jarya, eine Sklavin des Kalifen, doch er erweist mir die Ehre, mich bei nicht wenigen politischen oder religiösen Entscheidungen um Rat zu fragen. Im Gegensatz zu seinen vier Ehefrauen verfüge ich nämlich über Bildung. Er bringt mir sogar eine gewisse Bewunderung entgegen.

Im Hinblick auf die Sünde hängt alles von dem moralischen Gesetz ab, dem man folgt. Was auf der anderen Seite des Bosporus ein Vergehen darstellt, ist es nicht unbedingt auch hier, wo wir uns an das halten, was unser Prophet uns vorschreibt: ›Heirate die Frauen, die dir gefallen, zwei, drei oder vier. Wenn du aber fürchtest, sie nicht gerecht zu behandeln, dann nimm nur eine oder Konkubinen.‹

Mein geliebter Herr hat daher vier arabische Ehefrauen, Geschöpfe ohne geistige Fähigkeiten, die aber seinem Volk angehören. Er schätzt sie und teilt oft das Lager mit ihnen. Und dann ist er noch Herr über vierundachtzig Konkubinen, Sklavinnen wie ich, oftmals Christinnen, die im Krieg gefangen wurden und deren anspruchsvolle Bildung für Araberinnen ungewöhnlich ist. Das ist völlig legitim. Er besucht sie ebenfalls oft, denn im Koran steht geschrieben: ›O Gläubige, versagt euch nicht die Freuden, die Allah euch ausdrücklich erlaubt hat!‹

Diese Anzahl von Konkubinen kommt dir vielleicht hoch vor. Doch der große Kalif Harun ar-Raschid besaß mindestens vierhundert und ein anderer Führer der Gläubigen sogar zwölftausend!«

Diese Lebensauffassung war mir völlig fremd und hätte mich unter anderen Umständen tief entrüstet. Doch alles, was von ihr kam, erschien mir gut. In diesem Augenblick näherte sich einer der Eunuchen und flüsterte meiner Mutter etwas ins Ohr. Während die beiden leise miteinander sprachen, betrachtete ich der Reihe nach die außerordentlichen Reichtümer, die in diesem kleinen Pavillon angehäuft waren. In den Mauern befanden sich Nischen, die vollgestopft waren mit smaragd- oder rubinbesetztem Gold- und Silberschmuck, kostbarem Porzellan, geschliffenem oder graviertem Kristallgeschirr, minuziös gearbeiteten Elfenbeinfiguren, kleinen Büchern mit wertvollen Miniaturmalereien und Spiegeln mit Kupfer- oder Silberlampen.

Plötzlich hörte ich einen empörten Aufschrei meiner Mutter. Ihre Augen blitzten vor Zorn, und ich bemerkte, daß sie dasselbe hitzige Temperament besaß wie ich. Sie sprang auf und lief zu einem kleinen, hinter einem Vorhang verborgenen Gong, den sie heftig betätigte. Ein hochgewachsener Mohr erschien mit einem Bambusstock in der Hand.

»Mesrur, gib diesem elenden Hassan auf der Stelle zwanzig Stockschläge!« Der Eunuch rollte verwirrt mit den Augen und gab ein ängstliches Glucksen von sich. Der Mohr zwang ihn mit festem Griff auf den Boden, zog seine Tunika hoch und ließ den Stock auf seinen entblößten Rücken niedersausen. Jeder Schlag hinterließ auf der Haut eine lange, fahle Spur, die rasch blaurot anlief. Der Mohr schlug mit voller Kraft zu. Hassans ersticktes Geschrei verstummte beim sechsten Schlag; er war ohnmächtig geworden. Man hörte nur noch das Pfeifen des Stocks und sein Knallen auf der Haut. Als die Bestrafung zu Ende war, brachten zwei andere Eunuchen den Unglücklichen, der wie leblos dalag, fort. Mesrur machte eine tiefe Verbeugung vor meiner Mutter und zog sich zurück.

Sie zitterte noch immer vor Entrüstung.

»Weißt du, was dieser Dummkopf wollte? Er sagte mir, da der Christ mit den roten Haaren ja wohl auch ein Sklave sei, habe er ihm, um mir zu gefallen, ein Bett neben dem seinen im Haus der Eunuchen bereitet! Man muß dazu sagen, daß hierzulande alle Männer Turbane tragen. Nur Sklaven gehen barhäuptig. Und alle Eunuchen sind Sklaven. Bevor ich dich dem Führer der Gläubigen vorstelle, müßtest du dir daher den Schädel rasieren lassen und dir eine Kopfbedeckung aufsetzen ...«

Ich war ein Abgesandter des Kaisers, und meine Andersartigkeit erlaubte mir, so zu bleiben, wie ich war.

»Vielleicht hast du recht«, erwiderte sie. »Alles wird nach Allahs Willen geschehen. Übrigens bin ich seit deiner Ankunft in Bagdad über jeden deiner Schritte genau unterrichtet worden.«

Sie lachte wieder leise.

»Ich habe deshalb die Gesandten aus Edessa warten lassen und die Zusammenkunft der Berater des Kalifen unter verschiedenen Vorwänden hinausgezögert. Die Zusammenkunft wird morgen stattfinden, und ich werde dich heute abend mit diesem Ali Ben Isa zusammenbringen, von dem ich dir erzählt habe. Er ist ein Weiser und gilt im Rat als Kapazität. Er war mehrmals Großwesir und über fünfzehn Jahre lang Erster Minister. Er ist ein Greis und einer der wenigen rechtschaffenen Männer, die hier leben. Du mußt ihn überzeugen, aber nicht mit den Mitteln, die dir der Patrikios Theophanes anvertraut hat. Für Gold hat er keine Verwendung. Wenn er inzwischen nicht zerstört worden ist, übertrifft sein Palast in Bagdad an Pracht fast den des Kalifen.«

Ich fragte sie, mit welchen Argumenten sich das Herz des ehemaligen Wesirs wohl erweichen ließe. Sie lächelte geheimnisvoll und wollte eben den Mund aufmachen, als der Ruf des Muezzins ertönte. Da erhob sie sich, drehte sich gen Mekka und begann, sich nach Art der Sarazenen niederzuwerfen, während sie das Gebet der Ungläubigen murmelte.

8

Ich habe eine Lösung für das Problem deiner Kopfbedeckung gefunden«, sagte meine Mutter. »O mein geliebter Sohn, du kannst nicht so barhäuptig bleiben, ohne Mißverständnisse heraufzubeschwören. Ich will nicht, daß man dich für einen Sklaven hält, wie es dieser Dummkopf Hassan getan hat. Doch du meinst, daß du die Haarpracht, die ich dir gab, behalten mußt. Du willst dir den Schädel nicht rasieren lassen und ihn dir nicht unter dem Turban, den man hier trägt, aufreiben.«

Welche Lösung hatte sie also gefunden?

»Setze ein weißes Käppchen auf, wie ihr es im Heiligen Palast bei den Zeremonien tragt. Sieh her, ich habe zwanzig davon anfertigen lassen. Suche dir eines aus. So werden alle Mißverständnisse vermieden.«

Sie lachte anmutig und schüttelte dabei mit einer vertrauten Kopfbewegung ihre feuerrote Mähne. Wie immer hatte sie recht, und wieder einmal stellte ich fest, daß sie nicht nur schön, sondern auch klug war.

Am Nachmittag besichtigten wir ein kleines Haus, in dem ich während meines Aufenthalts wohnen sollte. In dem Park, der mit Zitronen- und Orangenbäumen bepflanzt war, standen noch etwa vierzig ähnliche Häuser, die sich nur durch ihre Größe unterschieden. Es war der Harem des Kalifen.

»Der Harem! Das Wort schockiert dich wohl, wie es alle Byzantiner schockiert, weil ihr nicht duldet, daß ein Mann mehrere Frauen hat. Dabei bedeutet das Wort Harem im Grunde nur ›das Verbotene‹, ›das Heiligtum‹. Es lebt sich dort sehr gut. Die vier Frauen und vierundachtzig Jaryas meines Herrn bewohnen diese Häuser allein, zu zweit oder zu dritt, mit ihren Dienerinnen, ihren Eunuchen und ihren Kindern, solange diese noch klein sind. Wenn sie Zerstreuung suchen, können sie sich in verschiedenen Salons, Pavillons oder im Bad treffen. Ich habe das Privileg, allein zu leben, und der Pavillon neben meinem steht leer. Wir empfangen hier keine Männer. Doch nichts spricht dagegen, daß du als Eunuch hier wohnst. Mein Herr, der Kalif, ist damit einverstanden. Aber was hältst du davon?«

Ich war bereit, im Harem Quartier zu beziehen. Ich legte keinen Wert darauf, bei den ungebildeten, ungehobelten Bartträgern zu wohnen. Insbesondere freute ich mich darüber, mich in der Nähe einer so bewundernswerten Frau aufzuhalten.

Eunuchen und Dienerinnen machten sich emsig daran, große, weiche Perserteppiche auszurollen, und brachten Diwans, Kissen, kleine Kommoden aus Rosenholz, Lampen und wertvolle Nippsachen.

Überall stellte man Blumengebinde auf. Gärtner stutzten und gossen die Hecken, die das Wasserbecken des Innenhofs umgaben. Unter den Sklaven erkannte ich den erwähnten Hassan und bemerkte seine haßerfüllten Blicke, doch ich gelangte rasch zu der Überzeugung, daß er viel zu dumm war, um mir gefährlich werden zu können.

Ich dankte meiner Mutter, daß sie sich trotz der voraussichtlichen Kürze meines Aufenthalts so viel Mühe machte, mir Bequemlichkeit zu verschaffen. Denn sobald ich die Sache mit dem Mandilion geregelt hatte, mußte ich nach Byzanz zurückkehren, wo mich andere Aufgaben erwarteten. Ich erinnere mich noch an ihren Blick, als ich ihr dies mitteilte, und an das, was sie mir darauf erwiderte.

Sie stand an einem der kleinen, runden Fenster des großen Salons, und das Sonnenlicht spielte in ihrem roten Haar. Sie war plötzlich ernst geworden. Sanft streichelte sie mir über die Wange, und ich meine noch heute ihre kühlen Finger zu spüren.

»Du gehst, wann du es willst, o mein Sohn«, murmelte sie. »Du mußt wissen, daß ich dich unbedingt noch einmal wiedersehen wollte, denn mir bleibt nicht mehr viel Zeit. Bald werde ich nur noch in deiner Erinnerung leben. Die Welt besteht aus Leben und Tod, und niemand kennt den Tag, an dem er sterben wird.

Obwohl ich nur eine einfache Sklavin bin, hat Allah mir durch Zeichen und Träume angekündigt, daß mein Leben sich seinem Ende zuneigt.«

Ich erhob laut Einspruch: Sie sei der Inbegriff des Glücks; sie solle sich nicht von Träumen beeinflussen lassen, die uns Satan schicke.

»Möge sich der Böse, der Unheilbringer, von uns fernhalten, und möge der Segen Allahs über uns alle kommen! Doch ich weiß, daß viele mir den Tod wünschen. Nutzen wir also die Zeit unseres Wiedersehens aus. Sage mir nun: Gefällt dir dieses kleine Haus?.«

Ich hätte von so einer bezaubernden Wohnstätte nicht einmal zu träumen gewagt.

»Glaube nicht, daß die Einrichtung mir viel Mühe bereitet. Mein Gebieter ist ein reiselustiger Mensch, und wir wohnen hier erst seit dem Ende des Monats Ramadan, das heißt seit zwei Wochen. Vorher waren wir in Nisibin und davor in Mossul, wo er über ähnliche Paläste verfügt. Wir sind alle an schnelle Einzüge gewöhnt. Außerdem freue ich mich, wenn mein geliebter Sohn an einem Ort wohnt, wo es ihm behagt.«

Sie nahm mich an der Hand und ging mit mir die sandigen Wege entlang, die um die Pavillons und Blumenrabatten herumführten. Der Park war auf einem sanften Abhang angelegt. Weiter unten leuchtete ein langgestreckter, mit Seerosen bedeckter und von Palmen beschatteter See. Verblüfft stellte ich fest, daß die Stämme der Palmenbäume von breiten Goldringen umschlossen waren, die sich in ihre Rinde gegraben hatten.

»Der Ahnherr meines Gebieters, der berühmte Kalif Harun ar-Raschid, hat diesen Palast vor über hundert Jahren erbaut. Als der Garten bepflanzt wurde, hat er diese Ringe an den jungen Palmentrieben anbringen lassen. Du kannst übrigens sein Monogramm darauf lesen.«

Zitronenbaumgruppen folgten auf Orangenhaine; ihr kühler Schatten verband sich mit dem sanften Plätschern der Springbrunnen und dem süßen Duft der Blumen zu einer harmonischen Einheit. Und ich hörte meine Mutter leise ein Gedicht aufsagen:

»Ihr seid Blumen durch den Duft und Früchte durch den
Geschmack,
Feuerbälle seid ihr und bergt dennoch die Kühle des Schnees,
Wunderbarer Schnee, der inmitten des Feuers nicht schmilzt,
Wunderbares Feuer ohne Flamme und Hitze.«

Als wir uns dem See näherten, spürte ich plötzlich, wie sie ihre Hand fest um die meine schloß.

»Wundert es dich nicht, daß niemand in den Türen dieser Pavillons erscheint?« flüsterte sie. »Kommt dir diese Stadt nicht irgendwie tot vor? Dabei herrscht hier um diese Zeit stets ein munteres Leben und Treiben: Frauen schwatzen durcheinander, Kinder schreien, und von überallher ertönen Musik und Gesang. Die Ursache für dieses Schweigen bist du.« Und als ich sie nach dem Grund für diese Feindseligkeit fragte, antwortete sie: »Ich habe meine Schwestern wissen lassen, daß mein Sohn mit den roten Haaren zu Besuch kommt. Ich habe ihnen angekündigt, daß er bei mir wohnen wird. Aber einige mögen mich nicht, zweifellos weil sie denken, daß ich ihnen überlegen bin. Und alle sind besorgt wegen deiner Anwesenheit. Sie müssen erst ihre Scheu überwinden...« Sie senkte wieder die Stimme und fuhr fort: »Hier wird viel spioniert. Wenn ich heute morgen nicht auf deine Frage bezüglich Ali Ben Isa geantwortet habe, dann deshalb, weil man uns belauschte. Nun, du mußt folgendes wissen: Dieser heilige Mann und frühere Minister des verstorbenen Kalifen Al-Muktadir, der bei den Nadim, den Beratern meines Herrn, über den größten Einfluß verfügt, hat unter seinen Kindern zwei geliebte Söhne, die sich in byzantinischer Gefangenschaft befinden.

Es wird genügen, ihm zu verstehen zu geben, daß seine Söhne ihm im Austausch gegen eure berühmte Ikone von Edessa zurückgegeben werden und daß du bei den Deinen das Notwendige in die Wege leiten wirst. Er wird auf die Entscheidung des Kalifen einwirken und sie in seinem und deinem Sinne steuern. Du kannst dein Gold behalten, denn das andere Gut ist ihm weit kostbarer. Bereite dir kein Kopfzerbrechen mehr darüber; ich werde mich persönlich darum kümmern.«

Wir langten am Ufer des Sees an. Dort standen vier Pavillons, die größer und reicher geschmückt waren als die übrigen. Hier wohnten die vier legitimen Frauen des Kalifen, denen wir bei dieser Gelegenheit einen Besuch abstatteten. Im Harem galten sie nämlich als wichtige Persönlichkeiten, denen ich unbedingt vorgestellt werden mußte.

Abbasa, Aziza, Ghadir und Hababa machten auf mich den Eindruck dünkelhafter Äffinnen. Es waren mit Khol geschminkte und mit Henna bemalte Matronen, mit klirrendem Schmuck behängte und mit Arroganz geharnischte Klatschweiber. Sie bekundeten mir gegenüber wenig Interesse, und es gelang mir nur mit Mühe, meine Abneigung gegen ihr abstoßendes Wesen zu verbergen.

Das Abendessen gestaltete sich dagegen wieder sehr vergnüglich. Indem meine Mutter wortwörtlich den Rat des Dichters Abu Nuwas befolgte, der da lautet: »Weniger als fünf bedeutet Einsamkeit; mehr als fünf ist ein Suk«, hatte sie noch drei weitere Frauen eingeladen: Aba, eine beleibte Nubierin mit salvenartigem Lachen, Thelma, eine etwas zurückhaltende Armenierin, beide Konkubinen des Kalifen, und Zubayda, eine betagte Witwe, die in der Stadt lebte.

In der schwierigen Zeit, in der die Frauen die Fähigkeit verlieren, Mutter zu werden, hatte diese Zubayda derart viel Fett angesetzt, daß sie jetzt einem wahren Fleischberg glich. Unfähig, sich auf den Beinen zu halten, lebte sie sitzend auf einer Art mobilem Sessel. Vier kräftige Sklaven trugen die Alte ständig auf diesem Gerät umher, damit sie ihr Bedürfnis nach Aktivität und ihre Neugierde befriedigen konnte. Die Eunuchen, die den Sessel am Eingang zum Harem übernommen hatten, schleppten ihn ächzend bis zu uns. Zubayda sah von der Höhe ihres Throns auf uns herab und machte durch die Flinkheit ihrer Zunge und die Lebhaftigkeit ihres Blicks die Unbeweglichkeit wett, zu der ihre Fettleibigkeit sie verdammte.

Meine Mutter kam mir an diesem Abend noch schöner vor als sonst und sprühte von Geist. Sie hatte zwei blinde Musikanten kommen lassen, die uns mit ihrem jämmerlichen Gekratze auf ihren Streichinstrumenten das Trommelfell traktierten.

Während des Essens wurde wenig gesprochen. Jeder genoß für sich die Hühner-, Geflügelsaft- und Honigpasteten, die Fasanen- und Lammbraten und den Eintopf mit Fleisch und Auberginen. Alle Speisen waren mit Pfeffer, Zimt und Ingwer pikant gewürzt.

Man trank zunächst nur Wasser, doch nachdem die Hausherrin sich erhoben und das übliche »Gelobt sei Allah« gesprochen hatte, war es Zeit für den Wein.

In einem anderen Salon ließ sie ihren Gästen, die um einen runden Kupfertisch herum saßen, ein Gläschen Dessertwein reichen, den man kalt servierte und pur trank. Da lösten sich die Zungen.

Geistreich zitierte die Nubierin die Stelle des Korans, in der es heißt: ›Ein einziger Tropfen Wein ist fluchbeladen‹, bevor sie den Finger in ihre Schale eintauchte, den fluchbeladenen Tropfen abschüttelte und den Rest in einem Zug austrank.

Thelma erinnerte daran, daß der große Kalif Harun ar-Raschid zweimal pro Woche Wein zu trinken pflegte und daß sein Scharfrichter Mesrur ihn an diesen Tagen ins Bett bringen mußte. Sie entsann sich auch, daß Ar-Radi, der vorhergehende Kalif – Friede sei mit ihm – das Gelübde abgelegt hatte, keinen Alkohol mehr zu trinken, zwei Jahre später jedoch eine Opfergabe darbrachte, um von seinem Gelübde entbunden zu werden. Ich selbst sah mich nicht gezwungen, mich zu rechtfertigen. Ich trinke gerne und mache keinen Hehl daraus.

Durch die Wirkung des Weins kam bald eine fröhliche Stimmung auf. Der Weihrauch, der in dichten Schwaden aus goldenen Räuchergefäßen aufstieg, und der schwache Schein Dutzender Silberlampen sorgten für eine behagliche Atmosphäre. Meine Mutter beglückwünschte die alte Zubayda mit erhobener Weinschale zu einem Amt, in das sie erst kürzlich eingesetzt worden war: Der Kommandeur der Gläubigen hatte sie aus ihrer Zurückgezogenheit hervorgeholt und sie zur Anwältin der Armen ernannt. Als solche hatte sie die Aufgabe, kleinere Rechtsstreitigkeiten beizulegen und größeres Unrecht aufzudecken und vor Gericht zu bringen. Sie bekleidete damit eine wichtige Position, durch die sie auf alle Kadis der Stadt Einfluß nehmen konnte.

Die Alte war entzückt; ihre spitze Nase bebte, und ihre Augen sprühten vor Freude. Sie leerte schnell ihre Schale.

»Diese Beförderung habe ich allein dir zu verdanken, die du so schön bist wie der Morgenstern! Denn wenn du den Kommandeur der Gläubigen – Friede sei mit ihm – nicht mit deinen dringenden Bitten belästigt hättest, wäre ich noch immer damit beschäftigt, meinen Hühnerstall sauberzumachen. Doch zäh wie Efeu und listig wie der Wüstenfuchs hast du den Sieg davongetragen.«

Ich beglückwünschte die alte Frau ebenfalls, wunderte mich aber, daß solche verantwortungvollen Posten in diesem Land nicht den Männern vorbehalten blieben.

Meine Mutter lachte. »Die meisten verantwortungsvollen Posten werden leider noch immer von Männern bekleidet, o mein Sohn. Aber vor zwanzig Jahren wollte die Mutter eines unserer Kalifen dieser Ungerechtigkeit ein Ende bereiten und einige Ämter auch für Frauen zugänglich machen. Diese mutige Frau war die Sayyida Chaghab, dieselbe, die mich damals kaufte, um mich meinem Gebieter zu schenken.

Sie stieß mit ihrer Forderung zunächst auf heftigen Widerstand. Um ihr Ziel zu erreichen, mußte sie erst den Kadi Ahmed Ibn Yakub und etwa zwanzig seiner Anhänger erwürgen lassen. Aber schließlich setzte sie sich durch, noch bevor Allah der Barmherzige sie ihrerseits zu sich nahm.«

»Die erste Frau, die für dieses Amt ernannt wurde, hieß Thumal und war meine Mutter«, fuhr die alte Zubayda fort. »Sie leistete gute Arbeit. So gelang es ihr zum Beispiel, den Mißstand der Schmiergelder und der vorgeblichen Prozeßkosten zu beseitigen, an denen sich die Kadis bereicherten. Man nannte sie die Mutter der Armen. Ich habe die Absicht, in ihre Fußstapfen zu treten.«

»Mit Allahs Hilfe wird es dir gelingen«, meinte die Nubierin und leerte ihre Schale.

»So können wir hoffen«, sprach Zubayda weiter, »daß wir Frauen endlich aus dem Schattendasein heraustreten, das uns die auferlegen, welche sich als Herren über uns erheben. Oder sind wir etwa nur dazu bestimmt, Kinder zu gebären, um hinterher zuzuschauen, wie sie sich im Krieg gegenseitig umbringen?

Wir werden beweisen, daß wir fähig sind, das Land klüger zu verwalten, als es die Männer tun. Deine Mutter, edler Herr Basileios, spielt bereits eine wichtige Rolle bei der Pflege der Beziehungen, die wir zu anderen Völkern unterhalten …«

»Das Amt des Sekretärs des Kalifen müßte eine von uns innehaben«, fiel die Armenierin ein. »Der Sekretär ist für die Wahrung der öffentlichen Ordnung verantwortlich. Das ist eine wichtige Aufgabe.«

»Du würdest dir wohl darin gefallen, nicht wahr, meine Liebe?« lachte die Alte. »Aber mach dir keine falschen Hoffnungen. Dieser Hund Yahia, der das Amt zur Zeit bekleidet, denkt nicht daran, das Feld zu räumen. Es ist ein Jammer! Dabei könnten wir drei mit Hilfe von Nasirs Soldaten die Macht des Kalifen in seiner neuen Hauptstadt festigen und den schrecklichen Tuzun –verflucht sei sein Name – in Bagdad verfaulen lassen …«

»Die Zeit wird kommen«, versicherte meine Mutter mit bebender Stimme, »da die Frauen in diesem Land die Macht ausüben werden. Diese Zeit werde ich nicht mehr erleben, doch wie Chaghab werde ich den Weg gewiesen haben!«

Dagegen erhoben alle laut Einspruch, und um den Abend etwas aufzulockern, lenkte man die Unterhaltung schnell auf ein vergnüglicheres Thema. Aba erläuterte die unterschiedlichen Verhaltensweisen der Frauen in der Liebe.

»Die Frauen des Zweistromlandes sind temperamentvoll, die Perserinnen dagegen feinfühlig«, behauptete sie. »Die Frauen aus dem Jemen sind gefallsüchtig, die Griechinnen wollüstig und die Mädchen aus dem Hedschas leidenschaftlich. Die Ägypterinnen besitzen die meisten Tugenden in der Liebe …«

Man brachte Früchte, Gebäck und Konfitüren. Doch plötzlich hörte man aus dem Anrichtezimmer lautes Gebrüll, Schreckensschreie, die bald den ganzen Pavillon erfüllten.

»Herrin«, rief Ali, der Eunuch, der als Mundschenk diente, »Mokhtar, dein zweiter Koch, hat einen Anfall! Er hat starke Schmerzen; ich glaube, er wird sterben.«

Im Anrichtezimmer standen die Küchenjungen um den Kranken herum, der wie ein Besessener zappelte und um sich schlug.

Er war ein alter Eunuch mit einer Haut wie zerknittertes Pergament. Sein schmerzverzerrter Mund entblößte einen zahnlosen, blutigen Kiefer, und seine weit aufgerissenen Augen flehten um Hilfe. Hin und wieder ließen seine schrecklichen Krämpfe nach, und er erbrach eine rötliche, schäumende Flüssigkeit. Gleich darauf fing er wieder an zu zucken.« »Bringt ihn in den blauen Salon und holt meinen Arzt«, befahl meine Mutter. »Und daß ihr keine der Speisen anrührt!«

Der Arzt vermittelte nicht den Eindruck von Kompetenz. Trotzdem bestätigte er einwandfrei die Vermutung aller Anwesenden: Der Koch war vergiftet worden. Der Unglückliche starb wenig später mit einem letzten Röcheln.

Im Einverständnis mit meiner Mutter befahl die dicke Zubayda, man solle die verschiedenen Gänge einem Hund zum Kosten vorsetzen. Nachdem dieser sich ein noch nicht aufgetragenes Pistaziengericht mit Mandeln und Quitten einverleibt hatte, zeigte das Tier dieselben Symptome wie der Koch und verendete.

Die Gäste hatten sich wieder in dem kleinen Salon versammelt. Es herrschte ein bestürztes Schweigen.

»Ist dir bekannt, wer diesen Nachtisch bereitet hat?« fragte die Alte schließlich.

»Nun ja«, antwortete meine Mutter, »ihr müßt wissen, daß ich heute morgen für die ansässigen Lederhändler die Aufhebung einer Steuer erwirkt habe, die ich als ungerecht erachtete. Ein unbekannter Sklave brachte mir das Gericht am späten Nachmittag vorbei. Alles ließ vermuten, daß die Händler mir damit ihren Dank ausdrücken wollten, doch es war kein Schreiben beigefügt.«

»Die Einladung, mit der du uns beehrt hast, o du meine Schönste, war kein Geheimnis. Wir alle sollten mit dieser Speise vergiftet werden. Und das erinnert mich daran, o meine Schwestern, daß wir auf das Leben, das Allah uns anvertraut hat, achten müssen. Denn die Macht hat einen recht bitteren Geschmack, wenn man sie im Grab ausübt. Nun laß dir für diesen angenehmen Abend danken, und bestelle mir bitte die Eskorte, die mich nach Hause bringt.«

An der Seite meiner Mutter schien die Zeit stillzustehen. Die Stunden folgten aufeinander wie Wassertropfen, die von einem Felsen herabrinnen. Nach Jahren der Einsamkeit stillten sie meinen Durst nach Zuwendung und Geborgenheit. Meine Mutter war die Quelle, die ich mitten in der tiefsten Wüste entdeckt hatte, ihr Blick der See, in dem ich endlich das Leben wiederfand. Und wenn sie mir sanft durchs Haar strich und mich mit der Wärme und dem Duft ihres Körpers einhüllte, tauchten wieder die verschwommenen Bilder eines längst vergessenen Glücks vor mir auf.

Zu ihren Füßen auf dem Teppich ließ ich mich dazu hinreißen, ihr tausend Torheiten zu sagen. Wir waren allein in der intimen Atmosphäre ihres kleinen Pavillons und hörten nur das beruhigende Gezwitscher der Vögel in der Voliere. Meine Mutter erinnerte mich an die schöne Zeit unseres Lebens zu zweit, an das dichte Gras unseres Gartens, der sich im Laufe der Jahre zu einer weitläufigen Savanne entwickelt hatte, und dann an die Geschichten, die man mir vor dem Einschlafen erzählt hatte, von Gello, dem Monster, und Basileios, meinem Schutzpatron.

Es tat mir wohl, die nebelhafte Vergangenheit wieder heraufzubeschwören, und selbst wenn ich an die eine oder andere Begebenheit gar keine Erinnerung mehr hatte, tat ich meiner Mutter gegenüber so, als sähe ich alles noch genau vor mir: Zu groß war meine Angst, die Quelle dieser Vertraulichkeiten könne versiegen. Nur in einer Sache schien sie sich vor mir zu verschließen: Nie ließ sie sich dazu überreden, mir noch einmal die einfachen Lieder vorzutragen, die sie damals an meinem Kinderbett gesungen hatte.

Die Bedrohung, die uns am Abend zuvor bewußt geworden war, trübte unser Glück ein wenig. Zuweilen bemerkte ich, wie das Gesicht meiner Mutter ernst wurde und ihr strahlender Blick sich verdüsterte.

»Siehst du«, murmelte sie dann, »die Nähe meines Todes läßt mich erstarren. Ich habe tiefes Mitleid mit dem alten Mokhtar, der ein guter Diener war, aber ich habe auch Angst davor, daß ich eines Tages in ebensolchen Krämpfen enden könnte. O mein gelieber Sohn, was ich da sage, zeugt nicht gerade von Größe, nicht wahr? Ich fürchte so sehr, daß ich im entscheidenden Augenblick nicht tapfer bin. Aber Allahs Wille soll geschehen. Ist er nicht der Mächtigste?«

Da küßte ich ihre Hand, und sie lächelte mich an.

Als wir am Abend wieder einmal in Erinnerungen schwelgten, klopfte es plötzlich an der Tür. Habib, der ranghöchste Eunuch, verneigte sich tief vor meiner Mutter und sagte: »Der erhabene Kommandeur der Gläubigen – Friede sei mit ihm – wünscht den Sohn der Dienerin Myriam zu sehen.«

Meine Mutter erhob sich. Sie wirkte plötzlich besorgt:

»O mein Sohn, du bist überhaupt nicht vorbereitet; du hast nicht gebadet, deine Kleider...«

»Er hat gesagt: auf der Stelle!« schnauzte Habib und tat einen Schritt auf mich zu.

Sie konnte mir nur noch ein paar Empfehlungen zuflüstern, während ich hinter dem Eunuchen das Zimmer verließ.

Durch eine Eisentür gelangten wir vom Harem in den Palast des Kalifen. Wir mußten durch endlose Gänge laufen, und ich versuchte die ganze Zeit, meinem Begleiter eine Erklärung zu entlocken, doch dieser blieb stumm. Schließlich kamen wir in einen kleinen Saal, der ganz mit goldenen Wandbehängen verkleidet war. Auf einem niederen Diwan saß Al-Muttaki, umgeben von acht ernsten, in Schwarz und Gold gekleideten Männern, die sich kerzengerade auf ihren Sitzkissen hielten und die Augen starr auf ihn gerichtet hatten. Es war die Versammlung der Berater, der Nadim des Fürsten.

Ich machte einen Kniefall, wobei ich mit der Stirn den Teppich berührte, und wartete, bis es dem Kalifen beliebte, mich vortreten zu lassen. Er hatte einen der Würdenträger zu sich gerufen und flüsterte ihm lange etwas ins Ohr.

Ich wußte, daß der Erhabene seine Besucher zu beeindrucken pflegte, indem er sie sehr lange in dieser erniedrigenden Haltung verharren ließ, doch es machte mir nichts aus. Da ich kein offizieller Botschafter des Kaisers war, konnte ich ruhig alles hinnehmen, um mein Ziel zu erreichen.

Al-Muttaki war ein kleiner, fetter Mann um die Sechzig, der vom Turban bis zu den Füßen in goldene Seide gekleidet war. Er hatte runde Wangen, einen dünnen Bart und schmachtende, mit Khol umrandete Augen. Man erzählte sich, daß er in der langen Zeit seiner Herrschaft noch nie eine Entscheidung getroffen hatte, ohne sie mehrmals zu revidieren. Er umgab sich mit fähigen Beratern, suchte aber fieberhaft nach einer gegenteiligen Meinung, sobald ihm eine vernünftige Ansicht vorgetragen wurde. Durch Zufall an die Macht gelangt, hielt er sich dort nur, weil man sich an ihn gewöhnt hatte. Lediglich um Worte war er nicht verlegen, denn er redete wie ein Wasserfall. Er galt als ein Meister im Äußern schwülstiger, unverständlicher Worthülsen und hohler Phrasen, nach deren nicht vorhandenem Sinn längst niemand mehr suchte. Er hielt sich selbst für überaus fähig und weise. Dabei war er der Inbegriff von Wankelmut und Unentschlossenheit.

Als er mich endlich zu sich heranwinkte, hielt er mir sogleich eine lange Rede. Konstantin hatte mich schon vorgewarnt, und von daher wußte ich, daß es vergeblich gewesen wäre, über eine tiefere Bedeutung seiner Äußerungen nachzugrübeln.

»Allah der Allmächtige, der Barmherzige, der uns die Gunst erwiesen hat, uns zum Kommandeur der Gläubigen zu machen; ein Amt, das schon zahlreiche unserer Ahnen bekleideten, mit der Größe, die unsere Dynastie kennzeichnet, die in seinem Namen unter dem Himmelsgewölbe regiert....«

Ich faßte mich in Geduld und ließ ihn ausreden. Da er mich zu befragen schien, versuchte ich, ihm klar und unmißverständlich zu antworten: Der Kaiser der Christen lege den größten Wert auf den Besitz der Ikone mit dem Bildnis unseres Gottes. Dagegen habe Allah durch die Stimme Mohammeds, seines Propheten, die Herstellung und Verehrung von Bildern verboten. Die Ikone sei daher für den Beherrscher der Gläubigen von keinerlei Interesse. Die Beziehungen zwischen unseren beiden Nationen würden sich deutlich verbessern, wenn der Erhabene die Übereignung dieses Gegenstandes an die Christen gestatte. Der Kaiser werde einer Entschädigung gewiß zustimmen.

Der Kalif war unschlüssig. Er forderte seine Berater auf, offen ihre Meinung zu sagen. Jetzt erst konnte ich sehen, welche Leidenschaft diese Angelegenheit unter den Ungläubigen entzündet hatte. Die Berater ergingen sich in sarkastischen Bemerkungen und Schmähungen gegen den Kaiser der Christen; sie gestikulierten wild unter Mißachtung der Etikette und brüllten, es sei eine Schande für den Islam, dem Bilderkult der Christen Vorschub zu leisten; außerdem gehöre dieser Gegenstand zu ihrem Erbe.

Ich war erstaunt, in einem der erbittertsten Verleumder den Mann wiederzuerkennen, den ich vor der teuflischen Versammlung der Sufis auf dem Wasser hatte gehen sehen. Es bestand kein Zweifel: Dieser dichte, graue Bart, dieser feurige Blick und diese klangvolle Stimme gehörten ihm. Und ich begriff, daß es sich um Yahia, den Sekretär, handelte, den Feind der dicken Zubayda, der gleichzeitig ein Gegner von Zugeständnissen an die Frauen war.

Dieses eine Mal kam mir die Unschlüssigkeit des Kalifen zu Hilfe. Nachdem die Berater ihre Meinungen kundgetan hatten, befragte er den einzigen, der bisher geschwiegen hatte. Ali Ben Isa, ein hochgewachsener Greis mit tiefer, bedächtiger Stimme, ergriff das Wort: »O Beherrscher der Gläubigen, die Weisheit, mit der du uns regierst, stützte sich stets auf das vom Propheten verkündete Prinzip: In letzter Instanz muß man das öffentliche Interesse in Betracht ziehen. Erwäge also, wo das Interesse aller liegt. Besteht es nicht darin, die Unseren aus der Gefangenschaft zu befreien, ihrem Aufenthalt bei den Ungläubigen ein Ende zu bereiten und sie den Leiden, die sie dort erdulden müssen, zu entreißen?«

Ich erkannte dahinter das diskrete Wirken meiner Mutter. Er machte indessen keinerlei Anspielung auf die Gefangenschaft seiner Söhne, als er im Austausch gegen das Mandilion neben einem beträchtlichen Geldbetrag die Freilassung von zweihundert Gefangenen forderte. Er sprach nur ganz allgemein von der Notwendigkeit, den Gefangenen zu Hilfe zu kommen, was weit wichtiger sei, als dieses bedeutungslose Bild zu behalten.

Die Rede des Alten war so bewegend, daß die Nadim einer nach dem anderen die Köpfe senkten. Sogar Yahia schien gerührt. Viele seiner Verwandten oder Freunde befanden sich in byzantinischer Gefangenschaft. Und als Ali Ben Isa geendet hatte, stimmten ihm alle, bis ins Innerste aufgewühlt, zu: Man müsse alles tun, um die Gefangenen zu befreien.

Ein wenig enttäuscht von dieser Einstimmigkeit, die ihm keine Gelegenheit zum Zögern gab, ließ der Kalif Al-Muttaki die Gesandten aus Edessa herbeirufen, um ihnen seine Entscheidung mitzuteilen.

Ich wollte mich gerade zurückziehen, als Yahia zu dem Erhabenen hintrat und ihm lange etwas ins Ohr flüsterte. Der Kalif schien dermaßen verblüfft zu sein, daß er sich entgegen seiner Gewohnheit klar ausdrückte: »Mein ergebener Sekretär behauptet, daß einer der Köche deiner Mutter gestern abend einen tödlichen Anfall erlitten habe. Er sagt, die alte Zubayda, die von uns mit der Ahndung von Unrecht betraut ist, klage ihn, den guten Yahia, an, diesen Sklaven vergiftet zu haben. Sie habe gar die Kühnheit besessen, ihn vor den Kadi Yusuf zitieren zu lassen. Welch eine Torheit! Bestätige uns daher ganz einfach, daß der Sklave eines natürlichen Todes gestorben ist, damit die Sache aus der Welt geschafft wird.«

Wir Eunuchen lassen uns nicht auf diese Art und Weise beeindrucken. Ich antwortete ihm, daß der Tatbestand der Vergiftung zweifelsfrei vorliege, und tat laut und deutlich meine Überzeugung kund, daß man meiner Mutter nach dem Leben trachte. Ich bekräftigte mein Vertrauen in die Scharfsichtigkeit der Alten.

Yahia warf mir einen haßerfüllten Blick zu. Der Kalif zuckte mit den Schultern und entließ mich mit einer Handbewegung.

Nachdem ich mich mit den üblichen Kniefällen zurückgezogen hatte, gesellte sich Habib, der oberste Eunuch, zu mir. Ich war stehengeblieben, um die riesige Sonnenuhr zu bestaunen, ein herrliches Instrument, das mit großem Aufwand aus Bagdad herbeigeschafft worden war und den ganzen Stolz des Kalifen ausmachte. Sie hatte die Form einer gewaltigen Himmelskugel, auf der die Sternzeichen dargestellt waren. Das Ganze wurde von einem hydraulischen Mechanismus angetrieben. Sterne aus Gold und Silber gingen auf und unter, erschienen und verschwanden über und unter der Horizontlinie und gaben eine sehr genaue Vorstellung von der Beschaffenheit des Himmels.

»Byzantiner«, sprach der Eunuch mich an, »der Erhabene hatte die Güte, die Art und Weise zu bemerken, wie du dein Anliegen vorgetragen hast. Er vermutet, daß du ein guter Schachspieler bist, und läßt dich an sein Schachbrett rufen, um dir zu zeigen, wie sich die Gläubigen aufs Spiel verstehen. Du sollst dich morgen nach dem Abendgebet bei ihm einfinden.«

Ich lag auf der Terrasse meines Pavillons und suchte in der nächtlichen Schwüle vergeblich nach Schlaf. Halb bei Bewußtsein, ließ ich mich von angenehmen Bildern überfluten: Ich sah die bezaubernde Gestalt meiner Mutter, ihr kleines Gesicht, das in seiner Schatulle aus rotem Haar lächelte, die hellen Augen, die zwischen den halbgeschlossenen Lidern hervorblitzten. Hörte ich ihre sanfte Stimme im Traum oder in meiner Phantasie? Ich schwebte in einer Welt, die von ihrem Parfüm erfüllt war, in der sie mir zärtliche Worte zuflüsterte und mit ihrem seidigen Haar über meine Lippen und Augen strich.

Ich war wieder in die Rolle des Kindes geschlüpft, das in Abhängigkeit von seiner Mutter und in völliger Hingabe an sie lebt. Doch war es wirklich das Gefühl, das eine Mutter und ihr Kind füreinander empfinden? Eine mir ganz unbekannte Form von Zuneigung war, begünstigt durch unser enges Zusammenleben, zwischen meiner Mutter und mir entstanden. Und in der Nacht träumte ich von der Berührung ihrer geschmeidigen, zarten Haut und dem Wohlgeruch ihres Körpers, den ich hinter dem Duft nach Myrrhen, Moschus und den arabischen Parfüms erahnte.

Plötzlich erwachte ich aus dem Halbschlaf. War ich nicht so ähnlich geworden wie die verliebten Bärtigen, über deren Gehabe ich mich so sehr aufregte? Nein, unsere Liebe war anderer Natur als dieses traurige Gefühl, dieses unvermeidliche Vorspiel zur Begattung, das ganz auf die Zeugung und die Notwendigkeit der Fortpflanzung gerichtet ist. In unserer Beziehung gab es weder Unterdrückung noch Gewalt. Unser Verhältnis bestimmte sich allein durch Zärtlichkeit, Verständnis und gegenseitige Verehrung.

Plötzlich vernahm ich einen wehmütigen Gesang und erkannte die reine, helle Stimme meiner Mutter. Sie sang ein Lied von unbeschreiblicher Schönheit, dessen Anfang sich mir tief ins Gedächtnis gegraben hat: »Die Sinnenfreude und das Verlangen besitzen die Schönheit der Berge ...«

Warum hatte sie sich geweigert, für mich zu singen, wenn ihre Stimme doch so rein geblieben war? Ich spürte, wie mich eine Verwirrung überkam, die mein Glück trübte.

Meine Mutter liebte es, auszureiten.

Unter dem Vorwand, sie vor unerfreulichen Begegnungen bewahren zu wollen, hatte ich beschlossen, sie zu begleiten. Als die blauen Schatten der Minarette auf den Terrassen der Stadt schon anfingen, länger zu werden, fand ich mich bei ihr ein. In der Mittagshitze, zu einer Tageszeit, wo andere zu schlafen pflegen, hatte sie Mamun, ihrem Sekretär, Briefe diktiert. Ich war beeindruckt von der Flüssigkeit und Bündigkeit ihres Stils, doch mehr noch von der Anzahl und dem Rang ihrer Briefpartner: Sie schrieb an indische Radschas, an die Minister des Fürsten von Kiew, an den Emir von Kairo und an Würdenträger des byzantinischen Hofs. Als die Sonneneinstrahlung schwächer wurde, ritten wir los.

Mit Turban, Stiefeln und einem langen, weißen Mantel bekleidet, sah meine Mutter aus wie ein junger Reiter. Doch die diensthabenden Offiziere erkannten sie und ließen sie ohne Schwierigkeiten passieren. Wir überquerten den Fluß und trabten bis zu dem Palmenhain am Rande der Wüste.

Dort legte sie Mantel und Turban ab und stob im Galopp davon. Das Sonnenlicht färbte ihr langes Haar glutrot und ließ ihre golddurchwirkte Weste und ihre smaragdfarbene Pluderhose glänzen. Mit großer Wendigkeit sprang sie über Gräben, durchquerte das Dickicht und setzte über versteckte Wasserläufe. Fasziniert galoppierte ich hinter dieser flammenden Erscheinung her und wußte nicht, ob ich wachte oder träumte.

Außer Atem kamen wir am Waldessaum in der Nähe einer Quelle wieder zusammen. Von hier aus konnten wir alle Minarette und Türme von Rakka überblicken. Wir saßen ab. Insgeheim beneidete ich das weiße Pferd darum, daß es meiner Mutter so nahe sein durfte. Doch ich wagte nicht, es ihr zu gestehen. Statt dessen meinte ich nur, daß die Einsamkeit des Harems wohl schwer auf ihr lasten müsse, wenn sie das Verlangen verspüre, ihr auf diese Weise zu entfliehen.

»Ob ein Mensch einsam ist, mein Sohn, hängt weniger von den Umständen als von seiner Gemütsart ab. Selbst wenn ich völlig zurückgezogen lebte, verspürte ich keine Langeweile. Doch ich lebe nicht zurückgezogen. Du bist da, ich habe meine Briefpartner und bin umgeben von der Freundschaft meiner Schwestern und der Zuneigung meines Gebieters.«

Da ich bemerkt hatte, daß sie offenbar etwas für den Kalifen empfand, hütete ich mich davor, ihr meine Meinung über ihn zu sagen.

»Wie gütig, großzügig und liebenswürdig er doch ist!« seufzte sie. »Und wie sehr wünschte ich mir, ein Kind von ihm zu haben! Noch bin ich nicht zu alt dafür. Was hältst du davon?«

Ich schwieg. Sollte ich ihr gestehen, welche Abscheu mir die Vorstellung einflößte, einen Bruder zu haben, der möglicherweise einem solchen Vater ähnlich sah?

»Was macht eigentlich euer Schachspiel?« fragte sie und lenkte die Unterhaltung damit schnell auf ein anderes Thema.

Ich mußte ihr gestehen, daß ich nicht recht wußte, wie ich mich verhalten sollte. Der Kalif spielte schlecht, und es wäre mir ein leichtes gewesen, ihn mit fünf oder sechs Zügen mattzusetzen. Aber er hatte mich höflich empfangen, und ich beabsichtigte, die Partie lange genug fortzusetzen, um ihn nicht in seiner Gewißheit zu verletzen, ein großer Spieler zu sein.

»Daran erkenne ich deine Großmut, mein Sohn. Mir zuliebe blamiere ihn nicht. Doch in welcher Zeit planst du, die Partie zu beenden?«

Meine Brust zog sich plötzlich zusammen, wie die Ungläubigen sagen. Wenn ich dieses verfluchte Spiel hinauszögerte, so gestand ich ihr, dann diente ich damit vornehmlich meinem Wunsch, länger bei ihr zu bleiben, denn ansonsten halte mich nichts in Rakka zurück.

Die Züge ihres kleinen Gesichts schienen sich anzuspannen; ihr Blick verschleierte sich.

»Sprich nicht davon wegzugehen, o mein geliebter Sohn. Geben uns die langen Jahre der Trennung nicht das Recht, die wenigen Tage unseres Beisammenseins etwas zu verlängern? Fühlst du nicht, wie sehr ich dich liebe?«

Ich hatte kein anderes Ziel gehabt, als sie zu dieser stets gleichbleibenden Antwort herauszufordern, die mich entzückte. Sie war die erste Frau, die Zuneigung für mich empfand und mir dies auch sagte. Und ich hätte gerne mein ganzes Leben an ihrer Seite verbracht, um jeden Tag aufs neue von ihr zu hören, wie tief ihr Gefühl für mich war.

Nur eine Sache beunruhigte mich: Warum sang sie nachts allein, wo sie es doch abgelehnt hatte, mir noch einmal die Wiegenlieder aus meiner Kindheit vorzusingen?

Wieder einmal lachte sie. »Dir, o mein Sohn, kann ich es wohl gestehen. Mein Gebieter wünscht, daß mein Gesang ihm allein vorbehalten bleibt. Er verbietet mir, für einen anderen zu singen, nicht einmal für meinen geliebten Sohn. Du bist jetzt erwachsen und weißt, was Kinder nicht wissen. Es ist nämlich so, daß er mich öfter aufsucht als die anderen Frauen des Harems. Fast jede Nacht findet er sich überraschend bei mir ein, und wir geben uns gemeinsam dem Vergnügen hin, das Männer und Frauen sich gegenseitig bereiten. Dann mag er es gern, wenn ich ihm vorsinge, und ich hüte mich davor, ihm diesen Wunsch abzuschlagen.«

Diese Vertraulichkeit war mir unangenehm; es kam mir vor, als wäre ich in ein scheußliches Geheimnis eingeweiht worden. Ich beschloß, das Thema zu wechseln, und fragte sie, warum die Eunuchen, die man in diesem Land antraf, fast alle dumm und häßlich waren, während die des Byzantinischen Reichs sich durch Intelligenz und Schönheit auszeichneten.

»Das liegt daran, daß sie nicht den gleichen Ursprung haben, o Basileios. Hier kauft man Eunuchen auf den Kindermärkten Indiens oder der Provinz Chorassan. Sie werden anders kastriert und erhalten als Sklaven keinerlei Bildung. Sie werden wie Einrichtungsgegenstände verkauft und auch als solche betrachtet. Im Land der Christen hat die Kastration und die Erziehung der jungen Eunuchen zum Ziel, die Kinder in eine Elite aus Beamten oder hohen Offizieren einzugliedern, denen eine große Zukunft beschieden ist... Aber beeilen wir uns jetzt. Wir dürfen nicht den Prozeß wegen Yahia versäumen, der des Giftmordes an meinem armen Koch angeklagt ist.«

Wir kehrten zuvor noch einmal in den Harem zurück, wo meine Mutter sich verschleierte. Sie bestieg einen Esel, und gemeinsam schlugen wir den Weg in die Stadt ein.

Der Abend senkte sich herab, und in der Dämmerung erfüllte sich der Suk mit Leben. Um uns her, mitten im Lärm der Menge und beim Schein von Kupferlampen, priesen die Händler die Frische ihrer Melonen, die Dicke ihrer Zucchinis oder die Farbe ihrer Auberginen. Etwas weiter wurden Armbänder, Halsketten, kleine Schmucksachen aus Gold und Baumwollstoffe verkauft. Es war nur ein kleiner Provinzmarkt, nicht zu vergleichen mit den prächtigen Handelszentren von Konstantinopel, aber er war belebt und recht gut bestückt.

Das Haus der alten Zubayda lag in einer Gasse hinter dem Viertel, wo die Metzger ihre Ware feilboten. Es handelte sich um ein stark heruntergekommenes Gebäude, das an die As-Serghir-Moschee angelehnt war und von der nahen Müllhalde her ständig dem Gestank von verdorbenem Fleisch und verfaulten Früchten ausgesetzt war. Doch die Alte störte sich nicht daran. Der fürchterliche Geruch, der einem entgegenschlug, sobald man den Fuß über ihre Schwelle setzte, überdeckte alle anderen.

»Wir dürfen uns nicht aufhalten«, sagte sie, als sie uns kommen sah. »Es ist bald Zeit für das Abendgebet.«

Sie arbeitete, aß und schlief in einem einzigen Zimmer, in dem ein schrecklicher Radau herrschte. Hennen, Hähne und Junghühner liefen frei darin umher, weil sie ständig aus dem Nebenzimmer entwichen, das als Hühnerstall diente. Exkremente des Geflügels und zerbrochene Eier bedeckten den zerschlissenen Teppich, den niedrigen Tisch und die an den Wänden aufgeschichteten Manuskriptstapel mit schmierigen Flecken. Von der Zimmerdecke herab ertönte ein ohrenbetäubendes Gegacker.

»Sind sie nicht süß?« rief die Alte aus. »Und denkt nur, sobald Allah der Barmherzige den ersten Stern am Himmel erstrahlen läßt, sind sie alle auf einen Schlag still und schlafen ein!«

Ihr gutmütiges Lachen ließ ihren gewaltigen Busen erbeben. Wir beeilten uns, diesen Hühnerstall zu verlassen. Die kräftigen Sklaven hoben Zubaydas Sessel an und trugen sie in die Menge hinaus.

Das Gericht lag ganz in der Nähe und war mit der Rückseite ebenfalls an die Moschee angebaut. Mir fielen die Achtungsbekundungen der Passanten auf, welche die vorbeiziehende Zubayda mit großer Herzlichkeit grüßten.

Der Gerichtssaal war dicht besetzt. Meine Mutter gesellte sich zu einigen Frauen, die etwas abseits saßen. Zubayda wurde nach vorne neben den vergoldeten Sessel getragen, auf dem der Richter Platz nehmen würde. Als der Muezzin seinen klagenden Ruf von sich gab, warfen sich alle, außer der Fettleibigen und mir, gemeinsam nieder. Wenig später erschien der Kadi Yusuf, gefolgt von einem Offizier und einem Gerichtsschreiber. Durch eine gegenüberliegende Tür betrat Yahia, der Sekretär, den Saal.

Er nahm dem Richter gegenüber Platz und schien überrascht, vor ein so elendes Tribunal zitiert worden zu sein. Die Zuschauer waren sichtlich beeindruckt, daß ein so hoher Beamter einen so bescheidenen Ort mit seiner Anwesenheit beehrte.

Der Gerichtsschreiber faßte den Fall sachlich zusammen: Der zweite Koch der Jarya Myriam habe einen aus Pistazien, Mandeln und Quitten bereiteten Nachtisch gekostet und sich daran vergiftet. Die alte Mutter Zubayda, die vom Führer der Gläubigen – Friede sei mit ihm – mit der Wiedergutmachung von erlittenem Unrecht beauftragt sei, habe den Sklaven, der die Speise in den Harem gebracht hatte, dingfest machen können. Es handle sich um einen Diener des Sekretärs Yahia Suzi, der unter der Bastonade gestanden habe, daß die Speise in den Küchen seines Herrn auf dessen Befehl bereitet worden sei.

Von ihrem Sessel herab bat Zubayda um die Erteilung des Wortes. Sie erklärte, sie befinde sich hier zugleich als Zeugin, da sie der Szene beigewohnt habe, als Klägerin, da auch sie beinahe vergiftet worden sei, und als Richterin, da sie von dem Erhabenen mit der Ahndung von Unrecht betraut sei.

Sie plädierte lange, wobei sie daran erinnerte, daß der Koran Güte im Umgang mit Reisenden und Sklaven vorschreibe und daß die Schrift die nahen Verwandten eines zu Unrecht Getöteten dazu berechtige, diesen zu rächen. Sie forderte eine harte Strafe für denjenigen, der einen Sklaven ermordet und fünf weitere Personen beinahe getötet hatte, und verlieh ihrem Wunsch Ausdruck, daß die Morde und politischen Racheakte, die den Islam spalteten, ein Ende haben möchten.

Alle waren voll Bewunderung für die Überzeugungskraft und den Scharfsinn ihrer Ausführungen. Ich beobachtete jedoch, wie der Richter gähnte und eine gelangweilte Miene aufsetzte. Erst als die Alte ausgeredet hatte, schien er aus dem Halbschlaf zu erwachen. Ehrerbietig fragte er Yahia Suzi, was er zu sagen habe, worauf dieser sich erhob und zu seiner Verteidigung ansetzte:

Er, dessen Aufrichtigkeit und Redlichkeit jedermann schätze, sei zutiefst bestürzt und überrascht. Allah wisse, daß der Sklave Mokhtar sich einige Tage zuvor ihm gegenüber respektlos benommen habe. Er habe vor ihm ausgespuckt, und zahlreiche Zeugen könnten dies bestätigen. Eine so bedeutende Persönlichkeit wie er habe dieses Verbrechen nicht ungesühnt lassen dürfen. Aus diesem Grund habe er den Sklaven bestrafen lassen.

»Wie kannst du nur so lügen und den Namen Allahs, des obersten Richters, schmähen?« rief die Alte aus. »Du hattest kein anderes Ziel, als dich einer Gruppe von Frauen zu entledigen, die dir unbequem sind! Und du, Kadi, bist nichts als ein Stück Hühnerdreck, wenn du duldest, daß dir ein solcher Unsinn vorgetragen wird!«

Der Kadi Yusuf, der in seinem Gericht der Herr war, stand mit großer Würde auf und ließ die zeternde Alte mitsamt ihrem Stuhl durch die wachhabenden Soldaten entfernen. Dann sprach er das Urteil: Der Sekretär Yahia Suzi, der selbst zugebe, einen Sklaven der Jarya Myriam vergiftet zu haben, werde dazu verurteilt, der Besitzerin des Sklaven eine Entschädigung von zehn Silberdirham zu bezahlen, was in etwa seinem Wert entspreche.

9

Für wen hält sich eigentlich dieser kleine Kadi, dieser Kümmerling, den ich nur zu Recht beleidigt habe?« brüllte die Alte. »Ob Hühnerkot oder Fliegendreck, dieser Kerl ist nichts anderes als der Darmabfall seines Herrn, und er verdient es nicht anders, als mit dem Besen hinweggefegt und mit dem Kotlappen aufgewischt zu werden!«

Die Wut ließ das Fett ihres Doppelkinns zittern, während die Hühner mit erschrecktem Gegacker ihre Unschuld beteuerten.

»Und Yahia, dieses Geschöpf des verruchten Satans, soll in das Feuer zurückkehren, das ihn ausgespuckt hat! Er duldet es nicht, wenn eine Frau Gerechtigkeit übt? Er erträgt es nicht, wenn eine andere Frau mit ausländischen Fürsten verhandelt? Wie stellt er sich denn zu dem Wort Allahs, das da lautet: Alle Gläubigen, ob Männer oder Frauen, die handeln, wie es recht ist, werden ins Paradies eingehen, und ihnen wird keine Dattelschale Unrecht getan ...?

Hat Allah etwa gesagt, daß es den Männern vorbehalten ist, Gutes zu tun? Warum wiederholen sie dann ständig, daß wir Frauen nur imstande sind, niedere Arbeiten zu verrichten, unseren Männern Vergnügen zu bereiten und Kinder zu gebären? Erlaubt Allah uns etwa nicht, Gutes zu verrichten, aus dem Nichts herauszutreten, in dem uns die Männer gefangenhalten, und uns für die Gemeinschaft der Gläubigen aufzuopfern? Warum sprechen sie uns jegliche Fähigkeit ab? Sie lassen uns ja nicht einmal das Gebet der Frauen leiten, unter dem lächerlichen Vorwand, wir seien nicht in der Lage, im Krieg zu kämpfen!«

Sie sprach mit großer Überzeugung, und der dunkle Klang ihrer Stimme verlieh ihrem Plädoyer eine seltsame Schönheit.

»Ehrbare Alte«, unterbrach meine Mutter sie, »du berufst dich mit Recht auf Allah den Allwissenden. Doch er empfiehlt uns auch Zurückhaltung…«

»Allah, dessen Kenntnis allumfassend ist, empfiehlt keine Zurückhaltung, wenn es darum geht, die Feinde seines Volkes zu bekämpfen, im Gegenteil. Und ist nicht der ein Feind des Volkes des Islams, der es behandelt wie einen Schwarm Heuschrecken ohne Verstand? Der nur stumme Unterwerfung und Stillschweigen fordert? Der zum Bürgerkrieg aufstachelt und die Kinder dieses Volkes dazu aufhetzt, sich gegenseitig zu töten? Der wissentlich das Oberhaupt der Gläubigen von seiner Herde trennt, wo sie einander doch so nahe sein sollten wie die Mutter ihrem Kind?«

Sie sah meine Mutter an.

»Fällt dir nicht auf, wie einsam dieser Kalif ist, dieser Vertreter Allahs des Barmherzigen und Führer eines Volks, das er nicht kennt? Er umgibt sich mit einer Heerschar von Höflingen, Beratern und Ministern, die alles daransetzen, um ihn in dieser Einsamkeit einzumauern und Pensionen und Gratifikationen von ihm zu erschwindeln. Doch auch das Volk ist allein und irrt führungslos umher auf der Suche nach Allah dem Erhabenen! Ich denke, meine erste Pflicht als Frau und als Richterin besteht darin, den Schleier herunterzureißen, der den Kalifen von seinem Volk trennt, und zu bewirken, daß sie sich endlich von Angesicht zu Angesicht gegenüberstehen. Doch du, Basileios, der du als Byzantiner einer Männerherrschaft nahestehst, was hältst du von meinen Absichten?«

Ich fand Gefallen an den Vorstellungen der alten Dame, konnte ihr aber auch nur zur Zurückhaltung raten. Ihre Gegner kannten keine Großmut; sie würden vor Mord nicht zurückschrecken.

»Mein Sohn«, erwiderte die Alte, »bedenke bitte die Schwierigkeiten, die ein Mörder hätte, mit meiner gewaltigen Masse fertig zu werden! Doch Spaß beiseite. Ich setze mein ganzes Vertrauen in Allah. Außer ihm gibt es keinen Herrn, keinen Beschützer und keine Zuflucht. Wenn er mich zu sich ruft, wird mein Tod mein bestes Plädoyer sein.«

Die alte Zubayda arbeitete mit verbissener Hartnäckigkeit und Methode. Die Flamme, die in diesem Fleischberg loderte, versengte alles, was mit ihr in Berührung kam. Hätte sie nicht dem falschen Glauben angehört, so hätte sie eine wahre Byzantinerin sein können. Unermüdlich sah sie ihre Pergamente durch, machte sich Notizen und empfing gleich darauf wieder Kläger, deren Anliegen sie sich Wort für Wort einprägte. Und sie sprach in ihrem Hühnerstall mit so viel gesundem Menschenverstand Recht, daß die Kläger zuhauf die Gerichte der Stadt verließen, um sich ihrem Urteil zu beugen.

Die vier Sklaven des benachbarten Metzgers, die ihre ständigen Sesselträger waren, fungierten gleichzeitig als Gerichtsdiener. Und die zerstrittenen Parteien verließen ihr Gericht wieder versöhnt und priesen Allah den Barmherzigen dafür, daß er dem Volk des Islams endlich einen gerechten und unbestechlichen Richter geschenkt hatte.

Zwischen zwei Rechtsfällen erklärte sie uns: »Die Macht der Männer ist schlecht. Sie üben sie in der gleichen Weise aus, wie sie sich mit ihren Frauen zu vergnügen pflegen. Stets lassen sie sich von Besitzanspruch, Herrschsucht und Lust leiten. Ich kann ein Lied davon singen, ich, die ich drei Ehemänner hatte, bevor ich so dick wurde. Sie besitzen die Macht, wie sie ihre Frauen besitzen, beherrschen und verachten ihre Untertanen wie ihre Konkubinen und empfinden ein lustvolles Gefühl dabei, mit ihrer angeblichen Überlegenheit das sogenannte schwache Geschlecht oder das niedere Volk zu unterdrücken! Sie nehmen immer und geben nie.

Wir dagegen sind verständnisvoller oder vielleicht auch geschickter. Wir kennen das Leben. Wir haben es unseren Kindern gegeben und begleiten oftmals diejenigen, deren Leben zu Ende geht. Vor allem aber wissen wir, daß dieses Leben nicht nur in dem Verhältnis des Besitzers zu seinem Besitz, des Herrn zu seinem Sklaven besteht. Wir Frauen verstehen es, Kompromisse zu schließen und ein harmonisches Dasein zu führen. Wir sind nicht selbstsüchtig, sondern bereit, Freud und Leid zu teilen. Meinst du nicht auch, Basileios, daß es für uns Frauen an der Zeit ist, uns im Regieren zu versuchen?«

Ich stimmte ihr zu, gab aber zu bedenken, daß Frauen in der Geschichte nicht oft wichtige politische Ämter ausübten...

»Und Aischa? Zobeida? Semiramis?«

Sie hatten sich darin versucht, waren aber letztendlich gescheitert. Denn wenn es ihnen auch gelungen war, sich aus der Gewalt des Mannes zu befreien, so hatten sie sich doch von ihren Kindern beeinflussen oder beherrschen lassen. Indessen, so meinte ich, gebe es einen Menschenschlag, der die Intelligenz der Männer und die Sensibilität der Frauen in sich vereine und den Vorzug uneingeschränkter Verfügbarkeit mitbringe...

»Du meinst die Eunuchen!« rief die Alte. »Du hast recht; du wärst eines Amts in unserer Regierung würdig. Aber hört her: Ich habe alle Frauen, die zum Nachdenken fähig sind, wissen lassen, daß sie sich am Donnerstag zur Stunde des Abendgebets versammeln sollen. Natürlich wird man uns den Zutritt zu den Moscheen verweigern; daher werden wir uns auf dem kleinen Friedhof des Palasts einfinden. Und du, Myriam, der man dir als Favoritin des Kalifen nichts anhaben kann, wirst das Gebet leiten.«

Durch die unendliche Schachpartie lernte ich meinen Gegner, den Kalifen Al-Muttaki, immer besser kennen und konnte bald auch die Persönlichkeit seiner nahen Vertrauten einschätzen.

Um die glitzernden Schachfiguren aus Kristall drängten sich Abend für Abend die Berater und Minister des Kalifen, auf deren leidenschaftlichen Gesichtern im Schein der Lampen jede Unebenheit und jede Furche hervortrat. Bei jedem der mühsamen Züge ihres Herrn klatschten sie stürmisch Beifall, während sie bei meinen Entscheidungen nur spöttisch lachten und mit den Schultern zuckten: Das Glück müsse mir wohl hold sein, riefen sie aus, daß ich von einem so glänzenden Spieler nicht schon längst geschlagen worden sei!

Yahia Suzi, der Sekretär, war einer der glühendsten Beobachter des Spiels. Obgleich ich ihn wenig schätzte, bewunderte ich die Art und Weise, wie er die Unentschlossenheit des Kalifen schürte. Sobald der Erhabene zu einem Zug ansetzte, neigte er sich an sein Ohr und redete lange auf ihn ein, worauf der Kalif anfing, sich ratlos und verwirrt zu kratzen und in seinem Bart zu wühlen. Und während ich mich mit Geduld wappnete, dachte ich über die Strophen eines bekannten arabischen Dichters nach, die mit dem Vers beginnen: »Entschließe dich, und du wirst siegen …«

Da geschah es, daß ich aus Verdruß eines der Pferde meines Gegners schlug. Der Dummkopf hatte es schon den ganzen Abend ständig ungedeckt herumstehen lassen. Die Zuschauer gerieten in hellen Aufruhr. Ich hätte, so warf man mir vor, heimtückisch gehandelt; der Zug solle rückgängig gemacht werden; der Byzantiner führe verbotene Manöver aus. Dem guten Kalifen standen Tränen in den Augen. Yahia richtete sich vor mir auf:

»Ungläubiger Hund«, schrie er, »für deine Arglist bekommst du dreißig Stockhiebe!«

Ich hatte nichts zu erwidern, in diesem Land, wo die Schnelligkeit der Entscheidung als Verbrechen angesehen wird. Ständig auf der Lauer, trat der Scharfrichter vor. Er machte einen Kniefall vor seinem Herrn, schritt auf mich zu, zwang mich auf den Boden und zog meine Tunika hoch. Jeglicher Widerstand wäre zwecklos gewesen, denn der Kerl war ein hünenhafter Rohling. Der gute Kalif hatte sich offensichtlich wieder gefangen und schickte sich nun an, das bevorstehende Schauspiel zu genießen. Da ich es für meiner unwürdig hielt, gegen die Bestrafung zu protestieren oder um Gnade zu flehen, machte ich mich bereit, diesen Ungläubigen zu zeigen, mit welcher Würde wir Byzantiner imstande sind, Schmerzen zu ertragen. Die vier ersten Schläge klatschten auf meine Haut, und ich meinte meine Knochen und mein Schädel müßten zerspringen. Der fünfte Schlag blieb aus.

Ich hob den Kopf. Der Kalif hatte die Hand über mich ausgestreckt. In der für seine Berater üblichen Haltung hatte sich der frühere Wesir Ali Ben Isa zu ihm hinabgebeugt und flüsterte ihm lange ins Ohr. »Genug«, murmelte der Erhabene. »Deine Bestrafung ist aufgehoben, aber nur vorläufig, wohlgemerkt. Man hat mich soeben daran erinnert, daß du ja der Sohn des Kaisers der Byzantiner bist, ein unehelicher Sohn, wie die Ungläubigen es nennen. Ich hatte bisher Mühe, zu glauben, daß ein Herrscher sich dazu herablassen könnte, aus seinem eigenen Sohn einen dummen Eunuchen zu machen. Doch eure verderbten Sitten werden uns wohl immer Überraschungen bereiten. Laß dir also gesagt sein, daß der Stock noch immer über deinem Rücken schwebt. Ich willige ein, die Partie fortzusetzen. Der letzte Zug wird allerdings für ungültig erklärt.«

Ich kochte vor Wut. Allein die Liebe zu meiner Mutter hielt mich davon ab, das Schachbrett umzustoßen und diesen gekrönten Narren zu ohrfeigen. Ich beruhigte mich ein wenig, als ich die grünliche Gesichtsfarbe Yahias bemerkte, der wie ein Rasender schnaufte. Schweigend nahm ich das Spiel wieder auf.

Doch auch dieser Tag brachte keine Entscheidung, und die Partie wurde abermals auf den nächsten Tag verschoben. Unter den feindseligen Blicken der Berater zog ich mich mit meinem geschundenen Rücken zurück. Als ich die Gärten durchquerte, hörte ich plötzlich Schritte hinter mir. Ich drehte mich um und erkannte Ali Ben Isa, der mir gefolgt war. Schweigend lief er neben mir her in Richtung Harem.

Obwohl ich ihn für ebenso verachtenswert hielt wie die anderen Ungläubigen, meinte ich, ihm für sein Eingreifen danken zu müssen. Er antwortete nicht gleich. Erst ein wenig später hörte ich ihn mit ernster, bedächtiger Stimme sprechen: »Jetzt können wir reden; hier belauscht uns niemand. Basileios, auch ich bin dir dankbar, und du weißt auch wofür. Aber ich muß dich dennoch tadeln: Du bist jung und verhältst dich wie ein törichtes Kind.«

Er hielt mir eine lange Strafpredigt wie einem aufsässigen Schüler, was mich über die Maßen erboste. Ich fragte ihn, was er sich eigentlich herausnehme, so mit mir zu sprechen.

»Schweig still und hör zu: Ich hege für den Kalifen Al-Muttaki – Friede sei mit ihm – die Gefühle der Bewunderung und der Verehrung, die ich dem Nachfolger des Propheten schulde.«

Wir waren an dem Eisentor angelangt.

»Ich bitte dich daher inständig: Laß ihn diese Partie gewinnen; der Nachfolger des Propheten darf nicht von einem Ungläubigen besiegt werden.«

Als ich wieder in meiner Wohnung war, versuchte ich zu

schlafen, doch die schwüle Hitze der Juninacht verursachte mir Atemnot, und mein Rücken pochte von den Schlägen. War es der Schmerz, der diese grauenerregenden Bilder in mir heraufbeschwor? Ließ er das Lachen meiner Mutter in meinen Ohren unnatürlich klingen? Steigerte er das Gezeter der Berater des Kalifen und die Ermahnungen des alten Ali zu einem ohrenbetäubenden Lärm? Von blutigen Alpträumen verfolgt, schlug ich wild um mich und erwachte wie gerädert, schweißgebadet und vor Angst halb erstickt.

Ich flüchtete mich auf die Terrasse. Auf einem dort stehenden Diwan versuchte ich wieder einzuschlafen. Doch beständig tauchte sie vor mir auf, diese betörende Gestalt, umgeben von ihrer flammenden Haarpracht, eine leuchtende, beinahe erschreckende Erscheinung, die durch das Dickicht galoppierte.

Plötzlich hörte ich sie singen. Dies waren keine Wahnvorstellungen mehr, sondern wirklich der Klang ihrer Stimme, der durch die Nacht zu mir herübertönte. Und wieder pries sie mit ihrem Lied die Schönheit der Sinnenfreude und der Berge. Der Schweiß brach mir aus allen Poren. Von einer plötzlichen Wut gepackt, erklomm ich die Treppe vor dem Pavillon meiner Mutter, hielt mich an dem Terrassenmäuerchen fest und starrte angestrengt in die Finsternis. Doch die Dunkelheit war undurchdringlich, Wolken hatten sich vor die Sterne geschoben und hinderten mich daran, das Treiben meiner Mutter und ihres Liebhabers zu beobachten. So blieb mir der Anblick meiner Niederlage zwar erspart, doch dafür kamen mir jetzt meine nubischen Sklaven in den Sinn, die sich des Nachts in meinem Palast in Konstantinopel umschlungen hielten. Die Erinnerung an ihre schweißglänzenden Körper, die sich miteinander vereinten, ließ mich laut aufstöhnen; ihre triumphierenden Lustschreie versetzten mir einen Stich. Völlig außer mir eilte ich in mein Zimmer zurück und vergrub meinen Kopf unter den Kissen. Ich wollte von dem lüsternen Treiben der Bärtigen und der Frauen nichts mehr hören und sehen. Wie konnte sich ein so intelligentes, bezauberndes Geschöpf wie meine Mutter zu einer solchen Roheit herablassen?

Meine Kehle war wie zugeschnürt; nur hin und wieder entwich ihr ein heiseres Schluchzen. Manchmal erhellte ein Funken Verstand meine Umnachtung, und ich sagte mir, daß ich einem überlegenen Menschenschlag angehöre, dessen Los die geistigen Dinge seien. Meine Mutter und dieser Mann gaben sich lediglich dem Vergnügen hin, das der Begattung vorausging, und ich versuchte mich selbst davon zu überzeugen, daß ich mich daran nicht stören dürfe. Es sei nun einmal so, daß die einen Menschen sich von ihrer Intelligenz, die anderen von ihrer Triebhaftigkeit leiten ließen.

Doch rasch erstickte der Sturm meiner Leidenschaft diesen Schimmer gesunden Menschenverstandes. Ich redete mir ein, daß sie mich nicht liebe, daß sie diesen mit Koranversen und Goldschnörkeln geschmückten Dummkopf nur aufgrund seiner männlichen Merkmale mir vorziehe. Sie betrog mich mit ihm, und verzweifelt erkannte ich, daß ich mich niemals mit dem Kalifen würde messen können, da man mich dessen, was die Stärke der Bärtigen ausmachte, schon als Kind beraubt hatte. Ich heulte vor Wut, als mir die Schande meiner Impotenz bewußt wurde. Und als ich mich am schlechtesten fühlte, kam mir ein Zweifel, der mich späterhin allerdings nie mehr beschleichen sollte: Was wäre, wenn diese Überlegenheit, deren ich mich rühmte, nun gar nicht existierte? Wenn ich nur ein verstümmeltes Geschöpf war, das seine Minderwertigkeit durch die ständige Betonung einer nicht vorhandenen Größe auszugleichen versuchte? Und dieser dumme Zweifel brachte mich vollends aus der Fassung.

Ein Bärtiger hätte sich in dieser Lage schon Erleichterung verschafft: Die Ermordung des Rivalen war die einfachste Lösung des Problems. An den Mitteln dazu fehlte es auch mir nicht, und in meinem früheren Amt hatte ich des öfteren diesen Ausweg gewählt. Gedungene Mörder, Gift, gestellte Unfälle, all dies hatte ich eingesetzt, wenn das Wohl des Reiches es erforderte. Aber jetzt stand ich vor einem weit schwierigeren Fall. Was wäre nämlich, wenn sie mich nun gar nicht liebte? Sollte ich sie zur trauernden Witwe machen, nur um meinen Haß zu befriedigen?

Was sollte ich also tun? Fliehen und sie dem Schicksal überlassen, das sie schon voraussah? Sie in den Armen dieses Dummkopfs dem Tod überantworten?

Die Morgendämmerung brach herein, und ich beobachtete, wie bleierne Wolken über mich hinwegzogen. Die Vernunft hatte über die Wahnvorstellungen der Nacht gesiegt. Ich würde bleiben, um meine Mutter vor den Gefahren zu schützen, die ihr drohten, ohne mich um ihr verachtenswertes Verhältnis zu dem Kalifen zu kümmern.

Donnerstags pflegte meine Mutter auf den Friedhof zu gehen. In Begleitung einiger ihrer Glaubensschwestern verharrte sie in stillem Gedenken am Grab von Chaghab, der Frau, die sie in Bagdad aufgenommen hatte. Sie besuchte auch die Grabstätte mehrerer Haremsdamen, die in Rakka verstorben waren und deren Andenken sie ehrte.

An diesem Tag war sie ganz besonders darauf bedacht, ihrer Gewohnheit nachzugehen. Sie bat mich, sie zu begleiten, und ich willigte gern ein. Verpflichtete mich die Rolle des Leibwächters, die ich mir selbst zugewiesen hatte, nicht dazu, mich ständig an ihrer Seite aufzuhalten? In Wirklichkeit war mir jeder Vorwand recht, um sie begleiten zu können. Außerdem wollte ich unbedingt sehen, wie die dicke Zubayda diese erste Frauenversammlung leiten würde.

Ich wunderte mich darüber, wie fröhlich und ausgelassen die Frauen darangingen, die Packesel unserer Eskorte mit Lebensmitteln zu beladen. Sie lachten, schwatzten und sangen, als träfen sie Vorbereitungen für einen Ausflug und nicht für einen Besuch auf dem Friedhof. Als ich meine Mutter auf die Strenge unserer Gedenkfeiern hinwies und ihr die Trauer schilderte, die ich beim Besuch ihres leeren Grabes auf dem kleinen Friedhof von Glaros empfunden hatte, sah sie mich ernst an.

»Verzeih mir, o mein geliebter Sohn, daß ich dir so viel Kummer bereitet habe, doch ich habe dich nicht aus freien Stücken verlassen. Die Freude, die wir dabei empfinden, die Gräber derer zu besuchen, die wir gern hatten, ist mir eigentlich auch ein Rätsel. Doch beweinen diejenigen, die auf den Friedhöfen trauern, nicht in erster Linie sich selber und ihre Einsamkeit?«

Sobald die Hitze des Tages nachgelassen hatte, machte sich die kleine Karawane auf den Weg. Hinter drei fetten Eunuchen, die ihren Eseln die Fersen in die Weichen stießen, wiegten sich sechs von Kopf bis Fuß verschleierte Frauen im langsamen Trott ihrer Reittiere. Zu Pferd bildete ich das Schlußlicht und überblickte den kleinen Zug.

Die Stadt glich einem summenden Bienenkorb im Frühling. Das Brodeln der Menge verband sich mit dem Gelächter der Kinder und den Rufen der Händler zu einem ohrenbetäubenden Lärm. Ehrerbietig teilte sich die Schar der Gaffer, als unsere Gruppe vorüberzog, doch alle Turbanträger versuchten mit ihren Blicken, das Geheimnis des Schleiers zu lüften. Man wollte erraten, wem dieser verstohlene Augenaufschlag, diese hochaufgeschossene Gestalt oder diese reizende kleine Babusche gehörte. Man kannte die Frauen, die jeden Donnerstag auf ihrem Weg zum Friedhof hier vorbeikamen, und jedermann fragte sich, hinter welchem Schleier sich wohl die schöne Myriam, die Lieblingsjarya des Kalifen, verbarg.

In einem ziemlich verwahrlosten Garten inmitten des Palmenhains ragten zwischen Oleanderbüschen und Palmen einige Stelen auf, die nur jeweils mit einem Namen und einem Koranvers beschriftet waren. Vor einigen Gräbern sah man schwarzgekleidete Frauen, die stumm ihrer Toten gedachten. Die Gräber, die meine Mutter und ihre Schwestern besuchen wollten, lagen hinter überhängenden Zweigen verborgen. Die Frauen kamen mir wie wohlwollende Geister vor, die ein wenig Licht an den Ort der Toten brachten.

Ein kleiner Wasserträger erschien und folgte ihnen. Die Frauen blieben nun an jedem Grab stehen und besprengten es mehrmals mit Wasser. So verlangte es ein Brauch, den mir jedoch niemand erklären konnte.

Die Eunuchen hatten Teppiche ausgerollt und den üblichen Imbiß aus Gebäck, Konfitüren, Sirup und kühlem, parfümiertem Wasser bereitet. Man ließ sich im Schatten nieder, plauderte und aß. Meine Mutter kostete von allem und redete und lachte viel dabei. Ich erinnere mich, daß ich ihr Verhalten nach dem Anschlag, dem sie beinahe zum Opfer gefallen wäre, ziemlich leichtsinnig fand. Zweifellos machte auch sie sich Sorgen, aber sie wußte ihre Unruhe zu verbergen.

Leichtes Geplauder, gedämpftes Lachen und leise geträllerte Liedchen erfüllten die Luft und sorgten zwischen den rauhen Palmenstämmen für eine fast idyllische Atmosphäre. Doch die Ruhe kam mir trügerisch vor.

War es die Nähe der grauenerregenden Skelette und verfaulten Leichen, die in mir diese Angst, diese unerklärliche Vorahnung, aufsteigen ließ? Wenn ich es genau bedachte, so war diese Versammlung eine Torheit. Die Männer würden nicht zögern, dieses Streben nach Unabhängigkeit im Keim zu ersticken.

Als der Abend sich herabsenkte und die Schatten allmählich länger wurden, erschienen einige helle Gestalten. Sie hielten einen Augenblick inne, traten dann jedoch unter gegenseitiger Ermutigung näher und begannen, vor den Gräbern das Andenken der Toten zu ehren.

Eine entschlossenere Gruppe folgte ihnen. Auf Eseln oder zu Fuß, zuweilen laut lachend, um ihre Angst zu vertuschen, trafen nach und nach die Frauen aus der Stadt ein. Zarte jugendliche Wesen und stattliche Matronen, Mütter und Töchter, Sklavinnen und freie Frauen, scharenweise folgten sie der Einladung der alten Zubayda. Bald herrschte auf dem Friedhof ein dichtes Gedränge.

Meine Mutter bereitete ihnen allen einen herzlichen Empfang. Sie kannte die meisten dieser Frauen und begegnete ihnen mit großer Güte. Sie bat sie, sich zu setzen, ließ ihnen Naschwerk bringen und forderte sie dazu auf, ihren Schleier abzulegen.

Zubayda hatte sich noch nicht eingefunden. War sie von irgendeinem Kläger aufgehalten worden? Oder ließ sie bewußt auf sich warten und folgte damit bereits den Gepflogenheiten der Politiker? Man unterhielt sich, schloß Bekanntschaft miteinander, entdeckte Ähnlichkeiten und gemeinsame Kümmernisse. Nur die Sorge über den erwarteten Empfang bei der Rückkehr nach Hause wurde in der Unterhaltung geflissentlich übergangen.

Zubayda kam und kam nicht. Dabei verdüsterte sich das

blaue Himmelszelt immer mehr, und bald leuchtete auch der erste Stern auf. Den Schleier auf den Schultern, warteten die Frauen zwischen Geschwätz und Klatsch ungeduldig darauf, daß der Muezzin auf dem Minarett der nahen Moschee erschien.

Meine Mutter war bereit, die Leitung des Gebets zu übernehmen, doch es war die Alte, die man für die Heldin des Fests hielt. Worauf wartete sie also noch?

»Geh und sieh nach, wo sie bleibt«, flüsterte meine Mutter mir zu.

Besorgt ritt ich über die Brücke in die Stadt. Ich wußte, daß Yahia zu allem fähig war. Gerade hatte ich den Suk erreicht, da ertönte von der großen Moschee der Gebetsruf, in den sogleich alle Muezzins der Stadt einfielen. Überall um mich her warfen sich die Männer gleichzeitig in Richtung Mekka nieder. Mit strengem Blick musterte man mich, den Ungläubigen, der es wagte, sich zu Pferd durch die andächtige Menge zu bewegen, doch ich kümmerte mich nicht darum.

Endlich langte ich bei den Fleischbänken der Metzger an und stand wenig später vor Zubaydas Haus neben der As-Seghir-Moschee im hinteren Teil der Gasse. Zu meiner Verwunderung war die Tür geschlossen, was sonst nie vorkam. Auf meinen Druck gab sie nach, und ich konnte ins Innere sehen. Zubayda saß im Dunkeln auf ihrem Sessel. Die Zunge hing ihr aus dem Mund, und ihre weit aufgerissenen, starren Augen waren blutunterlaufen. Zwei Hühner hockten auf ihren Schultern und begannen, in ihrem Gesicht herumzupicken. Der Strick, mit dem sie erdrosselt worden war, hing ihr noch um den Hals.

Nachdem der Kadi Yusuf festgestellt hatte, daß Zubayda durch einen Unfall ums Leben gekommen war, fand am nächsten Tag die Beerdigung statt.

Meine Mutter wollte an der Bestattung teilnehmen. Ich bat sie jedoch, nichts dergleichen zu tun: Sie sei in Gefahr und solle den Harem nicht verlassen. Außerdem verlange es die Sitte, daß nur Männer dem Begräbnis beiwohnten.

»Wie seltsam, daß ausgerechnet du mich an islamische Sitten erinnerst, die den Frauen die Teilnahme an Beerdigungen verbieten! Ich bin fest entschlossen, mich über diese Sitten hinwegzusetzen, um meine Treue zu der unglücklichen Zubayda und meine gedankliche Übereinstimmung mit ihr zu bekunden.«

Der Kummer trübte ihr Urteilsvermögen, doch ich konnte sie nicht von ihrem Vorhaben abbringen.

Der Kalif hatte keinen Vertreter zum Begräbnis geschickt. So hatte sich anstelle von Würdenträgern oder Ministern eine bunte Menge aus kleinen Leuten im Suk und in der Gasse eingefunden. Doch keine Frau befand sich darunter. Beim Aufruf zum Morgengebet hatten die Muezzins die Männer eindringlich gebeten, ihre Frauen während der Zeremonie im Haus eingesperrt zu halten. Meine Mutter erschien stellvertretend für sie alle. Als die gewaltige Sänfte mit den Seidenvorhängen, in der Zubaydas Leichnam ruhte, herangetragen wurde, setzte das Jammern der Klageweiber und das Wehklagen der Sänger ein. Dann schlug der Leichenzug den Weg zur großen Moschee ein.

Da meine Mutter sich für die einzige Angehörige der Verstorbenen hielt, ging sie dicht hinter der Sänfte, während ich ihr auf den Fersen folgte. Sie hatte die Augen niedergeschlagen, und ich konnte ihr Schluchzen erahnen. Acht starke Männer trugen die Holme, und ich sah, wie meine Mutter vortrat, um die Bahre zu berühren, eine fromme Verrichtung, die den Gläubigen des Islams anempfohlen wird.

Alle Händler, an denen wir vorüberkamen, hatten ihre Läden geschlossen, um ihre Trauer zu bekunden. Plötzlich vernahm ich einen dumpfen Lärm, der aus den Häusern zu uns herausdrang. Der Lärm schwoll an und glich nun einem Donnergrollen: Es waren die eingeschlossenen, zum Schweigen gebrachten Frauen, die mit den Fäusten gegen die Holztüren trommelten und mit dieser unheimlichen Totenmusik ihrer Verzweiflung Ausdruck verliehen.

Vor der Moschee verstummten Sänger und Klageweiber, und man brachte den Leichnam in das Gebäude. Ich mußte draußen warten, denn als Ungläubigem war mir der Zutritt verwehrt. Ein wenig später fand ich die ganze Trauergesellschaft jedoch in der Leichenhalle wieder, die an die Moschee angrenzte. Da sich keiner ihrer Familienangehörigen zu der Trauerfeier eingefunden hatte, übernahm es meine Mutter, am Kopf der Toten das Gebet zu sprechen: »O großer Allah, sie ist deine Dienerin, Tochter deines Dieners, eine Frau deines Volkes, die diese Welt, ihre Freuden und Lustbarkeiten verlassen hat, um in die Finsternis des Grabes hinabzusteigen. Und im Sterben sprach sie: ›Es gibt keinen Gott außer Allah, und Mohammed ist sein Prophet.‹ Du bist der Weiseste und Gerechteste ...«

Ich höre noch heute ihre gebrochene Stimme und ihre Schluchzer, als sie die heiligen Worte sprach. Um sie herum standen die Freunde der alten Zubayda und weinten hemmungslos. Und auch ich, obwohl ich doch ein Ungläubiger war, konnte meine Tränen angesichts dieses geschundenen Körpers nicht zurückhalten. Mit dir, du bewundernswerte Frau, würde man die Großmut und die Gerechtigkeit zu Grabe tragen.

Nach Beendigung der Zeremonie brachte ich meine Mutter nach Hause, verbot ihr auszugehen und begab mich wieder in die Stadt.

Yahias Haus lag außerhalb der Befestigungsanlagen am Flußufer. Es handelte sich um ein großes, von hohen Mauern umgebenes Gebäude. Auf Nachfrage beim Bäcker und beim Wagner nebenan erfuhr ich, daß der Sekretär das Anwesen allein mit zwei Dienern bewohnte. Von einer Familie war nichts bekannt. Er führe ein sehr zurückgezogenes Dasein, so sagte man mir, und errege auch nie durch laute Gesellschaften Anstoß in der Nachbarschaft. Indessen käme es oft vor, daß das Haus die ganze Nacht über erleuchtet sei, ohne daß jemand den Grund dafür kannte. Im Viertel hegte man Argwohn gegen ihn, denn man fürchtete, er könne den bösen Blick haben wie die persischen Zauberer oder die feuerverehrenden Magier, die Geschöpfe des Satans sind.

Ich hielt mich in einer Gasse versteckt und wartete auf Yahias Rückkehr. Kurz vor dem Ruf zum Abendgebet erschien er, eine hohe, steife Gestalt mit würdevoller Haltung. Beinahe hätte ich ihn angesprochen, doch ich konnte mich noch rechtzeitig zurückhalten. Es gab Besseres zu tun. Er stieß das schwere Tor auf und trat ein.

Unmittelbar nach ihm huschte der graue Schatten eines Mannes ins Haus, dem ein weiterer folgte. Nacheinander schlüpften gut zwanzig Personen im Schutz der Dunkelheit durch das Tor und verschwanden auf dem Anwesen des Sekretärs. Ich hörte, wie er mit klangvoller Stimme eine kurze Ansprache hielt. Dann herrschte Stillschweigen.

Ich wartete in der Dunkelheit. Plötzlich erhob sich ein seltsames, rhythmisches Gemurmel, das sich wie ein Keuchen ausnahm. Es erinnerte an das aufdringliche Geräusch eines Schwertes, das man an einem feuchten Mahlstein wetzt, und schien überhaupt nicht mehr enden zu wollen. Ich konnte es mir nicht erklären. Ich stand allein in der ausgestorbenen, finsteren Gasse und spürte, wie mich eine unbändige Neugierde überkam. Ich mußte herausfinden, was es mit diesem Gemurmel auf sich hatte, und beschloß kurzerhand, ebenfalls einzutreten.

Im hellen Schein der Sterne erkannte ich einen unbepflanzten Garten und eine weit offen stehende Haustür, die in eine dunkle Vorhalle führte. In einem geräumigen, hell erleuchteten Saal, der am anderen Ende der Halle lag, waren die Sufis in ihren strahlendweißen Gewändern versammelt. Sie hockten auf dem nackten, festgestampften Erdboden und entlockten ihrer Kehle den unaufhörlichen, heiseren Ton, der sich über zwei immer gleichbleibende Noten hinzog. Und diese Art Singsang war nur eine Variante von dem, den ich bei meiner Ankunft am Flußufer gehört hatte. Es war der Name Allahs, den diese Männer hervorstießen und bis zum Überdruß wiederholten. Trunken von dem stumpfsinnigen Gemurmel, warfen manche unter dem Einfluß Satans den Kopf zurück und schienen in völliger Empfindungslosigkeit zu schweben.

Keiner hatte mich bemerkt. Ich bekreuzigte mich, um den Teufel fernzuhalten. Ich fand es grauenerregend, der Versammlung seiner Anhänger beizuwohnen. Dann versteckte ich mich in einer dunklen Ecke und wartete.

Ich verbrachte dort eine schreckliche Nacht. Unter dem Einfluß des teuflischen Klagelieds, gerieten diese Besessenen einer nach dem anderen in Extase. In diesem Zustand schienen sie keine lebendigen Wesen mehr zu sein, sondern bereits erkaltete

Leichname. Ich habe gesehen, ja, ich habe tatsächlich gesehen, wie manche von ihnen auf dem Gipfel ihrer Besessenheit sich eine Elle hoch vom Boden abhoben und einige Augenblicke in der Luft schwebten, bevor sie, vorübergehend aus den Klauen des Dämonen befreit, sanft wieder auf die Erde glitten. Ähnliche Vorgänge werden in den Biographien unserer größten Heiligen Pachomius oder Panteleimon beschrieben. Doch ich wußte nicht, daß Satan seinen Jüngern dasselbe ermöglichen kann, was Gott seinen Auserwählten gewährt.

Der Morgen brach an, und mit dem ersten Hahnenschrei wurden die bösen Geister in die Hölle zurückgedrängt. Die Diener Satans kamen wieder zu sich und verließen nacheinander das Haus. Das erste Tageslicht drang allmählich auch in die Ecke vor, in der ich schweißgebadet kauerte. Nur Yahia blieb in der Mitte des Raumes sitzen, unbeweglich und starr wie ein abgestorbener Baum. »Tritt vor, Byzantiner«, befahl er mit seiner tiefen Stimme. »Wir sind jetzt allein vor dem Angesicht Allahs des Höchsten.«

Ich ging auf ihn zu. Er erhob sich und stellte sich mir Auge in Auge gegenüber.

»Wenn du kommst, um mich zu töten, nur zu! Ich gehöre zu denen, die ihre Zeit in Erwartung des nahe bevorstehenden Jüngsten Gerichts dem Gebet und der Buße widmen. Ich bin bereit.«

Ich dachte an den Leichnam der alten Zubayda, und meine Empörung über den heimtückischen Mord überwog mein Grauen. Doch ich hielt mich zurück und fragte ihn ruhig, ob das Gebet und die Buße ihn zum Mörder gemacht hätten oder ob es nicht eher der Satan, der Böse, sei, von dem er sich leiten lasse. Hatte der Teufel ihn etwa nicht auf dem Wasser gehen und seine Jünger in der Luft schweben lassen?

»Sprich nicht über Dinge, die du nicht kennst. Denn es steht geschrieben: Sie haben Herzen, mit denen sie nichts verstehen, sie haben Augen, mit denen sie nicht sehen, sie haben Ohren, mit denen sie nicht hören, also sind die Sorglosen, die auf einer Stufe mit den Tieren stehen.«

Ich erwiderte, es sei mir lieber, mit einem Tier auf einer

Stufe zu stehen als mit einem falschen Frömmler wie ihm, der aus Ehrgeiz fünf Unschuldige hatte vergiften wollen und kaltblütig einen wehrlosen Sklaven und eine gerechte, großherzige Frau umgebracht hatte.

»Eine gerechte, großherzige Frau!« äffte er mich nach. »Du mußt wirklich ein besonders dummer Eunuch sein, wenn du solche Worte in den Mund nimmst! Die Frau ist nur ein niederes Wesen, das Allah dem Mann unterstellt hat, um ihm Kinder zu gebären. Alles andere kommt vom Teufel. Und wenn eine Frau ihren Aufgabenbereich übertritt, ist es die Pflicht eines jeden aufrichtigen Gläubigen, sie in die Hölle zu schicken. Wir Anhänger der reinen Lehre, die wir uns mit Allah zu vereinigen suchen, sind aufgrund unserer Enthaltsamkeit dazu berechtigt. Die anderen, die Hurer, die sich den Frauen unterwerfen, wie es dieser verachtenswerte Kalif tut, werden in Schweine oder Affen verwandelt, wie es ihnen die Schrift verheißt.«

Wo im Koran hatte er eine solche Verdammung der Frauen und eine solche Ermächtigung zum Mord gefunden?

»Kann ein ungläubiger Hund wie du einem Sohn des Lichts Lektionen erteilen? Aber ich will dir dennoch antworten: Wir sind mit Allah vereint, und allein nach seinem Willen richten wir unser Verhalten aus. Alles, was wir tun, kommt von ihm.«

Ich fragte, ob es denn Allahs Absicht sei, daß er, Yahia, meine Mutter und den Kalifen ermorden solle.

»Deine Mutter ist in Gefahr, Byzantiner. Sie hat das Gesetz des Höchsten verletzt. Was den Kalifen Al-Muttaki betrifft, so hat er sich der Hurerei schuldig gemacht. Er muß abgesetzt und in der Hauptstadt vor ein Gericht gestellt werden. Ich sehne den Tag herbei, an dem unser Beschützer, der große Emir Tuzun, diese gute Tat vollbringen wird. Jetzt kannst du mich meinetwegen umbringen; meine Brüder stehen schon zu Hunderten bereit, um meinen Platz einzunehmen.«

Meine Mutter hörte mir voller Angst zu, während ich ihr immer wieder versicherte, daß dieser Mann ein Besessener sei. Ich hatte gesehen, wie Satan für ihn und die Seinen Wunder vollbrachte. Er und seine teuflische Bande würden nicht ruhen, bis sie,

Myriam, tot und begraben wäre wie die alte Zubayda. Die Flucht sei unsere einzige Rettung. Wir sollten uns noch am gleichen Abend auf den Weg machen. Sie war eine gute Reiterin. In drei Tagen könnten wir die byzantinischen Armeen erreichen, die ihre Zelte noch immer unter den Festungsmauern Edessas aufgeschlagen hatten. Dort wären wir vor dem Wirken Satans und der anderen bösen Geister sicher.

»Mein Sohn«, antwortete sie leise, »ich habe dir bereits gesagt, daß ich in der Hand Allahs des Barmherzigen bin. Ich weiß, daß meine Tage gezählt sind und will keinen Versuch unternehmen, dem Schicksal zu entrinnen, das er mir vorgezeichnet hat. Das Oberhaupt der Gläubigen und ich werden uns hienieden dem Willen des Höchsten fügen.«

In der Folgezeit bekam ich meine Mutter nur noch selten zu Gesicht. Auf meinen Rat hin hatte sie von ihren Ausritten und ihren Besuchen auf dem Friedhof Abstand genommen. Aber sie empfing mich auch fast nie in ihrem Pavillon, wobei sie stets irgendeine Unpäßlichkeit vorschützte. Doch fast jede Nacht hörte ich von der Terrasse her ihre melancholische Stimme.

Ich betrachtete es immer noch als meine Pflicht, über sie zu wachen. Sobald es dunkel wurde, schlich ich bewaffnet um ihren Pavillon herum und versuchte, meine Eifersucht zu unterdrücken, wenn ich die lächerliche Gestalt ihres Besuchers kommen sah. Und ich weinte im stillen, wenn ich den Gesang ihrer Lust vernahm.

Eines Tages jedoch lud sie mich zum Abendessen ein und bat mich, schon etwas früher zu kommen, damit wir uns noch ein wenig unterhalten könnten. Ich fand sie in ihrem Boudoir auf dem Sofa sitzend. Sie trug ein funkelndes Kleid aus scharlachroter Seide, das mit goldenen Vögeln bestickt war, deren Augen, Schnäbel und Krallen aus Rubinen und Smaragden bestanden. Die Schminke, zu der sie wohl notgedrungen gegriffen hatte, überdeckte nur schlecht die Falten, die der Kummer in ihr Gesicht gegraben hatte. Ich setzte mich auf den Teppich neben sie, doch ob es nun an mir oder an ihr lag, die Geborgenheit und die Ungezwungenheit von früher wollten sich diesmal nicht einstellen.

Wir blieben lange so sitzen, lauschten dem Gezwitscher der Vögel in der Voliere und dem vertrauten Plätschern des kleinen Wasserfalls im Park und sahen, wie die purpurnen Fensterscheiben in der Abendsonne aufleuchteten.

»Mein geliebter Sohn«, begann sie schließlich, und ihre Stimme zitterte ein wenig, »ich bin untröstlich über die Kälte, die du mir in letzter Zeit entgegenbringst. Ich wüßte gerne den Grund dafür.«

Ich fand es seltsam, daß sie mir Kälte vorwarf, wo sie mir doch ständig den Besuch bei sich verwehrte.

»Es bekümmert mich, wenn ich deine Verachtung für meinen Gebieter spüre. Ich bin nicht die einzige, die es bemerkt hat: Du kannst nicht von ihm sprechen, ohne daß du versuchst, ihn lächerlich zu machen. Dabei ist er ein gütiger, großzügiger Mensch, und mir ist der Gedanke gekommen, daß du vielleicht meine Zuneigung zu ihm nicht ertragen kannst. Findest du nicht, daß es schlecht ist, zu handeln, wie du es tust?«

Die Zornesröte stieg mir ins Gesicht. Ich erhob mich, trat dicht vor sie hin und machte meinem Herzen Luft: War es etwa schlecht, daß ich aus Liebe zu ihr die dummen Bemerkungen, die Beleidigungen und die Schläge dieses gekrönten Schwachkopfs ertrug? War es schlecht, daß ich still in meiner Ecke schluchzte, während dieser alte Mann sie vergewaltigte? War es schlecht, daß ich blieb, um sie zu verteidigen, und gleichzeitig bereit war, sie dem zu überlassen, den sie mir vorzog?

Sie weinte.

»Ich ziehe ihn dir nicht vor, o mein Kind! Ich liebe dich mehr als alles auf der Welt. Und auch ihn liebe ich mehr als alles auf der Welt! Aber meine Liebe zu ihm und meine Liebe zu dir sind nicht von derselben Art.«

Diese schönen Worte konnten die Wahrheit nicht verhüllen: Dieser dicke Mann belegte sie völlig mit Beschlag. Er hatte ihre Freiheit und ihre Schönheit gekauft und stahl ihre ganze Zeit. Sie denke nur an ihn, warf ich ihr vor, und sie sei bereit, ihm ihr Leben zu opfern. Ich hingegen müsse mich mit den Brosamen begnügen, die vom Festschmaus abfielen.

Sie seufzte.

»So etwas habe ich schon befürchtet. Du bist eifersüchtig auf ihn. Ein solches Gefühl mußte ja zwangsläufig in dir aufkommen. Aber kannst du denn nicht verstehen, daß ich euch beide auf unterschiedliche Art und Weise liebe, weil mein Verhältnis zu euch jeweils ein anderes ist? Dich, Basileios, liebe ich aus tiefstem Herzen als meinen Sohn.«

Wenn sie mich tatsächlich so sehr liebte, so konnte sie es ja beweisen. Besser als weiterhin ihr Leben und das meinige aufs Spiel zu setzen, um diesen Kalifen zu schützen, solle sie sich dazu entschließen, mit mir zu fliehen. In Konstaninopel würde der Kaiser ihr Schutz gewähren und ihr gewiß die Stellung einräumen, die ihr als Mutter eines seiner Söhne gebühre.

Ihre Tränen machten mich nervös.

»Was du von mir verlangst, ist verrückt! Niemals werde ich dies tun! Niemals werde ich einen so guten Mann, einen so edlen Menschen verlassen! Du kannst alles von mir verlangen, aber das nicht!« Ich hatte ihre Antwort schon vorausgeahnt und spürte abermals Wut in mir hochsteigen. Doch da setzte die Ankunft der Gäste unserer Zweisamkeit ein Ende. Wie am ersten Abend hatte meine Mutter die Armenierin und Aba, die Nubierin, eingeladen.

Beim Abendessen wurde nicht viel gesprochen. Meine Mutter kämpfte mit den Tränen, und ich stocherte lustlos auf meinem Teller herum, während ich versuchte, meine Wut zu unterdrücken. Unsere Gäste errieten wohl den Konflikt und beschränkten ihre Unterhaltung auf die Äußerung von Belanglosigkeiten.

Zweimal ging ich während der Mahlzeit hinaus und inspizierte die Umgebung. In den Büschen hörte ich ein verdächtiges Rascheln, das eindeutig nicht von dem schwachen Abendwind herrührte. Ich sah nach, konnte aber nichts entdecken. Trotzdem war ich sicher, daß man uns ausspähte, daß man vielleicht sogar beabsichtigte, uns zu überfallen.

Doch die Überraschung war anderer Natur: Als wir uns von der Tafel erhoben hatten und in den Salon hinübergingen, wo der Wein gereicht wurde, erschien ein kleiner Mann. Aus seinen riesigen Augen, die durch das Khol noch größer wirkten, strahlte ein merkwürdiges Licht. Sein spärlicher Bart hob seine geschminkten Lippen hervor, die bereits vor Verlangen bebten, seinen Gefühlen im Lied Ausdruck zu verleihen. Er stellte die Gitarre zu seinen Füßen ab und verneigte sich zuerst tief vor meiner Mutter und dann vor ihren Gästen.

»Al-Motnabbi!« flüsterte die Armenierin, die plötzlich ganz blaß geworden war. »Myriam, ist es nicht ein großes Risiko für uns alle, einen Dichter, einen Mann, in den Harem kommen zu lassen?«

»Ich nehme die Verantwortung auf mich«, erwiderte meine Mutter mit einem traurigen Lächeln. »Dieser Abend sollte der Abend der Versöhnung sein, und ich wollte dieses Ereignis von unserem größten Dichter besingen lassen. Ich habe ihn als Soldaten verkleidet hereinschmuggeln lassen. Er wird den Harem heute nacht wieder verlassen. Man bringe den Wein!«

Der Wein wirkte Wunder. Die Angst der Gäste, der Kummer meiner Mutter und sogar meine Wut schienen sich in unseren Weinschalen aufzulösen. Wie immer vermittelte uns der Wein sein vergängliches Glück, machte uns sorglos und fröhlich. Die Wirkung des Alkohols ließ märchenhafte goldene Wolken an uns vorüberziehen und färbte den Raum rot wie eine untergehende Sonne. Der Dichter meinte, der Rebensaft sei ausgezeichnet für die Stimme. Er sprach ihm in der Tat tüchtig zu und erzählte dabei merkwürdige Geschichten von fliegenden Teppichen und Wunderlampen und entfloh mit uns in eine fabelhafte Welt. Als er glaubte, er sei nun in der Lage, seine Gefühle auszudrücken, stimmte er das Instrument und begann zu singen.

Das erste Lied war eine Hymne auf das Glück, das den Gästen inmitten der blühenden Gärten zuteil würde: »Die Augen der Narzissen sind geöffnet, die Wangen der Veilchen entflammen, die Orangen- und Zitronenbäume verbreiten ihren Duft...«

Dann sang er lange von Schönheit und Zärtlichkeit. Er besaß die Kunst, die Gedanken seiner Zuhörer in Worte zu kleiden; seine Verse sprachen von den geheimen Gefühlen und Wünschen eines jeden von uns. Wie verzaubert hörten wir ihm zu und fühlten uns glücklich dabei. Aber ein wenig später wurde mir klar, daß seinen Gedichten, gleichsam als falsche Note, eine gewisse Verachtung für Frauen innewohnte: »Wenn eine Schöne heimtückisch ist, hält sie ihr Versprechen, denn es liegt in ihrem Wesen, daß ihre Treue von kurzer Dauer ist. Wenn sie liebt, so liebt sie zärtlich, aber wenn sie dich haßt, so geh, denn ihr Haß hat keinen Grund ...«

Mir schien, daß sich in seinen Versen die Geringschätzung widerspiegelte, die man hierzulande gegenüber allem Weiblichen bekundete. Ich machte ihn darauf aufmerksam. Und ich erinnere mich an den Ausdruck freudiger Überraschung auf dem Gesicht meiner Mutter, als ich dem Dichter erklärte, daß wir Byzantiner, und selbst die Eunuchen, ihre Liebe anders auszudrücken verstünden. Und da er mir in einer Art Herausforderung die Gitarre hinhielt, stimmte ich, ohne den Blick von meiner Mutter zu wenden, die Verse des Hohelieds an:

»Siehe, meine Freundin, du bist schön!
Deine Augen sind wie Taubenaugen
hinter deinem Schleier.
Dein Haar ist wie eine Herde Ziegen,
Die gelagert sind am Berge Gilead herab.
Deine Zähne sind wie eine Herde Schafe,
Die aus der Schwemme kommen ...«

Diesmal verschleierten Freudentränen ihren Blick.

Wenn ich heute, da ich älter und ein wenig weiser bin, noch einmal lese, was ich damals schrieb, denke ich, daß es mir seinerzeit sowohl an Sachlichkeit als auch an Nachsicht gebrach. Ich beschreibe den Kalifen Al-Muttaki, wie ich ihn mit den Augen eines jungen Mannes sah, den die Leidenschaft verzehrt. Meine Mutter verteidigte ihn mit den Argumenten der Liebe. Doch wer war er wirklich? Zweifellos, wie wir alle, ein Mensch mit Stärken und Schwächen, den jeder einzelne, abhängig von seiner Gemütsart, nach den guten oder nach den schlechten Eigenschaften beurteilte. Können Menschen überhaupt ganz gut oder ganz schlecht sein?

10

Ein heißer Wüstenwind suchte uns jeden Tag heim. Schwere, dunkle Staubwolken wurden urplötzlich herangetragen und legten sich wie ein Leichentuch über die Stadt. Jedermann verkroch sich dann hinter seiner Tür und erschauerte vor dem Geheul der Dschinns in den Gassen und Kaminen. Wenn später wieder die Sonne hervorkam, war alles mit einer grauen Schicht bedeckt; die Kehlen waren ausgetrocknet, und der Sand knirschte zwischen den Zähnen.

Der Kalif saß in seinem Palast und langweilte sich. Eines Tages, als das Wetter etwas besser zu sein schien, gab er den Befehl zu einer Jagd. Dies war ein befremdlicher Einfall, wenn man bedenkt, wie rasch die Stürme um diese Jahreszeit losbrechen können. Meine Mutter sollte ihn begleiten, und ich wurde ebenfalls eingeladen, daran teilzunehmen.

Gleich nach dem Morgengebet brach die Gesellschaft auf. Die Hitze war bereits ziemlich drückend, und der graue Himmel lastete auf Mensch und Tier wie ein Mantel aus Eisen. Über zweihundert Piköre, Treiber, Falkner und Wachen umkreisten den Zug. Zwanzig Minister und Berater mit Turbanen und schwarzen, goldbestickten Mänteln drängten sich um den Kalifen wie Wespen um einen Honigtropfen. Da waren Nasir, der große Emir und Beschützer, sein Bruder Saif, ein intriganter Schönling, Hassan Ben Hazun, einer der gefürchtetsten Kriegsherren, Mohammed Ben Inal und viele andere, die danach strebten, durch ihre Unterwürfigkeit in die Gunst des Erhabenen zu gelangen. Auch Yahia befand sich unter ihnen; er würdigte uns keines Blickes. In seiner kindlichen Einfalt ritt der Kalif voran. Er hielt einen seiner Lieblingsfalken in der Hand, die für teures Geld aus Nowgorod importiert worden waren.

Meine Mutter und ich ritten Seite an Seite hinter der Schar her. Ihr Gesicht war nur mit einem Gazeschleier verhüllt, der ihre Züge erahnen ließ. Sie wirkte erschöpft. Ich erinnere mich, sie noch einmal angefleht zu haben, den Kalifen seiner tierischen Natur zu überlassen und mir nach Byzanz zu folgen. Ich drang lange in sie, doch es war, als predigte ich tauben Ohren. Auf meine inständigen Bitten erwiderte sie kein Wort.

Wir erreichten Semuniye, eine kleine Oase, die sich um einen Tümpel herum schmiegt. Kein menschliches Wesen lebt in dieser Abgeschiedenheit, in die sich nur ein paar Reiher auf der Flucht vor dem Wüstenfuchs verirren.

Mehrmals wateten die Sklaven in den Tümpel, um die Vögel zum Wegfliegen zu bewegen. Umgeben von seinen Leuten, hatte der Kalif ganz aufgeregt seinen Falken losgekettet und schickte sich an, ihn hochzuwerfen, aber die Reiher waren nicht in der Stimmung, sich jagen zu lassen. Sie entfernten sich mit kleinen Sprüngen vom Wasser und meinten wohl, das heiße Wetter eigne sich nicht für den verhängnisvollen Flug. Und die langen Gesichter der Höflinge und Minister spiegelten die Enttäuschung ihres Herrn wider.

Plötzlich sah ich meine Mutter kreidebleich vom Pferd springen und im Dickicht verschwinden. Ich rannte ihr nach und fand sie an eine Palme gelehnt, wo sie sich heftig übergab. Als sie den Kopf hob und mein besorgtes Gesicht sah, beruhigte sie mich:

»Sei nicht besorgt darüber, daß mir gelegentlich schlecht wird, o mein Sohn«, murmelte sie, während sie sich mit dem Rücken an den rauhen Stamm lehnte. »Obgleich mir in letzter Zeit immer häufiger übel ist, werden diese Unpäßlichkeiten bald wieder verschwinden. Sie sind Vorboten einer großen Freude: Nach zwanzig Jahren Unfruchtbarkeit hat Allah mich erhört; er wird mir ein Kind schenken.«

Ich war wie vom Blitz getroffen.

»Freue dich mit uns über diese Segnung des Allmächtigen, o mein Sohn, und hab Dank; denn es ist gewiß die Freude über deine Anwesenheit, die mich für den Samen meines Herrn empfänglicher gemacht hat.«

Das war also der Grund, weshalb sie mich in letzter Zeit nur noch so selten empfing. Doch wie hatte ich die häßlichen gelblichen Schatten übersehen können, die bereits ihre Augen und ihren Mund umgaben? Wieso hatte ich mich nicht über ihr häufiges Unwohlsein gewundert?

»Ich habe es dir nicht früher mitgeteilt, weil mir die Matronen erst gestern mit Sicherheit sagen konnten, daß es so ist...«

Ein schwaches Lächeln umspielte ihre Lippen, als sie mir von diesen Anfängen ihrer Schwangerschaft erzählte. Ich war völlig außer mir. Wenn ich schon ihr Verhältnis zu dem Kalifen nicht ertrug, so brachte mich die Vorstellung, daß sie ein Kind von ihm erwartete, vollends aus der Fassung. Ich fand diesen Sachverhalt gleichzeitig grauenerregend und grotesk; er war mir unerträglich. Es gelang mir jedoch, mich zu beherrschen.

»Der Erhabene ist überglücklich. Er hat schon mehr als vierzig Kinder, aber er rechnete nicht mehr damit, eines von mir zu bekommen...«

Es war zwecklos zu hoffen, sie diesem Dickwanst noch entreißen zu können. Sie würden jetzt wie zwei alberne Jungvermählte gemeinsam das Wachstum, die Geburt und die ersten Schritte des lieben Kleinen beobachten. Meine Niederlage war vollkommen.

Ich mußte den Kalifen um Erlaubnis bitten, mit meiner Mutter, die unter einer neuerlichen Unpäßlichkeit litt, zum Palast zurückzureiten. Ich konnte kaum seinen triumphierenden Blick ertragen; aber vielleicht war seine Siegermiene auch nur auf die Rückkehr des Falken zurückzuführen, der seine Beute noch in den Klauen hielt und den blutigen Federball heftig mit dem Schnabel traktierte.

Als wir unter dem grauen Himmel, aus dem alle Hoffnung gewichen war, im müden Schritt der Pferde dahinritten, überschüttete sie mich mit ihren Herzensergüssen: Das Kind würde ein Junge, die Anzeichen dafür seien eindeutig; er würde dem Kalifen ähnlich sehen und den Namen Ibrahim tragen wie der Stammvater der drei Religionen; später würde er ein großer Kapitän werden... Ich hätte sie nicht für fähig gehalten, so viel albernes Zeug von sich zu geben. Und ich biß mir auf die Lippen, um nicht laut aufzuschreien.

Der Wind wehte immer stärker, und ich trieb meine Mutter zur Eile an, damit uns der Sturm nicht einholte. Doch nachdem sie sich wieder völlig von ihrer Übelkeit erholt hatte, plapperte sie hemmungslos weiter, offensichtlich erleichtert darüber, daß sie mir ihr Geheimnis endlich anvertraut hatte.

»Ich freue mich, o mein Sohn, daß du die Neuigkeit aufnimmst, ohne wütend zu werden. Denn du bist ein wenig aufbrausend, wohl auch ein wenig eifersüchtig, und ich hatte die ganze Zeit Angst, dir die frohe Kunde mitzuteilen. Wieder einmal hat Allah Barmherzigkeit walten lassen. Weißt du, die Rührung des Erhabenen erinnert mich an die Rührung deines Vaters, des Kaisers, als ich ihm deine Geburt ankündigte.«

Der Sand wurde vom Wind bereits hochgetragen und tanzte in Wirbeln um die Beine unserer Pferde. Wir mußten uns beeilen.

»Übrigens habe ich stets viel Zuneigung für Romanos bewahrt«, fuhr meine Mutter unbeirrt fort. »Was er getan hat, konnte er nicht vermeiden. Durch seinen Eid war er gebunden. Doch ich will dir meine innersten Gedanken anvertrauen: Das einzige, was ich ihm zum Vorwurf mache, ist, daß er aus dir einen Menschen gemacht hat, dem niemals die Freuden der Liebe und der Vaterschaft vergönnt sein werden. Ja, ich nehme es ihm übel, daß er ein so schönes Kind verstümmelt hat, es zu einem armen Eunuchen, einem Behinderten gemacht hat, den ich von ganzem Herzen bedaure ...«

Das Heulen des Sturms hinderte sie daran, meinen Aufschrei zu hören. Jetzt bedauerte sie mich auch noch! Ihre Liebe zu mir war nichts als Mitleid, und ihre schönen Gefühle beschränkten sich in Wirklichkeit auf die Anteilnahme, die man einem Krüppel entgegenbringt.

In diesem Augenblick wurde mir eines klar: Nur der Tod des Kalifen konnte uns befreien.

Meine Mutter durchlebte eine schwierige Zeit. Sie litt unter ständiger Übelkeit und war gezwungen, das Zimmer zu hüten. Oft leistete ich ihr dabei Gesellschaft. Ich hielt es für meine Pflicht, sie zu beruhigen, und ließ mir von meiner Absicht, den Kalifen zu töten, nichts anmerken, um sie nicht aufzuregen.

Nachdem ich meinen Entschluß gefaßt hatte, war ich wieder ruhiger geworden. Ich hatte mich in gutem Glauben davon überzeugt, daß ich weder aus Haß noch aus Rachsucht handelte und daß das Urteil, welches ich über den Kalifen gefällt hatte, von meinem Wunsch diktiert worden war, sie zu beschützen. Der Tod des Kalifen würde ihr die Freiheit bringen und ihr erlauben, dieses Land mit seinen barbarischen Sitten zu verlassen und sich wieder Byzanz und der Orthodoxie zuzuwenden, die sie niemals hätte verlassen sollen.

Tuzun, der potentielle Verbündete meines Vaters, mußte demnach rücksichtsvoll behandelt werden. Ich hatte mein Lager gewählt und mußte mich nun wie ein treuer Partner verhalten. Wenn seine Politik die Ausschaltung des Kalifen vorsah, mußte ich mich bemühen, ihn darin zu unterstützen.

Gleich am ersten Abend nach meinem Entschluß hatte ich daher die unendliche Schachpartie absichtlich verloren und dem vermeintlichen Sieger meine Huldigungen dargebracht. Ich erlaubte mir, ihn bezüglich seiner bewundernswerten Taktik um Rat zu fragen, und ließ ihm zum Dank dafür dreißig Krüge eines byzantinischen Weins bringen, den er für sein Leben gern trank.

Jeden Abend saßen wir nun zusammen und sprachen dem Rebensaft zu. Er war so dumm wie die Hühner auf dem Hühnerhof, und er tat mir fast ein wenig leid, wenn ich daran dachte, daß ihn dasselbe Schicksal erwartete wie das arme Federvieh. Bei ihm hatte ich leichtes Spiel. Ohne den Namen Tuzun zu erwähnen, begann ich damit, ihm seinen Palast in Bagdad in Erinnerung zu rufen, den unermeßlich großen Thronsaal mit den Säulen aus Kristall und Elfenbein, den prächtigen Marmorbogen der Portalvorhalle und den Silberbaum, den er in einem seiner Gärten hatte errichten lassen. Bald spürte ich, wie sich Bedauern in ihm regte, diese Schätze zurückgelassen zu haben, und ich führte ihm die Langeweile vor Augen, die er in dem armseligen Marktflecken Rakka verspürte.

»Weißt du, daß ich im letzten Monat nur zweimal zur Jagd gewesen bin und dabei nur dreißig Gazellen und fünfzig Reiher erlegt habe? Die Wildbestände nehmen ab, und fast täglich sucht Allah der Barmherzige uns mit diesen schrecklichen Stürmen heim …« Zuweilen hielt er es für angebracht, von meiner Mutter zu sprechen, und wunderte sich in kindlicher Weise über unsere Ähnlichkeit. Ich ermunterte ihn nicht zu diesen Vertraulichkeiten. Ich befürchtete, mich nur schwer beherrschen zu können, wenn er dazu überging, sich mit seinen Liebeskünsten zu brüsten. Indessen hielt ich es ihm zugute, als er mir seinen Entschluß mitteilte, sich bis zum Ende der Schwangerschaft anderen Frauen zuzuwenden, da ihm die ständigen Unpäßlichkeiten seiner Jarya lästig wurden. Ich lobte seine Entscheidung und wies ihn noch nachdrücklich darauf hin, daß meine Mutter wirklich sehr viel Ruhe brauche.

»Sag mir, wie machen es eigentlich die byzantinischen Kaiser? Es heißt, sie seien stets in bester Form und zu neuen Eroberungen bereit.«

Ich log und versicherte ihm, daß sie regen Gebrauch von einem Gebräu machten, das aus zerstoßenen Vipernköpfen, pulverisierten Antilopenhörnern und grauem Amber gemixt wurde. Und ich versprach ihm, daß ich ihm ganze Krüge dieses Liebestranks gleich bei meiner Rückkehr nach Byzanz zukommen lassen wolle.

Starr vor Staunen hörten mir die Minister und Berater zu und konnten sich gar nicht genug über die plötzlichen Gunstbeweise mir gegenüber wundern. Bald beschloß der Kalif, sie von unseren Treffen auszuschließen, und empfing mich fortan in seinen Gemächern, fern von lästigen Mithörern. Unsere Zechgelage dauerten bis spät in die Nacht, und da er dem Wein einen nur geringen Widerstand entgegenbrachte, hatte ich ihn mehrmals in meiner Gewalt. Doch ich hatte ihm ein anderes Schicksal zugedacht.

Einige Tage später erwachten die Stadt und der Palast in einer ungewöhlichen Stille. Kein Trompetenstoß und kein Wiehern war zu hören; dabei setzte dieser Lärm üblicherweise gleich beim Aufruf zum Morgengebet ein. Aus den Kasernen ertönten nicht mehr die knappen Befehle der Offiziere; man vernahm vom Feld her nicht mehr den Lärm der Übungsattacken. Von den Festungswällen aus stellte man überrascht fest, daß das riesige Lager von Nasirs Armee abgebrochen worden war.

Jedermann fragte sich, warum der Emir plötzlich abtrünnig geworden war. Dann erfuhr man von dem Pakt, den Nasir und Tuzun miteinander geschlossen hatten: Der Türke sollte Großemir bleiben und Bagdad behalten; sein ehemaliger Feind sollte als Gegenleistung für die Abtretung großer Gebiete und den Erhalt eines stattlichen Geldbetrags den Kalifen seinem Schicksal überlassen.

Als man ihm die Nachricht überbrachte, bereitete sich der Erhabene gerade auf die Leitung des Freitagsgebets in der großen Moschee vor. Er schnallte sein Schwert um und hüllte sich in den Mantel des Propheten. Auf die Neuigkeit reagierte er verstimmt: »Soll ich vielleicht Tuzun, diesem Schlächter, der sich für den Herrn über Bagdad hält, verzeihen? Man soll den guten Nasir aufsuchen und ihn dazu bewegen, seine Entscheidung rückgängig zu machen.«

Ich hatte hinreichend zu dieser Entscheidung beigetragen, um zu wissen, daß sie unerschütterlich war. Und der Wind mußte nur noch ein wenig stärker wehen, damit die Wetterfahne ihre Richtung änderte.

In derselben Nacht traf ich mich mit Yahia auf dem kleinen Friedhof der Frauen. Der Himmel war nicht ganz wolkenlos, und ein fahler Mond bedachte uns mit seinem trüben Schein. Bewegte Schatten verfingen sich auf dem grauen Gras, und der Wind säuselte durch das zitternde Laub.

Der Sekretär hatte seine versteinerte Miene nicht abgelegt. Aber während er sich bei unseren ersten Gesprächen außerordentlich mißtrauisch gezeigt hatte, schien er jetzt Vertrauen zu mir gefaßt zu haben.

»Byzantiner, ich kann nur bewundern, wie du die Verhandlung geführt hast, für deren Zustandekommen ich mich seit Monaten vergeblich eingesetzt habe. Ich weiß, daß das Gold des Kaisers an der Entscheidung Nasirs nicht unmaßgeblich beteiligt war und daß Jakob, der jüdische Bankier, in diesen Tagen beachtliche Geschäfte getätigt hat. Doch muß ich zugeben, daß ich deine Beweggründe nicht ganz verstehe, wenn man bedenkt, wie heftig sich deine Mutter dem Großemir Tuzun entgegenstellt.«

Die Antwort darauf war einfach: Der Großemir habe mich gütigerweise von seinem Plan unterrichtet, und ich setzte mich nun als Gesandter des Kaisers, seines zukünftigen Verbündeten, für die Beendigung der Kämpfe ein, die den Islam spalteten, und förderte die Rückkehr des Kalifen nach Bagdad.

»Aber deine Mutter…«

Ich entgegnete ihm, meine Mutter sei nur eine Frau und verstehe nichts von Politik. Und müsse man nicht den Interessen des Staates Vorrang vor den eigenen kindlichen Gefühlen einräumen?

Yahia nickte zögernd mit dem Kopf und strich etwas verlegen seinen Bart glatt.

»Ich bin nicht sicher, ob sie nichts von Politik versteht…«, meinte er vorsichtig. »Weißt du, daß sie den Kalifen davon überzeugt hat, gleich morgen früh eine Botschaft an Ischkid, den Emir von Kairo, zu schicken, dessen Armee im nahen Aleppo stationiert ist, um ihn zu bitten, ihm zu Hilfe zu eilen?« Ich wußte überhaupt nichts von diesem Brief, ließ es mir aber nicht anmerken. Im Gegenteil, ich versicherte dem Sekretär, daß er sich darüber keine Sorgen zu machen brauche. Alles verlaufe wie geplant, und es bleibe bei unserem Abkommen.

Wir trennten uns in bestem Einvernehmen und bekräftigten noch einmal den Inhalt unserer Abmachung: Yahia würde nichts mehr gegen meine Mutter unternehmen; ich würde den Kalifen dazu bringen, nach Bagdad zurückzukehren und dort vor den Großemir zu treten, und meine Mutter würde mich als freie Frau nach Byzanz begleiten.

Die Anstrengung, die Ausdauer und die Verbissenheit, mit denen wir Eunuchen unser Ziel verfolgen, ließen mir keine Zeit mehr zum Grübeln. Meine Nächte wurden nicht mehr vom Gesang meiner Mutter gestört; sie war endlich zur Ruhe gekommen. Und ich hatte ein gutes Gewissen dabei. Setzte ich mich etwa nicht für das Wohl des Reiches ein, wenn ich auf den Tod des Kalifen hinwirkte?

Ich war in meinem Element. An Gold fehlte es mir nicht, und nacheinander brachte ich Berater und Minister dazu, meine

Ansichten zu teilen. Wieder einmal zeigte sich, daß es keine Macht gibt, die nicht käuflich wäre. Manchen, die sich in weiser Voraussicht ein festes Einkommen wünschten, versprach ich hohe Verwaltungsämter, die es ihnen später erlauben würden, ordentlich zu kassieren. Und anderen, deren Lüsternheit mir bekannt war, schenkte ich Geschöpfe, die geeignet waren, ihre traurige Neigung zu befriedigen.

Das Ende des Sommers und der Stürme rückte näher. Eines Morgens tauchte am Rand des Palmenhains eine starke Gruppe bewaffneter Kameltreiber auf. Sie warteten. Zehn ähnlich starke Truppen verließen hinter ihnen den Schutz der Bäume und bezogen am Waldessaum Stellung. Dann folgte die riesige Heerschar des Fußvolks, Bogen- und Wurfschützen, Lanzenträger und Pikeniere, deren Säbel und Äxte in der Morgensonne glänzten. Lautlos verteilten sie sich über das ganze Westufer des Euphrat. Viele von ihnen waren Nubier, schwarze Riesen, denen man besondere Grausamkeit nachsagte. Sie verharrten reglos und schweigend in der prallen Sonne. Bis zum Mittag marschierten die Truppen des Emirs von Kairo am Flußufer auf. Sie schienen zahlreicher zu sein als die Sterne am Himmel.

Als der Muezzin zum Gebet rief, warfen sich alle gemeinsam nieder. Danach ertönten laute Trompeten- und Hörnerstöße, und in einer Staubwolke drang die Reiterei in die Palmenpflanzung vor.

Schließlich erschien der Emir, umgeben von Offizieren mit vergoldeten Helmen und Kettenpanzern. Er trug einen grünen Turban mit einem Federbusch auf dem Kopf und ritt unter Trommelwirbel im leichten Trab auf die Brücke hinaus. Ischkid war ein junger Mann von schlankem Wuchs, dessen dichter Bart seine Züge verdeckte. Er betrat die Stadt durch das Aleppo-Tor und ritt durch die jubelnde Menge bis zum Palast, wo wir auf ihn warteten.

Der Erhabene hatte mir die Ehre erwiesen, mich zum Empfang einzuladen. Wenn ich mich auch nicht zu den Ministern gesellen durfte, so war ich immerhin berechtigt, mich unter die Menge der Höflinge am Fuße des Podests zu mischen, auf dem man den goldenen Diwan des Kalifen aufgestellt hatte. Es war eine schöne Zeremonie: Der Emir warf sich, wie es Vorschrift war, neunmal vor dem Kommandeur der Gläubigen nieder; dieser reichte ihm die Hand zum Kuß und erging sich dann wieder in einer seiner langatmigen Stegreifreden, die er so sehr liebte.

Warum neigen wichtige Persönlichkeiten nur so zur Weitschweifigkeit, und warum sind sie so versessen darauf, das Wort zu behalten? Sie hören sich selbst gerne reden, ohne den anderen zuzuhören, und klammern sich an ihren Vortrag wie Papageien an ihre Sitzstange. Die Ausführungen des Kalifen waren diesmal noch ermüdender als sonst, und niemand verstand auch nur einen Satz von dem, was er von sich gab.

Es folgte ein Bankett, nach dessen Beendigung der Erhabene den Emir und seine Generäle um sich versammelte. Diesmal gestattete man mir, unter den Beratern und Ministern zu sitzen. Gespannt verfolgte ich die Taktik, die Ischkid anwandte, und war beeindruckt von seiner Geschicklichkeit. Er begann mit einer Lobpreisung des Höchsten, des Barmherzigen, der den Gläubigen einen ihm so ergebenen Kalifen geschenkt habe. Danach versicherte er, daß er und seine Männer die Diener des Beherrschers der Gläubigen seien.

Darauf begann der Kalif eine neuerliche Rede über das Glück, das ein Gebieter empfinde, wenn er sich von so eifrigen Helfern umgeben sehe. Nachdem er Allah ebenfalls ausgiebig gepriesen hatte, schloß er mit den Worten: »Es freut mich, daß du dich so rasch zu uns begeben hast, o Emir von Kairo. Am Freitag nach dem Gebet werde ich dich zum Großemir ernennen. Du wirst das Schwert der Dynastie, die Stütze des Kommandeurs der Gläubigen und der Beschützer des Glaubens sein. Umgeben von deiner Armee, wirst du mein Bollwerk gegen die Ungläubigen, die Verbrecher und die Abtrünnigen bilden.«

Darauf schlug Ischkid sich die Hände vors Gesicht, um seiner Verwirrung über die Ehre Ausdruck zu verleihen, die der Beherrscher der Gläubigen ihm zuteil werden ließ. Dann warf er sich wieder neunmal nieder, bevor er in die tiefe Stille murmelte: »Ich bin der Ehre unwürdig, die mir der Kommandeur der Gläubigen erweist. Doch ich nehme das Amt, das er mir verleiht, gerne an und werde versuchen, es mit Würde zu bekleiden, natürlich erst sobald der jetzige Großemir sein Amt niedergelegt hat.«

Auf einen Schlag ernüchtert, sprang der Kalif auf.

»Es gibt keinen Großemir mehr. Du kannst das Amt sofort übernehmen!«

Ischkid schlug seine Stirn dreimal auf den Boden.

»Verzeihe einem armen Mann, der sein Leben damit verbringt, die Wüste zu durchstreifen, o Kommandeur der Gläubigen! Keiner hatte mich vom Tod des Großemirs Tuzun unterrichtet. Ich glaubte, er sei noch im Amt und warte in Bagdad auf deine Rückkehr.«

Der Erhabene stampfte ungeduldig mit dem Fuß auf das Podest.

»Ich habe Tuzun mein Vertrauen entzogen! Er hat mich betrogen; er ist nicht mehr mein Diener!«

»Er ist aber immer noch der Führer deiner Armee, o Herr, und Allah der Allwissende verbietet mir, der Welt noch einmal den Anblick blutiger Zwietracht unter den Gläubigen zuzumuten. Tuzun erwartet dich in Bagdad, und ich kenne ihn als rechtschaffenen Mann, der seinen Herrn mit Achtung und Demut empfangen wird. Ich danke dir für deinen prunkvollen Empfang und für die Würde, die du mir verliehen hast, und kehre umgehend nach Ägypten zurück, um dort gemäß deinen früheren Anweisungen für Ordnung zu sorgen.«

Die Argumente, die ich ihm in der Nacht zuvor bei einer geheimen Unterredung dargelegt hatte, waren auf fruchtbaren Boden gefallen. Nachdem ich von seiner Ankunft unterrichtet worden war, hatte ich mich in sein Lager begeben und ihn in seinem Zelt aufgesucht. Indem ich mich auf meinen Vater berief, der gelegentlich mit ihm korrespondierte, hatte ich keinerlei Mühe, ihn zu überzeugen. Er brachte dem Kalifen ohnehin nur geringe Achtung entgegen und hatte kein Verlangen danach, sich mit Tuzun anzulegen. Sein Gehorsam hatte ihn nach Rakka geführt; seine Vernunft trieb ihn wieder fort.

Der Kalif war ratlos, als er sah, wie sein Audienzsaal sich leerte. Alles hatte sich gegen ihn verschworen, und es mußte ihm so vorkommen, als ob der Boden unter seinen Füßen wankte. Als die Sonne unterging, verschwand die Armee Ischkids in einer Staubwolke am Horizont. Der Beherrscher der Gläubigen hatte Berater und Minister weggeschickt und mich allein bei sich behalten. Den Kopf zwischen den Händen, saß er auf seinem goldenen Diwan und schien nachzudenken. Ich spürte den Hauch des Erfolgs. Er wandte sich mir zu: »Es gibt Augenblicke, in denen Allah der Barmherzige mich zu verlassen scheint. Hast du gehört, was dieser Emir gesagt hat? Bezeichnete er Tuzun nicht als rechtschaffenen Mann? Erinnerte er nicht an seine Achtung und Demut? Und wenn er nun die Wahrheit sagte?«

Das Ende des Sommers war da, und ein frischerer Wind wehte über Rakka. Dicke, weiße Wolken, die den Eindruck erweckten, als seien sie aus einer Filzdecke herausgeschnitten, zogen am Himmelszelt dahin; bald würden sie Regen bringen. In den von der Sonne versengten Büschen verkündeten Scharen von Vögeln ihre Freude, der Gluthitze entronnen zu sein. Und der Fluß schwoll von den Wassermassen an, die in den Bergen bereits niedergegangen waren.

Wie der Sommer, so neigte sich auch die Herrschaft Al-Muttakis ihrem Ende zu; und wie die Zugvögel den Oasen entfliehen, so verließen ihn nach und nach Höflinge und Minister. Es verging kein Tag, ohne daß der Kalif feststellen mußte, daß wieder einige der Seinen abtrünnig geworden waren. Selbst die Offiziere seiner Garde desertierten zuhauf, und ich sah nicht ohne Mißfallen dem Schicksal entgegen, das ihn bald ereilen würde.

Meine Mutter war abgeschlagen und tief betrübt. Ihre ständige Übelkeit bereitete mir große Sorge. Die Ärzte, die nicht wagten, ihre Unwissenheit einzugestehen, verabreichten ihr immer neue Arzneien, die ihr Beschwerden nur verschlimmerten. Ich wünschte mir sehnlichst den Tag herbei, an dem ich sie endlich einem fachkundigen griechischen Arzt anvertrauen konnte. Sie lag den ganzen Tag ausgestreckt auf ihren Kissen und klagte darüber, daß die Hitze ihr zu schaffen mache. Fortwährend ließ sie das Eis erneuern, das man aus den Kellern heraufbrachte, und ständig gab sie den Befehl, die großen Filzvorhänge mit Wasser zu besprühen.

Ich verbrachte ganze Nächte an ihrem Bett und beobachtete das Mienenspiel ihrer Träume. Die Worte, die sie im Schlaf murmelte, waren unverständlich, doch im schwachen Licht der Lampe stellte ich betrübt fest, daß ihre Züge oft von Kummer gezeichnet waren. Manchmal fuhr sie, erschreckt von den Wahnvorstellungen der Nacht, mit offenen Augen aus dem Schlaf hoch. Dann fiel sie auf ihre Kissen zurück und stammelte Worte der Enttäuschung und des Bedauerns.

Ich hatte es eilig, sie dieser scheußlichen Welt zu entziehen und ihr den Frieden und das Glück wiederzugeben, das sie verdiente. Eines Nachts wurde ich plötzlich wach, weil ich ihren Blick auf mir spürte. Ich machte mir Vorwürfe, eingeschlafen zu sein. Sie sah mich ernst an, und zu meiner Freude stellte ich fest, daß ihre Augen wieder hell und frisch wirkten. Ich fragte sie, ob sie sich besser fühle.

»Ich danke dir, daß du dich so um mich sorgst, o mein Sohn, und ich begreife, wie sehr wenigstens du mich liebst! Doch um auf deine Frage zu antworten: Es wird mir wohl erst wieder besser gehen, wenn ich das Gewicht los bin, das auf mir lastet. Du ahnst nicht, wie sehr es mich niederdrückt.«

Ich erwiderte ihr, daß sie sich die Niederlagen des Kalifen nicht zu Herzen nehmen solle. Natürlich müsse er nach Bagdad zurückkehren, doch ich habe von Ischkid und vielen anderen die Versicherung, daß Tuzun ihm nicht schaden wolle. Man habe ihn falsch eingeschätzt, und alle seien sich nun über seine Aufrichtigkeit und tiefe Ergebenheit einig.

Sie hatte die Augen geschlossen und seufzte. Dann hörte ich sie zu meiner Überraschung murmeln: »Ich interessiere mich nicht mehr für Bagdad, nicht einmal mehr für diesen verfluchten Tuzun …«

Sollte das heißen, daß sie den Wunsch hatte, wieder nach Byzanz zurückzukehren, wo ihre wahre Familie auf sie wartete?

Sie hatte sich aufgesetzt und klammerte sich heftig an meinen Ärmel.

»So versteh doch! Warum, warum nur besucht er mich nicht mehr?«

Der Schmerz saß tiefer, als ich angenommen hatte.

Am nächsten Morgen entschloß ich mich nach reiflicher Überlegung, den Kalifen aufzusuchen. Unsere Trinkgelage fanden nicht mehr so häufig statt, und ich fand ihn weder besorgt wegen seiner schwierigen Lage noch entschlossen, der Unklarheit ein Ende zu bereiten. Doch wenn es mir auch nicht zukam, ihn an seine Pflicht zu erinnern, so hatte ich dennoch das Recht, ihn vom Gesundheitszustand meiner Mutter zu unterrichten.

Er war an diesem Tag mit einer befremdlichen Zeremonie beschäftigt: Auf dem freien Platz vor der großen Moschee vollzog der Imam die Beschneidung eines der Enkelsöhne des Erhabenen, der von den wenigen noch in seinem Dienst verbliebenen Offizieren und Beratern umringten wurde. Man hatte an die hundert Knaben hergebracht, die meisten von ihnen noch im Säuglingsalter, deren Väter unbedingt wollten, daß ihre Sprößlinge der Prozedur am selben Tag wie der Abkömmling des Kalifen unterzogen würden.

Die Helfer des Imam, die, der örtlichen Tradition folgend, mit gewetzten Feuersteinen ausgestattet waren, machten sich nun mit Ausdauer daran, den Knäblein der Reihe nach die Vorhäute abzuschneiden. Das Weinen und Schreien der armen Kleinen war weithin zu hören und erfreute die Väter, die stolz auf die kräftige Stimme ihres Nachwuchses waren. Ich konnte nicht umhin, dabei an andere, für die politische Zukunft dieses Landes viel nützlichere Beschneidungen zu denken, über deren Notwendigkeit ihr Gott sie jedoch nicht aufgeklärt hatte.

Während der Imam noch eine Sure aus dem Koran murmelte, ließ sich ein kleines, aus einer Flöte und zwei Gitarren bestehendes Orchester vernehmen. Ein Sänger trat vor den Erhabenen hin und begann nach Beendigung des Gebets, in unzähligen Strophen die Größe, die Herrlichkeit und die Großmut des Kommandeurs der Gläubigen zu rühmen. Er wollte überhaupt nicht mehr aufhören, so daß selbst der alte Imam dieser Zugabe zur Zeremonie überdrüssig wurde. Nur der Kalif schien sich daran zu ergötzen.

Als das Lied schließlich doch endete, ließ der Gebieter den Gaukler vor sich hinknien und befahl ihm, den Mund weit aufzumachen. Dann leerte er ihm den Inhalt einer seiner Beutel hinein, die er stets an seinem Gürtel trug. Es waren Perlen von ansehnlicher Größe, die dem Sänger bald aus dem Mund quollen.

Vielleicht erforderte die überlieferte Freigebigkeit der Kalifen diese Belohnung, doch für einen Mann in der Lage Al-Muttakis fand ich diese großzügige Geste ziemlich unpassend. In seiner Einfalt war ihm die Nichtigkeit seines Handelns wohl nicht einmal bewußt, und ich hütete mich, ihn darauf hinzuweisen. Statt dessen hielt ich ihm den Steigbügel und folgte ihm zu seinen Gemächern.

Er erklärte sich gerne bereit, seine Jarya Myriam wieder einmal zu besuchen, von der ihn seine Geschäfte seit einiger Zeit fernhielten. Nichts wünsche er sich sehnlicher als ihre rasche Genesung. Er wollte eben in seinen unverständlichen Ausführungen fortfahren, da wurde der dumpfe Lärm der Stadt von unheilverkündenden Trompetenstößen übertönt. Dieses markerschütternde Signal erinnerte mich an die Ankündigung des Jüngsten Gerichts im Tal von Josaphat. Atemlos vom schnellen Lauf kam ein Soldat hereingestürzt und warf sich vor dem Kalifen nieder.

»Herr«, stieß er hervor, »eine starke Truppe der türkischen Garde bittet um Einlaß.«

11

Die Karawane bewegte sich langsam auf der staubigen Straße vorwärts wie eine lange, ausgetrocknete Schlange, die auf eine Wasserstelle zukriecht. Wir hatten Deir ez-Zor im Morgengrauen verlassen und würden Salihije frühestens in drei Tagen erreichen. Wenn es in dem Tempo weiterging, würde es einen Monat dauern, bis wir nach Bagdad kämen.

Das Verhalten Yazids, des Kommandanten der türkischen Garden, ließ an Korrektheit nichts zu wünschen übrig. Er war keine heitere Natur, und mit seinem tödlichen Ernst erinnerte er an einen Henker. Doch der strenge Offizier hatte sich, um die Form zu wahren, dem Befehl des Kommandeurs der Gläubigen unterstellt, um ihn in seine Hauptstadt zu geleiten. Und der Kalif hatte in seinem korrekten Auftreten nur den Beweis für die veränderten Manieren seines Herrn erblickt.

»Der Großemir und die Einwohner von Bagdad haben es so eilig, den Kommandeur der Gläubigen zu empfangen, daß mein Herr das demütige Gesuch an ihn richtet, er möge sich nur von zwanzig Kamelen und dreißig Eseln begleiten lassen. Das Gepäck wird in Kürze nachfolgen; es würde den Beherrscher der Gläubigen nur unnötig aufhalten.«

Der Kalif hatte dem Antrag des Türken stattgegeben. Und jetzt trottete er auf dem Rücken seiner weißen Stute seinem Schicksal entgegen, ein beklagenswerter Fürst, der zufrieden darüber war, daß die Zeit ihm die Entscheidung abgenommen hatte, die er selbst nicht hatte treffen wollen.

Er hatte es indessen gewagt, einige Forderungen zu stellen: Seine Uhr, sein Imam und seine Lieblings-Jarya sollten ihn auf der Reise begleiten. Es folgten ihm daher zwei Esel, die mit einem gewaltigen Gestell beladen waren. Darauf ruhte, durch eine Plane geschützt, das außergewöhnliche Gewirr von Rädchen, Ritzeln, Scheiben und Kugeln, auf das er so stolz war. Hin und wieder überprüfte er den Mechanismus und wandte sich dann wieder beruhigt ab. Der Uhr wenigstens ging es gut. Dahinter kamen der Imam und die Jarya auf Kamelen.

Der Überfall ereignete sich in einer tiefen Schlucht, kurz nachdem wir Deir ez-Zor verlassen hatten. An dieser Stelle bilden die steilen Uferböschungen einen düsteren Korridor, auf dessen Grund das Wasser des Flusses gegen die Felsen brandet. Plötzlich vernahm man das Geräusch schwirrender Pfeile und sah eine Truppe in donnerndem Galopp auf uns zu reiten. Schon war eine starke Gruppe Männer in schwarzen, goldbestickten Gewändern, den Farben der Dynastie, über uns. Zehn türkische Gardisten sanken, von Pfeilen getroffen, zu Boden. Der Zusammenstoß war kurz, aber blutig. Die fünfhundert schwerbewaffneten und geübten Männer der Eskorte hatten die Angreifer schnell in die Flucht geschlagen.

Etwa zwanzig Tote und Verletzte lagen am Boden. Als erstes befahl Yazid, den Verwundeten die Kehle durchzuschneiden. Sein Befehl wurde ausgeführt. Ich begriff, daß er sie zum Schweigen bringen wollte. Ich stand neben ihm, als er dem Kalifen Meldung machte: »Räuber aus den Bergen, o Kommandeur der Gläubigen. Sie glaubten wohl, es mit einer Handelskarawane zu tun zu haben.«

»Aber warum tragen diese Leute denn die Farben meiner Wachen und Berater?« wunderte sich der Kalif, dem der Schrecken noch in den Gliedern saß. »Und wie konnten sie die Truppe deiner Gulams übersehen, die mich umgibt?«

»Sie wollten uns hinters Licht führen«, erwiderte der andere kurz angebunden.

Man bestattete die getöteten Gardisten, indem man die Körper einfach mit Steinhaufen bedeckte. Der Imam sprach das Totengebet und flehte Allah den Barmherzigen um Gnade an. Die Sonne brannte unbarmherzig nieder, und große, schwarze Vögel begannen in der Luft über dem Ort des verhängnisvollen Geschehens zu kreisen. Die Leichen der Rebellen warf man kurzerhand ins Gebüsch. Sobald wir weitergezogen wären, würden sich die Aasfresser der Wüste darauf stürzen.

Mir fiel auf, daß meine Stute ungewöhnlich nervös war. Offensichtlich übertrug sich meine eigene Unruhe auf das Tier. Es gab Männer, die den Kalifen aus der Gewalt Tuzuns befreien wollten. Mit Sicherheit würden sie weitere Handstreiche versuchen. Ich fragte mich, wer ihnen wohl den entscheidenden Wink gegeben hatte.

Aus Vorsicht hatte Yazid eine Vorhut vorausgeschickt, die den Weg zu beiden Seiten des Flusses freihalten sollte. Er wirkte jetzt noch finsterer und mißtrauischer als in den ersten Tagen, und ich ahnte, was in seinem Kopf vorging. Wenn die Gefahr sich klarer abzeichnete, sollte er Tuzun dann nicht besser vorgreifen, indem er sich seines Gefangenen entledigte?

Der Tod lauerte auf dieser Reise wie ein Aasgeier. Obgleich er auch sonst unser ständiger Begleiter ist, war seine Gegenwart in diesen Tagen offensichtlich. Geduldig wartete er auf seine Stunde; hartnäckig heftete er sich an unsere Fersen. Er hüllte diese Landschaft, die mir so heiter vorgekommen war, in Trauer. In der Abendsonne sah ich nur noch zerstörte Mauern und verdorrte, bedrohlich wirkende Bäume; hinter jedem der versengten Büsche vermutete ich Schreckgespenster. Und die Soldaten in den schwarzen Uniformen, die neben uns her ritten, schienen uns zu einer Hinrichtung zu geleiten.

Ich ließ meine Mutter, die hoch oben auf ihrem Kamel saß, nicht aus den Augen und hielt mich dicht hinter ihr. Ihr Gesundheitszustand hatte sich deutlich verbessert, seitdem der Kalif sie wieder besuchte. Trotzdem war ich in ständiger Sorge um sie. Insbesondere fürchtete ich, daß sie bei einem erneuten Überraschungsangriff verletzt werden könnte. Plötzlich wandte sie sich um und winkte mich zu sich. Ihre Augen, die hinter dem Schleier undeutlich zu sehen waren, schimmerten in ihrem alten Glanz. »Komm heute abend zur Stunde des Gebets in mein Zelt«, forderte sie mich leise auf, indem sie sich zu mir hinunterbeugte.

Das Zelt des Kalifen war eine geräumige Wohnstatt aus Filz und Leinwand, die man bei jeder Rast aufschlug und in der gut und gern fünfzig Mann Platz gehabt hätten. Er nahm darin seine Mahlzeiten ein und schlief darin mit meiner Mutter, während sich alle anderen ihr Nachtlager in den Mulden und Gräben am Wegrand suchten.

»Komm schnell herein!« flüsterte sie mir zu.

Der Kalif hatte beim Erscheinen des ersten Sterns das Gebet gesprochen und genoß jetzt die Kühle des Abends. Im düsteren Zeltinnern, wo die Öllampen ihren üblen Geruch verbreiteten, war es heiß und stickig. Doch der Schatten meiner Mutter schien auf der Zeltleinwand zu tanzen, so sehr war sie von ihrem neuen Plan begeistert.

»Tritt ein und hör zu. Du warst Zeuge der traurigen Begebenheit von heute früh. Die Unseren sind von den verfluchten Türken in die Flucht geschlagen worden, und mehrere haben dabei ihr Leben gelassen. Doch sie wollten nur die Schlagkraft der Eskorte erproben. In drei Tagen, an der Fähre von Raoua, werden dreitausend ergebene Männer meinen Herrn befreien und uns an einen sicheren Ort bringen. Halte dich bereit, uns zu helfen, aber, o mein geliebter Sohn, sei vorsichtig ...«

Ich fragte sie, was der Kalif von ihrem Eingreifen halte.

»Er ist nicht davon unterrichtet. Weißt du, seine Reaktionen gleichen manchmal denen eines Kindes, und dies macht gerade eine der anziehendsten Seiten seiner Persönlichkeit aus. Ich muß ihn beschützen, als ob ich seine Mutter wäre.«

Ich seufzte bei dem Gedanken, daß sie ihn mir vorzog: ein Kind, aber ein männliches Kind.

»Ich habe unsere Getreuen alarmiert. Mein Gebieter glaubt ja den Lügen Tuzuns. Er bildet sich ein, er werde seine Macht wiedererlangen, sobald er in Bagdad eintrifft. Man hat ihn getäuscht ...«

Sie war bezaubernd in ihrer Lebhaftigkeit. Lange schwärmte sie mir von ihrem zukünftigen Glück vor, wenn sie erst ihren Frieden und ihre Lebensfreude wiedergefunden hätte. Dann schob sie mich rasch hinaus: Der Kalif kam zurück.

Myriam, meine Geliebte, die du als einzige Frau verdientest, von mir geliebt zu werden, warum hast du mir nicht die Augen geöffnet, warum hast du nicht bemerkt, welches Feuer mich verzehrte? Ahntest du nicht, daß meine Leidenschaft kein Teilen zuließ? An diesem Abend wäre noch Zeit gewesen, mich vor einem Fehler zu bewahren. Warum hast du mich dazu getrieben, dich zu verraten?

Wir brachen am nächsten Tag noch vor dem Morgengrauen auf. Yazid ritt hinter dem Kalifen, bereit, ihn im Fall eines erneuten Angriffs zu töten. Obwohl ich in meinem Entschluß nicht wankte, fürchtete ich, daß das Schicksal sich unter meinen Augen vollziehen und der Kummer wieder einmal die treffen würde, die ich liebte. Doch tat ich nicht alles nur zu ihrem Wohl?

Der Kalif mußte wohl mit Blindheit geschlagen sein, um von den Vorzeichen, die sich auf seinem Weg häuften, nichts zu bemerken! Eine schwarze Gazelle kreuzte von links unseren Weg; die Pfeile der Gardisten verfehlten sie; hätten sie sie getroffen, wäre das Schicksal vielleicht abgewendet worden. Ebenfalls zu unserer Linken flog ein Schwarm Stare lange Zeit neben uns her – ein schlimmes Omen. Die Sonne ging allabendlich an einem blutroten Himmel unter. Und schlimmer noch: Ein Gewitter brach los, ohne daß ein einziger Regentropfen niederging. Ich hörte lediglich sieben unmittelbar aufeinanderfolgende Donnerschläge. Das war die Heraufbeschwörung der sieben Plagen Ägyptens, ein Zeichen dafür, daß eine Katastrophe bevorstand. Und der Kalif wandelte noch immer fröhlich und unbeschwert dahin und überzeugte sich nur hin und wieder von der Unversehrtheit seiner Uhr.

Der Himmel hilft denen, die an ihn glauben, sofern sie nur Augen und Ohren offenhalten. Für die, die ihn lieben, vermag er den Schleier der Zukunft zu lüften. Die Ungläubigen jedoch straft er mit Blindheit.

Zuweilen aber schickt er ihnen merkwürdige Vorwarnungen. Als eine solche Vorwarnung konnte man einen Zwischenfall deuten, der sich in El-Kaim ereignete, einem Marktflecken, der bei den Ungläubigen für sein Derwischkloster berühmt ist. Diese vom Satan erleuchteten Mönche bestreiten ihren Unterhalt von Almosen, und der Glaube des Volkes läßt sie gut davon leben. Sie verbringen ihre Zeit damit, psalmodierend herumzuziehen und gelegentlich ein schauerliches Geheul auszustoßen. Ich erinnere mich noch genau an den schmalen, holprigen Weg, auf dem wir etwa einem Dutzend dieser Bettelmönche begegneten. In Lumpen gehüllt und mit einem Stab in der Hand, kamen sie daher und riefen mit ihren mißtönenden Schreien Allah an.

»Platz für den Kalifen Al-Muttaki!« rief einer der Gardisten, als er die Gruppe auf uns zukommen sah.

»Tretet näher, o gute Derwische«, sprach der Kalif. »Das Almosen ist eine heilige Pflicht, besonders für den Kommandeur der Gläubigen.«

Der älteste unter ihnen trat mit ausgestreckter Hand vor. Ich sehe das mißgestaltete, stinkende Subjekt noch genau vor mir, wie es seine krallenbewehrte Pfote ausstreckte. Der irre Blick seiner weit aufgerissenen Augen war starr auf den Kalifen gerichtet.

»O Beherrscher der Gläubigen«, murmelte er, während er den Beutel rasch in seinem Quersack verschwinden ließ, »tu keinen weiteren Schritt mehr auf dieser Straße! Sie ist von Allah dem Allwissenden verflucht!« Dann fing er an zu heulen: »Das Gespenst des Todes schwebt über dir, o Kommandeur der Gläubigen, es erwartet dich in Bagdad! Das Blut strömt bereits aus deinen Wunden ...«

Die Schnur von Yazids Peitsche knallte ihm ins Gesicht, und der Derwisch suchte wimmernd das Weite.

»Warum hast du ihn geschlagen?« fragte der Kalif entrüstet.

»Ich halte ihn und die Seinen für Betrüger«, antwortete der Türke. »Sie erfinden unglaubliche Dinge, um mehr zu bekommen.«

Der Vorfall verfehlte seine Wirkung indes nicht. Die Heiterkeit des Kalifen wich der Besorgnis. Mit gesenktem Kopf ritt er einher und grübelte über die Weissagungen des Derwischs nach. Doch seine Sorge schlug in jähe Angst um, als wir an die Fähre von Raoua kamen. Der Euphrat wird an dieser Stelle breiter, und seine Strömung ist weniger stark als andernorts. Ein Fährmann setzt dort die Karawanen über, die nach Bagdad unterwegs sind. Niedrige, kahle Hügel säumen den Fluß.

Der Abend kam, und wir wunderten uns über die rätselhafte Stille an diesem sonst so belebten Karawanentreffpunkt. Gewöhnlich konnte man das Geschrei der Karawanenführer und das Gebrüll der Tiere schon von weitem hören. Die ersten Leichen fanden wir in den Tamariskenbüschen am Ufer. Es waren Soldaten in schwarzen, goldbestickten Uniformen, die tiefe Stichwunden von Säbeln und Lanzen aufwiesen. Als wir uns der Übergangsstelle näherten, sahen wir das Ausmaß des Gemetzels: Verrenkte, entstellte, verstümmelte Körper bedeckten die Ufer zu beiden Seiten des Flusses. Unzählige Menschen- und Pferdeleichen trieben im Wasser. Hier und da tauchten ein Rücken, ein Arm oder zwei steife Beine an der Oberfläche auf. Und über das ganze Blutbad hatte sich die Totenstille der Friedhöfe gelegt.

Die Gardisten der Eskorte strebten ungerührt vorwärts. Das Gesicht Yazids wirkte kalt wie Bronze. Meine Mutter hatte den Kopf gesenkt; ihr Schleier verhüllte ihr Entsetzen. Der Kalif hingegen geriet in Aufregung.

»Aber hier ist ja gekämpft worden!« rief er. »Wer sind diese Soldaten, die die Uniform meiner Truppen tragen? Wer hat dieses Gemetzel angerichtet?«

Keiner antwortete ihm; nur das Gurgeln des Wassers und das Krächzen der Raben war zu vernehmen. Ein starker Verwesungsgeruch, der Gestank von Massengräbern, wurde von der Abendbrise zu uns herübergetragen. Ein grünes Banner, das in den Ufergrund gerammt worden war, flatterte leicht im Wind, und das schwarze Wasser des Flusses färbte sich im Licht des Sonnenuntergangs blutrot.

»Sie stinken bereits, und die Beine der Pferde sind steif«, murmelte einer der Gardisten. »Das heißt, die Sache muß schon heute früh passiert sein. Du hast gute Arbeit geleistet, Byzantiner.«

Kurze Zeit später erreichten wir die Fähre. Sie war im Schilf auf Grund gelaufen und mit Leichen beladen. Kein Fährmann zeigte sich; seine Behausung lag in Schutt und Asche.

»Ich will wissen, was hier vorgefallen ist!« rief der Kalif.

Da ertönte ein durchdringender Trompetenstoß, der mich

noch heute erschauern läßt. Ein Sonderkommando Gardisten trabte von den Hügeln herab. Schweigend erschienen sie nun von allen Seiten, eine finstere Schar Dämonen in schwarzweißen Uniformen. Auch am gegenüberliegenden Ufer wimmelte es von ihnen. Wir waren von einer ganzen Armee eingekreist. Nachdem die Fähre gereinigt und wieder zu Wasser gelassen worden war, konnte der Kalif an Bord gehen.

Die Männer waren mit Blut und Erde befleckt; ihre Verwundungen zeugten von der Heftigkeit des Kampfes. Sie begleiteten das Floß auf seiner Überfahrt. Dann setzte man den Weg nach Bagdad fort.

Die Uhr, die Jarya und der Imam des Erhabenen waren unversehrt. Er selbst ritt mit gesenktem Haupt; er hatte endlich begriffen: Er war gefangen, abgesetzt und dem Tode geweiht. Meine Mutter schwieg. Noch immer fest davon überzeugt, zu ihrem Besten zu handeln, fragte ich mich, wie viele Tote es wohl noch geben müsse, ehe ich sie dieser Hölle entreißen könnte. Doch hatte mein Vater mich nicht gelehrt, daß der Zweck die Mittel heiligt?

Die Morgenröte tauchte die nebelverhangenen Kuppeln und Minarette von Bagdad in ein rosafarbenes Licht. Durch das Blattwerk hindurch blickte ich auf die Stadt, die dalag wie im Traum. Sie erwachte durch den Ruf zum Morgengebet. Das Zelt des Kalifen war bei Anbruch der Nacht auf einem Platz im Vorort Sindiya errichtet worden, wo die Sommerhäuser der Sekretäre und Minister in den Mimosenwäldchen und zwischen den Rosensträuchern der Parks verstreut liegen.

Ungeduldig wartete ich darauf, daß der Erhabene sein Zelt verließ. Sobald er herausgetreten war und in einiger Entfernung mit seinen Verbeugungen und Kniefällen begann, schlich ich mich in das Zelt. Ich hatte keinerlei Vertrauen in Tuzuns Wort. Bereit, den Betrüger zu betrügen, schickte ich mich an, seinem Verrat zuvorzukommen.

Meine Mutter saß mit aufgebundenem Haar und gesenktem Kopf auf einem kleinen Teppich. Zweifellos betete sie auf ihre Weise. Ich setzte mich neben sie. Ich habe soeben von Tuzuns verbrecherischen Absichten erfahren, so sagte ich ihr. Er wolle den Kalifen in Kürze hinrichten lassen. Sie setze ihr Leben aufs Spiel, wenn sie hierbleibe. Sie könne nichts mehr für ihren Gebieter tun. Ich hätte schon alle Vorbereitungen getroffen: Zwei Pferde erwarteten uns; ich wisse, wie wir die Wachen überlisten und an einen sicheren Ort flüchten könnten. Später würden wir nach Byzanz zurückkehren.

Sie lächelte schwach.

»O mein geliebter Sohn, ich bewundere die Redlichkeit, mit der du anderen deine eigenen edlen Gefühle unterstellst. Ich weiß seit langem, warum dieser Türke meinen Herrn nach Bagdad zurückholen läßt. Er hat immer nur Haß für ihn empfunden. Das habe ich meinem Gebieter erklärt. Wir haben in dieser Nacht Abschied voneinander genommen. Er kennt das Schicksal, das ihn erwartet. Er und ich sind in der Hand Allahs des Barmherzigen.«

Diese Antwort bestürzte mich zutiefst. Um mich zu verstehen, muß man sich vorstellen, wie schwierig es für uns Eunuchen ist, die Gefühle der Frauen oder der Bärtigen zu begreifen. Wir sind anders, und ihre Beweggründe sind uns völlig fremd.

Aber, so wandte ich ein, sie sei doch nicht die Gattin dieses Mannes, sondern lediglich seine Sklavin. Ich sei bereit, sie ihrem Herrn abzukaufen; ich verfüge über die notwendigen Mittel. Warum wolle sie an seiner Seite ihr Leben aufs Spiel setzen?

Sie antwortete mir nicht gleich und suchte nach den richtigen Worten. Schließlich erklärte sie mir, daß ihre Bindung viel enger sei als die Bande, die durch Eheschließung geknüpft würden. Sie sprach langsam, und ihr klarer, offener Blick drückte mehr aus als ihre Worte. Ich hörte ihr nicht mehr zu. Ich war nur hingerissen von ihrem ungewöhnlichen Ernst, und ich fand sie schöner als je zuvor. Ihrem ganzen Wesen haftete eine Größe an, die mich bis ins Innerste aufwühlte. Das war kein Fatalismus, sondern vielmehr ein ruhiges sich Fügen in den Willen ihres Gottes. Sie kam mir vor wie die stille Botin einer unbekannten Welt, deren Sprache nicht die meine war und zu der ich niemals Zugang finden würde. Verzweifelt stellte ich fest, wie weit wir uns voneinander entfernt hatten.

Sie schwieg, und ich hielt den Kopf gesenkt.

»Mein Gebieter und ich«, fuhr sie fort, »wir sind wie ein

Rosenstrauch, an dem eine einzige Rose blüht. Jeder von beiden lebt durch den anderen und für den anderen. Was bleibt von ihnen übrig, wenn sie getrennt werden? Reißt man die Blume ab, so verwelkt sie rasch, und der Strauch bleibt, nur mit seinen Dornen geschmückt, nutzlos...«

Da betrat der Kalif das Zelt. Er wirkte ernst und strahlte eine ruhige Würde aus, die ich bisher nicht an ihm bemerkt hatte. Er lächelte mir zu und nahm meine Mutter in die Arme. »Allah weiß, und wir wissen nicht. Er läßt leben, und er läßt sterben«, murmelte er.

Sie hielten sich immer noch umschlungen, als die Zeltplane zurückgeschlagen wurde und der riesenhafte Schatten Yazids im Eingang erschien. Ein Schauer durchfuhr die beiden Liebenden, doch ohne noch ein Wort zu verlieren und ohne sich umzudrehen, verließ der Kalif hinter dem Türken das Zelt. Als er verschwunden war, drehte meine Mutter sich zu mir um.

»Geh und begleite ihn!« hauchte sie mit Tränen in den Augen.

Das Gerichtsgebäude grenzte an die Moschee. Drei Reiter standen mit unbewegter Miene vor dem Eingang: Tuzun, sein Sekretär Ibn Chirzad und sein Freund Yahia, mein ehemaliger Verbindungsmann aus Rakka. Der Kalif schritt erhobenen Hauptes an ihnen vorbei und betrat das Gebäude.

Urteilsverkündungen mußten stets öffentlich erfolgen. Der Saal war daher voll türkischer Gardisten, die stumm und reglos auf dem Boden saßen. Auf einem mit Seidenkissen gepolsterten Sessel thronte, umgeben von seinem Gerichtsschreiber und einem Offizier, der alte Kadi, einer von Tuzuns Spießgesellen, und erwartete den Beschuldigten. Er ließ ihn vor sich stehen, während der Gerichtsschreiber die Anklageschrift verlas.

Ich verstand nichts davon, doch zweifellos ist solch ungereimtes Zeug für die Gerichte der Ungläubigen normal. Wie es schien, wurde der Kalif Al-Muttaki angeklagt, beim Freitagsgebet in einem Zug mit dem Namen Allahs noch weitere Götter genannt zu haben, ein unverzeihliches Verbrechen.

»Denn es steht geschrieben: Wer Allah mit irgend etwas anderem in Verbindung bringt, begeht ein gewaltiges Verbrechen«, erinnerte der Gerichtsschreiber.

Als er mit dem Verlesen fertig war, fragte der Kadi den Angeklagten, ob er sich zu den Vorwürfen bekenne. Der kleine, dickleibige Mann hielt sich sehr aufrecht. Mit Würde begann er, seine Unterwerfung unter den Willen Allahs zu beteuern. Er wisse, daß die Sonne für ihn zum letzten Mal aufgegangen sei. Doch er flehe den Barmherzigen an, ihn nicht durch ein Scheinurteil dem Tod zu überantworten, mit dem sich Gläubige, seine Brüder, mit Schande bedecken würden. Und wenn ihm hier unwahre Dinge unterstellt würden, so erinnere er die Verleumder daran, daß das Feuer Allahs sie bis auf die Eingeweide verbrennen werde.

Ich habe mehrere Herrscher sterben sehen, sowohl armselige Fürsten als auch große Monarchen. Doch stets hat mich die Erhabenheit beeindruckt, mit der sie dem Tod gegenübertraten. Man spürt, daß eine übernatürliche Kraft in sie hineingelegt worden ist. Viele von ihnen lassen dieses Geschenk Gottes zu ihren Lebzeiten verkommen: Ein ursprünglich von Gott eingesetzter Führer entwickelt sich nicht selten zum blutrünstigen Dieb, doch in seiner letzten Stunde leuchtet aus seinem Blick noch ein Rest seiner Größe. Al-Muttaki bildete da keine Ausnahme. Dieser nichtssagende Zwerg hatte seine langatmigen Reden, seine Unentschlossenheit und seine Lüsternheit vergessen. Und indem er es unterließ, sich für sein Leben einzusetzen, verteidigte er seine Ehre.

Einer der Hauptanklagepunkte, die man gegen ihn vorbrachte, bestand in dem Vorwurf, von Menschenhand gefertigte Gegenstände verehrt und ihnen Götzendienst geleistet zu haben. Der Gerichtsschreiber führte als Beispiel die Uhr an, eine teuflische Erfindung, mit der der Kalif einen unerlaubten Kult getrieben habe: Sollte man nicht Allah und nur ihn allein verehren?

»Laß diesen Gegenstand herbringen!« befahl der Kommandeur der Gläubigen.

Auf dem Rücken der beiden Eselchen wurde die prachtvolle Uhr ins Gericht gebracht. Man hatte die Plane entfernt, und das Gold der Uhr glänzte in der Morgensonne.

»Man bringe mir eine Axt!«

Der Kadi zögerte, bevor er seine Erlaubnis erteilte, das

Werkzeug zu holen. Der Kalif nahm die Axt in die Hand und begann mit aller Kraft die Porzellanverzierungen, die Rädchen und Kugeln zu zertrümmern. In einem Höllenlärm schlug er alles kurz und klein, bis nur noch zerbrochenes Porzellan, eingedrückte Schlagwerke und kaputte Triebfedern übrig waren und die ganze herrliche Maschine nur noch aus einem Haufen zerstörter mechanischer Teile bestand.

»Wenn ich auch nur die geringste Ehrfurcht vor dieser Uhr hätte«, sprach der Kalif bebend und stellte die Axt ab, »hätte ich sie dann so behandelt? Und du selbst, Kadi, würdest du es übers Herz bringen, auf diese Weise die automatischen Figuren und die Wasserspiele in deinen Gärten in Amrat zu zerschlagen?«

Und während er sich zu der Tür umdrehte, vor der Tuzun wartete, rief er: »Schluß mit den Lügen! Ihr alle hier, die ihr euch als Richter über mich aufspielt, habt ihr mir nicht den Eid geleistet? Wo ist eure Treue? Ihr seid nichts als Eidbrüchige, verachtenswerter als die ungläubigen Hunde! Warum erfindet ihr diese Ammenmärchen, wenn ihr mir doch nur nach dem Leben trachtet? Was auch geschieht, am Tag des Jüngsten Gerichts werde ich euch wiedersehen! Denn so steht es geschrieben: Ihr werdet an diesem Tag von eurem Herrn getrennt; ihr werdet in das lodernde Feuer fallen, und man wird von euch sagen: ›So werden die Lügner bestraft!‹«

Da betrat Tuzun, ohne vom Pferd zu steigen, das Gericht. Lange heftete er seinen eisigen Blick auf den erzürnten Kalifen. Zum Kadi sagte er nur ein Wort: »Das Urteil!«

Der gestammelte Urteilsspruch war schon lange im voraus aufgesetzt worden: Da der Kalif Al-Muttaki das Volk auf dem Pfad der Sünde geführt habe und nicht auf dem Weg Allahs, solle er seines Amtes enthoben und auf der Stelle geblendet werden. Sein Besitz werde beschlagnahmt. Das Gericht flehe den Barmherzigen an, diesem unglücklichen Sünder das Leben zu nehmen, um ihm sein jämmerliches Dasein zu ersparen.

Auf ein Zeichen des Kadis betrat der Henker den Saal. Es war Mesrur, der Scharfrichter, der vor kurzem noch im Dienst des Erhabenen gestanden hatte. Er verneigte sich vor seinem früheren Herrn.

»Bist du es, Mesrur?« fragte der Kommandeur ruhig.

»Ich bin es, Herr.«

»Mach deine Arbeit ebensogut, wie du sie immer getan hast. Ich werde dich diesmal nicht belohnen können, doch ich werde es nachholen, wenn ich erst bei Allah bin.«

Unbeirrt forderte der Schwarze den Kalifen auf, seinen Turban abzusetzen und sich auf den Boden zu legen. Er kniete sich hinter ihn und hielt den Kopf des Verurteilten fest in seiner Armbeuge. Da sah ich, wie der Kalif die Hand hob und dabei die Worte der ersten Sure murmelte. Behende stieß der Mohr seine Klinge in beide Augenhöhlen des Opfers. Das Blut strömte auf das Gesicht des Gemarterten, und seiner Kehle entwich ein rasch erstickter Schrei: Mesrur hatte seine Klinge weggeworfen und dem Kalifen eine Schlinge um den Hals gelegt, die er nun kräftig zuzog. Nach einigen Zuckungen entspannte sich der Körper. Das Leben war aus dem Kalifen Al-Muttaki, dem Kommandeur der Gläubigen, gewichen.

»Mesrur, lauteten so meine Anweisungen?« schalt Tuzun.

»Großemir, muß ich nicht den Willen Allahs vollziehen?«

Der Emir zuckte mit den Schultern und verließ den Gerichtssaal.

Ich konnte mir nicht die Bitterkeit erklären, die ich plötzlich empfand. Hatte ich nicht aus vielen Gründen den Tod dieses Mannes herbeigewünscht? Hatte ich nicht seit Monaten auf sein Verderben hingearbeitet? Der Anblick der blutigen Tat hatte mich nicht schockiert; durch meine Ämter war ich mehrfach gezwungen gewesen, an Hinrichtungen teilzunehmen, die noch viel grauenvoller waren. Doch die plötzliche Erhabenheit des Kalifen hatte mich beeindruckt, und zweifellos war ich es auch nicht gewohnt, mit Mördern gemeinsame Sache zu machen.

Ich traf Tuzun in den Gärten an. Er hatte seinen Helm abgenommen und sich im Schatten der Palmenbäume auf einem Sessel niedergelassen. Eine Schar Offiziere umringte ihn. Als ich näherkam, wandte er den Blick ab. Ich stellte mich vor ihn hin und erinnerte ihn an den Wortlaut unserer Abmachung: Ich sei bereit, in Begleitung der Gesandten des Großemirs und mit seinen Geschenken für meinen Vater nach Byzanz zurückzukehren;

ich würde meine Mutter mitnehmen; ich hätte mich an meine Zusagen gehalten und erwarte nun, daß er auch die seinen getreu unserer Übereinkunft erfülle. Er hatte bereits die Gewohnheiten der einheimischen Herrscher angenommen: Er winkte Ibn Chirzad, ihm sein Ohr zu leihen und flüsterte lange mit ihm. Darauf wandte sich der andere mir zu, während sein Herr weiter in die Ferne blickte.

»Mein Herr, der Großemir, ist der Ansicht, daß dein Handeln, so erfolgreich es auch war, erst mit ziemlicher Verspätung einsetzte. Er hat nachgedacht und beschlossen, sein Bündnis mit dem Kaiser der Byzantiner hintanzustellen. Andere Abkommen erscheinen ihm dringlicher. Was deine Mutter betrifft, so kannst du sie mitnehmen, doch eine Formalität muß vorher noch erledigt werden. Immerhin steht es dir frei, sie zu besuchen.«

Ich machte meiner Empörung Luft: Ich kenne allmählich die allgemein üblichen »Formalitäten« in diesem Land, wo das Ehrenwort, die Wahrheit und die Achtung vor dem anderen nur leere Worthülsen seien. Ich nannte Tuzun einen Lügner und riet ihm, meiner Mutter kein Haar zu krümmen, wenn er sich nicht blutige Vergeltungsmaßnahmen einhandeln wolle.

»Mein Gebieter sagt, daß er dich für deine Frechheit mit Stockschlägen bestrafen lassen könnte. Er wird es nicht tun, weil er dich verachtet und kein Interesse mehr an dir hat. Er erinnert dich daran, daß er sich durch die Vermittlung Yahias nur dazu verpflichtet hat, dich mit deiner Mutter ziehen zu lassen. Er wird seine Verbindlichkeit erfüllen. Gehe jetzt zu ihr.«

Zwei hünenhafte Gardisten packten mich an den Armen und zerrten mich, ungeachtet meines lauten Protests, fort. Sie stießen mich in das Zelt des Kalifen, das von einer ganzen Schwadron bewacht wurde.

Der Duft nach Myrrhen überdeckte den Gestank des Lampenöls. Nachdem sich meine Augen an die veränderten Lichtverhältnisse gewöhnt hatten, machte ich vor mir im Halbdunkeln die Gestalt meiner Mutter aus. Sie saß auf dem Teppich und wandte mir den Rücken zu. Sie hielt sich kerzengerade.

»Bist du es, Basileios?«

Ich konnte nicht antworten.

»Er ist tapfer gewesen, nicht wahr? Er ist aus dem Leben geschieden, wie es sich für den Kommandeur der Gläubigen geziemt. Und Mesrur, hat er getan, was ich ihm befohlen habe?«

Ich erwiderte ihr, daß der Henker seinen Auftrag tadellos erfüllt habe und daß der Kalif Al-Muttaki seine Ehre verteidigt habe und als der große Fürst, der er war, gestorben sei.

»Das ist gut. Laß mich nun meine Mahlzeit beenden. Ich habe gar keinen Hunger, aber ich will ihnen nicht das Vergnügen eines Schwächeanfalls bereiten, wenn ich an der Reihe bin.«

Sie senkte die Stimme und fuhr fort: »Sieht man mir an, daß ich Angst habe? Ich kann mich immer noch nicht an den Gedanken gewöhnen, daß ich sterben muß.«

Ich trat näher. Sie versuchte, Brot und ein paar Oliven zu essen, aber ihre Kehle war wie zugeschnürt. Noch immer saß sie sehr aufrecht, und ihre Silhouette, die ich im düsteren Schein der Lampe erahnte, erinnerte mich an die Heilige Jungfrau auf unseren Ikonen: Sie wirkt stets ernst, aber nicht traurig, erleuchtet von einer inneren Flamme, denn in der Welt des Geistes ist alles nur Vorstellung. Meine Mutter hielt den Blick auf einen dunklen Winkel des Zeltes gerichtet und schien in eine Betrachtung versunken zu sein, die mir entging.

»Wenn du meinen Körper auf den kleinen Friedhof von Glaros zurückgebracht hast, wo mein wahrer Platz ist, bitte ich dich, auf dem Grab einen Rosenstock zu pflanzen. Du weißt, warum. Mein Gebieter wird nicht an meiner Seite ruhen, doch dieser Strauch wird das Symbol unserer Vereinigung sein.«

Ich entgegnete, ich könne es nicht zulassen, daß sie Tuzun zum Opfer falle. Ich sei bewaffnet und bereit, aus dem Zelt zu stürmen und der Schwadron, die es bewachte, die Stirn zu bieten. Ich würde einen der Reiter aus dem Sattel stoßen und mich seines Pferdes bemächtigen. Oder ich könnte mit dem Gold, über das ich verfügte, einen der Wachposten bestechen. Es gebe weder einen Soldaten noch einen Offizier, der nicht käuflich sei ...

»Ich untersage es dir, o mein Sohn, und wenn du mich liebst, wirst du meinem Wunsch nachkommen.«

Sie drehte den Kristallbecher um, der noch einen Rest Wasser enthielt, und schüttelte ihn.

»Ich will das Schicksal meines Gebieters teilen, doch nach mir muß alles sauber sein, verstehst du?«

Sie dachte nach und versuchte nun nicht mehr zu essen.

»Ich bedaure nur zwei Dinge, wenn ich von dieser Welt gehe: zum einen, daß ich in dir einen geliebten Sohn zurücklassen muß, den ich gerade erst mit so großer Freude wiedergefunden habe; einen Sohn, der mir in so kurzer Zeit so viel Zuneigung entgegenbrachte und alles tat, was in seiner Macht stand, um mir zu helfen...«

Sie hörte nicht mein schmerzerfülltes Stöhnen.

»... Zum anderen, daß es mir nicht gelungen ist, dir die Liebe zwischen einem Mann und einer Frau verständlich zu machen. Aber merke dir wenigstens das eine: Liebe ist nicht, wie du vielleicht meinst, die Befriedigung, die sich jeder durch die Vereinigung mit dem anderen verschafft. Sie besteht vielmehr darin, daß man den anderen glücklich macht. Doch von diesem Glück bekommt man noch mehr zurück, als man davon gibt...« Draußen hörten wir Schritte, die sich eilig dem Zelt näherten. Erschüttert fragte ich meine Mutter, ob sie jetzt nicht umkehren und sich wieder dem Gott ihrer Kindheit zuwenden wolle.

»Ich habe es dir schon gesagt, ich bin zu keinem anderen Glauben übergetreten. Warum sollte ich diesen Schritt also tun? Und außerdem habe ich zwanzig Jahre lang geliebt. Ist das nicht die Hauptsache?«

Der Muezzin hatte zum Mittagsgebet gerufen. Im festen Griff meiner beiden Bewacher, folgte ich der zarten, aufrechten Gestalt. Sie schien in die Ewigkeit hinüberzugleiten. Überall wimmelte es von Soldaten. Sie besetzten noch immer das Gericht – ein lächerliches Publikum aus Statisten.

Die Sache war schnell entschieden: Tuzun war fort, und der Kadi hatte zu tun. Er gestattete meiner Mutter, ihren Schleier zurückzuschlagen, und sie erschien, umgeben von ihrer flammenden Haarpracht, ruhig und erhaben. Keiner konnte ihre Angst erraten.

»Weib, du bist des Ehebruchs angeklagt. Zwei Zeugen haben dich vor zwei Monaten beim Geschlechtsakt mit dem Dichter Al-Motanabbi im Harem deines Gebieters zu Rakka gesehen.«

Die zwei Zeugen traten vor und bestätigten die Aussage. Es waren Yahia und der Eunuch Hassan, die sich rächen wollten. Ich brüllte heraus, daß dies die Unwahrheit sei: Ich sei an dem Abend, als sie den Dichter empfing, zugegen gewesen; er habe sich ihr nicht genähert.

»Bringt ihn hinaus!« rief der Kadi.

Die beiden Rohlinge, die mich bewachten, schleppten mich zum Ausgang und hielten mich vor der Tür des Gerichtssaals fest, obwohl ich um mich schlug wie ein Rasender. Meine Mutter wurde nicht gefragt, was sie zu ihrer Verteidigung vorzubringen hatte. Sie war ja nur eine Frau und zudem eine Sklavin. Mit derselben zittrigen Stimme verlas der Kadi das vorbereitete Urteil: Die Jarya Myriam sei des Ehebruchs überführt. Der Koran schreibe vor, ein Paar, das sich dieses Vergehens schuldig gemacht habe, mit hundert Peitschenhieben zu bestrafen. Doch die Frau sei nur die Sklavin des früheren Kalifen Al-Muttaki, und ihr Komplize befinde sich auf der Flucht. Sie werde daher nach der Tradition des arabischen Volkes zum Tod durch Steinigen verurteilt. Das Urteil sei sofort zu vollstrecken.

Man brachte sie hinaus und stellte sie mit dem Rücken gegen die Mauer des Gerichts. Ein Haufen faustgroßer Pflastersteine war schon vorbereitet. Zwanzig Gardisten bezogen fünf Schritt von ihr entfernt Stellung. Meine Mutter drehte mir den Kopf zu und sah mich an, und ich erahnte den panischen Schrecken, der ihren Körper durchzuckte. Ich mußte mich mit aller Macht beherrschen, um nicht laut aufzuschreien. Unter Aufbietung aller Willenskraft rang ich mir ein Lächeln ab, und ich glaubte zu sehen, wie ihre Züge sich entspannten und ihr Gesicht einen friedlichen Ausdruck annahm.

Ein Stein traf sie an der Stirn, unmittelbar gefolgt von zwanzig anderen. Sie schrie nicht, sondern hob nur den Arm, um sich zu schützen oder vielleicht auch um die erste Sure des Korans aufzusagen. Dann fiel sie wie eine abgeschnittene Blume zu Boden. Die Soldaten, gefühl- und seelenlose Befehlsempfänger, setzten ihr weiter zu. Krachend hagelten die Steine auf meine Mutter nieder, bis sie völlig unter ihnen begraben war.

Ich weiß nicht mehr, wie ich den Rest des Tages verbrachte. Wahrscheinlich irrte ich weinend und wie von Sinnen umher, in Begleitung der beiden Gardisten, die mich vom Ort der Hinrichtung weggeführt hatten. Sie mißhandelten mich nicht, zeigten aber auch kein Mitleid mit mir. An Gewalt und Leiden gewöhnt, waren sie völlig abgestumpft und gleichgültig.

Als am Abend der erste Stern am Himmel erschien, erlaubte man mir, mich dem Ort der Hinrichtung zu nähern. Hunde streunten um den Steinhaufen herum, den ich nach und nach abtrug. Der Körper meiner Mutter war zerschlagen, doch ihr Gesicht wies nur eine einzige Wunde an der Stirn auf. Ich setzte mich nieder und legte ihren Kopf auf meine Knie. Lange betrachtete ich die halb geöffneten Lippen und die geschlossenen Augen. Sie war erlöst.

Ruhe in Frieden, du sanftmütiges Opfer. Du lebst jetzt in den gesegneten Gärten bei dem, dessen Liebe dir zum Verhängnis wurde. Mich Verzweifelten läßt du als Witwer und als Waisen zugleich zurück. Warum lädst du mir eine so schwere Bürde auf? Nur in meiner Erinnerung werde ich fortan dein bezauberndes Lächeln hören, nie mehr wird dein klarer Blick auf mir ruhen, und dein zarter Duft nach Myrrhen wird mich nie mehr zum Träumen anregen. Auf dem Grund meines Schmerzes bleibt der Diamant deines Andenkens, das Andenken an einen Menschen, der bis zu seinem letzten Atemzug geliebt hat.

12

Der Schiffer wischte sich mit dem Handrücken den Schweiß von der Stirn.

»Du nicht! Ungläubige kommen mir nicht an Bord!« Wo war er, mein früherer Stolz? Mit gesenktem Kopf kehrte ich ans Ufer zurück und wurde nicht einmal wütend, als der ungehobelte Kerl auf meine Stiefel spuckte. Wie ein geprügelter Hund zog ich mich im Bewußtsein meiner Niederlage in meine Hundehütte zurück. Man hatte mich dressiert; ich war gehorsam.

Den Esel und seine Last hinter mir herziehend, schleppte ich mich auf den Pfad, der am Fluß entlangführte. Ich spürte keinen Schmerz und keine Trauer mehr. Eine innere Leere hatte sich meiner bemächtigt und ließ jedes Gefühl und jede Empfindung in mir ersterben. Ich weiß nicht einmal, ob mich die Steine verletzten, die mir die Kinder nachwarfen.

Getreu seiner Zusage hatte Tuzun mir erlaubt, den Leichnam meiner Mutter mitzunehmen. Türkische Gardisten hatten mich meines letzten Goldes beraubt und mir die Stute weggenommen. Dafür hatte man mir eine lange Kiste überlassen, in der nun der Leichnam meiner Mutter ruhte, und diese mit einem Strick an der linken Seite eines räudigen Esels festgebunden. An seiner rechten Seite diente ein mit Steinen gefüllter Packsattel als Gegengewicht. Dann hatte man mich unbehelligt meiner Wege ziehen lassen.

Der Esel, mein Leidensgenosse, war an Schläge und Beschimpfungen gewöhnt. Zweifellos hatte er Verständnis mit mir, denn er folgte mir willig und blieb nur hin und wieder stehen, um ein Grasbüschel oder eine Distel abzufressen. Unfähig, etwas dagegen zu unternehmen, ließ ich ihn gewähren, und er war mir dankbar dafür. Bald übernahm er die Leitung der Expedition und bestimmte die Länge der Etappen nach dem Grad seiner Ermüdung. Ich verließ mich ganz auf ihn.

Bis aufs Hemd beraubt und völlig am Boden zerstört, brachte ich nicht einmal den Mut auf, um Essen zu betteln. Doch in den Dörfern, durch die wir zogen, kamen mir die Ungläubigen aus den baufälligen Häusern am Rand der Straße zu Hilfe. Sie sahen meine Not, und die ungewöhnliche Last des Esels ließ jedermann erahnen, daß hier etwas Schreckliches geschehen war. Wenn die Mittagshitze mich niederdrückte oder wenn ich abends erschöpft nach einem Graben für die Nacht suchte, brachten mir die Leute Brot, Datteln und Wasser. Überall musterte man mich mit Anteilnahme, doch keiner richtete das Wort an mich.

Ich habe keine Erinnerung mehr daran, was ich auf dem Weg erlebte, so benommen war ich. Doch ich glaube, am Ufer des Euphrat Deir ez-Zor und Salihije, die verhängnisvolle Fährstation von Raoua und den Palmenhain von Rakka wiedererkannt zu haben. Dann durchquerte ich die Städte Aleppo und Adana. Der Herbst war schon ziemlich vorangeschritten, als ich die Kilikische Pforte erreichte, den engen Gebirgsdurchbruch, durch den der Pfad aus dem Land der Ungläubigen heraus nach Kappadokien, ins Byzantinische Reich, führt.

Ich kam erst wieder ein wenig zur Besinnung, als ich am Ausgang der Schluchten auf die Hochebene hinaustrat. Ich empfand keinerlei Rührung bei dem Gedanken, endlich wieder heimatlichen Boden zu betreten. Es war Abend; ein scharfer Wind fuhr in Stößen durch die Büsche, riß die Blätter ab und beugte das hohe Gras. Pechschwarze Wolken jagten sich am düsteren Himmel. Plötzlich tauchte eine Gruppe Reiter aus dem Nichts auf und kam auf mich zu. Ich erkannte die Uniform der kaiserlichen Zollbehörde, deren Patrouillen Tag und Nacht diese Grenzprovinz durchkämmen.

»Wer bist du und wohin gehst du?«

Auf die routinemäßige Frage gab ich die erforderliche Antwort: Ich heiße Basileios, spreche griechisch, verehre den Kaiser und hänge dem orthodoxen Glauben an. Ich sei auf dem Weg nach Glaros bei Konstantinopel.

Die Truppe bildete einen Kreis um mich.

»Und was transportierst du in dieser Kiste?«

Noch wie benommen, öffnete und schloß ich den Mund und wußte nicht, was ich erwidern sollte.

»Nikolaos, öffne die Kiste!« befahl der Offizier barsch.

Ein junger Soldat, noch ohne jeden Bartansatz, sprang vom Pferd. In der Hand trug er die lange Stange, deren sich die Zollbeamten bedienen, um Getreidesäcke auf Schmuggelware zu untersuchen. Rasch schnitt er den Strick durch und öffnete den Sarg. Als er jedoch sah, was er enthielt, wich er vor Schreck zurück. Der fürchterliche Gestank, der ihm entgegenschlug, ließ ihm die Haare zu Berge stehen. Der Offizier trieb sein Pferd nach vorn, warf einen Blick in die Kiste und sah mich entsetzt an.

Er war kreidebleich. Diese Gegend des Reiches ist ebenso bekannt für das Treiben ihrer Zauberer und Dämonen wie für die Heiligkeit ihrer Einsiedler, die in ihren Grotten hausen. Der verweste Leichnam, den ich mitführte, war für ihn das Zeichen meiner Zugehörigkeit zu den Legionen Satans, und meine äußere Erscheinung bestätigte seinen Eindruck. Ich sah ihn vor Grauen schwanken. Dann schrie er mit heiserer Stimme: »Vorwärts!«

Und die Einheit verschwand im Galopp im Abendnebel.

Ich wagte es, meine Mutter anzusehen. Im Halbdunkel war ihr Gesicht noch erkennbar, obgleich ihre Nasenflügel und Lider bläulichrot angelaufen und geschwollen waren und ihr ein bräunlicher Schaum aus dem Mund quoll. Das blutbefleckte Kleid spannte über dem aufgedunsenen, einst so graziösen Leib. Ihre feinen Finger waren mit schwärzlichen Blutergüssen übersät. Ich hätte sie gerne länger betrachtet, doch der Gestank zwang mich, den Deckel rasch wieder zu schließen.

Da erwachte ich endlich. Ich tauchte aus dem Nichts auf und empfand plötzlich einen stechenden Schmerz. Ein Schauder überlief mich, und ich begann hemmungslos zu schluchzen. Der Kummer drückte mir das Herz ab, und ich spürte, wie er sich meiner immer mehr bemächtigte.

Das schlechte Gewissen steigerte meine Verzweiflung und

setzte mir mit ständigen Vorwürfen zu: Blind hatte ich mir eingeredet, mich einzig vom Wohl meiner Mutter leiten zu lassen, dabei war ich allein von der Eifersucht getrieben worden. Grausam und entschlossen hatte ich den Kalifen in sein Verderben geführt und ihm sogar die Möglichkeit genommen, sich von seinen Anhängern befreien zu lassen. Wenn er in Rakka geblieben wäre, hätte meine Mutter überlebt. Vor allem aber hatte ich in meiner Verblendung nicht erkannt, welche Macht die Liebe über eine Frau haben kann. Keinen Augenblick hatte ich daran gedacht, daß sie sich weigern könnte, mit mir zu gehen, und es vorzöge, ihrem Geliebten in den Tod zu folgen.

Die aufragenden Felskegel, die dieses Land beherrschen, schienen mich im Vorüberziehen zu mustern. Diese seinerzeit von Basileios, meinem Namenspatron, versteinerten Dämonen begleiteten mich auf Schritt und Tritt. Ihre riesenhaften, stolzen Gestalten schienen mich in einer unheilvollen Prozession meinem Schicksal entgegenzuführen. Ich spürte ihr vorwurfsvolles Raunen als eisigen Hauch im Nacken, während ich, von Scham und Verzweiflung erfüllt, meines Weges zog.

Zwei Tage und zwei Nächte schleppte ich mich, von Gespenstern umgeben und von Gewissensbissen geplagt, dahin. Ich begegnete niemandem, bei dem ich um ein Stück Brot hätte betteln können, und lebte nur vom Wasser der Quellen. Ich beneidete meinen Bruder, den Esel, der sich am Gras des Wegrands gütlich tun konnte. Am Morgen des dritten Tages kam ich in die Nähe eines Berges, in dessen zahlreichen Höhlen eine Mönchsgemeinschaft lebte.

Am Himmel zeigte sich der erste fahle Lichtschein, als das Simandron, das Schwingholz, ertönte, das die Mönche zum Frühgottesdienst ruft. Hier gab es keinen Muezzin mehr, doch das machte ja keinen Unterschied, wie meine Mutter gesagt hätte. Ich sah sie einen nach dem anderen in die Grotte hineingehen, die ihnen als Kirche diente. Als die letzten Mönche sich vor dem Eingang zur Höhle drängten, erlitt ich plötzlich einen Schwächeanfall, der zweifellos von meiner Entkräftung herrührte.

Ich erwachte wenig später. Man hatte mich in eine Art Keller gebracht, in dem es gut nach Frischkäse roch. Ein alter Mönch bot mir ein Festessen aus Milch und Brot an. Ich muß wohl die ganzen Vorräte des Klosters verschlungen haben. Der Alte freute sich sichtlich und ermunterte mich dazu, nur ordentlich zuzugreifen.

»Wenn du auf dem Weg nicht ißt, wird der Weg dich verschlingen!« meinte er. »Aber, armer Mann, wanderst du schon lange so?«

Ich sagte ihm, daß ich Bagdad vor einem Monat verlassen hätte.

»Du mußt wahrlich ein guter Christ sein, daß du den Leichnam dieser Frau aus den Klauen der Ungläubigen errettet hast. Doch wohin willst du damit?«

Ich müsse meine Mutter auf dem Friedhof von Glaros bei Konstantinopel beerdigen, antwortete ich. Dort sei ihr Grab schon vorbereitet.

»Und warum so weit weg?«

Es fiel mir schwer, eine Antwort darauf zu geben. In Wirklichkeit trieb mich ein merkwürdiger Ordnungssinn dazu, den Leichnam meiner Mutter diesem leeren Grab zuzuführen, doch ich konnte meine Beweggründe nicht recht ausdrücken.

Der alte Mönch war indes ziemlich schwerhörig und schien von den Erklärungen, die ich ihm nicht gegeben hatte, überzeugt zu sein. Während ich gierig aß, schaute er mit neugierig blickenden Äuglein unter seiner schwarzen Filzmütze hervor, die er tief in die Stirn gezogen hatte, und musterte mich eingehend. Als er sah, daß ich satt war, sagte er leise:

»Wir werden diese arme Frau an Ort und Stelle in christlicher Erde bestatten. Da du schon wieder zu Kräften gekommen bist, kannst du der Zeremonie beiwohnen. Unser Abt, der ehrwürdige Hegumenos, wird gleich den Gottesdienst leiten.«

Ich fragte ihn, was man mit dem Leichnam gemacht habe, und er antwortete mir, daß man gerade dabei sei, in einer Seitenkapelle des Altarraums die Totengebete für die Verstorbene zu sprechen.

»Obgleich sie deine Mutter war, muß sie wohl viel gesündigt haben. Der starke Geruch, der von ihrem Körper ausgeht, läßt daran keinen Zweifel.«

Ich bedurfte seiner Meinung über den Lebenswandel meiner Mutter nicht. Ich wußte, daß der Körper von Heiligen nach deren Tod nicht verwest. Und ich wußte auch, daß dieser Gestank das Zeichen für die Verfehlungen meiner Mutter war, die Folge ihres unkeuschen Lebens und der gotteslästerlichen Worte, die sie geäußert hatte, als sie es gewagt hatte, den Aberglauben der Ungläubigen mit der wahren Religion gleichzustellen. Und war sie überdies nicht ohne Sakramente gestorben? Aber ich rechnete fest damit, daß die Gebete meines Bruders, des Patriarchen, und die Totenmessen, die man für sie abhalten würde, ihr den Aufenthalt in der Hölle ersparen würden.

Ich dankte dem Greis und begab mich in die Kirche. Der Sarg stand auf einem Gestell im Innern einer düsteren Grotte. Um ihn herum knieten betende Mönche. Ich betrat den dunklen Altarraum und machte einen Kniefall. Der Hegumenos, der die Stola mit den langen, schwarzen Kreuzen über seinen mageren Schultern trug, kam auf mich zu.

»Mein Sohn«, sprach er in ernstem Ton, »wir haben gerne für die arme Sünderin in diesem Sarg gebetet. Aber du siehst ja ebensogut wie wir, daß ihre Vergehen zu groß sind, als daß wir sie hier unter heiligen Mönchen beerdigen könnten. Nimm also diesen Leichnam wieder an dich und flehe Seine Seligkeit, den Patriarchen, in Konstantinopel um Gnade für die Seele dieser Toten an. Er wird dir vielleicht gestatten, deine Mutter in christlicher Erde beizusetzen.«

Während ich die Provinz Charsianon durchquerte, setzte der Regen ein. Auf die trockene Kälte Kappadokiens folgte ein mildes, feuchtes Klima. Der Weg schlängelte sich zwischen bewaldeten Hügeln dahin und tauchte zuweilen tief in den Dunst ein, mit dem sich das Laubwerk verschleierte. Durch den Nieselregen der Abenddämmerung sah ich undeutlich die Umrisse von Feldarbeitern, die sich über ihre Ackerfurchen beugten. Das Murmeln der Flüsse begleitete mich auf Schritt und Tritt.

Die Trauer zehrte an mir, und die Last meiner Schuld kam mir von Tag zu Tag schwerer vor. Ab und zu fielen dicke Tropfen von den hohen Ästen und zerschellten auf dem Sarg.

Ängstlich fragte ich mich, ob meine Mutter überhaupt noch mit dem fauligen Leichnam dort drinnen vereint war. Jedermann weiß, daß sich die Seele am neunten Tag nach dem Tod vom Körper trennt. Doch vielleicht verhielt es sich anders bei Toten, die kein Begräbnis erhalten hatten?

In allen Dörfern, durch die ich kam, zeugten durchnäßte Fahnen, Altäre mit verwelkten Blumen und verwaschene Gemälde von der Inbrunst, mit der das Volk zwei Monate zuvor das Mandilion bejubelt hatte, als es durch das Reich getragen worden war. Unsere kleine Prozession rief weniger Begeisterung hervor, denn stets umgab uns der schreckliche Leichengeruch. Ich achtete schon nicht mehr darauf, doch die Bauern, die mit der Hacke über der Schulter ihre Ochsen heimtrieben, warfen mir besorgte, oftmals sogar entrüstete Blicke zu.

Ich erinnere mich an die Herberge von Konitsa, einem ärmlichen Dorf, das man durchquert, bevor man nach Cäsaräa gelangt. Ich war erschöpft von meinen Nächten in den feuchten Gräben und des trockenen Brotes überdrüssig, das meine einzige Kost darstellte. So beschloß ich, in diesem Gasthof abzusteigen und mich zu erkennen zu geben. Dem Sohn des Kaisers würde man die Gastfreundschaft nicht verwehren können, auch wenn er mittellos und mit einer so lästigen Bürde des Weges kam. Ich trat also durch das Tor, nahm meinem Esel den Packsattel ab und führte ihn in den Stall. Dann überquerte ich den Hof und öffnete die Tür zur Gaststube.

Der düstere Raum war voll von müden Reisenden, deren Kleider noch vom Regen dampften. Von dem herben Geruch nach feuchtem Leder und Wein wurde mir fast schlecht. Der Wirt, ein dicker Mann mit Hängebacken so schwer wie seine Weinschläuche, schlurfte auf mich zu.

»Du glaubst wohl, daß ich nicht gesehen habe, wie du den Sarg abgeladen hast? Verschwinde!« bellte er und hob drohend das Geschirrtuch, das er bei sich hatte.

Ich hielt seinen Arm zurück und erklärte ihm, ich sei der Prinz Basileios Lekapenos, und mein Aufenthalt in seiner Herberge solle ihm später zehnfach vergolten werden, und zwar in nagelneuen Nomismata. Er riß sich los.

»Prinz oder nicht, Tote gehören auf den Friedhof! Und du stinkst nach Verwesung. Verschwinde, oder ich lasse den Hund auf dich los!«

Der Wachhund bellte nicht und knurrte nicht, aber er fletschte die Zähne. Ich war noch nicht ganz genesen und hatte wohl noch nicht meine frühere Autorität zurückgewonnen. Ich mußte dem Esel wieder den Packsattel auflegen und in Nacht und Nebel hinausziehen.

Da begriff ich, daß meine Mutter und ich verflucht waren, und ich fragte mich schon, ob wir als Strafe für unsere Verbrechen dazu verdammt waren, bis in alle Ewigkeit auf der Erde herumzuirren und überall auf Ablehnung zu stoßen.

Meine letzte Hoffnung war Pothos Argyros, der in der Nähe der kleinen Stadt Charsianon wohnte. Er befehligte damals das Regiment der Exkubiten und zählte zu meinen entfernten Verwandten. Bei ihm, so glaubte ich, würde ich gewiß freundliche Aufnahme finden.

Ich erreichte sein Schloß am Abend des nächsten Marschtages. Inmitten eines weitläufigen Parks sah ich im Mondlicht die glasierten Ziegeln schimmern, mit denen die zahlreichen Dächer gedeckt waren. Die abendliche Stille wurde nur durch das Quaken der Frösche am Ufer des nahen Sees gestört. Ich ließ meinen Esel unten an der Freitreppe stehen, stieg die Marmorstufen hinauf und betätigte den bronzenen Türklopfer.

Der Sklave in der seidenen Livree mit dem gestickten Monogramm der Familie Argyros schien meine Erklärungen zu verstehen. Während er mich von Kopf bis Fuß musterte, teilte er mir mit, daß der edle Herr Pothos augenblicklich nicht im Schloß weile. Er wolle daher die Herrin vom Besuch des Prinzen Basileios unterrichten.

»Wenn du es wünschst, edler Herr, so kannst du zuerst die Bäder aufsuchen.«

Ich folgte ihm an hohen Sälen vorbei, die mit glitzernden Mosaiken verziert waren.

Dieses Schloß war fast ebenso prunkvoll wie der Palast meines Vaters. Ich sah einen runden, in Diamanten und Rubine gefaßten Tisch von unermeßlichem Wert, an dem wohl hundert Personen

Platz hatten; märchenhafte Sammlungen von Gegenständen aus Elfenbein und Speckstein und Statuen, die aus den besten Bildhauerwerkstätten Konstantinopels stammten. In dem Gewölbe, in dem das Bad untergebracht war, gab es drei Becken, eines mit heißem, eines mit warmem und eines mit kaltem Wasser.

»Im Nebenzimmer stehen dir unsere Masseure zu Diensten, edler Herr. Ich werde jetzt der Herrin Bescheid sagen.«

Ich war endlich angekommen. Nie habe ich eine größere Glückseligkeit empfunden als während dieses Bades. Meine Müdigkeit schwand in der angenehmen Wärme des Wassers dahin, und auch mein Kummer verflog. Im feuchten Halbdunkel genoß ich die wiedergefundene Behaglichkeit.

Und ich ließ mich zu dem Traum hinreißen, ein paar Tage in diesem Schloß zu verbringen. Meine Mutter könnte eine ehrenvolle Bestattung im Kloster Sankt-Elisabeth erhalten, wo Pothos einige Jahre zuvor seinen eigenen Vater, Eustathos, hatte beisetzen lassen. Meine Hoffnungen wurden aber schnell zunichte gemacht, als Agatha, die Gattin des Hausherrn, ins Bad stürzte.

In einen gelben Schleier gehüllt, der über ihrem schwarzgefärbten Haar aschgrau wirkte, stand die kleine magere Frau aufrecht am Rand des Beckens und fing sofort an, mich zu schmähen: »Was willst du hier mit diesem verwesten Kadaver, Basileios Lekapenos? Gibt es nicht schon genug Fäulnis im Reich, seitdem dein Vater, der Usurpator, sich auf den Thron gesetzt hat? Hat uns dieser Verbrecher nicht schon genug geschröpft, daß nun auch noch du daherkommst und unser Brot ißt? Los, mach, daß du rauskommst! Verschwinde, Mistkerl, und nimm dein verfaultes Aas mit!«

Sie erinnerte mich an einen aufgebrachten Papagei, der sich mit seinen Krallen am Beckenrand festklammerte und wütende Schreie ausstieß. Ich mußte wohl noch ziemlich geschwächt sein, daß ich der guten Frau nicht den Mund stopfte, denn normalerweise verstehe ich mich ausgezeichnet darauf, die Stimme zu erheben und ein Wortgefecht zu führen. Doch diesmal stieg ich zitternd und mit gesenktem Kopf aus dem Wasser, streifte meine Lumpen über und verließ unter den wüsten Beschimpfungen Agathas das herrschaftliche Anwesen.

Ja, meine Mutter und ich waren verflucht. Ich spürte es wieder, als ich den Wald von Prainetos kurz vor Nikomedia durchquerte.

Es war Mittag, und die Sonne, die sich erst seit kurzem wieder durchgesetzt hatte, ließ den Dunst, der aus den Farnen emporstieg, in den Regenbogenfarben schillern. Eine Gruppe Männer kam auf mich zu. Sie gingen langsam, da mehrere von ihnen hinkten. Sie waren in Lumpen gehüllt und flüsterten miteinander. Ich erkannte bald, daß es sich um eine Gruppe Leprakranker handelte, die zweifellos nach irgendeinem einsam im Wald gelegenen Lazarett suchten.

Ich weiß, wie man sich diesem Gelichter gegenüber verhält: Man darf weder Angst noch Verachtung zeigen, sondern muß einfach Abstand wahren. Doch konnte ich mich einer Geste der Abscheu nicht erwehren, als ich ihre aufgedunsenen Leiber und ihre weißen Augen sah. Viele hatten anstelle der Nase nur noch ein Loch, und ihre Hände erinnerten an Klauen. Es kam mir der Gedanke, daß sie sich eigentlich nicht sehr von dem unterschieden, was noch vom Körper meiner Mutter übrig war, und ich betrachtete sie wie gebannt.

Da bemerkte ich, daß ich sie ebenfalls interessierte. Ihr Geflüster wurde eindringlicher; diejenigen, die noch sehen konnten, musterten mich höhnisch grinsend. Stockschwingend kam ein Dutzend der Kräftigsten auf mich zu. Zweifellos hatten sie es auf die Reichtümer in der Kiste abgesehen, und ich konnte ihnen keinen Widerstand leisten.

Der größte der Aussätzigen stellte sich vor dem Sarg auf und machte sich an seinem Deckel zu schaffen. Er war ein Koloß, ein durch die Krankheit entstellter Nubier, der andauernd hustete. Ich erinnere mich noch, wie entsetzt er beim Anblick des Unbeschreiblichen war. Von einem Hustenanfall geschüttelt, machte er kehrt, preßte sich den Saum seines Umhangs vor das Loch, das ihm als Nase diente, und entfernte sich mit großen Schritten, gefolgt von der ganzen Gruppe.

Was soll das, dachte ich, werden wir nicht alle im Verlauf unserer Reise auf der Erde von einem mehr oder weniger übelriechenden Gepäck begleitet? Und wird der Gestank nicht immer schlimmer, je älter wir werden? Glaubten diese Aussätzigen etwa, anders zu sein? Welches Recht hatten sie, zu erschrecken und empört das Weite zu suchen, wo ihre Krankheit doch der Beweis für ihre eigenen schweren Sünden war?

So wurden meine Mutter und ich von allen, selbst von den Aussätzigen, verstoßen. Die Ungläubigen hatten uns mehr Mitgefühl bekundet als die Anhänger der wahren Religion. Als Sünder wurden wir aus der Gemeinschaft der Rechtgläubigen ausgeschlossen und davongejagt. Und angesichts dieser Ungerechtigkeit spürte ich plötzlich unter meinem Schmerz eine unsägliche Wut in mir hochsteigen.

Unter dem Einfluß der Erschöpfung und der Entbehrungen ließ ich mich wie ein gemeiner Lump dazu hinreißen, die Schuld an meiner Misere bei meinem einzigen Gefährten, dem stummen Leichnam meiner Mutter, zu suchen.

Lauthals warf ich ihr vor, meine eindringlichen Bitten nicht erhört zu haben und nicht mit mir aus Rakka geflohen zu sein. Wie hatte sie sich nur so hemmungslos der Liebe hingeben können, diesem schwachsinnigen Gefühl, das eine Frau dazu treiben konnte, für ihren Geliebten in den Tod zu gehen? Hatte sie denn gar nicht bedacht, welches Leid sie mir, ihrem zurückgelassenen Sohn, damit zufügen würde? In ohnmächtiger Wut schlug ich vergebens auf den schweigenden Sarg ein, um ihm eine Antwort zu entlocken.

Doch plötzlich hielt ich inne. Mit einem Mal wurde mir alles klar: Verantwortlich für das ganze Übel war ein und allein mein Vater, dieser Greis, der sich krampfhaft an seine Krone klammerte! Er, der strahlende Offizier und Anwärter auf die Kaiserwürde, hatte eine junge ausländische Sklavin verführt, obgleich er damals bereits Vater von sechs Kindern gewesen war. Er, der mustergültige Ehemann, hatte diese Unglückliche und ihr Kind der Hoffnungslosigkeit preisgegeben, statt für die Folgen seines Tuns geradezustehen. Er, der zärtlich liebende Vater, hatte mich entmannen lassen, damit der Sohn der Sklavin nicht Anspruch auf die gleichen Würden erheben konnte wie die Söhne der freien Frau. Und schließlich war er als Kaiser genau darüber unterrichtet gewesen, was sich am Hof des Kalifen zusammenbraute, und hatte nichts unternommen, um seine einstige Liebe vor dem Tod zu bewahren.

Über all diese Gründe hinaus spürte ich einen unerklärlichen Haß in mir hochsteigen. Dieses Gefühl gab mir Kraft, meinen Weg fortzusetzen. Er, der Alte, sollte auch sterben, und ich würde mich gleich nach meiner Ankunft dafür einsetzen. Das Schweigen des Sarges wertete ich als stumme Zustimmung.

Als der Bosporus in Sicht kam, wurde es schon Abend. Den ganzen Tag über war ein eisiger Regen niedergegangen, der den Weg in eine Schlammpiste und die Gräben in kleine Flüsse verwandelt hatte. Schwarze, tiefhängende Wolken lasteten schwer auf der einsamen Landschaft. Es war schon dunkel, als ich die ersten Häuser von Glaros erreichte.

Das Dorf war wieder aufgebaut worden, doch der feindliche Überfall hatte die Bewohner vorsichtig gemacht: Sie hielten alle Fenster und Türen fest verschlossen, so daß kaum ein Lichtstrahl durch die Läden drang. Ich klopfte laut und vernehmlich an die ersten Türen, an denen ich vorüberkam, ohne jedoch eine Antwort zu erhalten. Im Gegenteil, sobald man draußen ein Geräusch hörte, blies man drinnen sofort die Lampe aus. Ich ging auf die Hütte von Hippolytos, dem Fischer, zu, der als Totengräber fungierte, und klopfte kräftig an die Tür.

Drinnen entstand ein geräuschvolles Durcheinander, und ein ängstliches Getuschel drang durch die Tür an mein Ohr. Dann vernahm ich eine aufgeregte Frauenstimme, die die Beschwörungsformel für Diebe rief: »Isaak verfolgt dich, Jakob fängt dich ...«

Ich versicherte ihr, daß es sich weder um Isaak noch um Jakob handle, sondern um Basileios, den Freund von Hippolytos, der ihn um einen Dienst bitten wolle, für den er großzügig entlohnt werde. Darauf hörte ich die tiefe Grabesstimme des Fischers hinter der Tür: »Zieh deines Weges, entschlafene Seele! Basileios ist tot, von den Ungläubigen ermordet.«

Ich wiederholte meine Bitte und betonte die Dringlichkeit meines Anliegens: Ich sei nicht tot, sondern ganz lebendig und durchnäßt, und man könne den Leichnam, den ich mit mir führe, nicht unbestattet lassen.

»Geh weg, Gespenst, kehre in die Hölle zurück!«

Ich hörte den großen Wachhund im Hof anschlagen, und gleich darauf erwachten auch seine Artgenossen aus der Nachbarschaft. Ich würde ohne Totengräber auskommen müssen. Aber es regnete immer stärker; die Nacht wurde immer schwärzer, und der Wind rauschte düster durch das Laub der Bäume.

Es stürmte und toste, als ich zum Sklavenfriedhof von Glaros aufbrach, wo ich meine Mutter an ihrem Platz begraben wollte. Der Himmel öffnete seine Schleusen, und eine eisige Flut ging auf meinen Rücken nieder.

Wie erwartet, war der Grabstein nicht wieder aufgestellt worden. Ich mußte den Schuppen des Totengräbers aufbrechen und eine Laterne und Werkzeug daraus stehlen, um ein passendes Loch auszuheben. Das bereits vorhandene war zu schmal und schon halb zugeschüttet. Die Grube mußte sehr tief sein, um die verfluchte Kiste und ihren verwesten Inhalt auf immer verschwinden zu lassen. Bis zum Bauch im Schlamm steckend, arbeitete ich die ganze Nacht wie ein Besessener, um tief im Innern dieser Grube meine Sünde und mein schlechtes Gewissen zu vergraben.

Bei Tagesanbruch wurde ich ruhiger. Völlig entkräftet stieg ich aus der Grube, ließ den Sarg hineingleiten und füllte das Loch mit Erde. Mein Werk war vollbracht. Ich war durchgefroren und wie zerschlagen. Ich schwankte. Von Osten her zog die fahle Morgendämmerung herauf, und im Westen zeichneten sich die dunklen Umrisse der erwachenden Stadt gegen den grauen Himmel ab. Ich dachte darüber nach, daß es wohl besser sei, den beschädigten Grabstein auswechseln und an seiner Stelle ein Denkmal errichten zu lassen, das meiner Mutter und ihres Opfers würdig wäre. Da wurde mir plötzlich übel; ich erlitt einen Schwächeanfall und brach im Morast zusammen.

Eine herrische Stimme weckte mich. Zwei streng dreinblickende Soldaten, die in den dunkelblauen Mantel des Regiments der Arithmoi gehüllt waren, standen vor mir. Durch ein paar Fußtritte kam ich wieder vollends zu mir.

»Wer bist du und woher kommst du?«

Ich nannte meinen Namen und erklärte, daß ich erst kürzlich aus dem Land der ungläubigen Sarazenen zurückgekehrt sei. Einer der Soldaten musterte mich kopfschüttelnd und erwiderte in ernstem Ton: »Ich kenne den edlen Herrn Basileios. Er ist Eunuch und kommt viel herum, aber er ist kein zerlumpter, schmutziger Landstreicher, wie du es bist. Und er schändet auch keine Gräber.«

Ohne meinen schwachen Beteuerungen Gehör zu schenken, fesselte mich der andere Mann an den Händen und schwang sich in den Sattel. Wir legten einen langen Weg zurück. Und im Schlepptau der beiden Soldaten hielt ich einen schmachvollen Einzug in Chrysopolis.

Im Innern der Stadtmauern drängte sich eine geschäftige Menge in dem dichten Gewirr der Gassen. Man schimpfte und murrte über das Regenwetter. Aus einer Kirche kam eine Prozession: Die Geistlichen wateten durch den Schlamm, während das Kirchenschiff noch von den orthodoxen Gesängen widerhallte. Aus dem Dunkel sah ich die patinierten Goldfiguren der Ikonostase schimmern. Die düsteren Läden der Schuhmacher, der Tuchhändler und der Tischler reihten sich dicht an dicht zu beiden Seiten der Gasse. Drinnen wurde heftig diskutiert, denn viele suchten hier Zuflucht vor dem Regenschauer. Die beleibten Gemüsehändlerinnen, die draußen ihren Stand bewachen mußten, hielten sich ein Stück Segeltuch über den Kopf, um nicht naß zu werden. Und trotz meiner bedenklichen Lage war ich gerührt und beruhigt, meine Landsleute in Ruhe ihren Alltagsgeschäften nachgehen zu sehen.

Die Baracke, in die man mich hineinführte, lag an einem Marktplatz unweit des Springbrunnens Hagia Luzia. Ich wurde einem Offizier vorgeführt, einem Tribun des Regiments der Arithmoi. Als ich meinen Namen nannte, blickte er nicht einmal von dem Pergament auf, in das er gerade vertieft war, und ließ mich kurzerhand in eine Zelle sperren.

Dort brach ich endlich auf dem trockenen Boden zusammen und schlief ein. Mir schien, als ob mehrere Tage und Nächte aufeinanderfolgten. Nur gelegentlich wachte ich auf und trank ein paar Schluck Wasser aus dem Krug, den man in eine Ecke gestellt hatte. Danach fiel ich erneut in tiefen Schlaf.

Während dieser langen Ruhezeit erschien mir meine Mutter wieder im Traum. Seit ihrem Tod hatte ich nicht mehr von ihr geträumt. Denn wie uns schon die Alten lehrten, können Verstorbene erst Frieden finden und sich den Lebenden offenbaren, wenn sie in christlicher Erde beigesetzt wurden.

Angetan mit ihrem scharlachroten, mit goldenen Vögeln bestickten Kleid saß sie auf ihrem Lieblingsplatz auf dem Diwan und fuhr mir mit den Fingern durchs Haar. Ich hörte ihr leises, schelmisches Lachen und roch ihr Myrrhenparfüm. Ihre Nähe gab mir ein überwältigendes Glücksgefühl. Ich hätte mein ganzes Leben damit verbringen können, sie anzusehen. Schließlich begann sie zu sprechen. Ich weiß nicht, ob es auf griechisch, auf arabisch oder in der Sprache der Gefilde war, wo sie jetzt weilte, aber ihre Worte entzückten mich.

»O mein geliebter Sohn«, flüsterte sie, »ich bin dir so dankbar, daß du das alles auf dich genommen hast, um meinen armen Leichnam hierher zurückzubringen. Du mußt wissen, daß ich immer bei dir bleibe, und vergiß bitte nicht dein Versprechen, einen Rosenstrauch auf mein Grab zu pflanzen. Vielleicht erinnerst du dich noch, warum.«

Ich wußte, daß ich träumte. Die Welt, in der sie sich befand, war eine andere als die meine, und nur durch die Tür der Träume konnte ich zu ihr gelangen. Ich hätte ihr gerne geantwortet, aber das Glücksgefühl lähmte mich. Da wurden meine Visionen plötzlich jäh unterbrochen. Zwei Männer standen vor mir: der Offizier, der aufs höchste bestürzt wirkte, und ein Bärtiger, ein vornehmer, in Grau gekleideter Herr mit sanftem Blick, der sich über mich beugte: »Er ist es!« rief Konstantin, der Mann meiner Schwester Helena. »Aber in welcher Verfassung! Wir schulden ihm die größte Achtung, Tribun. Er ist der Sohn des Kaisers, und ihm ist es zu verdanken, daß wir den ungläubigen Sarazenen das Mandilion entrissen haben …«

13

Mit den Füßen trampelnd und in die Hände klatschend, bewegte sich der Umzug der Mädchen den Gang entlang, die Treppe hinunter und umrundete den großen Saal. An der Spitze schlug Zoe, die Älteste, die ihr Gesicht hinter einer Ziegenmaske verbarg, mit einem Suppenlöffel und einem Topf den Takt. Die vier anderen, die ebenfalls maskiert waren, stießen wilde Schreie aus, die von dem Geplärr des kleinen Romanos übertönt wurden. Man hatte ihn mit seinen fünf Jahren für zu klein erachtet, um an dem Maskenzug teilzunehmen, und ihm nur eine Rolle als Zuschauer eingeräumt.

»Hier, nimm meine Maske, Romanos. Du bist ja noch so klein. Ich werde deinen Platz einnehmen«, sagte die zwei Jahre ältere Anna.

Immer setzte sie sich dafür ein, Konflikte beizulegen, obwohl sie die jüngste der Mädchen war.

»Macht nicht so viel Lärm, Kinder! Euer Onkel Basileios braucht Ruhe!« rief meine Schwester Helena, die neben mir am Tisch saß.

Helena und Konstantin hatten mich bei sich im Karienpalast aufgenommen, wo meine Schwester mich mütterlich umsorgte. Ich empfand ihre Zuneigung, die sich in rührenden kleinen Aufmerksamkeiten äußerte, eher als störend. Ich wäre mit dem schweren Stein, der auf meiner Brust lastete, lieber allein geblieben, denn ich mußte mein Geschick selbst in die Hand nehmen.

»Man muß die Kleinen verstehen«, seufzte meine Schwester. »Unser Vater, der Kaiser, wendet zu autoritäre Methoden an. Das Volk beklagt sich über seine Strenge und Schwermut. Er hält sich für schuldig, bereut und tut Buße, wie es ihm die Mönche, die ihn umgeben, raten. Aber mit ihm zwingt er die ganze Stadt dazu, Buße zu tun und zu bereuen. Deshalb hat er auch Brumalia abgeschafft, dieses harmlose Fest, bei dem man maskiert durch die Straßen zieht. Zur Begründung gab er an, dieses Volksfest sei heidnischen Ursprungs. Aber unsere Kinder haben keinen Grund, sich zu kasteien. Deshalb feiern sie Brumalia eben zu Hause.«

Sie redete wie ein Wasserfall, und ihr Wunsch, meinen Schmerz zu lindern, wurde von der Freude begleitet, einen Zuhörer gefunden zu haben. Sie schenkte mir Wein nach, schnitt mir noch eine Scheibe Brot ab und schälte eine weitere Zwiebel, die sie auf meinen Teller legte. Dann bediente sie sich selbst. Sie aß zuviel, und die Folgen davon zeigten sich am Umfang ihrer Taille.

»Was er bereut, weiß niemand außer den Mönchen, die ständig um ihn herum sind und ihm die Beichte abnehmen. Gewiß hat er Unrecht getan, als er meinen Mann damals vom Thron seines Vaters, Leons des Weisen, verdrängte. Doch das Testament, das er vor kurzem errichten ließ, setzt uns wieder in unsere Rechte ein und schließt unsere Brüder Stephanos und Konstantin zu ihrer tiefen Verbitterung von der Thronfolge aus. Nach seinem Tod wird mein Mann alleiniger Kaiser sein. Aber bis dahin will unser Vater uneingeschränkt herrschen.«

Gemeinsam wohnten wir dem Frühgottesdienst in der Dimitrioskirche unweit des Karienpalasts bei. Ich war völlig aufgewühlt. Mir schien, als habe Gott mich verlassen, wie mich alle verlassen hatten, und allein der Plan, meinen Vater zu ermorden, stellte ein schweres Vergehen dar, das mich von den Sakramenten entfernte. Dennoch beruhigten mich die liturgischen Gesänge, der Duft von Weihrauch, die patinierten Goldverzierungen der Ikonostase und das leuchtende Antlitz der Heiligen. Ich konnte meinen Blick nicht von einer bestimmten Ikonenfigur wenden. Mit ihrer gebeugten Haltung erinnerte sie mich an meine Mutter kurz vor ihrem Tod.

Danach gingen wir auf den Markt. Meine Schwester Helena legte als gute Hausfrau Wert darauf, sich selbst um die Einkäufe zu kümmern, und hatte es stets abgelehnt, einen Verwalter dafür einzusetzen. Ich sollte sie überallhin begleiten, und mir kam der Gedanke, daß sie sich mir gegenüber verhielt, wie man es gewissen Geisteskranken gegenüber tut, deren Angehörige sie nicht gerne allein lassen, weil sie das Ausmaß ihres Wahns nicht kennen.

Aber ich hatte den Verstand nicht verloren. Meine Gedanken waren ganz klar und auf ein einziges Ziel gerichtet: dem Leben dieses Greises ein Ende zu setzen. Ich hatte zu diesem Zweck übrigens ein Messer mit langer, spitzer Klinge entwendet und es in meinem Zimmer in der Höhlung eines Balkens versteckt.

»Weißt du, daß die Erben der großen Familien sich für unsere Töchter zu interessieren beginnen?« vertraute Helena mir an, während sie Kohl und Bohnen wählte. »Konstantin hatte unlängst Besuch von Bardas Dalassenos, dessen Ländereien sich fast über die ganze Provinz Paphlagonien erstrecken. Er meint, es sei nun an der Zeit, sich Gedanken über die Vermählung unserer Ältesten, Zoe, zu machen, die bald fünfzehn wird!

Und Skleros soll ein Auge auf Theodora geworfen haben! Doch sei versichert, daß ich nicht die Absicht habe, meine Töchter dem erstbesten zu geben, du kennst mich. Die Mächtigen fangen an, darüber nachzudenken, wie sie ihre Erben günstig vermählen können, und wären recht zufrieden, wenn sie eines Tages mit der Tochter des Kaisers als Schwiegertochter erwachten.«

Die Händler grüßten meine Schwester mit einer Mischung aus Sympathie und Hochachtung, obwohl sie wie ihre Brüder ein recht eigennütziges Wesen besaß und hartnäckig zu feilschen pflegte. Dagegen musterten sie mich mit Scheu, und ihr forschender Blick weckte in mir die Befürchtung, daß ich noch immer mit dem abscheulichen Leichengeruch behaftet war.

»Sei unbesorgt«, murmelte Helena, die meine Gedanken erraten hatte, und drückte meinen Arm, »die Gebete unseres Bruders, des Patriarchen, und die wohlriechenden Badezusätze haben den Gestank besiegt. Außerdem habe ich deine Kleider verbrennen lassen.«

Nach und nach füllten sich die Taschen und Kisten meiner Schwester, die von zweien ihrer Sklaven getragen wurden. Der feine Sprühregen, der schon den ganzen Morgen niedergegangen war, drang allmählich durch unsere Kleider. Von allen Dächern tropfte es auf uns herab, und das Pflaster war durch die Nässe ganz schlüpfrig geworden.

»Gehen wir nach Hause«, bestimmte meine Schwester, »sonst werden wir uns noch eine Erkältung zuziehen. Konstantin wird zum Mittagessen nicht daheim sein. Er ist dieser Tage oft abwesend, weil er mit den Mönchen des Studiosklosters arbeitet. Es kommt mir so vor, als bahne sich ein wichtiges Ereignis an, mit dem er lieber nichts zu tun haben will ...«

Ich hielt mich fast einen Monat lang bei meiner Schwester verborgen. Während dieser Zeit versuchte ich, ein wenig Ruhe zurückzugewinnen und einen zufriedenstellenden Plan zu schmieden. Ich war fest entschlossen, meinen Vater zu töten. Aber ich wollte ganz sicher sein, daß niemand Gelegenheit finden würde, den Schlag abzuwehren, und daß das Opfer sowohl den Grund als auch den Urheber kannte. Mein Vater sollte sterben und dabei ganz genau wissen, für welches Verbrechen er bezahlte und wer ihn dafür sühnen ließ.

Es kümmerte mich wenig, daß ich gleich darauf verbrannt und enthauptet würde, wie man es mit Vatermördern und denjenigen tat, die Hand an die geheiligte Person des Kaisers legten. Ich strebte nicht danach, einen Mord zu begehen, sondern danach, Gerechtigkeit zu üben.

Nun traten in diesen Tagen unerklärliche Zwischenfälle ein, die auf ein bevorstehendes Schreckensereignis hindeuteten und mir für meine Unternehmung Erfolg verhießen. Derartige Vorzeichen hatte es im Lauf der Geschichte schon öfter gegeben, so zum Beispiel vor dem gewaltsamen Tod Maurikios', eines Nachfolgers Justinians, sowie in jüngerer Zeit vor der Ermordung Michaels III. Ein Sturm brauste durch das Hippodrom und zerstörte die Mauern und Zuschauerränge, die der kaiserlichen Loge gegenüber lagen: Der Finger Gottes deutete auf das zukünftige Opfer. Der Sockel der Konstantin-Statue spaltete sich von oben nach unten, als hätte der Engel des Herrn ihn mit seinem Schwert entzweigehauen. Der Fluß Lykos, der am Tauros-

Forum vorbeifließt, führte rotes Wasser, rot von Menschenblut. Und mitten im Winter wurde die Stadt von Donnerschlägen erschüttert, die ein großes Unglück ankündigten.

Doch der erschreckendste Zwischenfall ereignete sich vor meinen Augen. Ich hatte mich in den Palast begeben, um ein letztes Mal die Örtlichkeiten in Augenschein zu nehmen. Es war um die Mittagszeit, und zu dieser Stunde wurden die Türen stets geschlossen gehalten, damit der Kaiser sich ausruhen konnte. Der Winterhimmel und die getönten Fensterscheiben ließen nur ein spärliches Licht in die leeren Säle einfallen. Niemand durfte den Palast zu dieser Stunde betreten, doch mir wurde der Zutritt nie verwehrt. Die Wächter grüßten mich ehrerbietig. Es kam mir jedoch so vor, als ob die beiden Scholen, die vor dem Bronzetor der Chalke Wache hielten, mich mit Blicken durchbohrten. Wahrscheinlich merkte man mir meine Aufregung an.

Der Augenblick war günstig. Nichts regte sich längs des Portikus der Vierzig Märtyrer; das Tribunal der Neunzehn Liegen war wie ausgestorben. Der Wachposten der hünenhaften weißen Gardetruppe, der vor der Goldenen Halle Stellung bezogen hatte, grüßte mich. Ich betrat das gewaltige Gebäude, in dem sich der Duft von Wachs mit dem von Weihrauch mischte. Es herrschte tiefe Stille, und im schwachen Schein der tausend Lampen, die vor den Ikonen brannten, erblickte ich vor mir die Tür zum Gemach meines Vaters. Die Tür war nur angelehnt; er war mir schutzlos ausgeliefert.

Worauf wartete ich noch? Warum sollte ich noch mehr Zeit verstreichen lassen, um unnötige Vorkehrungen zu treffen? War ich nicht hinreichend bewaffnet? Hatte ich die Handbewegung, mit der ich die Spitze der Klinge hinter den Knochen des Halsansatzes in die Bahn der Schlagader stoßen wollte, nicht tausendmal einstudiert? Der Mann war mager; ich würde leichtes Spiel haben. Unter dem Mantel krampften sich meine Finger um das Heft des Messers, das in meinem Gürtel steckte, und ich setzte langsam einen Schritt vor den anderen.

Da ging plötzlich die Tür auf, und der Mönch Sergios kam aus dem Zimmer. Ich kannte den Beichtvater des Kaisers, diesen kleinen, lebhaften Mann, der lange als Einsiedler in den Bergen Armeniens gelebt hatte. Es hieß, er spreche mit Gott und vollbringe Wunder, doch er tue es heimlich, da er von großer Einfachheit sei. Man erzählte sich, seine Kenntnis der Seelen sei so groß, daß er in den Augen lesen könne wie in einem aufgeschlagenen Buch, und man wußte nicht, ob dieser Scharfblick nun ein Geschenk des Himmels oder die Fähigkeit eines besonders entwickelten Geistes war.

Sichtlich beunruhigt, mich in einem solchen Zustand der Erregung anzutreffen, faßte er mich am Arm und nötigte mich, ein paar Schritte mit ihm durch die Goldene Halle zu gehen.

»Basileios, mein Junge, jetzt bist du also doch von dieser Gesandtschaft zurückgekehrt? Einige hielten dich für tot, andere befürchteten, du seist bei den Ungläubigen in Gefangenschaft geraten. Der Kaiser wird sich freuen, dich zu sehen. Er machte sich Sorgen um dich!«

Ich hätte den schmächtigen Mönch leicht beiseite stoßen können, um zu meinem Vater vorzudringen, doch er ließ mich nicht aus den Augen und hätte bestimmt die Wache gerufen, die mich im Handumdrehen überwältigt hätte. Ich beschloß, einen günstigeren Zeitpunkt abzuwarten, und äußerte ein paar Belanglosigkeiten.

»Welche Freude wird es für ihn sein, den geliebten verlorenen Sohn in den Schoß der Familie zurückkehren zu sehen! Du weißt wohl, wie sehr ihn der Undank seiner Ältesten grämt. Deine Gegenwart wird ihm neue Kraft geben.«

Er drückte meinen Arm und schien sich ehrlich zu freuen, mich wiederzusehen. Ich beruhigte mich, ließ das Heft meines Messers los und wartete geduldig darauf, daß der Mönch zu Ende kommen würde.

»Und außerdem kannst du mir helfen, sein Verlangen nach Selbstkasteiung zu mildern. Gewiß ist er, wie wir alle, ein Sünder, aber er wird von Gewissensbissen geradezu verzehrt. Er erlegt sich außerordentliche Bußübungen auf, lange Fastenzeiten, Geißelungen … Er ist besessen von der Erinnerung an ein Vergehen, von dem nur einige wenige wissen. Über dieses Verbrechen spricht er jedoch nie.«

Ich hütete mich, ihm zu sagen, was ich wußte. Ich kannte das Verbrechen und wollte ihn dafür büßen lassen.

»Du könntest mir wirklich helfen, ihn zu beruhigen. Er sieht überall nur Vorzeichen für seinen Tod oder das Ende seiner Herrschaft! Wenn er spüren könnte, daß ihm diese Sünde verziehen wird – und warum nicht durch dich? –, so würde seine Seele Frieden finden.«

Es gab nichts, was ich ihm hätte verzeihen können, da ich selbst keinen Schaden erlitten hatte.

Sergios ließ meinen Arm los und stellte sich vor mich:

»Der Kaiser hat mir nichts gesagt, Basileios, aber diese Vergebung würde gewiß auch dir Erleichterung bringen ... Meinst du nicht, daß die Bürde, die du dir auf die Schultern laden willst, recht schwer ist?«

Trompetensignale ertönten unter den Säulenhallen, was bedeutete, daß die Nachmittagsaudienz gleich fortgesetzt würde. Sergios verschwand. Soldaten marschierten auf, Höflinge und Palastbeamte kamen herbeigeeilt. Ich hatte kein Verlangen danach, gesehen und erkannt zu werden. Daher verbarg ich mich hinter dem Thron im Schatten einer Säule.

Der Saal hatte sich bald gefüllt. Auf den Arm des Patrikios Theophanes gestützt, kam der Kaiser aus seinem Gemach und bewegte sich langsam auf den Thron zu.

Er ging nur wenige Schritte von mir entfernt an den knienden Höflingen vorbei. Er hinkte, und sein durchfurchtes Gesicht drückte eine unbändige Verzweiflung aus. Beinahe wäre ich über ihn hergefallen und hätte allen Anwesenden die Gründe für meine Tat ins Gesicht geschrien. Doch man hätte mich daran hindern können, Gerechtigkeit walten zu lassen, und so hielt ich mich zurück.

Die Audienz war trostlos. In absoluter Stille warfen sich nacheinander der Botschafter des Königs der Provence und der Gesandte des angeblichen Kaisers der Germanen dreimal vor dem Thron nieder, bevor sie die purpurnen Stiefel meines Vaters küßten. Danach kam der unfähige Schönling Pantherios, ein General, der meinem schwachen Vater von meinen Brüdern aufgezwungen worden war und der erst kürzlich im Kampf mit

Saif ad-Daula eine Niederlage erlitten hatte. Er wollte sich nur vergewissern, daß er noch immer die Gunst des Kaisers besaß.

Was dann geschah, war in jeder Hinsicht ungewöhnlich: Ein ärmlich gekleideter, etwas einfältig wirkender Mann trat vor. Ihm folgte ein Sklave, der in den Armen einen Gegenstand trug, der mit einem Schleier bedeckt war. Der Mann machte einen Kniefall, wie man es ihn gelehrt hatte, und gab dem Sklaven dann ein Zeichen, das Tuch zu entfernen.

Darunter kamen zwei kleine, etwa drei Monate alte Kinder zum Vorschein, die dicht nebeneinander lagen und schliefen. Ihr Anblick war grauenerregend: Sie hatten riesenhafte Köpfe und zum Skelett abgemagerte Körper. Durch die plötzliche Helligkeit wurden sie wach und begannen zu schreien und zu strampeln. Und da man sie völlig nackt gelassen hatte, konnte man nicht nur feststellen, daß sie nicht kastriert waren, sondern auch daß sie auf der ganzen Länge des Brustkorbs durch eine Art Membran miteinander verwachsen waren. Bestürzte Aufschreie der Höflinge durchbrachen die heilige Stille und übertönten rasch das Gebrüll der beiden kleinen Ungeheuer. Als mein Vater diese Scheußlichkeit erblickte, mußte er einmal kräftig schlukken. Dann sprang er auf, stieg von seinem Thron hinunter und stürzte mit zugehaltenen Ohren in sein Zimmer, wo er sich einschloß.

Wollte uns der Himmel durch die Vorführung eines derartigen Monsters zeigen, was der Menschheit drohte, wenn sie in der Sünde verharrte? Aus einem unerklärlichen Grund wertete mein Vater diesen grausigen Anblick als weiters Vorzeichen für sein Ende. Man muß bedenken, daß er Seemann gewesen war und daß alle Seeleute äußerst abergläubisch sind.

Man jagte den Mann und seine widerwärtige Brut davon. Höflinge und Offiziere, die über die Reaktion des Kaisers noch erstaunter waren als über diese Verirrung der Natur, steckten die Köpfe zusammen und flüsterten miteinander. Dann zogen sie sich sorgenvoll zurück.

Ich wollte gerade mein Versteck verlassen, als das Echo von Schritten unter dem Gewölbe hallte. Mein Bruder, der Patriarch, kam auf mich zu. »Basileios, lieber Bruder!« rief er aus und schloß mich in die Arme. »Warum hast du mich denn nicht gleich bei deiner Ankunft aufgesucht? Aber du bist ja krank; du glühst von Fieber! Die Ungläubigen werden dir irgendein Gift verabreicht haben! Als der gute Sergios mir mitteilte, daß du wieder da bist, habe ich alles stehen und liegenlassen, um zu dir zu eilen!«

Er faßte mich ebenfalls am Arm, zog mich zu seiner Sänfte und wies mir den Platz neben sich zu. Mißmutig darüber, daß man mich von meiner Mordabsicht abgelenkt hatte, saß ich in einer Ecke und machte ein mürrisches Gesicht. Theophylaktos redete für zwei: »Weißt du, daß der Patrikios Theophanes einen Schwächeanfall erlitt, als der Kaiser sich zurückzog? Er hatte die Zurschaustellung dieses Ungeheuers organisiert, weil er glaubte, deinen Vater damit zu unterhalten. Dieser alte Dummkopf hätschelt Romanos wie eine Glucke ihr Küken. Er versucht ständig, ihn zu erheitern, und wird krank, wenn er merkt, daß er sein Ziel verfehlt hat!«

Während des ganzen Weges, den die Sänfte zurücklegte, erging er sich in sarkastischen Bemerkungen über Theophanes. Ich schwieg.

»Ich bin über die traurigen Ereignisse bei den Ungläubigen unterrichtet worden. Romanos hatte ebenfalls Kenntnis davon, doch er hat nichts unternommen, um dir zu helfen. Ich ahne, was du jetzt für ihn empfindest. Deshalb halte ich es für gut, wenn du an einer Versammlung von Leuten teilnimmst, die ähnlich denken.«

Erst jetzt fiel mir auf, daß er eine Tunika und einen Mantel aus grobem, grauem Tuch trug und daß die Sänfte mit keinem besonderen Kennzeichen versehen war. Wir hatten auch keine Eskorte. Die Träger setzten uns in einiger Entfernung von dem Palast ab, den früher unsere Familie bewohnt hatte, der jetzt aber leer stand. Theophylaktos ließ mich durch eine verborgene Tür eintreten und in die Zisterne hinabsteigen, ein von dreißig Pfeilern getragenes Kellergewölbe mit glitschigen Wänden, das sich unter dem Gebäude erstreckte.

»Die Zisterne ist ausgetrocknet«, erklärte er mir. »Niemand wird uns hier suchen.«

Fünf Männer erwarteten uns: Im Schein der Fackeln erkannte ich meine Brüder Stephanos und Konstantin, die in ihren dunklen Mänteln wie Verschwörer aussahen. Etwas weiter weg musterten mich drei weitere Männer mit unverschämten Blicken. Es waren Marianos Argyros, dessen Mutter mir zwei Monate zuvor einen so schlechten Empfang bereitet hatte, Basileios Petinos und Manuel Kourtikes, zwei Taugenichtse, die ich nur zu gut kannte.

Mein Bruder Konstantin, in dessen Gesichtszüge sich das Laster förmlich eingegraben hatte, trat auf mich zu.

»Mein lieber Bruder«, begrüßte er mich in affektiertem Ton, »wir freuen uns, dich unter uns zu sehen. Ich hoffe, daß es auch dir ein wenig Vergnügen bereitet, uns wiederzusehen, auch wenn du dabei ein Gesicht machst wie ein tollwütiger Hund, der gleich zubeißen wird. Es ist uns nicht unbekannt, daß diese Gesandtschaft für dich mit einigen Unannehmlichkeiten verbunden war. Doch hier hatten wir unter noch viel schlimmeren Ereignissen zu leiden, die uns nun dringende Entscheidungen abverlangen ...«

Nun meldete sich auch Stephanos zu Wort: »Die Dinge liegen klar auf der Hand, und man muß sie nicht unnötig komplizieren: In seinem krankhaften Verlangen, Reue zu zeigen, hat Romanos beschlossen, uns zu enterben. Sein Testament sieht als einzigen Kaiser nach seinem Tod den niederträchtigen Konstantin vor, diesen entarteten Spinner, der sich mit seiner angeblichen Legitimität brüstet. Was meinst du dazu?«

Ich hörte mich seufzen, daß ich den Inhalt des Testaments zwar zur Kenntnis nähme, daß er mir aber gleichgültig sei.

»Das sieht dir ähnlich!« rief Stephanos. »Deine Brüder werden zu einem jämmerlichen Dasein, wenn nicht gar zum Klosterleben verurteilt, und dich läßt das völlig kalt!«

Ich war es leid, mir immer wieder dieses alte Lied anhören zu müssen, und fragte Theophylaktos, warum er mich hierher gebracht habe. »Nun«, antwortete der Patriarch, »ich mußte erkennen, wie ungerecht die Verfügungen des Kaisers sind. Er weiß offensichtlich nicht, was er tut! Wie käme es ihm sonst in den Sinn, uns gegenüber die Ansprüche des Sohnes Leons des

Weisen geltend zu machen, der schon seit dreißig Jahren tot ist? Und dann diese ewige Reue, diese kindischen Reaktionen auf jede Kleinigkeit, wenn sie auch nur im entferntesten besorgniserregend wirkt! Kraft meiner patriarchalischen Würde vermag ich die göttlichen Botschaften zu sehen, die sich hinter den Ereignissen verbergen. Und es weist alles darauf hin, daß Gott sich von ihm abgewandt hat.«

Ich spitzte die Ohren und wartete gespannt, zu welcher Schlußfolgerung er kommen würde.

»Die Zeichen, die er uns tagtäglich schickt, führen uns vor Augen, daß Gott seinen Auserwählten von einst verstoßen hat. Es ist also ein gutes Werk, ihn aus seinem Amt zu entfernen und ihn durch andere zu ersetzen, die der Krone würdiger sind.«

Jetzt war es heraus: Meine Brüder hatten also ihr ewiges Komplott wieder angeheizt und diesmal auch den schwachen Patriarchen auf ihre Seite gezogen. Zu diesem Zweck hatten sie die Auffassung früherer Theologen ins Feld geführt. Danach rege Gott durch die Abwendung von einem Herrscher dessen Nachfolger dazu an, den amtierenden Kaiser zu ermorden, und erteile ihm schon im voraus für diesen Mord und für all seine Vergehen die Absolution.

»Verstehe uns doch«, fuhr Konstantin fort, »es geht uns überhaupt nicht darum, uns zu rächen oder diese testamentarische Verfügung für ungültig erklären zu lassen. Wir halten uns lediglich für die Gesandten des Himmels.«

Es war zum Ersticken in diesem Keller. Ich bewunderte rückhaltlos die Scheinheiligkeit des Arguments. Doch war mir noch nicht recht klar, welche Rolle ich bei dem Komplott spielen sollte. Die Leute, die meine Brüder damals als Handlanger hatten benutzen wollen, unterstanden mir nicht mehr.

»Wir haben die Unterstützung dieser drei mutigen Männer hier gewonnen«, erklärte Stephanos und wies mit dem Finger auf Argyros, Petinos und Kourtikes. »Übermorgen, am einundzwanzigsten Dezember, beginnt das Fest der Zwölf Tage. Wir werden uns die Lockerung der Disziplin, die mit solchen Anlässen stets einhergeht, zunutze machen und die drei gegen sechs Uhr in Romanos' Gemach einschleusen. Dort werden sie ihn dann zur Ader lassen. Danach können wir uneingeschränkt herrschen.«

Ich fragte sie, ob ihnen die Vorstellung nicht widerstrebe, ihren eigenen Vater wie ein Schwein abstechen zu lassen. Sie versicherten mir, daß dies nicht der Fall sei. Ich erkundigte mich danach, welches Schicksal sie Helenas Mann und ihren Kindern zugedacht hätten.

»Auch er wird bestraft werden«, knurrte Stephanos. »Er hat den Alten in seinem schuldhaften Starrsinn bestärkt. Wenn sie ihre Arbeit im Palast verrichtet haben, werden sich unsere tapferen Männer den Karienpalast vornehmen und das Nötige tun.«

Im Schein der Fackeln wirkte sein Gesicht blutrot. Die stickige Luft und die dichte Rauchwolke, die sich unter der Decke gebildet hatte, verursachten mir Übelkeit; der Gedanke an das bevorstehende Gemetzel ließ mich erschauern.

»Jetzt weißt du alles, mein lieber Bruder«, schloß Theophylaktos. »Da ich deine Absichten im bezug auf Romanos erahnte, habe ich dich hierher geführt, damit du von unserem Plan Kenntnis erlangst. Du kannst uns dabei behilflich sein. Morgen bei Tagesanbruch werde ich die Schwerter segnen, mit denen Romanos getötet werden soll. Wenn du auf unserer Seite stehst, so wohne dem Gottesdienst bei. Später wirst du dafür selbstverständlich den Platz des Patrikios Theophanes einnehmen …«

Ich bat mir Bedenkzeit aus. Sollte ich am nächsten Tag beim Gottesdienst erscheinen, so bedeute dies mein Einverständnis mit dem Komplott. Dann stürzte ich aus dem Keller.

Das Leuchtfeuer auf der Terrasse des Palastes beherrscht die Stadt und bietet der Nacht tapfer die Stirn. Es speit spiralförmige Flammen, die sich ausstrecken und zusammenziehen wie Feuerschlangen, die die Sterne des Himmels vertreiben. Ihre wütenden Zuckungen lassen die goldenen Kuppeln der Basiliken rot aufglühen und tauchen die Zitronenhaine der Parks und die Dächer der schlafenden Stadt bis zu den schützenden Hafenmolen in ein kupferfarbenes Licht. Manchmal versprüht die

Lohe einen Funkenhagel, bevor sie unter der Peitsche des Windes wild weiterzüngelt.

Ein beklemmendes Angstgefühl lastete auf meiner Brust. Ich war allein in meinem Zimmer im Karienpalast und konnte nicht schlafen. Ich hatte den Fensterladen geöffnet und blickte auf die schlafende Stadt, die im Schein des Leuchtfeuers zuckte wie die Eingeweide eines Opfertieres.

Die Kaltblütigkeit, mit der meine Brüder den Mord an ihrem Vater beschlossen hatten, schockierte mich jetzt ebensosehr wie zwei Jahre zuvor bei dem Angriff durch die Russen. Vatermord ist ein unentschuldbares, unverzeihliches Verbrechen, und ich war tief betroffen, daß auch Theophylaktos für die Mörder Partei ergriffen hatte.

Andererseits, hatte ich nicht ebenfalls seit einigen Wochen den Entschluß gefaßt, den alten Mann umzubringen? Hatte ich nicht alles vorbereitet, um meine Mutter zu rächen? Warum hatte ich denn das Messer gestohlen und seine Klinge geschärft?

Der Unterschied lag in unseren Beweggründen, die nicht im entferntesten vergleichbar waren: Meine Brüder schickten sich an, ein gemeines Verbrechen zu begehen, denn sie gierten nur nach der Erbschaft. Ich dagegen wollte meinen Vater nur seiner gerechten Strafe zuführen.

Wäre es nicht am geschicktesten, sie einfach gewähren zu lassen und sie dann zu denunzieren? Ich würde Nutzen aus ihrer Tat ziehen, ohne mir selbst die Hände zu beschmutzen. Vielleicht würden sogar die allgegenwärtigen Männer des Patrikios Theophanes meinem Verrat an denen, die ich meine Brüder nennen mußte, zuvorkommen? Zeichnet es nicht einen guten Politiker aus, sich von anderen die Kastanien aus dem Feuer holen zu lassen?

Doch in dieser Angelegenheit wollte ich nicht geschickt sein. Diese Art Komplizenschaft widerstrebte mir. Ich durfte mich gar nicht erst mit diesem Gesindel einlassen. Ich, und zwar ich ganz allein, mußte meine Gerechtigkeit an ihm vollziehen. Allein die Erinnerung an die erloschenen Augen meiner Mutter und die blutende Wunde an ihrer Stirn machte mich rasend. Jetzt galt es zu handeln, und zwar schnell. Ich mußte ihnen um jeden Preis zuvorkommen. Nichts und niemand konnte mich von meiner Rache abhalten. Entweder tat ich es heute nacht oder gar nicht mehr.

Fieberhaft kletterte ich aufs Bett und tastete nach dem Versteck in der Vertiefung des Balkens. Einen Augenblick lang glaubte ich, man habe das Messer entwendet. Aber nein, da war es ja, gewetzt und bereit zuzustechen. Ich betrachtete es lange. Wie stark und zugleich geschmeidig es war, wie alltäglich und doch so gefährlich, wenn eine entschlossene Hand es führte. Seine stählerne Klinge schimmerte schwach im Schein der Lampe. Bald würde Romanos' Lebensfaden damit durchtrennt.

Ein Knacken war im schlafenden Haus zu hören. Auf leisen Sohlen schlich jemand heran. Ein Lichtstrahl erschien unter meiner Tür. Wer war da draußen, bereit, sich auf mich zu stürzen? Die drei Mörder kamen mir in den Sinn. Hielten sie mich für zu unentschlossen und bereuten sie, mich von dem Komplott unterrichtet zu haben?

Leise ging die Tür auf. Ich hielt die Waffe zu meiner Verteidigung bereit. Eine kleine, helle Gestalt schlüpfte herein. Mit einem langen Nachthemd bekleidet und einer Lampe in der Hand, stand meine Nichte Anna vor mir und sah mich an. Das Haar fiel ihr auf die Schultern herab, und ihre Augen glänzten im Schein der Flamme wie Diamanten auf dem Grund eines Schmuckkästchens.

Sie störte mich. Ich hielt das Messer ungeschickt hinter meinem Rücken verborgen und ärgerte mich, daß ich von diesem Kind überrascht worden war.

»Warum schläfst du nicht?« fragte sie.

Ich berief mich auf meinen schlechten Schlaf und wies sie ein wenig barsch darauf hin, daß ein kleines Mädchen in ihrem Alter eigentlich schon längst im Bett liegen sollte.

»Ich kann nicht schlafen, weil ich Angst habe.«

Ich fragte sie, wie sie zu der Lampe gekommen sei.

»Ganz einfach. Es ist Mutters Lampe. Ich habe sie an der Kerze vor der Ikone angezündet. Darf ich mich auf deinen Schoß setzen? Ich will mich zwischen deinen Armen verstecken.«

Ich hatte andere Dinge im Kopf, doch ohne mich weiter zu fragen, kuschelte sie sich an mich. Es gelang mir, das Messer unter einem Kissen zu verbergen. Anna fühlte sich eiskalt an. Ich fragte sie, was ihr solche Angst mache. Waren es die unwirklichen Schatten, die die Lampe an die Decke warf und die wie Raubvögel dort oben schwebten und sich auf ihre Beute zu stürzen drohten? Oder das unheimliche Knacken und Ächzen des alten Gebälks?

Doch Annas Furcht rührte von etwas ganz anderem her, und ich kam zu dem Schluß, daß der Mönch, der damit betraut war, meinen Nichten die Bibel zu erzählen, sie in geradezu törichter Weise erschreckte. Es war ein Bärtiger, der nichts von Kindern verstand. Er hatte ihnen erzählt, wie der Prophet Elias sich neben den Leichnam des Sohnes der Witwe gelegt, ihn gewärmt und schließlich wieder zum Leben erweckt hatte. Dabei hatte er ihnen keine Einzelheit erspart und ihnen die steifen Glieder, den widerlichen Leichengeruch und den Mund des toten Knaben beschrieben, der sich in einem letzten Röcheln verzerrte.

»Glaubst du, daß es mir ebenso ergehen könnte wie dem armen Kind?«

Ich erklärte ihr in kindgemäßen Worten, daß ihr keine Gefahr drohe.

»Und wenn ich tot wäre wie das Kind, dann wärst doch immer noch du da und würdest mich zum Leben erwecken wie der Prophet Elias, nicht wahr?«

Ihre Stimme zitterte vor Angst. Ich versicherte ihr, daß sie nichts zu befürchten habe und daß ich immer da bleibe, um sie zu wärmen und zu beschützen. Ich redete lange auf sie ein, flüsterte ihr ins Ohr, wie gern ich sie habe, beteuerte, daß ich die Kraft besitze, böse Geister von ihr fernzuhalten, und daß ich immer bei ihr sei, selbst wenn sie mich einmal nicht sehen könne.

Da entspannte sie sich, begann zu gähnen und im Halbschlaf Dinge aus ihrer kleinen Welt zu erzählen. Und ich saß regungslos da und hielt den Atem an, um diesen Augenblick inniger Vertrautheit nicht zu zerstören. Überglücklich las ich die wenigen Brosamen der Zuneigung auf, die man mir in meiner Einsamkeit zugestand.

Auch ich spürte, wie meine Angst dahinschmolz. Das Feuer, das mich kurz zuvor noch erfüllt hatte, erlosch, und meine Rachegelüste schwanden. Unter dem lauen Regen beruhigte sich auch die Flamme des Leuchtfeuers auf der Terrasse des Palastes. Ich begann mein Vorhaben zu hinterfragen und an meinen Gewißheiten zu zweifeln. Mußte ich mir allerorten den Tod auf meine Fahne schreiben? Romanos sollte für seine Sünden büßen, soviel war sicher. Aber war seine Ermordung eine heilige Pflicht?

Das sanfte Gemurmel meiner Nichte bezauberte und beruhigte mich. Es wirkte auf mich wie das Laub der Bäume, wenn der Wind ihnen ein leises Rauschen entlockt. Ich war viel mehr dazu bestimmt, Leben und Wärme zu geben, als zu töten. Annas sanfte Berührung und die Wärme ihrer Haut, die ich durch das Nachthemd hindurch spürte, versöhnten mich mit der gesamten Menschheit. Vor allem aber erinnerten sie mich an eine andere Wärme, an eine andere Zärtlichkeit.

Wie sie sich so an mich schmiegte, rief sie in mir die Erinnerung an Liebkosungen wach, die schon lange zurücklagen. Sie stellte eine unerwartete Verbindung zu meiner Vergangenheit her, zu dem einzigen Menschen, den ich je geliebt hatte. Und der Duft ihres Haars, auf das die Dienerinnen ein paar Tropfen wohlriechendes Öl geträufelt hatten, beschwor eine Welt voll Schönheit und Zärtlichkeit herauf.

Allmählich versank ich in einen leichten Schlaf, der von Minaretten und Palmenbäumen erfüllt war. Meine Mutter kam in diesen Träumen nicht vor, aber ich verspürte dasselbe Glück, das ich empfunden hatte, als sie noch bei mir war.

Ich bin fest davon überzeugt, daß die Menschen, die wir geliebt haben und von denen der Tod uns getrennt hat, trotzdem noch unter uns weilen. Sehr oft im Laufe meines Lebens war es mir auch ohne die Künste eines Totenbeschwörers vergönnt, den Hauch ihres Geistes wahrzunehmen und ihre Botschaft zu verstehen. Ich glaube, daß sie da sind und stets versuchen, sich Gehör zu verschaffen. Sie offenbaren sich uns in Träumen, durch ungewöhnliche Ereignisse und manchmal auch in den Worten uns nahestehender Personen. Doch mitgerissen vom lärmenden Trubel des Lebens, hören wir sie nicht.

Plötzlich erwachte ich und riß die Augen auf. Der Wind hatte sich gelegt, die Zuckungen der Flamme hatten nachgelassen, alles war friedlich.

Nicht mehr im Schlaf, sondern hellwach und bei vollem Bewußtsein nahm ich die Gegenwart meiner Mutter wahr. Ohne zu erschrecken, spürte ich, daß sie ganz nah bei mir war, freundlich und heiter wie immer. Sie kam mir zu Hilfe. Und im nächsten Augenblick sah ich tatsächlich, wie das Kind im Traum seine Lippen bewegte und flüsterte: »Verschone Romanos' Leben, o mein Sohn! Ich, deine Mutter, habe ihn so sehr geliebt!«

14

Ich hatte den drei Mördern klare Anweisungen gegeben. Sie sollten sich um die sechste Stunde des Tages auf dem großen Augusteionsplatz einfinden und dort auf uns warten.

Ein feiner Sprühregen ging auf die Goldkuppeln des Kaiserpalastes und den riesenhaften Justinian nieder, dessen Reiterstatue mit ihrem steinernen Blick verächtlich auf uns herabsah. Sogar die Tauben hatten den gepflasterten Platz verlassen, um sich unter die überhängenden Dächer zu flüchten.

Wir stiegen aus der Sänfte des Patriarchen, und wie auf ein Zeichen setzten sich die Glocken der Hagia Sophia in Schwingung. Das Simandron der Großen Kirche ertönte und ging rasch im Lärm der hölzernen Stundentrommeln unter, die von den unzähligen Kirchen und Klöstern der Stadt die Gebetsstunde verkündeten.

Wie ich es vorhergesehen hatte, war der Platz menschenleer. Sommers wie winters kam das Leben und Treiben der Straßen um die Mittagszeit zum Erliegen, so daß man nur hin und wieder einem verspäteten Sklaven oder einem Boten begegnete, der in Richtung Palast galoppierte.

Die drei Männer waren schon da. In dunkle Mäntel gehüllt, traten sie hinter den Säulen des Senats hervor, wo sie sich verborgen hatten. Mir fiel auf, daß Argyros ein ungewöhnliches Leuchten in den Augen hatte, während Basileios Petinos und Kourtikes ebenso stumpfsinnig dreinblickten wie immer. Sie mußten den Verstand verloren haben, daß sie es wagten, Hand an die geheiligte Person des Kaisers zu legen, ohne den Zorn des Himmels zu fürchten. Die darauffolgenden Jahre sollten ihnen die gerechte Strafe bringen.

Ein letztes Mal überhäufte ich sie mit Ermahnungen. Sie sollten für ihre Arbeit einen fürstlichen Lohn erhalten, und daher erwartete ich, daß sie auch perfekt ausgeführt würde. Dann schritten wir auf die Vorhalle des Palastes zu. Die Gardisten, die vor dem Tor Wache hielten, flehten den Patriarchen um seinen Segen an, den er ihnen gerne gab.

Das Geräusch unserer Stiefel auf den Marmorplatten hallte durch die leergefegten Säulengänge und die düsteren Saalgewölbe. Wir begegneten keiner Menschenseele. Höflinge und Offiziere hatten sich in Erwartung der Nachmittagsaudienz zurückgezogen. Als wir in der Nähe des Trikonkus vorbeikamen, mußten wir uns rasch hinter dem großen Springbrunnen verstecken. Eine Gruppe von Scholen kam im Laufschritt die Allee der Vierzig Märtyrer hinauf. Keiner bemerkte uns.

Drei weiße Gardisten bewachten den Eingang zur Goldenen Halle. Die Segnungen meines Bruders veranlaßten sie zum Kniefall, worauf ich ihnen den Befehl gab, in ihre Kaserne zurückzukehren. Nun waren wir Herren der Lage.

Als wir jedoch vor der hohen Eichentür zum Gemach meines Vaters anlangten, blieben meine Begleiter unschlüssig stehen. Ich zögerte nicht, stieß den schweren Flügel auf, und wir stürzten alle zusammen in den Raum.

Romanos lag ausgestreckt auf seinem Bett und schlief. Meinen Anweisungen folgend, riß Kourtikes ihm seine Purpurstiefel vom Fuß und band ihm die Fußknöchel zusammen; Argyros fesselte ihn an den Handgelenken, während Petinos das Band entfernte, das sein Haupt schmückte. Doch weder Theophylaktos noch ich selbst erhoben die Hand gegen seine Person.

»Was tut ihr da, ihr Verfluchten ...« Der alte Seemann hatte seine Befehlsstimme wiedergefunden. Ich befahl, ihn zu knebeln. Sein Blick funkelte unter den dichten Brauen, worauf ich Anweisung gab, ihm einen Sack über den Kopf zu stülpen.

Da klopfte es an der Tür. Ich wußte, daß der Patrikios Theophanes seinen Herrn manchmal in seiner Mittagsruhe störte, um ihn über schwerwiegende Ereignisse zu unterrichten. Wir mußten abwarten. Schon hielten die Mörder, die rasch hinter der Tür Stellung bezogen hatten, ihre Klingen zum Stoß bereit.

Doch der schwere Türflügel bewegte sich nicht. Nach einer Weile entschied ich, daß wir gehen sollten.

Kourtikes packte Romanos an den Beinen, die anderen beiden an den Schultern, und wir verließen schleunigst das kaiserliche Gemach. Ich eilte voraus, um den Weg freizumachen, doch es tauchte kein Hindernis auf. Eilends stahlen wir uns an der neuen Kirche und dem Leuchtfeuer vorbei und nahmen dann die Treppe, die zum Bukolion, dem kaiserlichen Hafen, hinunterführte.

Ein Thunfischkutter, wie es sie in Byzanz zu Tausenden gab, wartete am Kai. Ich höre heute noch den dumpfen Aufprall, als man den alten Mann auf die Gefahr, ihm sämtliche Knochen zu brechen, ins Boot warf. Argyros, Basileios Petinos und Kourtikes begleiteten ihn. Unter kräftigen Ruderschlägen entfernte sich das Boot vom Kai und verschwand bald darauf in dem Regenschauer, der das Meer in ein weißes Licht tauchte.

»Wie recht hattest du doch, mich mitten in der Nacht zu wecken, um mich auf den Fehler aufmerksam zu machen, den zu begehen wir im Begriff waren!« sagte Theophylaktos, als wir die schlüpfrigen Stufen der grünen Marmortreppe hinaufstiegen. »Stephanos und Konstantin hatten mich hinters Licht geführt.« Wie schon so oft versicherte ich ihm, daß er sich durch die Kniffe unserer Brüder allzu leicht täuschen lasse. Der scharfe Verstand, über den er als Eunuch verfüge, hätte ihn eigentlich vor solchen Irrtümern bewahren müssen. Er nickte schuldbewußt und machte dabei ein unglückliches Gesicht, wie ein Kind, dem man eine Strafpredigt hält.

Auf halbem Weg kam uns plötzlich der Patrikios Theophanes entgegen, gefolgt von einer Schar Soldaten mit gezückter Waffe. Er war in heller Aufregung und suchte den Kaiser. Ich erklärte ihm, wir seien dem schon mehrfach geäußerten Wunsch des Kaisers nachgekommen und hätten ihn ins Kloster der Verklärung auf die Insel Prote gebracht, wo er nach Belieben Buße tun und sich kasteien könne. Sein Beichtvater Sergios erwarte ihn dort bereits.

Als er das hörte, wurde er kreidebleich, und ich begriff, daß er um sein Leben bangte. Ich beruhigte ihn: Die Macht werde ganz rechtmäßig auf Romanos' beide Söhne und seinen Schwiegersohn übergehen. Alle drei hätten die Salbung aus den Händen des Patriarchen empfangen und würden nun gemeinsam herrschen. Zweifellos würden die jungen Kaiser einen neuen Ersten Minister ernennen, doch alles brauche seine Zeit. Theophanes trat mit gesenktem Kopf den Rückzug an.

Stephanos und Konstantin waren schwieriger zu überzeugen. Sie rechneten damit, blutbefleckten Mördern gegenüberzutreten, und erhielten statt dessen Friedensbotschaften. Ich führte ihnen das Risiko vor Augen, das sie eingegangen wären, wenn sie Romanos, seinen Schwiegersohn und dessen Familie getötet hätten. Der rechtmäßige Thronerbe habe unzählige Anhänger in der Stadt, und auch Romanos sei noch immer recht beliebt. Ihr Tod hätte das Volk gegen die neuen Machthaber aufgebracht, und die blutige Niederschlagung eines Aufstands gleich in den ersten Tagen einer neuen Herrschaft hätte nichts Gutes verheißen. Sie sollten sich mit ihrem Schwager Konstantin Porphyrogennetos gütlich einigen und mit ihm zusammen in Frieden regieren.

Ein unerwarteter Zwischenfall kam mir zu Hilfe: Die Kunde von dem Staatsstreich hatte sich wie ein Lauffeuer über die ganze Stadt verbreitet. Nun ging aber auch das Gerücht um, daß Konstantin Porphyrogennetos, der Sohn Kaiser Leons des Weisen und Enkel des großen Basileios, den Klingen der Verschwörer zum Opfer gefallen sei. Und wie es schien, war die Anhänglichkeit des byzantinischen Volkes an die kaiserliche Familie, trotz der Bestrebungen Romanos', das Gegenteil zu erreichen, noch immer sehr lebendig geblieben.

Eine Menge aus kleinen Ladenbesitzern, Fischern und Matrosen, durchweg Leute aus bescheidenen Verhältnissen, versammelte sich in den niederen Vierteln und bewegte sich im Schein von Fackeln auf den Palast zu. Mit jedem Schritt wurde der Pöbel zahlreicher und aufgebrachter, und bald ergoß sich eine riesige Menschenwoge über den Augusteionsplatz.

Ich befand mich gerade mit Stephanos, Konstantin und ihren Gattinnen beim Abendessen im Frauengemach. Da kam die Meldung, daß die Menge auf den Palast zumarschiere und die vorhandenen Truppen nicht ausreichten, um sie aufzuhalten. Ich erinnere mich noch genau an die verstörten Gesichter meiner Brüder und an die Hektik, in der sie über einen Zufluchtsort nachdachten, wo sie vor dem Zorn des Volkes sicher wären.

»Sprich du mit ihnen, Stephanos«, stammelte Konstantin.

Doch Stephanos, in der Tat ein erbärmlicher Fürst, war vor Schrecken wie gelähmt. Ein anderer Bote unterrichtete uns besser: »Edle Herren, unter der Führung von Aufwieglern zieht der Mob am Hippodrom vorbei und nähert sich dem Karienpalast.«

Ein dritter Kundschafter meldete uns, daß die Menge in wahre Beifallsstürme ausgebrochen sei, als Konstantin Porphyrogennetos sich an einem Fenster seines Palastes gezeigt habe. Im übrigen konnte man die Jubelrufe sogar noch an unserem Tisch hören.

Und ich erblickte in den Augen meiner Brüder nicht ohne Schadenfreude die Angst vor der Macht des Volkes und die Furcht vor dem nächsten Tag.

Die Insel Prote ist kaum größer als der Augusteionsplatz, die Esplanade des Palastes. Sie gleicht einer Anhäufung schwärzlicher, zerklüfteter Felsen und fällt über eine rote Steilwand zum Meer hin ab. Man könnte meinen, daß sie mit dem Blut derer bedeckt ist, die dort Buße getan haben. Das Kloster der Verklärung besteht aus nur wenigen baufälligen Gebäuden. Der Seewind, die Wellen, die an stürmischen Tagen gegen die Insel branden, und die Moospflanzen, die sich auf dem feuchten Gestein bilden, greifen das Gemäuer an, und die fehlende Instandhaltung trägt ebenfalls dazu bei, daß das Kloster den Anblick einer Ruine bietet.

Einen Tag vor Weihnachten ging ich auf der Insel an Land. Vier Tage zuvor war mein Vater hierher gebracht worden. Das Wetter war frisch, und eine blasse Sonne ließ in der Ferne die goldenen Kuppeln des Kaiserpalastes und der Großen Kirche glänzen. Es hieß, daß man als Ort der Verbannung absichtlich eine Insel gewählt hatte, die nur dreißig Stadien von Konstantinopel entfernt lag, damit das Funkeln der prächtigen Stadt den Häftlingen stets Anlaß bot, ihrer glanzvollen Vergangenheit nachzutrauern.

Meine Brüder hatten in der Nähe der Kaimauer ein paar Zelte als Unterkunft für einige Soldaten aufschlagen lassen, die den Hafen bewachen sollten. Eine unnötige Vorsichtsmaßnahme: Sergios, der Beichtvater meines Vaters, versicherte mir, daß der alte Kaiser in diesem Kloster den richtigen Ort für seine Reue gefunden habe und daß er nicht die geringste Lust verspüre, sich davonzumachen.

»Er übertreibt in allem«, seufzte der Mönch. »Gewiß hat er schwere Schuld auf sich geladen, gewiß ist er ein Sünder, aber die Kasteiungen, die er sich auferlegt, sind unverhältnismäßig hart. Weißt du, daß er sich ausgedacht hat, während der Mahlzeit der Mönche vor dem Speisesaal zu warten und nur die Reste ihrer kargen Nahrung zu verzehren, wenn welche anfallen? Wir mußten die Ration der anderen etwas erhöhen, damit dein Vater überhaupt etwas zu essen bekommt ...«

Ich dankte ihm für seine wertvollen Auskünfte, doch ich mußte mich von ihm verabschieden, denn meine Zeit war knapp bemessen.

»Noch ein Wort, Basileios. Ich bin dir dankbar dafür, daß du deine Mordabsichten nicht in die Tat umgesetzt hast. Aber sprechen wir freimütig: Von all seinen Sünden bereut dein Vater am meisten, daß er deine Mutter an die Ungläubigen verkauft und nichts unternommen hat, um sie dem Tod zu entreißen. Im Namen der Frau, die dich geboren hat, magst du ihm nun verzeihen und ihm ein wenig Erleichterung verschaffen.«

Vergeltung und Barmherzigkeit liegen gleichermaßen in der Hand Gottes, und so erwiderte ich ihm, ich dürfe in die Entscheidungen des Herrn nicht eingreifen.

»Du willst ihm also nicht vergeben«, seufzte der Mönch. »Ihr seid wirklich beide vom gleichen Stolz beherrscht!«

Ich war nicht gekommen, um mir eine Moralpredigt anzuhören, sondern um meinen Vater zu besuchen. Ein abgezehrter und ziemlich geschwätziger Mönch, der sich zweifellos freute, einen Zuhörer gefunden zu haben, führte mich in Romanos' Zelle. Es handelte sich um einen kleinen, völlig leeren Raum mit ehemals weiß gekalkten Wänden, durch deren Risse Wind und Regen ungehindert eindrangen. Dort kniete er mit entblößtem Rücken vor einem Schemel, während ein anderer Mönch ihn mit einer Rute aus noch grünen Zweigen kräftig auspeitschte.

»Schlag zu, Bruder, schlag zu!« rief mein Vater. »So schlag doch zu! Worauf wartest du noch?«

Der andere hatte ihn indessen nicht geschont, und das Blut strömte aus den schmalen Streifen, mit denen sein Rücken überzogen war; es floß ihm in langen Rinnsalen bis in die Hüftgegend und tränkte das schwarze Sackleinen der Mönchskutte, die er bis zu den Beinen heruntergezogen hatte.

Er wandte den Kopf, erblickte mich und stöhnte auf. Dann erhob er sich, schlüpfte in die Ärmel seiner Kutte und zog die schmutzige Kapuze, die an dem Gewand festgenäht war, bis zu den Augenbrauen hinunter.

»Warum läßt du mich nicht in Ruhe, Basileios? Sind die Strafen, die ich mir auferlege, nicht ausreichend? Habe ich mich nicht schon grün und blau schlagen lassen? Mußt du jetzt auch noch kommen, um mein schlechtes Gewissen zu schüren wie ein Feuer, von dem man glaubt, daß es erlöschen könnte?«

Wenn ich mich auch entschlossen hatte, ihn am Leben zu lassen, so wollte ich doch nicht darauf verzichten, ihm mitzuteilen, wer für seine Bestrafung verantwortlich war und wofür er büßen mußte. Ich antwortete ihm daher, daß ich das Feuer gerne noch lodern lassen wolle. Und zu diesem Zweck sei ich nun gekommen, um ihm zu schildern, was meine Mutter seinetwegen habe durchmachen müssen.

Er hörte mir begierig zu, als ich ihn daran erinnerte, mit welcher Grausamkeit man die Mutter von ihrem Kind getrennt hatte. Ich erzählte ihm von der Dressur, die sie bei den Ungläubigen erfahren hatte, von meinen vergeblichen Bemühungen, sie zur Umkehr zu bewegen, von ihrem langen Leidensweg und schließlich von ihrem tragischen Ende, ohne Sakramente, von türkischen Gardisten zu Tode gesteinigt.

Beim Sprechen traten mir die Tränen in die Augen. Wie gebannt hörte mir mein Vater zu; in seinen Mundwinkel hatte sich eine bittere Falte eingegraben. Und ich konnte nicht umhin, das gleichmäßige Zittern seines Kopfes, seinen starren Blick und die rasche Bewegung seines Ärmelaufschlags zu bemerken, mit dem er sich des öfteren die Nase abwischte.

»Das weiß ich doch schon alles!« brummte er schließlich. »Und ich bin in dieses Gefängnis gekommen, um für alles das zu büßen. Ich frage dich noch einmal: Warum willst du mich quälen?«

Ich wies ihn darauf hin, daß er ja nicht freiwillig in das Kloster gegangen sei, daß man ihn vielmehr mit Gewalt dorthin habe bringen müssen, was seine Reue etwas zweifelhaft erscheinen lasse. Ich sei außerdem gekommen, um mich nach den Beweggründen seines Handelns zu erkundigen. Denn wenn er auch geglaubt habe, den Willen der verstorbenen Theodora respektieren zu müssen, so hätte ihn doch nichts daran gehindert, meine Mutter ein wenig später zu sich zurückzurufen. Statt dessen sei er jedoch in der Sünde verharrt. Er lachte bitter: »Du denkst nicht richtig nach, Basileios. Ich sehe, daß ich mich in dir getäuscht habe. Verstehe doch: Wenn Maria nach Byzanz zurückgekehrt wäre, hätte ich sie aus der Sklaverei befreien und sie heiraten müssen. Doch man hätte es nicht geduldet, wenn ich eine ehemalige Sklavin zur Frau genommen hätte. Man hätte mich daran erinnert, daß ich eigentlich nur ein Thronräuber war, und mich gezwungen, abzudanken und die Krone Konstantin, dem wahren Thronerben, zu überlassen …«

Er war also der Politik, die er mich gelehrt hatte, treu geblieben. Sein einziges Ziel bestand darin, die Macht zu behalten.

»Zweifellos habe ich mich mit zu großer Verbissenheit an die Herrschaft geklammert. Ich weiß, daß ich für mein Verharren in der Sünde bestraft werden muß. Doch du, Basileios, der du dich zum Richter über mich erhebst, bist du nicht ebenso schuldig? Hast du nicht diesen unglücklichen Kalifen in den Tod getrieben, der keinen anderen Fehler begangen hatte, als mit deiner Mutter zu leben, nur eben nach seiner Religion? Du Sohn eines Verbrechers, bist du nicht selbst ein Mörder?«

Ich entgegnete ihm, der Kalif sei nur ein Ungläubiger gewesen, und es bereite mir kein schlechtes Gewissen, daß ich ihn ins Grab gebracht habe.

Da trat mein Vater hämisch grinsend näher an mich heran: »Ich will dir, der du mein Sohn bleibst, eine einfache Frage stellen: Warum hast du mich nicht auch getötet? Liegt es nicht klar auf der Hand, daß du Mordabsichten gegen jeden hegst, der sich deiner Mutter genähert hat? Hängt es mit deiner besonderen Eigenart zusammen, daß du es nicht ertrugst, wenn ein Mann Umgang mit ihr pflegte?« Die grotesken Hirngespinste dieses Greises verursachten mir Übelkeit. Er widerte mich an, er stank nach Urin, und beim Grinsen entblößte er sein Zahnfleisch mit den faulen Zähnen. Ich spürte, wie dieses Mordverlangen, das mich während der letzten Tage meiner Reise aufrechterhalten hatte, unter seinen Beleidigungen wieder aufflammte.

Ich hielt mich jedoch zurück und erwiderte ihm kalt, daß ein gewaltsamer Tod seinen Gewissensbissen ein zu rasches Ende bereitet hätte. Ich hätte ihn nur am Leben gelassen, damit er noch genug Muße zum Leiden habe, bis er vor Kummer sterbe. Dann wandte ich ihm unter seinem Hohngelächter den Rücken und verließ die Insel.

Ich brauchte noch einige Zeit, um mein Werk zu vollenden. Ißt man den Weizen, wenn er noch grün ist, oder die Kirsche, wenn sie noch in der Blüte steht? Die wichtigste Eigenschaft eines guten Politikers besteht darin, daß er es versteht, die Früchte reifen zu lassen. Allerdings muß man sie geerntet haben, bevor sie verdorben sind oder die Vögel sie gefressen haben.

Die Mächtigen und das Volk sollten die Unfähigkeit meiner Brüder selbst erkennen, und es dauerte nicht lange, da hatten sie es begriffen. Stephanos, der als Alleinherrscher das Reich und die Welt lenken sollte, schob das Datum seiner offiziellen Machtübernahme aus Angst vor der Reaktion des Volkes immer länger hinaus. Nie wagte er es, sich auf den Thron der Goldenen Halle zu setzen. Man sah ihn gemessenen Schritts unter den Säulenhallen einhergehen. Dabei wiegte er den Kopf, wie ein Mann, der in ernste Gedanken vertieft ist. Ich aber wußte, daß sein Schädel leer war und er niemals nachzudenken pflegte. Wie hätte es auch anders sein können bei all den Mätressen und

Jünglingen, die ihn ständig mit Beschlag belegten? Konstantin, der ihm an Lasterhaftigkeit in nichts nachstand, überschüttete seinen älteren Bruder mit den irrsinnigsten und widersprüchlichsten Ratschlägen.

Der Patrikios Theophanes wies ihre Bitten, er möge noch eine Weile im Amt bleiben, zunächst hochmütig zurück. Andere, bei denen man wegen der Amtsnachfolge vorgefühlt hatte, erklärten sich aus mangelndem Vertrauen für befangen. Ich selbst berief mich auf unsere alte Unstimmigkeit, um meine Ablehnung zu begründen. Theophanes versah sein Amt also auch weiterhin, doch er ließ nie den Rat zusammentreten, sondern beschränkte sich darauf, die alltäglichen Angelegenheiten zu erledigen.

Indessen holte Saif ad-Daula, der Schönling, der mir in Rakka begegnet war und der soeben Aleppo eingenommen hatte, zu einem empfindlichen Schlag gegen das Reich aus, wie er es in der Folge noch so oft tat, bis ich ihn zur Vernunft brachte. Igor, der Fürst der Wölfe, der schon den Verfall des Reiches witterte, horchte auf und bereitete ebenfalls einen Feldzug vor. In den dalmatinischen Provinzen kam es zu einem erneuten Aufstand der Milinger und Ezeriten, wilder Völkerschaften, die ständig damit beschäftigt waren, sich gegenseitig zu bekriegen. Im Innern erforderten der bevorstehende harte Winter und die schlechten Ernten des letzten Sommers sofortige Maßnahmen. Stephanos und Konstantin blieben untätig und warteten ab.

Wie zwei in einem Tonkrug gefangene Wespen baten meine Brüder schließlich Helenas Mann Konstantin, mit ihnen zusammen zu regieren. Meinem Rat folgend, hatte dieser sich aber seit der Verbannung meines Vaters im Karienpalast verschanzt. Dort wurden er und seine Familie von treuen Truppenteilen und ausländischen Söldnern bewacht, deren hoher Sold ihre Ergebenheit sicherstellte. Auch jetzt blieb er noch mißtrauisch und ließ einen weiteren Monat verstreichen, bis er sich bereiterklärte, sich mit meinen Brüdern zu treffen. Besser noch, er schlug ihnen vor, am siebenundzwanzigsten Januar im Speisesaal des Kaisers mit ihm zusammen das Abendessen einzunehmen. Denn waren sie nicht alle drei vom Patriarchen gekrönt worden?

Es war ein frostiger, nebeliger Abend. Die ganze Stadt schien mit einem klebrigen, undurchsichtigen Kokon umwoben zu sein. Die dichten Nebelschwaden erstickten den Schein des Palastfeuers und dämpften die düsteren Hornsignale der Wächter auf der Mole, die den Fischern den Weg zurück in den Hafen wiesen. Auf den Straßen konnte man sich nicht einmal an den Öllampen der Läden orientieren. Man tastete sich an den Hauswänden vorwärts und verirrte sich nicht selten an den Kreuzungen. Die eisige Luft roch nach Erde und Rauch; sie hatte, wie unsere Ahnen gesagt hätten, einen Geruch von Verrat und Blut.

Mein Bruder, der Patriarch, und ich waren zu diesem Versöhnungsschmaus eingeladen. Ich hatte persönlich dafür Sorge getragen, daß nur die erlesensten Speisen aufgetragen wurden und daß kein Mangel an Weinen herrschte, die sich besonders dafür eigneten, die Zungen zu lösen und schlechte Gefühle zu zerstreuen. Weine aus Maronia und Achaia schienen diesen Zweck am besten zu erfüllen.

Gleich bei der Ankunft meiner Brüder ereignete sich ein Zwischenfall. Stephanos, dessen scharlachroter Federschmuck vor Aufregung zitterte, rief laut aus, er bestehe darauf, daß die drei bewaffneten Männer, die ihn begleiteten, sich während der Mahlzeit hinter ihm hielten. Theophylaktos hatte einige Mühe, ihn davon abzubringen und die drei Schergen in die Küche abzukommandieren.

Meine Brüder nahmen schließlich Platz, weigerten sich aber hartnäckig, ihre Mäntel abzulegen, unter deren Stoff sich das Heft ihrer Dolche und Schwerter abzeichnete. Helenas Mann, der unbewaffnet und nur mit einer einfachen Tunika bekleidet war, hatte die Rolle des zuvorkommenden Gastgebers übernommen.

Stephanos und Konstantin hatten sich abgesprochen. An den Blicken, die sie miteinander wechselten, erkannte ich, daß sie nichts Gutes im Schilde führten. Der jüngere drängte den älteren ganz offensichtlich, zur Tat zu schreiten; der andere zeigte sich wankelmütig. Ich gewann rasch den Eindruck, daß sie nicht gekommen waren, um sich mit ihrem Schwager zu verständigen, sondern daß sie einen Mordanschlag auf ihn und vielleicht auch auf mich geplant hatten. Wieder einmal kam uns ihre Unentschlossenheit zu Hilfe.

Vom Hafen her ertönten die dumpfen Signale der Nebelhörner. Es wurde wenig gesprochen. Statt dessen beobachteten wir uns mißtrauisch wie zwei feindliche Truppen vor der Schlacht. Meine beiden Hampelmänner sprachen dem Wein tüchtig zu, zweifellos um sich Mut anzutrinken. Freundlich versuchte Helenas Mann die Unterhaltung auf belanglose Themen zu lenken, doch die Gäste gingen kaum darauf ein.

»Stimmt es, daß die Pferdeställe Seiner Seligkeit um drei neue Hengste bereichert worden sind?« fragte er meinen Bruder, den Patriarchen, dem er stets mit großer Ehrerbietung begegnete.

Theophylaktos hegte eine große Leidenschaft für Pferde, und es wurde viel albernes Zeug darüber erzählt. Zweifellos hatte er niemals den Altar verlassen, um dem Abfohlen einer seiner Stuten beizuwohnen, und seine Stallungen waren auch nicht mit Edelsteinen gepflastert, wie es in Gerüchten immer wieder behauptet wurde. Doch alles, was die Reiterei betraf, interessierte ihn.

»Ich habe sie Minos, Aiakos und Rhadamanthys genannt wie die Totenrichter im Hades, von denen die alten Autoren erzählen. Gekreuzt mit meinen bulgarischen Stuten, könnten sie die Stammväter einer neuen, kostbaren Pferderasse wer-den ...«

Mit trockenem Mund und klopfendem Herzen hielt er mitten in seiner Lobrede inne und wandte sich wieder seinem Spanferkel in Samos zu, das vor ihm auf dem Teller dampfte.

Um zu vermeiden, daß die Stille allzu schwer auf der Gesellschaft lastete, bat ich die Anwesenden, mir von der Ankunft des Mandilions im Reich zu erzählen, da mich von meinem Willen unabhängige Ereignisse damals ferngehalten hätten.

Mein Schwager Konstantin ergriff das Wort und schilderte in eindrucksvoller Weise, wie die heilige Reliquie am fünfzehnten August inmitten jubelnder und singender Menschenmassen nach Konstantinopel gebracht worden war. Und getreu seinem Versprechen habe er, Konstantin, vor dem Schleier getanzt wie einst König David. Die Reliquie sei nun in der Schatzkammer der Großen Kirche verwahrt, von wo aus sie die Unbesiegbarkeit der von Gott geschützten Stadt garantiere …

Die beiden Brüder sagten kein Wort, und ich fragte mich, was sie wohl ausgeheckt hatten. Der Wein schien sie eher zu ermutigen, als zu besänftigen. Die Blicke, die Konstantin seinem Bruder Stephanos zuwarf, wurden immer eindringlicher. Der Ältere ließ einen scheinbar gleichgültigen Blick über die Tischgesellschaft schweifen, in dem ich mit Besorgnis das Erwachen eines gefährlichen Leuchtens beobachtete. Die beiden taten mir beinahe leid.

Das verabredete Zeichen war der Eintritt der Sklaven, die den Nachtisch brachten. Ich erkannte es an Stephanos' dramatischem Gesichtsausdruck und an Konstantins Blässe. Und plötzlich warfen beide ihre Stühle um und sprangen mit der Hand am Heft ihrer Waffe auf.

Doch da hatten sie nicht mit mir gerechnet. Ich packte eines der Schwerter, die zur Verzierung an der Wand hingen, und schlug damit auf das daneben hängende Schild. Dreißig Soldaten, in der Mehrzahl Lateiner und einige Sachsen, die nur auf dieses Zeichen gewartet hatten, stürzten in den Saal. Sie ergriffen die beiden Brüder, fesselten sie und schleppten sie ungeachtet ihres Protestgeschreis durch die nebelverhangenen Gärten zum Bukolionhafen hinunter. Dort erwartete sie bereits dieselbe Barke, auf der ihr Vater weggebracht worden war.

Alles war für ihren Empfang im Kloster der Verklärung vorbereitet.

Ich habe es zwar nicht mit eigenen Ohren gehört, doch man erzählte mir später, Romanos habe die beiden Prinzen bei ihrer Ankunft auf der Insel erwartet. Er habe sie mit seinem häßlichen Hohngelächter empfangen und sie mit einer bitteren Spottrede bedacht: »Gesegnet sei die Stunde, die euch, edle Herren, dazu bewegt hat, mich in meiner bescheidenen Herberge zu besuchen! Gewiß hat eure Sohnesliebe es nicht zugelassen, daß ihr noch länger in dem Palast verweiltet, aus dem ihr mich entfernt habt. Hier erwartet euch ein Festschmaus aus

Bohnen, Salat und frisch geschnittenem Lauch. Wir haben zwar keine Unterkunft für euer Gefolge, doch für euch, edle Herren, ist hier noch genug Platz. Wie schön ist es doch, daß ihr euren Vater auf seine alten Tage nicht allein lassen wollt ...«

Am frühen Morgen setzt mich die Schaluppe im kleinen Hafen von Glaros ab. Ich will die erste Rose auf dem Grab meiner Mutter erblühen sehen.

Ich erreiche den Friedhof noch vor Sonnenaufgang. Der Nebel der Morgendämmerung hüllt das kleine Fischerdorf ein, verschleiert die Umrisse der Häuser, des großen Maulbeerbaums und der Kirche. Kein Laut ist zu hören. Die Fischer haben die Nacht auf dem Meer verbracht; die Bauern sind schon auf den Feldern. Das feuchte Gras schluckt das Geräusch meiner Schritte.

Im Sklavengeviert, im hintern Teil des Friedhofs, dicht bei den Eichen, steht, von einer Dunstwolke verhangen, der grüne Marmorstein. Wenn der Wind bläst, taucht er hin und wieder aus dem Nebel auf. Nur der Name MARIA ist dort eingraviert; der Rest hat keine Bedeutung. Von Tautropfen bedeckt, neigt sich die Blume über das Grab und erwartet mich.

Ein schwerer Tag liegt hinter mir. Gestern hat der kleine Romanos, der Sohn Kaiser Konstantins, die Salbung empfangen. Obgleich er erst sechs Jahre alt ist, gelang es ihm, die Würde zu wahren, die sein Stand erfordert. Dem Kleinen mangelt es nicht an Intelligenz, trotz seiner fünf Schwestern, die sich an ihm für ihre spätere Mutterrolle üben, ihn verhätscheln und seiner Standhaftigkeit damit schaden.

In dem Augenblick, als mein Bruder, der Patriarch, begleitet von donnernden Beifallsstürmen und dem Dröhnen der Orgeln, über dem geneigten Kopf des Kindes die Salbung vollzog, ergriffen fünf meiner Männer den Patrikios Theophanes, der noch immer das Amt des Ersten Ministers bekleidete. Sie zwangen ihn zur Herausgabe des gedrehten Goldstabes, des Zeichens seiner Amtswürde, und führten ihn ab. Bestürzt blickte Theophanes zum Kaiser auf. Von seinem Thron herab, der vor der königlichen Pforte der Ikonostase errichtet worden war, nickte Konstantin nur bedauernd mit dem Kopf.

Mir tut es leid um Theophanes, der ein Eunuch und überdies ein verdienstvoller Mann war. Aber mußte er durchaus die Torheit begehen, heimlich die Rückkehr meines Vaters zu planen und ein Heer aufzustellen, das ihn aus dem Kloster befreien und wieder an die Macht bringen sollte?

In Anbetracht seiner in der Vergangenheit geleisteten Dienste hat der Kaiser beschlossen, ihm nicht Nase und Ohren abhacken zu lassen, wie es das Gesetz vorsieht. Zusammen mit seinen Komplizen Giorgios und dem Primizianten Thomas wird Theophanes lediglich in die Verbannung geschickt. Schon behaupten böse Zungen, ich hätte alles darangesetzt, um ihn aus seinem Amt zu verdrängen und seinen Platz einzunehmen. Ich kümmere mich nicht um ihre Verleumdungen.

Beim ersten Hahnenschrei erweckt die Morgensonne die Landschaft zum Leben. Nach und nach löst sie die Nebelbänke auf und läßt die Natur in den Farben unserer Mosaiken erstrahlen. Die Wiesen färben sich türkisfarben, das Wasser der Meerenge smaragdfarben und die Dächer des Dorfes korallenrot. Ein neuer Tag bricht an, eine neue Herrschaft beginnt. Doch dort drüben über dem Meer ist noch immer eine leichte Dunstwolke zu sehen, aus der die Felseninsel Prote aufragt.

Romanos tut dort noch immer Buße. Man hat meine beiden Brüder von ihm entfernt, um ein Drama zu vermeiden. Neuerdings ist er darauf verfallen, die Vergehen, deren er sich für schuldig hält, in ein Buch niederschreiben zu lassen. Die Liste wird zweifellos lang, es sei denn, sein Gedächtnis ließe ihn im Stich oder die Seiten des Buches würden durch ein Wunder gelöscht. Aus Erzählungen erfahre ich, daß er jeden Tag sarkastischer und überspannter wird. Ich will ihn nie im Leben wiedersehen, denn mein Haß auf ihn wird ewig währen. Zumindest habe ich niemals die Hand gegen ihn erhoben, im Unterschied zu den drei Mördern, die später eines gewaltsamen Todes sterben werden.

Der Mönch Sergios hat meine Tat auf eine recht wunderliche Art ausgelegt: Aus seiner Sicht dürfen Romanos' Absetzung und Verbannung nicht allein meinem Wunsch nach Rache zugeschrieben werden. Vielmehr hätte ich im Namen der Christenheit gehandelt, um durch die Entfernung meines Vaters die Ankunft einer neuen Welt vorzubereiten. Die künftige Größe des Byzantinischen Reichs hätte die Beseitigung eines mit der Schuld aller beladenen Opfers erfordert. Nun ja, er mag seine Theorien nach Herzenslust weiterspinnen. Ich glaube, daß das Ende meines Vaters, abgesehen von seiner notwendigen Bestrafung, für mich eine Neugeburt beinhaltete. Vorher war ich immer nur Romanos' Sohn; jetzt führe ich ein unabhängiges Dasein.

Nun erwacht auch die Rose. Angetan mit ihrem blutroten Kleid, neigt sie sich über den Grabstein. Sie bebt vor Leben. Warum hat meine Mutter mich nur gebeten, diesen Rosenstock zu pflanzen? Wollte sie mich unbedingt an das fleischliche Verlangen erinnern, das sie zu dem Kalifen hinzog und diesen dicken Mann zu ihr trieb? Wollte sie mich demütigen, mich meiner Impotenz und meiner tragischen Unfruchtbarkeit wegen verhöhnen?

Ich glaube nicht daran. Ich weiß, daß sie auch mich liebte. Und ich will in dieser Pflanze, die immer neue Blüten treibt, das Zeichen des reinen Gefühls sehen, das uns verband, das Symbol für die Fortdauer einer Liebe, die in der Erinnerung wurzelt und bis ans Ende der Träume weiterlebt.

Faszinierende Welten

10 Reisen in die Vergangenheit

Hanny Alders
Der Troubadour
Roman
Band 50131

Elke Hermannsdörfer
Der Rebell von Neapel
Roman
Band 50132

Gary Jennings
Marco Polo Der Besessene
Roman in zwei Teilen
Band 50133

Marcel Jullian
Das Leben Karls des Großen
Roman
Band 50134

Alexandra Lapierre
Die Vagabundin
Fanny Stevenson und die *Schatzinsel*
Roman
Band 50135

Angelika Mechtel
Die Prinzipalin
Roman
Band 50136

Frances Sherwood
Verstand und Leidenschaft
Roman
Band 50138

Henrik Stangerup
Bruder Jacob
Roman
Band 50142

Alexandre Torquet
Der Purpurprinz
Roman
Band 50140

Barbara Wood
Seelenfeuer
Roman
Band 50141

Fischer Taschenbuch Verlag

Güneli Gün

Der Weg nach Bagdad

Ein Schelmenroman magischer Abenteuer,
erbettelt, geliehen und gestohlen
aus 1001 Nacht

Aus dem Amerikanischen von Vera Pagin

Band 12461

Zu Beginn des 16. Jahrhunderts reist die stotternde junge Hürü aus Istanbul nach Bagdad, wo zur selben Zeit die Märchen aus ›1001 Nacht‹ erstmals in ihren vielen kulturellen Varianten schriftlich festgehalten werden. Sie wird zur Geschichtenerzählerin, Sängerin, Mythenmacherin. Doch anders als ihr Vorbild erzählt die moderne Scheherazade ihre Geschichten nicht, um ihren Kopf zu behalten, sondern ihren Liebhaber. Die erfundenen Schicksalsanekdoten sind Teil des Unternehmens, zumindest das Ohr, vielleicht das Herz des Geliebten in Bann zu schlagen. Es ist ein historischer Roman, mystische Selbstsuche und die Erzählung einer persönlichen Befreiung.

Fischer Taschenbuch Verlag

fi 2041 / 3

Dorothy Gilman

Die Karawane

Roman

Aus dem Amerikanischen von Klaus Pemsel

Band 11801

In einem feinen Londoner Stadthaus schreibt eine alte Dame, Lady Caressa Teal, für ihre Enkelin die Geschichte ihres Lebens auf. Es ist eine Geschichte voller Romantik, Abenteuer, Dramatik und Verrat – die Odyssee einer jungen Frau durch die nordafrikanische Wüste. Aufgewachsen ist Caressa im amerikanischen Zirkusmilieu zu Beginn unseres Jahrhunderts, von ihrer Großmutter zur Jongleurin und virtuosen Taschendiebin ausgebildet. Dr. Bowman, ein älterer Gelehrter, heiratet sie und nimmt sie mit auf eine Forschungsreise nach Nordafrika. Einen Überfall kriegerischer Tuaregs auf ihre kleine Karawane überlebt Caressa als einzige; die Tuaregs halten sie wegen ihrer hölzernen Fingerpuppen für eine Zauberin. Bakuli, ein schwarzer Junge, wird ihr treuer Gefährte. Gemeinsam fliehen sie, von dem blinden Mursa geführt, von Sandstürmen und vom Tod durch Verdursten bedroht. In einem Haussadorf wird Caressa von der kräuterkundigen Amina gesundgepflegt. Auch Caressa schreiben die Haussa magische Kräfte zu und stellen sie auf eine lebensgefährliche Probe. Dabei spürt sie jene Kräfte in sich wachsen, die ihr schließlich das Leben retten.

Fischer Taschenbuch Verlag

fi 1119 / 8

Tad Williams

Der Drachenbeinthron
Roman
Aus dem Amerikanischen von Verena C. Harksen
Band 13073

Der Abschiedsstein
Roman
Aus dem Amerikanischen von Verena C. Harksen
Band 13074

Die Nornenkönigin
Roman
Aus dem Amerikanischen von Verena C. Harksen
Band 13075

Der Engelsturm
Roman
Aus dem Amerikanischen von Verena C. Harksen
Band 13076

Fischer Taschenbuch Verlag

fi 1922 / 3

Marion Zimmer Bradley

Die Feuer von Troia
Roman
Aus dem Amerikanischen
von Manfred Ohl und Hans Sartorius. Band 10287

Luchsmond
Erzählungen
Aus dem Amerikanischen
von V. C. Harksen und Lore Straßl. Band 11444

Lythande
Erzählungen
Aus dem Amerikanischen
von V. C. Harksen und Lore Straßl. Band 10943

Die Nebel von Avalon
Roman
Aus dem Amerikanischen
von Manfred Ohl und Hans Sartorius. Band 8222

Tochter der Nacht
Roman
Aus dem Amerikanischen
von Manfred Ohl und Hans Sartorius. Band 8350

Die Wälder von Albion
Roman
Aus dem Amerikanischen
von Manfred Ohl und Hans Sartorius. Band 13312

Die Herrin von Avalon
Roman
Aus dem Amerikanischen
von Manfred Ohl und Hans Sartorius
592 Seiten. Geb. Wolfgang Krüger Verlag